UNE CAPITULATION SECRÈTE

LES INSAISISSABLES : LES IMPOSTEURS
LIVRE UN

DARCY BURKE

Traduit par
SOPHIE SALAÜN

Zealous Quill Press

UNE CAPITULATION SECRÈTE

Survivante des rues malfamées de l'East End londonien, Selina Blackwell a appris à être un caméléon, et grâce à son rôle actuel de diseuse de bonne aventure, elle est en mesure d'offrir une saison à sa sœur. Seulement, Madame Sybila ne peut pas être chaperon, et Selina prend donc une autre identité, celle de la très convenable lady Gresham. Mais lorsqu'un coureur de Bow Street manifeste un trop grand intérêt pour ses affaires, les crimes de son passé semblent sur le point d'être révélés au grand jour.

Déterminé à prouver que Madame Sybila n'est qu'une impostrice décidée à escroquer l'élite londonienne, Harry Sheffield sollicite l'aide de la séduisante Lady Gresham en échange de son introduction auprès des gens les plus en vue de la société. Entre sa carrière trépidante et ses ambitions pour l'avenir, Harry n'a pas le temps de se marier, mais une liaison lui convient parfaitement… jusqu'à ce qu'il apprenne le secret déconcertant de cette lady. Quels que soient les sentiments qu'il éprouve pour elle, il ne peut ignorer qui elle est, et qui elle a été. Et quand il découvre qu'elle détient la clé de la seule affaire qu'il n'a jamais pu résoudre, il doit choisir entre la justice et l'amour.

PROLOGUE

Londres Est, 1801

— $\mathcal{P}$lus de gin, ma fille !

Selina Blackwell se déplaça jusqu'à la table où la bouteille de gin se trouvait près du verre vide de l'homme. Il aurait pu se le verser lui-même, bien sûr, mais son patron, qui se trouvait en bas dans la taverne, lui avait demandé de le servir ici, dans l'une des salles à manger privées. Et personne ne s'opposait à Samuel Partridge.

Pendant qu'elle versait l'alcool, l'odeur forte emplit son nez, et elle souffla de l'air pour l'en chasser. Contrairement à certains des autres enfants, elle n'en buvait pas. Son frère aîné Rafe ne l'aurait pas permis, même si elle l'avait voulu.

Après avoir reposé la bouteille à moitié vide sur la table, Selina recula.

— Où vas-tu ?

L'homme, assez vieux pour être son père, était sale, avec des yeux injectés de sang et un nez tordu. Il saisit le bras de

Selina et la ramena vers la table. Elle aurait voulu s'éloigner brusquement, mais elle savait qu'il valait mieux ne pas causer de problèmes.

— Nulle part, répondit-elle calmement.

— Reste là où je peux te voir, grogna-t-il avant de boire une longue rasade de gin.

Il s'essuya la bouche du revers de la main. Ses petits yeux sombres ne la quittaient pas.

— Tu es une jolie créature. Quel âge as-tu ? demanda-t-il en prenant une grande bouchée de sa tourte à l'oie.

Selina déplaça son poids. Elle aurait au moins voulu pouvoir passer de l'autre côté de la table, mais elle n'osait pas. Son frère lui avait toujours dit de suivre les instructions, de rester silencieuse et d'espérer ne pas se faire remarquer.

— Onze ans.

L'homme écarquilla les yeux.

— Ce n'est pas possible. Tu as l'air plus vieille que ça. Ne me mens pas, ma fille !

Tout le monde croyait Selina plus vieille qu'elle ne l'était. Elle était grande pour son âge, bien plus que toutes les autres filles de la clique de Partridge. Elle possédait aussi des courbes, surtout une poitrine que les autres filles n'avaient pas.

— Je ne mens pas, monsieur. M. Partridge ne le permettrait pas.

L'homme s'adossa à sa chaise et l'observa tout en se servant de sa langue pour essayer de déloger la nourriture coincée entre ses dents jaunies. Il la parcourut d'un regard impudique.

Le ventre de Selina se noua.

— Onze ans, hein ? Tu as l'air d'en avoir quinze, je suis sûr que tu es plus proche de ça. Ta mère a sans doute menti sur ton âge, affirma-t-il, plissant les yeux. As-tu au moins une mère ?

Selina ne se souvenait ni d'elle ni de leur père, mais elle n'avait que deux ans au moment de leur mort. Rafe en avait cinq, il se souvenait donc de petites choses, comme la couleur des cheveux de leur mère, ou la gentillesse de la voix de leur père. Selina ne connaissait que l'homme qui avait prétendu être leur oncle. Plusieurs années auparavant, il les avait confiés, son frère et elle, à Partridge, puis il avait disparu.

— Ma mère est morte il y a longtemps, dit Selina d'une voix douce, mais stable, malgré la peur qui l'assaillait. Il n'y a que moi et mon grand frère.

Elle espérait qu'en parlant de lui, l'homme réfléchirait à deux fois avant de tenter quoi que ce soit. Puis, pour faire bonne mesure, elle prononça le nom de son patron.

— Et M. Partridge. Il prend soin de nous.

L'homme se mit à rire.

— Partridge ne se soucie de personne d'autre que de lui-même.

Il recula de la table, les pieds de la chaise raclant le sol en bois abîmé.

Selina fut prise d'une violente envie de fuir qui fit tressaillir tout son corps. Avec un peu de chance, il se contenterait de s'en aller. Jusqu'à présent, les clients le faisaient toujours, même après l'avoir dévisagée comme il le faisait.

— C'est la taverne de Partridge, dit-elle, comme si cela pouvait amener l'homme à la laisser tranquille.

Celui-ci se leva. À cause de la taille de Selina, il la dépassait à peine.

— Et Partridge t'a envoyée ici pour me servir.

— Pour servir le dîner, répliqua la jeune fille, crispée.

— Tu sais que ce sera plus que ça.

Ses lèvres minces s'étirèrent en un sourire qui dévoila à nouveau ses dents dégoûtantes.

Il se tenait entre elle et la porte. Elle regarda dans cette direction, le cœur battant la chamade. Peut-être pourrait-elle le bousculer assez fort pour passer et partir avant qu'il ne l'attrape. Pourquoi Partridge l'avait-il envoyée ici avec lui ? Elle avait servi d'autres hommes, mais ils s'étaient toujours montrés plus intéressés par le gin que par elle. Partridge l'avait-il piégée en vue de quelque chose d'autre ? Son ventre se noua à nouveau.

L'homme empoigna son biceps.

— N'y pense pas.

Il l'attira vers lui jusqu'à ce qu'elle s'écrase contre son torse. Soufflant une haleine fétide qui lui donna un haut-le-cœur, il abaissa la tête.

De la sueur perlait sur la nuque et le dos de Selina quand elle s'empara de la bouteille posée sur la table. Elle ne réfléchit pas : sa main se referma sur le col, et elle l'abattit sur la tête de l'homme. Le verre se brisa et l'alcool nauséabond les éclaboussa tous les deux.

Au lieu de la laisser partir, il la poussa en arrière, gémissant en portant une main à sa tête.

— Sale garce !

Déséquilibrée, Selina chancela en essayant de se stabiliser. Le mur était juste derrière elle. Elle était prise au piège, sauf si l'on comptait la fenêtre, qui se trouvait sur sa gauche. Elle jeta un coup d'œil au-delà de la fissure qui courait d'un coin à l'autre de la vitre. Il y avait une longue descente vers les pavés en contrebas.

L'homme s'avança vers elle, le regard menaçant.

— C'est ça, recule contre le mur, petite catin ! Relève tes jupes.

La vue de Selina se brouilla. Il n'y avait personne ici pour la sauver, ni Rafe, ni aucun des autres enfants qui auraient pu l'aider. Rien que cet homme qui allait la prendre et faire ce qu'il voudrait.

Elle mourrait plutôt que de le laisser faire. La jeune fille coula un nouveau regard vers la fenêtre. Peut-être la chute la tuerait-elle. Ce serait sans doute mieux que la vie qu'elle menait. Plus de faim, plus de peur, plus d'obligation de voler ou de se livrer à des escroqueries.

— Cela vous dérange-t-il si j'ouvre la fenêtre ? demanda-t-elle d'une voix calme, en dépit de son cœur qui battait la chamade, et du fait qu'elle voyait toujours flou.

Il ricana.

— Pourquoi ? Pour que tu puisses crier à l'aide ?

Les cris étaient habituels dans ce quartier, et personne ne s'en souciait.

— Non. J'aimerais juste un peu d'air. Vous sentez mauvais.

Selina haleta lorsque le revers de sa main s'écrasa sur sa joue.

— Contre le mur, maintenant !

Il voulut l'attraper, mais elle se baissa et s'élança sous ses bras tendus. Elle n'y arriverait probablement pas, mais si elle n'essayait pas… Elle laissa échapper un sanglot.

L'homme agrippa le dos de sa robe, tirant le tissu pour qu'il descende le long de son échine. Une vague de terreur la secoua, et elle cria. Il s'accrocha au vêtement, mais elle lutta pour atteindre le plateau de la table. Si seulement elle pouvait trouver le couteau…

L'homme la poussa de sorte qu'elle soit penchée sur la table, puis il se plaça debout derrière elle. Il la coinçait : elle ne pouvait pas bouger le bas de son corps. Affolée, elle tendit les mains dans l'espoir de trouver quelque chose à utiliser contre lui.

— Oh, que non !

Il renversa les plats sur la table, mais pas avant qu'elle ne se soit emparée de la fourchette. Elle avait les paumes moites, mais elle referma sa main autour du métal et le poignarda durement dans l'avant-bras, sous le bord de sa manche retroussée. Il grogna et sauta en arrière, le couvert dépassant de sa chair.

Elle plongea vers la chaise branlante, puis la balança sur lui. Le meuble se brisa et l'homme recula, chancelant. C'est alors qu'il perdit l'équilibre.

La fenêtre céda à ce moment-là.

La vitre, déjà très fissurée, se brisa, et l'homme bascula. Selina se précipita vers la fenêtre et regarda ses bras et ses jambes s'agiter brièvement avant qu'il ne heurte les pavés avec un horrible claquement. Du sang sombre suinta de l'arrière de sa tête.

La jeune fille se figea lorsque la porte s'ouvrit dans son dos. Avant qu'elle puisse se retourner, des mains réconfortantes se posèrent sur ses épaules. Elle se mit à trembler.

— Bon sang ! souffla Rafe, qui passa devant elle et regarda vers le bas.

Il se retourna face à elle.

— J'ai entendu le bruit, et je savais que tu étais là, alors je suis venu vérifier. Viens, il faut que nous partions.

Il la fit sortir de la pièce, gravir un escalier étroit, puis un autre vers la petite chambre qu'ils partageaient.

— Partridge aussi sait que j'étais là.

Elle avait extrêmement froid, et ce n'était pas seulement parce que sa robe béait dans son dos. Une sensation glaciale s'infiltrait jusqu'à la moelle de ses os. Elle doutait d'avoir à nouveau chaud un jour.

— Il m'a envoyée pour faire le service, dit-elle.

Tremblante, elle se tourna vers son frère tandis qu'il la faisait entrer dans leur chambre.

— Est-ce qu'il veut que je me prostitue ?

— Non ! répondit Rafe d'un ton ferme, tandis qu'il sortait le seul sac qu'ils possédaient et commençait à y mettre ses maigres affaires. Il sait que tu es trop jeune.

— Ce n'est pas ce que cet homme pensait. Je lui ai dit mon

âge. Il a dit que tout ce qui comptait, c'était que j'avais l'air plus âgée, raconta Selina, s'entourant de ses bras. Partridge s'attend à ce que je me prostitue un jour. Peut-être que ce jour est arrivé.

Rafe, qui à l'âge de quatorze ans se situait quelque part entre l'enfant et l'homme, jura. Il s'arrêta pour la regarder.

— Tu ne peux pas rester.

— Où irons-nous ? s'enquit-elle, claquant des dents.

— Pas nous... toi. J'ai économisé de l'argent. Partridge l'ignore. Je savais que ce jour viendrait. Simplement, je ne m'étais pas rendu compte que cela arriverait si tôt, dit-il, jurant à nouveau.

— Quel jour ?

— Celui où tu devrais t'en aller.

Elle secoua lentement la tête et prit une grande inspiration, essayant de calmer ses tremblements.

— Non. Je ne ferai pas cela ! protesta-t-elle, car son frère était tout ce qu'elle avait.

Rafe posa le sac sur la petite couche de sa sœur et lui prit les mains. Plus grand de plusieurs centimètres, il la dominait de toute sa hauteur ; il planta son regard dans celui de Selina.

— Bien sûr que si. Oublie ce qui t'arrivera si tu restes, ce qui a failli t'arriver en bas... tu viens de tuer cet homme. Partridge ne pourra peut-être pas te protéger des représailles.

— Partridge est peut-être celui qui cherchera à les infliger, murmura-t-elle.

Rafe pinça les lèvres.

— Il y a une école à environ quatre-vingts kilomètres d'ici. Je vais te mettre dans une calèche postale. J'ai déjà envoyé un acompte pour qu'ils te gardent une place après le Nouvel An. Avec un peu de chance, ils t'admettront maintenant, expliqua Rafe, lui lâchant les mains pour continuer à remplir le sac. Change de robe, Lina.

Comme si elle bougeait au ralenti, Selina tira le vêtement abîmé par-dessus sa tête et enfila la seule autre robe qu'elle possédait. Puis elle noua son unique coiffe sous son menton.

Le temps qu'elle termine, Rafe avait fini d'emballer les affaires de sa sœur. Il se mit à genoux à côté de la commode. Passant la main sous le meuble, il en sortit une bourse qu'il lui tendit.

— Cache cela… c'est le reste de ce que j'ai épargné.

Selina soupesa la bourse.

— Tu as dit que tu espérais épargner davantage.

— Je t'enverrai plus d'argent quand je le pourrai. Ou tu peux… tu sais, dit-il en haussant une épaule.

Elle pouvait voler. C'était l'une des rares choses qu'elle savait bien faire.

Comme toute bonne voleuse, elle avait cousu des poches secrètes dans sa robe. Elle rangea la bourse dans l'une d'elles, puis regarda Rafe prendre son chapeau accroché au mur et le poser sur ses cheveux d'un blond éclatant.

— Viens, nous devons t'éloigner rapidement d'ici, lui intima-t-il en lui prenant la main.

— Je ne sais pas si je peux te quitter.

Les larmes qu'elle ne versait pas brûlaient les yeux de Selina.

— Ne pleure pas, ma douce sœur, lui dit-il avec un sourire. Nous nous retrouverons. Tu verras. Pour l'instant, c'est le plus sûr pour toi. Tu me fais confiance, n'est-ce pas ?

Elle acquiesça ; elle était incapable de parler, à cause du nœud de peur et de chagrin qui lui nouait la gorge. Il était la *seule* personne en qui elle avait confiance.

Il essuya l'unique larme qui roula sur sa joue.

— Je t'en prie, ne pleure pas. Je ne peux pas supporter ta tristesse. Il est grand temps pour toi d'être heureuse, et pour ce faire, tu dois t'éloigner de cette vie.

Selina prit une profonde inspiration et ravala ses larmes.

Elle le suivit hors de la pièce et ils se précipitèrent dans l'escalier de service au moment où l'on donnait l'alerte au sujet de l'homme mort.

Ils s'enfuirent dans une ruelle étroite et coururent à travers les bas quartiers où ils avaient élu domicile ces dernières années. À quatre-vingts kilomètres d'ici... Selina avait du mal à l'imaginer. Quelle odeur imprégnerait l'air ?

Une fois qu'ils furent à bonne distance de la taverne, elle ralentit pour reprendre son souffle. Rafe fit de même, jetant un regard furtif derrière eux.

— Nous devons nous dépêcher, insista-t-il.

— Pourquoi ne peux-tu pas venir avec moi ? s'enquit Selina.

— C'est un séminaire pour femmes ! ricana Rafe. Aussi joli garçon sois-je, elles ne m'accepteront pas.

Elle voulut sourire, mais elle ne pouvait pas.

— Alors pourquoi ne pourrions-nous pas aller quelque part ensemble ?

— Où irions-nous ? Que ferions-nous ? À l'école, tu apprendras. Peut-être deviendras-tu même gouvernante.

Son ton était devenu dur, mais il s'efforça de le rendre plus léger.

— Peux-tu imaginer cela, Lina ? Tu aurais une belle chambre, des repas réguliers et une famille dont tu pourrais prendre soin.

Non, elle ne parvenait pas à l'imaginer.

— C'est un rêve, Rafe.

— Peut-être, mais je t'ai toujours dit que j'essaierais de réaliser tes rêves, n'est-ce pas ?

— Mais qu'en est-il des tiens ?

Le frère de Selina secoua la tête et la fixa d'un regard féroce.

— J'ai un plan. Ne t'inquiète pas pour moi. Jamais. Promis ?

Elle hésita, et il lui serra la main jusqu'à ce que ce soit douloureux.

— Promets-le-moi, Lina.

— Je te promets de ne pas m'inquiéter, mentit-elle.

Si elle ne pouvait pas s'inquiéter pour son frère, que lui restait-il ? Il hocha la tête d'un air encourageant.

— Tu es plus forte que tu ne le penses. Tu t'es protégée toi-même sans mon aide. Ne te tracasse pas.

C'était vrai : elle s'était protégée, et elle avait tué un homme. Le froid persistant s'intensifia.

— Nous nous retrouverons, répéta-t-il. Plus tôt que tu ne le penses.

Selina attendrait ce jour avec impatience, et d'ici là, elle ferait tout ce qu'il faudrait pour survivre.

CHAPITRE 1

Londres, avril 1819

$\mathcal{H}$arry Sheffield, constable de Bow Street*, ouvrit la porte de *La Rose ardente* sur le Strand, près de Drury Lane. On lui avait dit qu'il trouverait Madame Sybila dans une parfumerie des environs, et, comme il n'en connaissait pas d'autres, c'était forcément là.

Une myriade de senteurs assaillit Harry lorsqu'il entra dans la boutique. Il y avait bien de la rose, mais aussi d'autres parfums floraux, ainsi que des épices et une variété d'odeurs qu'il n'arrivait pas à identifier. C'était un peu comme écouter un quatuor chauffer ses instruments avant de jouer un véritable morceau. Ce n'était pas horrible, mais la cacophonie n'était pas non plus très agréable.

L'échoppe était relativement petite par rapport à ses

---

* Note de la traductrice (NdT) : les coureurs de Bow Street furent les premières forces de police professionnelles de Londres.

voisines, mais bien aménagée. Une poignée de clients circulaient, et deux d'entre eux, debout au comptoir, parlaient avec une femme d'âge mûr. Un homme s'approcha de Harry.

— Puis-je vous aider, monsieur ? demanda-t-il en ajustant ses lunettes à monture dorée.

C'était un homme d'âge moyen, doté d'une carrure moyenne et d'une chevelure clairsemée. Il regardait Harry d'un air bienveillant.

— Je suis venu voir Madame Sybila.

— Par ici.

L'homme tourna les talons et conduisit Harry vers le coin arrière de la boutique, où il lui fit franchir un rideau. Sur la gauche se trouvaient un couloir, et sur la droite, un mur. Une porte était située juste en face.

L'homme frappa doucement sur le bois, puis se retourna vers Harry.

— Elle vous rejoindra bientôt, j'en suis sûre. J'espère que vous ferez un tour dans la boutique avant de partir.

Il lui adressa un sourire gentil avant de retourner dans le magasin derrière le rideau.

Harry étudia le couloir sombre, qui semblait mener à un escalier. Madame Sybila vivait-elle à l'étage ?

La porte s'entrouvrit sur une grande silhouette entièrement vêtue de noir, depuis le lourd voile qui couvrait le visage de la femme jusqu'aux bottes qui dépassaient de l'ourlet de sa robe. Du moins, Harry pensait que c'était une femme. C'était impossible à dire.

Enfin, pas vraiment. Le voile ne dissimulait pas le renflement de ses seins sous la mousseline noire ni l'ébauche de sa taille, à peine suggérée par le drapé de sa robe.

— Bonjour, Madame Sybila, la salua-t-il.

Elle n'ouvrit pas la porte plus grand.

— Vous n'avez pas de rendez-vous, dit-elle avec un léger accent français impossible à manquer.

— Mes excuses. Je serais heureux de régler un supplément si vous pouviez me recevoir maintenant.

— Je ne vois pas de clients masculins.

— Je suis surpris que vous puissiez voir quiconque à travers ce voile, railla Harry.

Il distinguait les contours de son visage, mais pas son expression : il lui était donc impossible de jauger sa réaction.

Il s'éclaircit la gorge.

— Mon argent est tout aussi valable que celui de n'importe qui d'autre. J'aimerais que vous me prédisiez mon avenir.

Un rire léger s'éleva dans l'air entre eux.

— Je ne prédis pas l'avenir, protesta-t-elle. Je lis les cartes ou les lignes de la main, et je partage ce que je vois. C'est au client de décider ce qu'il veut en tirer.

— Vous ne faites donc aucune promesse prophétique ?

Il avait du mal à le croire. C'était pour entendre de telles absurdités mystiques de la part de la diseuse de bonne aventure que sa mère était venue la voir. Si cette dernière refusait de divulguer ce qui se disait lors de leurs rencontres, ce que Madame Sybila colportait avait incité sa mère à revenir plusieurs fois, ainsi qu'à faire des dons à une nouvelle organisation caritative, au sujet de laquelle le père de Harry était dubitatif.

— Comment vos clientes peuvent-elles être satisfaites ?

— Je les aide à voir les choses sous un angle nouveau. Je crois savoir qu'elles sont très heureuses de mes services, expliqua-t-elle, inclinant la tête sur le côté. Pourquoi êtes-vous ici, monsieur… ?

— Sheffield.

Il n'hésita pas à donner son nom : il doutait que la voyante comprenne qu'il était le fils de sa cliente, lady Aylesbury.

Harry lui tendit la main et elle la prit sans hésiter.

Comme la sienne était recouverte d'un épais gant noir, il ne pouvait pas lui donner d'âge en fonction de cet appendice ; cependant, sa poigne était forte et assurée.

Il répéta la raison de sa venue. Ou, plus exactement, le prétexte qu'il avait invoqué pour justifier sa visite.

— Je suis ici pour que vous me prédisiez mon avenir.

En réalité, il voulait voir quel genre de bêtises elle vendait, avec succès apparemment, à des femmes au grand cœur et confiantes, comme sa mère.

— Comme je l'ai dit, je ne fais pas ce genre de choses.

Il passa devant elle et regarda la pièce. L'espace était exigu, peut-être de la taille du placard à argenterie d'Aylesbury Hall, la maison de son enfance. Il n'y avait pas de fenêtre, mais plusieurs bougies éclairaient l'espace, tout comme deux appliques sur le mur opposé à la porte. Les flammes vacillantes véhiculaient une aura de mystère, ou peut-être même quelque chose de plus sinistre. Son comportement criminel, peut-être.

Près du centre de la pièce se trouvait une petite table ronde, couverte d'une étoffe rouge foncé. Un jeu de cartes était posé sur le côté.

Il tourna de nouveau le regard vers le visage voilé de la femme.

— Vous n'allez pas me prédire l'avenir ?

Elle secoua doucement la tête, faisant glisser le bord du voile contre sa clavicule.

— Je ne peux pas. Et, comme je l'ai également dit, je ne fournis pas de services aux gentlemen.

Harry se rendit compte qu'il éprouvait de la curiosité, non seulement au sujet de ses affaires, mais aussi d'elle.

— Pourquoi pas ?

Elle leva une épaule.

— Je trouve que la plupart des hommes ne sont pas dignes de confiance. Si on leur offre l'occasion de se retrouver avec une femme seule, ils en profitent. Pardonnez-moi si je ne vous invite pas à entrer.

Fouillant dans sa poche, Harry en tira une bourse contenant un bon poids de pièces. Il les fit tinter.

— Même pas pour une bonne somme ?

S'il ne pouvait pas voir ses traits, il était persuadé qu'elle le regardait droit dans les yeux.

— Pas même pour le double.

La surprise, une émotion qu'il éprouvait rarement, l'étreignit. Tout le monde avait un prix, à l'exception de Madame Sybila quand il était question des hommes. Sa curiosité à son égard s'accrut.

Il rangea la bourse dans son manteau et souffla.

— C'est décevant, Madame Sybila. J'ai entendu dire que vos talents étaient inégalés.

Elle ricana, et il eut la sensation qu'elle souriait.

— Vous êtes un excellent menteur, monsieur Sheffield, mais pas tout à fait assez bon.

Ne pouvant nier qu'il était intrigué, Harry s'appuya contre le cadre de la porte.

— Pourquoi dites-vous cela ?

— Vous sembliez croire que je pouvais prédire votre avenir et que je vous aiderais, vous, un gentleman. Je ne crois pas que vous ayez parlé à l'une de mes clientes. Elles vous auraient détrompé sur ces deux points.

Elle était intelligente, il pouvait le lui accorder. Il esquissa un sourire.

— Vous m'avez eu. J'ai simplement entendu dire qu'une femme de vos… compétences s'était installée ici, à l'arrière de la parfumerie. J'ai besoin de comprendre ce que mon avenir me réserve, et j'ai pensé que vous pourriez m'aider.

— Pardonnez-moi, monsieur, mais je ne suis pas convaincue que vous croyiez cela possible.

— Pourquoi serais-je venu ici si je n'y croyais pas ?

— J'aimerais avoir une réponse à cette question, mais je ne suis pas sûre que celle que vous me donnerez sera honnête.

Bien trop intelligente.

— Et si je vous disais pourquoi je suis venu ? Bien sûr, j'aurais fini par le faire, mais je n'étais pas certain que vous vouliez le savoir avant de fournir vos services.

Elle croisa les bras sur sa poitrine dans une attitude d'attente sérieuse. Mais elle garda le silence.

Harry dit la première chose qui lui vint à l'esprit.

— Ma famille souhaite que je me marie. J'espérais que vous pourriez me dire quand cela se produira.

— Quand, mais pas avec qui ? demanda-t-elle en riant. La plupart des gens voudraient savoir avec qui.

— Je suppose que je voudrais le savoir aussi, mais ce qui me préoccupe le plus, c'est *quand*.

Car la vérité, c'était que le père de Harry, le comte d'Aylesbury, le pressait de se marier depuis un certain temps déjà. Le constable n'y était pas opposé, mais il n'avait rencontré aucune femme qui l'intéresse au point de l'épouser. D'un autre côté, il était bien trop absorbé par son travail, ce que son père, sa mère et ses sœurs ne manquaient pas de lui faire remarquer à chaque occasion.

— Je vois. Mais je ne peux pas vous aider.

— C'est ce que vous avez dit, déplora-t-il, l'air déçu. N'y a-t-il rien qui puisse vous faire changer d'avis ?

— Non, et, de toute façon, je ne peux pas vous dire ce que vous voulez savoir. Tout ce que je peux faire, c'est regarder votre paume, et vous révéler ce que j'y vois. Il en va de même pour les cartes.

— Je l'accepterais, dit-il en la fixant du regard.

Il voulait voir ce qu'elle pouvait faire, comment elle avait détourné son métier pour attirer l'attention de femmes qui auraient dû savoir qu'il ne fallait pas faire confiance à quelqu'un comme elle. Des femmes comme sa mère.

— Quel dommage que je ne le propose pas, dit-elle, posant la main sur la porte. Maintenant, si vous voulez bien m'excuser, mon prochain rendez-vous sera bientôt là.

— Soulevez-vous votre voile lorsque vous voyez une cliente ? s'enquit-il, se demandant s'il ne devrait pas se déguiser en femme et revenir.

Soudain, il brûlait d'envie de voir son visage. Était-elle jeune, vieille, ou entre les deux ? Pas trop vieille. Sa voix n'avait pas encore été altérée par l'âge.

— Non.

— C'est dommage.

Harry comprenait qu'il avait appris tout ce qu'il pourrait apprendre ce jour-là. Il allait devoir trouver un moyen pour que quelqu'un, une femme, lui rende visite et lui rapporte précisément ce que Madame Sybila faisait. En plus de lire l'avenir, on disait d'elle qu'elle vendait des toniques à usages divers, mais il ne croyait pas que sa mère en ait acheté. Dans le cas contraire, il aurait déjà enquêté.

Qu'il soit question de toniques ou de faux avenirs, Harry n'avait aucun doute : tout ce que faisait Madame Sybila était frauduleux. Les femmes comme elle avaient davantage leur place sur scène, à jouer leur numéro conformément à ce qu'il était censé être : un divertissement. Au lieu de cela, elle profitait d'innocents et de personnes facilement impression-nables, leur donnant de faux espoirs et des rêves impossibles, et leur faisant peut-être même perdre des choses qui leur étaient chères. Sa mère n'avait pas encore perdu grand-chose, juste la somme qu'elle avait payée pour les « services » de la voyante, et peut-être un don à la mystérieuse associa-tion. Son père lui avait demandé de réfléchir à abandonner ce « loisir », et, devant le refus de son épouse, il avait demandé à Harry de se renseigner sur Madame Sybila.

— Je crains que vous ne deviez partir, dit-elle en refermant la porte.

Il colla sa botte près du montant pour arrêter sa progression.

— Je suis navré que vous n'ayez pas pu m'aider. Je reviendrai peut-être, dans l'espoir que vous changiez d'avis.

— Je n'en attends pas moins, dit-elle, et, au son de sa voix, il sut qu'elle souriait. De plus, Bow Street n'est pas loin.

Une fois encore, il éprouva un choc de surprise, plus fort que le précédent. Il ne prit pas la peine de tergiverser.

— Comment l'avez-vous su ?

Elle haussa les épaules, faisant doucement bouger le voile contre son cou et ses épaules.

Il plissa légèrement les yeux, puis il sourit en retirant son pied du seuil de la porte.

— Peut-être avez-vous certaines… capacités. Je considérerai que c'est une malchance pour moi que vous n'ayez pas pu m'aider.

— Au revoir, monsieur Sheffield.

Elle lui ferma la porte au nez, au moment même où il reculait.

Un sentiment de déception envahit Harry, et pas parce qu'il n'avait pas trouvé de preuves d'un crime. Madame Sybila l'avait surpris. Deux fois. Elle n'était pas du tout ce à quoi il s'était attendu, et c'était un sacré exploit.

Se retournant, il franchit le rideau et retourna dans la boutique. Par courtoisie, il parcourut du regard les différents parfums avant de faire un signe de tête à l'homme qui l'avait accompagné chez Madame Sybila.

Harry sortit de la boutique ; l'après-midi était couvert. Tournant sur la droite, il regagna Bow Street, s'arrêtant plusieurs fois pour converser avec des connaissances. En tant que constable, il connaissait de nombreuses personnes de tous horizons. C'était l'une des choses qu'il préférait dans son travail.

Comment la diseuse de bonne aventure avait-elle su qu'il travaillait pour Bow Street? Il passa en revue ce qu'il avait dit. Il n'aurait peut-être pas dû demander comment ses clientes pouvaient être satisfaites sans qu'elle leur ait lu l'avenir. Toutefois, elle aurait pu simplement l'interpréter comme l'expression de sa déception. Qui était réelle.

Eh bien! Il trouverait un autre moyen d'aller au fond des choses. Et il avait hâte de s'y mettre. Madame Sybila dégageait une impression d'intégrité choquante. Il croyait toujours qu'elle était un escroc, mais peut-être pensait-elle vraiment aider les gens. Le fait qu'elle ait refusé la somme importante qu'il lui proposait, et même le double de ce qu'il avait offert, était tout à fait fascinant.

Ce n'était donc pas l'argent qui la motivait? Dans ce cas, était-il possible qu'elle ne soit *pas* un escroc?

Harry ne se rendit pas à la cour des magistrats. Au lieu de cela, il traversa la rue pour entrer au *Brown Bear*. Dès son arrivée, il fut salué par de nombreuses personnes, dont quelques collègues constables. Il s'arrêta pour échanger quelques politesses avant de se diriger vers une table près de la grande fenêtre, où deux autres agents étaient assis. Harry les salua avant de prendre place sur une chaise vide.

— Quelles sont les nouvelles, Sheff? s'enquit John Remington avant de boire une gorgée de bière. Harry avait trente et un ans, et Remy devait avoir une dizaine d'années de plus, et, selon lui, il était le meilleur constable de Bow Street.

— Je reviens de la parfumerie.

L'autre agent, Clive Dearborn, un homme plus jeune qui était arrivé à Bow Street trois mois plus tôt, hocha la tête.

— Tu enquêtes sur la diseuse de bonne aventure?

— J'essaie. Que faites-vous, tous les deux?

Une servante déposa une chope de bière pour Harry sur la table. Il la remercia avant de boire une longue gorgée.

— Nous venons de nous croiser dehors, expliqua Dearborn.

Remy posa ses yeux sombres sur Harry.

— Je reviens de Blackfriars. J'ai entendu dire que le Vicaire pourrait à nouveau prêter de l'argent à St Dunstan-in-the-West.

Bon sang ! Une vieille appréhension étreignit Harry, accélérant son pouls.

Dearborn inclina la tête vers Remy.

— Qui est le Vicaire ?

— Un pyromane et un meurtrier, répondit Harry en serrant les dents. Qui n'a pas encore payé pour ses crimes.

— Comment cela se fait-il ? demanda Dearborn.

Remy posa les mains autour de sa chope.

— Harry fait référence à un incendie qui s'est produit il y a quatre ans et qui a détruit un bordel à Saffron Hill. Plusieurs personnes ont été tuées à l'intérieur, y compris le chef d'une grande clique de voleurs.

— Ainsi que de nombreux innocents, intervint Harry, qui détestait que personne n'ait payé pour la mort de plusieurs enfants et jeunes femmes. Le Vicaire a allumé l'incendie pour pouvoir prendre le contrôle de la clique.

Dearborn les regarda l'un après l'autre.

— Pourquoi n'a-t-il pas été arrêté et jugé pour ce crime ?

— C'est un maudit fantôme ! s'exclama Harry avant de boire une nouvelle gorgée.

— Nous n'avons pas pu le trouver, dit Remy. Il est exceptionnellement doué pour rester insaisissable ; nous ne savons même pas avec certitude à quoi il ressemble.

Dearborn fronça les sourcils, confus.

— Mais vous savez qu'il dirige cette clique à Saffron Hill ? Et qu'il prête de l'argent à Blackfriars ?

— Nous ne pouvons malheureusement confirmer ni l'un ni l'autre. Le prêt de fonds a été porté à notre attention l'année dernière, mais il est retourné dans la clandestinité, expliqua Harry avant de se pencher vers Remy. Comment sais-tu qu'il est revenu ?

— Par l'un de mes informateurs. Je me suis dit que tu voudrais être au courant.

— Je te remercie, répondit Harry.

L'incendie avait été l'une de ses premières enquêtes après son entrée dans la police. Il avait toujours été troublé par le fait que cette affaire n'ait jamais été résolue. Certes, ce n'était pas la seule, mais celle-ci était différente. Il avait placé une informatrice dans le quartier de Saffron Hill, une jeune femme adorable qui espérait changer de vie. Harry avait essayé de l'aider. Puis elle était morte dans l'incendie. Il serra la mâchoire.

— On dirait que je vais devoir faire un tour à St Dunstan-in-the-West.

— Sache quand même que le Vicaire est toujours aussi prudent, l'avertit Remy.

— Je n'en doute pas. Cependant, cette fois, je vais l'attraper.

— Pour un crime commis il y a quatre ans ? intervint Dearborn. Sera-t-il condamné ?

Remy ricana.

— Tu oublies que Harry a été avocat. Il s'assurera d'avoir les preuves nécessaires pour obtenir une condamnation.

— J'avais oublié, avoua Dearborn qui se tourna vers Harry. Pourquoi ce changement ? J'aurais cru que le métier d'avocat serait plus confortable.

Il s'interrompit et ricana.

— En tout cas, c'est un métier plus rentable.

C'était une question que l'on posait souvent à Harry.

— Je voulais aller dans la rue et faire en sorte que justice soit faite.

Non pas qu'il n'avait pas aimé être avocat. Seulement, il avait fini par trouver ce métier… ennuyeux. Il avait envisagé d'acheter une commission et de partir à la guerre, mais son père l'avait convaincu de rester et de faire une différence ici, chez lui.

Remy but une gorgée et posa sa chope sur la table avec un claquement.

— Quelles preuves as-tu, Harry ?

— Nous savons qu'il s'agit d'un incendie criminel : si tu te souviens bien, les circonstances de son déclenchement sont consignées. Toutes les personnes que nous avons interrogées ont dit que c'était le Vicaire qui avait allumé l'incendie, poursuivit-il devant le hochement de tête de Remy.

— On dirait que tu le tiens, constata Dearborn avec un sourire.

— Sauf que personne n'a pu fournir une description cohérente du Vicaire. Ils ne l'ont pas *vu.* Ils ont simplement déclaré qu'ils savaient que c'était lui, ce qui signifie qu'ils répétaient probablement une rumeur.

Cela avait été le plus frustrant pour Harry. Et cela l'avait troublé. Pourquoi n'y avait-il pas deux personnes capables de le décrire de la même manière ? Il était grand. Ou de taille moyenne. Curieusement, il n'était jamais petit. Il avait les yeux bleus. Ou marron. Ou gris. Il portait un bandeau sur un œil. Ses cheveux étaient foncés ou clairs. Ou bien il était chauve. Il avait une cicatrice. Il avait un tatouage. Il marchait en boitant et s'aidait d'une canne.

— Le Vicaire est un personnage puissant, lança Remy d'un ton sombre. Je ne serais pas surpris d'apprendre que, si ces gens ne l'ont pas décrit, c'est par peur.

Dearborn fronça les sourcils.

— Mais ils le désignent par son nom, ce qui n'a pas de sens.

Certes. Et c'était là une autre raison pour laquelle ce crime était resté gravé dans l'esprit de Harry. Quelque chose *n'allait pas.* Maintenant que le Vicaire avait réapparu, Harry pourrait peut-être enfin mettre un terme à cette histoire.

— Pourquoi l'appelle-t-on le Vicaire ? s'enquit Dearborn.

— C'est un surnom, expliqua Remy. Certains disent qu'il écoutait les aveux de ses collègues criminels avant de mettre fin à leurs souffrances.

Dearborn siffla.

— Donc, au-delà du fait qu'il a allumé cet incendie, c'est aussi un meurtrier ?

— C'est plus que probable, dit Harry. Les hommes comme lui n'ont pas de code moral.

Au lieu de le mettre en colère, cela rendait Sheffield triste. Que leur était-il arrivé pour qu'ils soient ainsi ?

— Donc, tu vas essayer de l'attraper ? s'enquit Remy, qui poursuivit quand Harry acquiesça. Je t'aiderai comme je le pourrai, tu n'as qu'un mot à dire.

Il s'adossa à son siège, et croisa les bras.

— Maintenant, parle-nous de la diseuse de bonne aventure.

Harry repensa à sa rencontre infructueuse avec Madame Sybila.

— Il n'y a pas grand-chose à en dire pour le moment.

— A-t-elle prédit ton avenir ? voulut savoir Dearborn, souriant. Seras-tu un jour à la tête de Bow Street ?

Harry secoua la tête.

— Elle a refusé de fournir ses services. Il semblerait qu'elle n'aide que les femmes ; donc, soit je dois m'habiller en femme, soit je dois en trouver une qui la rencontrera et me fera son rapport.

— Il n'y a aucune chance que tu puisses passer pour une

femme ! s'exclama Remy avant d'éclater de rire, et Dearborn se joignit à lui.

Harry se fendit d'un sourire en hochant la tête.

— Ce qui veut dire que je vais devoir trouver quelqu'un pour m'aider. De plus, elle a insisté sur le fait qu'elle ne prédisait pas l'avenir.

Remy ricana.

— Ce sont des sornettes. Qu'est-ce qu'une diseuse de bonne aventure peut bien faire d'autre ?

— Précisément, dit Harry. Mais je vais creuser au sujet de son stratagème. Ensuite, j'y mettrai un terme.

— Je n'en doute pas, répondit Remy en levant sa chope. À l'honnêteté et à la légalité !

Harry et Dearborn se joignirent à lui et répétèrent son toast.

Oui, il découvrirait précisément ce que Madame Sybila manigançait, et il y mettrait un terme avant qu'elle puisse faire du mal à sa mère ou à quiconque. En espérant qu'elle n'en ait pas déjà fait.

CHAPITRE 2

— Il est devant Somerset House depuis plus d'une heure, annonça Mme Kinnon, propriétaire de la parfumerie *La Rose ardente*.

Elle referma la porte de la petite chambre de Madame Sybila après y être entrée.

— Merci d'être aussi observatrice.

Selina Blackwell posa la coiffe sur ses cheveux bruns et noua le ruban lavande sous son menton. Mme Kinnon cligna des yeux, ses paupières lourdes masquant brièvement ses yeux sombres.

— Quel genre d'amie serais-je si ce n'était pas le cas ?

Selina sourit à cette femme qu'elle connaissait depuis toujours.

— Vous avez toujours été et vous serez toujours une merveilleuse amie.

Mme Kinnon s'avança et écarta doucement les mains de Selina du ruban.

— Il n'est pas droit.

Elle avait toujours tâché de faire office de figure maternelle pour Selina qui n'avait pas de mère.

— Était-il seul ? s'enquit Selina.

Elle l'avait reconnu après avoir parcouru Bow Street de nombreuses fois entre sa maison et la parfumerie. Il était souvent en compagnie d'autres coureurs, soit à l'extérieur du tribunal, soit à la fenêtre du pub *Brown Bear* de l'autre côté de la rue.

— Pour autant que je sache. Mais on ne sait jamais avec ces coureurs. Ils sont bien trop rusés pour leur propre bien.

Effectivement, et Selina soupçonnait Harry Sheffield d'être plus astucieux que la plupart d'entre eux. Elle s'était attendue à ce qu'il revienne, mais peut-être pas aussi rapidement que le lendemain du jour où il était venu la voir, et elle était reconnaissante d'avoir des amis qui veillaient sur elle. C'était un sentiment étrange après tant d'années passées juste avec Beatrix ; c'était un luxe, en fait.

L'appréhension envahit Selina. Elle voulait sortir sur le Strand et le voir de ses propres yeux. Non pas qu'elle ne fasse pas confiance à Mme Kinnon… Enfin, c'était peut-être ça, du moins un peu. À l'exception de Beatrix, il lui était difficile de faire confiance aux gens.

— Là.

Mme Kinnon s'écarta avec un hochement de tête satisfait. Il était étonnant de constater à quel point elle était élégante et respectable aujourd'hui, comparée à la femme dont Selina se souvenait dans sa jeunesse. Les cheveux noirs et indomptés de Mme Kinnon avaient disparu, remplacés par une chevelure argentée et lisse, toujours soigneusement coiffée. Et ses vêtements étaient impeccables et sobres, bien loin des robes grossières et bon marché qu'elle avait cousues pour elle-même, ainsi que pour Selina lorsqu'elle était enfant.

— Maintenant, tu as l'air de la lady convenable que tu es censée être.

Selina n'était absolument pas une lady, et elle ignorait ce qu'elle était *censée* être. Morte, sans doute. La tournure sombre de ses pensées menaçait de la paralyser. Mais elle ne sombrerait pas. Elle ne pouvait pas ; elle se réprimanda en pensées. Revenir à Londres après tant d'années perturbait son équilibre.

Comme s'il ne s'agissait que de cela.

Selina ignora la voix dans sa tête et prit ses gants sur la table. Son costume de Madame Sybila était bien rangé derrière la porte cachée dans le coin qui s'ouvrait sur un minuscule placard. Elle l'avait également recouvert d'un rideau, pour être bien sûre qu'il reste caché.

— Merci, madame Kinnon. Je vous verrai demain.

— Et M. Sheffield aussi, j'imagine.

— Probablement, acquiesça Selina. Je ne suis pas tout à fait sûre de ce qu'il cherche.

— Les gens de son espèce n'aiment pas ceux de la nôtre.

— Comment pourrait-il savoir de quelle « espèce » nous sommes ? s'enquit Selina.

Ce n'était pas comme si elles affichaient leurs origines pauvres sur une pancarte autour de leur cou.

— Comme je l'ai dit, il est bien trop rusé, dit Mme Kinnon, se tapotant la tempe du bout du doigt.

Peut-être. Selina éveillait souvent le scepticisme lorsqu'elle incarnait la diseuse de bonne aventure, mais cela n'avait pas empêché le système d'être incroyablement rentable. C'était précisément ce dont elle avait besoin à cet instant, si Beatrix devait connaître le succès dans ses projets.

— Fais attention en sortant, l'avertit Mme Kinnon lorsque Selina se dirigea vers la porte.

Elle adressa un sourire à son amie.

— Toujours.

Se tournant vers la droite, Selina s'engagea dans le couloir, puis franchit une porte pour pénétrer dans une petite pièce avant d'ouvrir une seconde porte donnant sur la ruelle située derrière la boutique. Scrutant furtivement son environnement, elle se déplaça prudemment le long de la ruelle. Quelques instants plus tard, elle tourna à gauche sur le Strand. Ce n'était pas son itinéraire habituel, mais elle voulait voir si Sheffield était toujours de l'autre côté de la rue.

Elle examina rapidement Somerset House, mais ne vit pas le coureur de Bow Street. Peut-être s'était-il lassé de sa surveillance.

Ou pas.

Alors que Selina s'approchait de la devanture de *La Rose Ardente*, deux choses se produisirent presque au même moment : elle aperçut la grande silhouette imposante de Harry Sheffield juste au-delà de la parfumerie, et quelqu'un à sa droite, dans l'embrasure d'une porte située deux boutiques plus loin, cria.

— Arrêtez, voleur !

Un flou de gris et de brun passa devant Selina juste au moment où elle voyait Sheffield se mettre à courir. Sans réfléchir, elle fit semblant de trébucher, et se plaça directement sur son chemin. Soit il l'attrapait, soit elle terminait la tête la première sur le pavé.

Heureusement, ce fut la première solution.

Ses bras puissants la soulevèrent avant qu'elle touche le sol. Selina s'enroula autour de lui, s'agrippant à ses bras et à son cou en poussant un grand cri.

— Est-ce que vous allez bien ? s'enquit-il, l'air très inquiet, alors qu'il suivait du regard l'enfant qui s'enfuyait.

Elle vit le garçon, ou la fille, c'était impossible à dire, du coin de l'œil. Elle était heureuse de voir qu'il ou elle était rapide.

Même ainsi, Selina n'avait pas l'intention de laisser le coureur poursuivre un enfant.

— Je crains de m'être un peu tordu la cheville, dit-elle avec un sourire désolé. Je m'excuse d'être tombée d'une manière aussi peu gracieuse.

— Y a-t-il une façon gracieuse de tomber ? demanda-t-il avec un sourire ironique.

Elle s'était attendue à ce qu'il soit contrarié qu'elle ait interrompu sa poursuite.

— Je suppose que non. Sauf si l'on *essaie* de tomber, remarqua-t-elle, et c'était exactement ce qu'elle avait fait. Et faire bonne figure en le faisant.

Ce qui n'avait pas été le cas.

— Pouvez-vous vous tenir debout ?

— Laissez-moi essayer. Lentement, s'il vous plaît, ajouta-t-elle alors qu'il la faisait descendre vers le pavé.

Elle avait l'intention de gagner autant de temps que possible pour que le gamin puisse s'échapper. Sheffield la déposa avec précaution sur le sol, et Selina prit soin de mettre tout son poids sur son pied droit. Ensuite, elle essaya avec le pied gauche en grimaçant.

— Est-ce douloureux ?

Les coins de ses yeux se plissèrent quand il posa la question, et Selina le trouva plutôt beau dans son inquiétude.

Non, un coureur de Bow Street n'est pas beau, quand bien même il possédait des yeux de la couleur d'un porto fauve et une capacité évidente à faire preuve d'humour, ce qui ne faisait qu'accentuer sa belle allure. Ou même s'il était sans doute l'homme le plus musclé qu'elle ait jamais vu.

— C'est un peu sensible, dit-elle, ignorant les… attributs physiques de Sheffield.

Elle s'agrippa à ses avant-bras en se tenant en équilibre sur un pied.

— Pourriez-vous m'accorder un moment ?

Le regard du constable se porta à nouveau derrière elle, et, cette fois, elle le suivit. L'enfant avait disparu : il se dirigeait sans doute vers la Tamise, où il tournerait presque certainement vers l'est en direction de Blackfriars.

Sheffield expira, sa déception palpable.

— Quelque chose ne va pas ? s'enquit Selina.

Elle n'était pas sûre de ce qui l'avait poussée à poser cette question, mais elle était incroyablement curieuse d'entendre sa réponse. Lui dirait-il la vérité ?

— J'allais partir à la poursuite d'un voleur présumé.

Selina remarqua qu'il avait utilisé le mot « présumé ».

Elle leva les yeux vers lui et essaya de ne pas se laisser attirer par son regard captivant.

— J'ai effectivement entendu quelqu'un crier au voleur. Vous alliez le poursuivre ?

— Je travaille pour Bow Street.

Elle feignit la surprise.

— Oh ! Et moi qui me mets en travers de votre chemin ! Toutes mes excuses ! s'exclama-t-elle en lui lâchant les bras, reculant de quelques pas mal assurés pour faire bonne mesure. Peut-être pouvez-vous encore l'attraper et procéder à une arrestation ?

Les sourcils auburn du constable formèrent un V, et il plissa ses yeux magnifiques.

— Je n'avais pas l'intention de l'arrêter. Ce n'est qu'un enfant.

Selina eut soudain du mal à respirer.

— Qu'auriez-vous fait ?

— Interroger le malfaiteur. Cet enfant a volé dans une boulangerie, je suppose donc qu'il avait faim. Un gamin comme ça n'est pas un criminel, dit-il, baissant la voix. Aucun enfant n'est un criminel, du moins pas volontairement.

Les poumons de Selina étaient maintenant complètement bloqués. À tel point qu'elle dut se rappeler de respirer. M. Sheffield n'était pas tel qu'elle l'avait cru. Et cela le rendait encore plus dangereux qu'elle ne l'avait pensé au départ. Une personne dont elle ne pouvait pas prévoir le comportement représentait un risque plus élevé.

Comme si sa vie n'était pas déjà assez risquée.

Elle aurait préféré totalement éviter M. Sheffield, mais cela ne semblait pas possible étant donné l'attention qu'il portait à Madame Sybila. Ce qui signifiait qu'elle allait devoir lui rendre la pareille et le surveiller de près.

— Vous le croyez vraiment ? s'enquit-elle. Qu'aucun enfant n'est un criminel ?

— Ils ont besoin d'être éduqués, et ce n'est pas leur faute. On peut aussi leur apprendre à être des citoyens respectueux de la loi.

— Y veillez-vous personnellement, monsieur… ?

Le regard du constable se porta sur le sien, et Selina se rendit compte, trop tard, qu'elle lui avait dit quelque chose de très similaire la veille, lorsqu'elle incarnait Madame Sybila. *Bon sang !* D'habitude, elle était plus prudente. Avec un peu de chance, il ne remarquerait pas la similitude puisqu'elle prenait un accent lorsqu'elle était déguisée.

Elle retint son souffle jusqu'à ce qu'il cligne des yeux.

— Sheffield, répondit-il en s'inclinant. À votre service, mademoiselle ? Madame ?

— Lady Gresham.

La surprise se lut dans ses yeux.

— Lady Gresham. Je suis heureux de faire votre connaissance, lui dit-il, avant de regarder autour de lui. Pas de palefrenier ?

Elle secoua la tête.

— Je n'en vois pas l'utilité.

Elle ne disposait pas non plus du budget nécessaire. Ses « clientes » n'étaient pas nombreuses, et elles lui avaient été envoyées par Mme Kinnon. Deux employées seulement vivaient dans la petite maison que Selina avait louée dans Queen Anne Street : l'intendante, qui faisait également office de cuisinière, et sa fille qui remplissait les fonctions de femme de chambre. Le neveu de l'intendante officiait parfois en tant que palefrenier ou de cocher lorsqu'elles louaient une calèche.

Sheffield inclina légèrement la tête.

— C'est intéressant. Qu'en pense votre mari ?

Elle lui adressa un petit sourire.

— Mon pauvre mari décédé aurait approuvé. Il ne voyait pas l'intérêt des choses qui n'étaient pas absolument nécessaires.

— Je vois.

Vraiment ? Depuis sa rencontre avec Harry Sheffield la veille, Selina s'était renseignée sur lui. Elle avait été surprise d'apprendre qu'il était le fils d'un comte. En tant que tel, il était sans doute habitué à avoir une ribambelle de valets de pied. Le fait qu'il soit un coureur de Bow Street ne faisait qu'ajouter à son aura énigmatique ; c'était une raison de plus pour qu'elle ne baisse pas la garde en sa présence. D'autant plus qu'il était également le fils de l'une de ses clientes.

Selina se demanda alors si elle n'avait pas contrarié lady Aylesbury au point qu'elle ait demandé à son fils de mener une enquête. La jeune femme trouvait l'idée surprenante, car la comtesse était l'une de ses clientes les plus charmantes et semblait toujours plutôt heureuse après leurs rencontres.

— J'aurais sans doute *dû* amener un palefrenier.

Elle voulait voir ce qu'il répondrait. Il fallait absolument qu'elle se comporte comme une lady respectable, et si elle devait employer un palefrenier pour la suivre inutilement afin de vendre son mensonge, elle le ferait. Elle ferait tout ce qu'il fallait pour que Beatrix atteigne son objectif de conquérir Londres.

Sheffield haussa les épaules.

— Si vous n'en avez pas besoin, je n'en vois pas la raison. Toutefois, je ne suis pas particulièrement adepte des règles de la société.

Son ton était froid, et elle se rappela ce qu'elle savait de lui par lady Aylesbury. Lorsqu'elle évoquait son deuxième fils, ce qui arrivait souvent, c'était pour souligner à quel point il était différent du reste de la famille, qu'il fuyait la bonne société et qu'il cherchait un métier en rapport avec les criminels et les dégénérés. Selina se demandait ce qui l'avait poussé à s'engager dans cette voie.

— Eh bien, nous sommes deux, répondit-elle avec un rire léger. Je suis relativement nouvelle en ville, et j'ai peur que mes manières campagnardes ne suffisent pas à faire entrer ma sœur dans la bonne société.

— Ce n'est pas une mince affaire, même lorsque vous n'êtes pas nouvelle en ville, répondit-il avec davantage de cette chaleur qu'il avait manifestée après qu'elle était tombée dans ses bras.

— Je suis ravie d'apprendre qu'il ne s'agit pas que de moi, dit-elle, posant le pied plus fermement sur le sol. Je pense que cela ira pour ma cheville. Je devrais m'en aller.

— Dois-je héler un fiacre pour vous ? Ou bien faites-vous des emplettes par ici ? demanda le constable, observant les alentours. Peut-être allez-vous voir la diseuse de bonne aventure ?

— La quoi ?

Selina était impatiente d'entendre ce qu'il pourrait dire au sujet de Madame Sybila. Il agita la main d'un air dédaigneux.

— C'était un plaisir pour moi de vous sauver d'un désastre certain. Peut-être nous reverrons-nous.

— Je ne vois pas dans quelles circonstances, mais ce serait agréable.

Selina imaginait *parfaitement* dans quelles circonstances. En réalité, elle était déjà en train d'élaborer des plans pour que cela se produise. Sheffield ne la quittait pas du regard.

— Je vais prendre ce fiacre, si vous n'y voyez pas d'inconvénient.

Elle n'avait pas vraiment envie de dépenser cet argent,

mais ce serait étrange qu'elle ne le fasse pas, étant donné qu'elle était censée être une lady et qu'elle venait de se blesser.

— Bien sûr.

Alors que le constable descendait sur la rue pour héler un véhicule, Selina jeta un regard vers la parfumerie. Mme Kinnon les observait par la fenêtre. Elle inclina légèrement la tête avant de se tourner.

— Voilà, my lady, dit Sheffield en faisant un geste vers le fiacre qui s'était rangé sur le côté.

Selina boitilla vers le véhicule.

— Merci.

— Êtes-vous sûre que je ne peux pas vous raccompagner chez vous ?

L'idée de partager l'espace confiné du fiacre avec ce grand et bel homme lui procura une sensation de chaleur gênante.

— Non, merci. Mais j'apprécie votre aide. Encore une fois, je suis désolée pour le désagrément.

— Il n'y a eu aucun désagrément, répondit-il en l'aidant à monter dans le véhicule. Votre destination ?

— Queen Anne Street.

Il savait maintenant où elle vivait. Non pas qu'il aurait été difficile pour lui, un coureur, de le découvrir. Elle était très ouverte sur sa vie en tant que lady Gresham. Elle devait l'être pour Beatrix. Cependant, le reste de sa vie restait dans l'ombre.

Le constable donna l'adresse au cocher et se retourna vers Selina.

— Au revoir, Lady Gresham.

— Monsieur Sheffield, répondit-elle en souriant quand il referma la portière.

Puis elle le regarda par la fenêtre tandis que le véhicule s'éloignait. Quand il disparut de son champ de vision, elle s'adossa à la banquette. Une vague de malaise l'envahit.

Que manigançait exactement Sheffield ? Cherchait-il simplement à savoir si Madame Sybila était une innocente diseuse de bonne aventure, et rien d'autre ? Ou bien, avait-il découvert ces choses que Selina voulait maintenir cachées ?

Elle allait devoir garder un œil sur lui à distance, juste pour s'assurer qu'il ne s'approche pas trop. Cependant, il y avait en lui quelque chose qui lui disait qu'elle devrait faire plus que cela. Et si elle avait appris une leçon au cours des dix-huit dernières années, c'était qu'elle ne pouvait compter que sur elle-même pour s'occuper d'elle. Certes, elle avait Beatrix, mais Selina était celle qui organisait et protégeait. Elle avait repris le rôle que son frère avait joué pour elle avant de la faire partir.

Une douleur lui enserra la poitrine. Elle s'atténuait, mais la perte serait toujours présente. Elle avait passé ces dix-huit ans à travailler pour le retrouver, avant d'apprendre qu'il était mort. Découvrir que le but qu'elle avait cherché à atteindre avec tant d'acharnement n'était plus qu'un fantôme avait eu un effet dévastateur sur elle. Il ne lui restait plus qu'à atteindre l'objectif de Beatrix.

Selina ferait tout ce qui était en son pouvoir pour cela.

CHAPITRE 3

Deux jours plus tard, Selina se promenait dans Mount Street, son regard scrutant à la dérobée tous les aspects de l'imposante maison qui appartenait au père de Sheffield, le comte d'Aylesbury. La structure à façade palladienne était plus large que celles situées de part et d'autre, et elle aperçut les somptueuses tentures qui ornaient ce qui était sans doute leur salon d'apparat, situé au rez-de-chaussée. Elle imaginait Sheffield grandissant dans un tel endroit et se demanda à nouveau comment il en était arrivé à poursuivre des criminels. En tant que second fils, n'aurait-il pas dû être officier dans l'armée ou recteur en vue de peut-être devenir évêque ?

Elle ne marqua pas de pause et continua son chemin vers Berkeley Square. Ce jour-là, il était simplement question d'une mission de reconnaissance. Elle n'avait pas l'intention de se poster en face de la maison, ou de celle de Sheffield sur Rupert Street, devant laquelle elle était passée plus tôt, comme le constable l'avait fait la veille. Il était resté devant Somerset House pour pouvoir surveiller *La Rose ardente*. Que pensait-il du fait que Madame Sybila ne sorte jamais de la parfumerie ?

Car Selina n'entrait et ne sortait absolument jamais dans son costume, et elle n'utilisait pas non plus l'entrée principale du magasin. Peut-être essaierait-il ensuite de surveiller la ruelle. Il commençait à devenir gênant.

— Lady Gresham.

Bonté divine ! Selina était tellement plongée dans ses pensées qu'elle n'avait pas vu sa proie arriver droit sur elle. La colère, dirigée contre elle-même, lui tenaillait le ventre. Jamais elle ne se montrait aussi négligente. Sheffield n'était pas seulement gênant : il devenait rapidement une menace.

Arborant un sourire enjoué, elle afficha un air surpris.

— Monsieur Sheffield, bonjour. Quel étonnement de vous revoir si vite !

— En effet. Pour ma part, je m'en réjouis, répondit-il, et son regard se posa sur l'ourlet de sa robe. Comment va votre cheville ?

— Très bien, merci. Vous êtes mon héros.

Le constable rit doucement.

— Non, pas vraiment. Qu'est-ce qui vous amène dans ce quartier ?

— Après avoir parcouru Bond Street, j'ai décidé de faire une petite promenade. Je me rends maintenant, avec une certaine culpabilité, chez Gunter, pour prendre une glace.

Le mensonge lui vint aisément. Sheffield s'inclina légèrement.

— Serait-ce faire preuve de trop d'audace que de vous proposer de vous escorter ?

— Pas du tout. Je serais ravie de profiter de votre compagnie. Ma sœur m'aurait volontiers accompagnée aujourd'hui, mais elle ne se sentait pas très en forme.

Encore un mensonge. M. Sheffield tourna les talons et lui offrit son bras.

— J'espère qu'elle se sentira mieux lorsque vous rentrerez chez vous.

— J'en suis sûre. Ce n'est qu'un léger mal de tête.

Selina enroula la main autour du bras du constable, et réprima sa réaction. Il était aussi musclé qu'il en avait l'air et, honnêtement, elle ne se souvenait pas d'avoir ressenti un tel sentiment de… plaisir en touchant un homme.

Ils prirent la direction de Berkeley Square, qui n'était pas très loin.

— Qu'est-ce qui *vous* amène dans ce quartier ? s'enquit Selina. Habitez-vous dans les environs ?

— Mon père y vit. De l'autre côté de la rue, en fait.

Elle jeta un œil par-dessus son épaule.

— Ce sont plutôt de grandes maisons.

— Mon père est le comte d'Aylesbury, répondit-il en grimaçant, comme s'il était gêné.

— Mon Dieu ! Comme c'est prestigieux ! Et comme il est curieux que vous travailliez pour Bow Street.

Sheffield laissa échapper un petit rire.

— Si je recevais un shilling chaque fois que quelqu'un réagit de cette façon, je pourrais racheter la maison de mon père. Non pas que j'en aie envie.

— Pourquoi ne le voudriez-vous pas ?

— Elle est trop extravagante. Je suis très heureux dans ma petite maison de Rupert Street.

Comparée à la maison de son père, elle était *très* petite. Et simple, pour autant qu'elle ait pu en juger. Mais elle était tout de même agréable, et située dans un bon quartier. Quelqu'un comme lui comprenait-il ce que cela signifiait que de vivre dans la pauvreté ? Bien sûr que non. Pourquoi pensait-elle le contraire ? D'ailleurs, cela n'avait pas d'importance. Il n'avait pas besoin de la comprendre.

— Vous n'aspirez donc pas à la richesse et au luxe ?

— Est-ce qu'ils apportent le bonheur ? Pas à mes yeux.

À son corps défendant, Selina était fascinée.

— Le métier de constable vous rend-il heureux ?

— Oui. Plus que mon ancien métier d'avocat.

— Vous étiez avocat ?

Selina l'ignorait, mais elle ne s'était pas renseignée sur son passé, et lady Aylesbury n'en avait jamais parlé.

Il acquiesça tandis qu'ils progressaient vers Berkeley Square et Gunter à l'est.

— Je trouvais cela un peu ennuyeux. Alors j'ai préféré devenir constable. J'aime beaucoup ce que je fais.

C'était encore un point contre lui. Non pas parce qu'il aimait la loi, mais parce qu'il était sans doute très doué dans son domaine. Et c'était un problème pour Selina.

— Qu'est-ce qui vous plaît le plus ?

Il lui ouvrit la porte de chez Gunter, et elle le précéda à l'intérieur.

— C'est d'aider les gens.

— Pas de les arrêter ? s'enquit-elle avec ironie tandis qu'ils s'approchaient du comptoir.

Sheffield sourit brièvement.

— Non. Je dois avouer que je suis intrigué par ce qui pousse les gens à commettre des crimes. Comme je vous l'ai dit l'autre jour, personne ne naît criminel.

— Peut-être pas, mais certaines personnes sont certainement plus enclines à le faire, ne croyez-vous pas ? Ne serait-ce qu'en raison des circonstances ?

Le constable se tourna vers elle, un air appréciateur au fond de ses yeux couleur fauve.

— Précisément. Les circonstances font de nous ce que nous sommes, ou du moins y contribuent, et si quelqu'un naît dans une situation défavorisée, est-ce vraiment de sa faute ?

Elle n'eut pas le temps de répondre, car c'était à leur tour de commander des glaces. Il demanda de la fleur de sureau, et Selina de la lavande. Lorsque Sheffield paya pour eux deux, elle posa sur lui un regard surpris. Alors qu'ils attendaient leur glace, elle le remercia.

— Ce n'était pas nécessaire.

— Peut-être pas, mais j'insiste.

Il lui adressa un sourire qui s'enracina dans sa poitrine avec une chaleur persistante et bienvenue.

Ils récupérèrent leur commande et prirent place à une table près de la fenêtre, mais pas juste à côté. Après quelques bouchées, Sheffield reprit la parole.

— Vous êtes veuve. Avez-vous des enfants ?

— Non. Je n'ai que ma sœur, mais elle est loin d'être une enfant. Pourtant, je suis responsable d'elle. Nous sommes venues à Londres pour qu'elle puisse vivre une saison.

Beatrix avait vingt-six ans, ce qui, d'après Selina, était trop âgé pour une saison, mais elle paraissait plus jeune, si bien qu'elles faisaient comme si elle l'était.

— C'est vrai. Vous en avez parlé l'autre jour. S'amuse-t-elle ?

— En quelque sorte. Je crains que vouloir faire une saison ne soit plus compliqué que je ne l'avais imaginé, raconta-t-elle, baissant les yeux sur sa glace. Nous ne connaissons pas grand monde ici.

— Cela doit rendre les choses difficiles. Probablement. J'avoue que je n'y connais pas grand-chose.

Selina étudia le constable un moment.

— Comment est-ce possible alors que votre père est comte ?

— Je n'accorde que peu d'attention à la saison, ainsi qu'aux autres activités de la société. De toute façon, je suis bien trop occupé, répondit-il, pinçant les lèvres. Pardonnez-moi. Je ne voulais pas insinuer que votre démarche était absurde. Bien sûr que votre sœur devrait pouvoir vivre une saison. C'est merveilleux que vous ayez pu l'amener ici pour cela.

Selina rit doucement ; elle appréciait profondément son opinion.

— Je ne peux qu'admettre que c'est absurde. Pourtant, c'est la meilleure chance pour Beatrix de trouver un mari. Nous venons d'un village de campagne et il n'y avait pas de perspectives pour elle.

— Y retournerez-vous une fois que votre sœur sera installée ?

Il prit une cuillère de glace, et elle aperçut sa langue. Se réajustant sur son siège, Selina prit une bouchée de sa glace avant de répondre.

— Probablement, mentit-elle.

Il n'y avait pas de village, pas plus qu'il n'y avait de mari.

— À moins que je ne trouve une association caritative à soutenir ici à Londres. Comme vous, j'ai à cœur d'aider les autres, et je tiens à le faire pour les femmes en particulier. Si je me consacre à une telle entreprise, il se pourrait que je reste.

— Ce serait une vraie chance pour cette association, répondit-il chaleureusement.

— Mais, tout d'abord, je dois attendre que ma sœur se marie.

— Justement, à cet égard, je pense pouvoir vous aider, annonça-t-il en posant sa cuillère. Mes parents organisent une soirée samedi. Si vous n'avez pas d'autres engagements, je serais ravi de veiller à ce que vous soyez invitées.

Un sentiment d'envie et d'impatience envahit Selina. C'était précisément ce dont Beatrix avait besoin.

— Mon Dieu ! Monsieur Sheffield… C'est incroyablement

gentil de votre part ! Cela ne vous posera-t-il pas trop de problèmes ?

— Je ne l'aurais pas proposé si c'était le cas.

— Alors, oui, merci. Ce serait merveilleux. Serez-vous là ?

— En temps normal, non. Cependant, étant donné que je vous invite, je devrais sans doute être présent. Je serai là, conclut-il en secouant la tête.

Elle essaya en vain de ne pas sourire.

— Comme je sais maintenant qu'il ne s'agit pas là de votre activité favorite, je prendrai comme un compliment le fait que vous y assistiez pour nous. Merci.

Selina éprouva un sentiment de satisfaction. Elle devait maintenant passer à son objectif suivant.

— Dites-moi, sur quoi enquêtez-vous en ce moment ?

— Sur toute une variété de choses.

Il fronça les sourcils, et son regard se porta au-delà d'elle. Selina tourna la tête pour le suivre.

— Quelque chose ne va pas ?

Il secoua la tête.

— Non. Je pensais simplement à une vieille enquête. Je n'ai pas été en mesure de traduire l'auteur en justice.

Aux plis qui barraient son front, ainsi que le contour de sa bouche et de ses yeux, elle voyait bien que cela l'accablait.

— Cela vous tracasse encore ?

Sheffield planta son regard dans celui de la jeune femme.

— Oui. Des événements ont ramené cette affaire au premier plan de mes préoccupations. C'était une tragédie, et l'homme qui en est à l'origine est toujours en liberté, à commettre des crimes.

— Comment est-ce possible ? l'interrogea Selina, vraiment curieuse.

Le regard de Sheffield se durcit, et ses lèvres se retroussèrent légèrement.

— Je n'ai pas pu l'attraper il y a quatre ans… c'était à mes débuts en tant que constable. Il a déclenché un incendie à Saffron Hill, réduisant en cendres la maison d'un criminel notoire afin de prendre le contrôle de l'organisation de cet homme.

Le sang de Selina se glaça. Quatre ans plus tôt... Un incendie... Saffron Hill...

— Plus d'une douzaine de personnes sont mortes, dont des enfants, raconta Sheffield, la mâchoire crispée. Il a disparu, et l'enquête a été close, car nous n'avons pas pu prouver que l'incendie était criminel.

— Qui est-il ?

Elle n'aurait pas pu s'empêcher de poser la question même si elle avait essayé. Ce qui n'était pas le cas. Sous le coup de l'appréhension, le pouls de Selina frémit.

Sheffield la regarda en clignant des yeux, puis prit une bouchée de sa glace.

— Le Vicaire. Vous n'avez jamais entendu parler de lui, évidemment. Il est prêteur à Blackfriars.

Selina fit appel à toute sa volonté pour rester sur sa chaise et ne pas se précipiter pour prendre un train pour Blackfriars immédiatement. Elle était passée maîtresse dans l'art de contrôler ses réactions et ses émotions.

— C'est un criminel, et il se prétend vicaire ? demanda-t-elle, gardant un ton léger avant de prendre une bouchée de glace à la lavande.

— Il rencontre des gens à St Dunstan-in-the-West.

— Est-ce un véritable ecclésiastique ?

Sheffield laissa échapper un son guttural.

— Non, c'est un meurtrier.

Effectivement. Et Selina avait l'intention de le retrouver.

— Assez parlé de cela, dit Sheffield. Je ne voulais pas évoquer de tels sujets. Je vous l'ai dit, je ne suis pas très doué pour suivre les règles de la société.

Selina croisa son regard.

— Vous me semblez être un homme d'un dévouement et d'une honnêteté farouches. C'est plutôt louable, répondit-elle d'une voix douce.

Il soutint son regard un moment, et elle eut l'impression troublante qu'ils partageaient le même caractère farouche, à défaut de l'honnêteté.

Ils terminèrent leur glace, et le constable la raccompagna hors du salon de thé.

— Où vous rendez-vous ensuite ? s'enquit-il.

— Chez moi. Je vais trouver un fiacre.

— Permettez-moi.

Il en héla un pour elle, et, comme l'autre jour, il l'aida à monter dans le véhicule.

— Cela commence à devenir une routine, remarqua Selina en souriant.

Il lui tint la main un peu plus longtemps que nécessaire.

— Une routine agréable, si je puis me permettre.

Une sensation de chaleur envahit Selina. Elle aurait dû rester loin de Sheffield, mais elle ne pouvait pas… pas pour l'instant. Au-delà du fait qu'elle le surveillait et qu'il allait les inviter à une soirée, elle devait aussi réfléchir à la manière d'obtenir de lui davantage d'informations sur ce « vicaire » et sur l'incendie de Saffron Hill. Plus que jamais, Harry Sheffield était une personne très importante.

Il était également intrigant, et elle se surprenait à l'apprécier.

— Je me réjouis de vous voir samedi, dit-elle.

— Il en est de même pour moi. Vous devriez recevoir l'invitation demain. Je vais aller de ce pas discuter avec mes parents. J'espère que votre sœur va mieux.

— Merci. Je suis sûre que c'est le cas.

Il s'inclina et ferma la portière, puis se dirigea vers l'avant du fiacre, sans doute pour donner son adresse au cocher.

Selina arriva peu après à la petite maison qu'elle louait

dans Queen Anne Street. Ses pensées et ses projets se bousculaient dans sa tête lorsqu'elle franchit la porte d'entrée. L'intendante était certainement en train de préparer le dîner.

Après avoir retiré son chapeau et ses gants et les avoir posés sur une table étroite, Selina passa devant l'escalier pour se rendre dans le petit salon où Beatrix et elle passaient le plus clair de leur temps.

La jeune fille leva le nez du journal qu'elle lisait ; ses yeux noisette clair se fixèrent sur elle, et se rétrécirent légèrement.

— Qu'est-ce qui ne va pas ?

Évidemment, Beatrix avait aussitôt remarqué l'agitation de Selina. Si elles n'étaient pas du tout liées par le sang, elles étaient aussi proches que deux sœurs pouvaient l'être, et ce, depuis plus de quinze ans.

— Demain, nous recevrons une invitation à une soirée donnée par le comte d'Aylesbury.

Les yeux de Beatrix s'écarquillèrent et ses lèvres s'entrouvrirent sous l'effet de la surprise.

— Le père de Sheffield ?

Elle était au courant de tout ce que savait Selina au sujet du coureur de Bow Street. À l'exception de ce qu'elle ressentait en sa présence.

— Je l'ai croisé sur Mount Street à l'instant.

— Il n'a pas eu de soupçons sur la raison de ta présence ?

Selina se dirigea vers l'âtre.

— Pas du tout.

— Eh bien, c'est une *bonne* nouvelle, ce qui signifie que tu ne me dis pas ce qui ne va pas. Je vois que quelque chose te préoccupe.

Évidemment. Elles étaient comme des sœurs, s'étant rencontrées au séminaire pour femmes de Mme Goodwin alors que Selina avait treize ans et Beatrix à peine dix. La mère de cette dernière venait de mourir, et son père l'avait envoyée à l'école sans même le lui dire en personne. Le fait que son père soit un duc et Beatrix, une fille illégitime, n'avait jamais eu d'importance pour cette dernière. Du moins, jusqu'à ce qu'elle arrive au séminaire, où les autres pensionnaires avaient veillé à en faire un sujet primordial. Selina avait pris la petite fille sous son aile, et elles avaient noué un lien qui perdurait.

Tournant les talons, elle se dirigea vers la porte qui donnait sur le petit jardin clos. Elle regarda un moment dehors avant de se tourner à nouveau vers Beatrix, qui attendait patiemment, le journal posé sur ses genoux.

— Je sais qui a allumé le feu à Saffron Hill.

Les mots s'échappèrent des lèvres de Selina dans un râle guttural.

Beatrix se leva brusquement, et le journal tomba au sol sans qu'elle s'en aperçoive.

— Comment ? Qui ?

— Un homme appelé le Vicaire. C'est un crime que Sheffield n'est pas parvenu à résoudre.

Le corps de Selina frémit autant que lorsqu'il lui en avait parlé chez Gunter.

— Sheffield n'a pas pu l'attraper, et lui, le Vicaire est toujours là, à prêter de l'argent à Blackfriars.

Le dernier mot lui échappa dans un sifflement.

— Nous allons le trouver, promit Beatrix avec une froide certitude.

— Oui et, à ce moment-là, il paiera pour avoir tué mon frère.

Beatrix s'approcha de Selina et lui saisit la main avec force.

— Nous nous rendrons à Blackfriars demain.

— Il prête de l'argent à St Dunstan-in-the-West, dit Selina froidement, la rage enfouie sous une myriade d'autres émotions qu'elle s'efforçait de garder cachées : le chagrin, le regret, le désespoir. Nous commencerons par là.

— Que feras-tu lorsque nous le trouverons ?

Selina cligna des yeux et plongea son regard dans celui, familier, de Beatrix. Elle sentit la chaleur de son soutien et de son amour dans sa main qui étreignait la sienne. Relâchant les épaules, Selina s'efforça de se détendre.

— Je ne sais pas encore.

Quoi qu'elle décide de faire, elle devrait le faire sous le nez d'un coureur de Bow Street qui surveillait Selina sous l'apparence de Madame Sybila autant qu'il mourait d'impatience d'attraper le Vicaire.

— Viens, allons décider de ce que tu porteras pour ton premier grand événement de la bonne société, proposa Selina, forçant l'enthousiasme dans son ton.

Beatrix tourna les talons en direction de la porte, mais jeta un regard en coin à Selina.

— Ne joue pas la comédie pour moi. Je sais que tu resteras préoccupée tant que nous n'aurons pas retrouvé le Vicaire.

— Oui, mais je ne laisserai pas cela nous détourner de notre objectif. Nous sommes si proches… Le comte d'Aylesbury a d'incroyables relations. En un rien de temps, tu seras présentée au duc de Ramsgate, qui verra à côté de quoi il est passé pendant toutes ces années en t'abandonnant chez Mme Goodwin.

Plissant les yeux, Beatrix garda la tête haute.

— Apparemment, nous allons toutes les deux obtenir ce que nous voulons, et très rapidement.

Non, Selina n'aurait jamais ce qu'elle désirait, des retrouvailles avec son frère bien-aimé, le garçon qui l'avait protégée pendant des années dans les rues de Londres alors qu'ils étaient orphelins. Ensuite, il l'avait envoyée au séminaire pour dames de Mme Goodwin afin de la protéger davantage et de lui assurer une meilleure chance d'avenir que celle qu'elle aurait eue dans l'East End.

Il s'était trompé.

Sa vie avait *peut-être été* meilleure, il n'y avait aucun moyen de le savoir. Quoi qu'il en soit, elle se retrouvait presque au point de départ. Et Rafe n'était plus là.

Alors, si elle n'obtenait pas ce qu'elle désirait, elle se contenterait d'autre chose : la vengeance.

$\mathcal{H}$arry glissa un doigt entre son cou et son col et sa cravate trop amidonnés, puis tira doucement sur le tissu. Son valet de chambre avait fait dans l'excès avec son costume ce soir, mais cela faisait un moment que Harry n'avait pas assisté à autre chose qu'à un dîner de famille chez ses parents.

La gêne occasionnée par ses vêtements trop élégants s'étendait à son humeur : il n'aimait pas ce genre d'événements. Faste, faux-semblants et *démesure*. Même si ses parents se montraient plus raisonnables que la plupart des gens en ce qui concernait les personnes qu'ils invitaient et les dépenses qu'ils engageaient, c'était encore bien plus que ce que Harry croyait nécessaire. Pourquoi ne pas simplement inviter une poignée d'amis à jouer aux cartes ?

Parce que nous allons danser !

Harry entendit dans sa tête le commentaire de sa mère ainsi que son rire enthousiaste et ne put s'empêcher de sourire. Oui, les gens allaient danser, et c'était une chose qu'il évitait comme la peste.

Alors qu'il s'adossait à la banquette et qu'il laissait tomber sa main à son côté au moment où le fiacre tournait sur Bond Street, il repensa à ce nouvel après-midi inutile passé à surveiller *La Rose ardente*. Ces cinq derniers jours, soit il s'était posté de l'autre côté de la rue, soit il avait observé la ruelle sur laquelle s'ouvrait l'entrée arrière. Il n'avait pas encore vu Madame Sybila quitter la parfumerie. Soit elle le surveillait également et elle ajustait ses heures de départ, soit il était incroyablement malchanceux.

Quatre jours, en fait, car il avait déduit qu'elle n'était pas là jeudi. Il avait payé quelqu'un pour entrer et s'enquérir de l'emploi du temps de la voyante. Mais elle ne prenait pas de rendez-vous le jeudi ni le dimanche, bien sûr.

Toutefois, ce qu'il avait vraiment besoin de savoir, c'était ce qu'elle faisait durant ces rendez-vous. Il admettait qu'il était possible qu'elle ne manigance rien de malhonnête, mais il n'allait pas attendre qu'elle dupe sa mère ou l'une de ses amies pour en avoir le cœur net.

Son esprit se tourna vers l'autre enquête qui lui pesait : celle concernant le Vicaire. Harry s'était rendu à St Dunstan-in-the-West et avait demandé à le voir. Mais on lui avait répondu qu'il n'y avait personne de ce nom-là, rien que le *véritable* vicaire de l'église. Le constable avait donc surveillé l'église pendant des heures… sans rien voir. Il s'était également renseigné à Blackfriars, où il avait appris que, là encore, personne n'était disposé à parler du Vicaire, et encore moins à donner une description de ce à quoi il ressemblait. Soit cet homme payait grassement les gens, soit il leur inspirait une profonde loyauté.

Le fiacre tourna dans Grosvenor Street et traversa rapidement Grosvenor Square avant de tourner dans Charles Street, où Harry descendit.

Il se dirigea vers les écuries à l'arrière de la maison de ses parents et salua l'un des palefreniers.

— Bonsoir, Barker.

— Bonsoir, monsieur. Surpris de vous voir ici ce soir. Mais pas que vous vous faufiliez par l'arrière de la maison, ajouta-t-il avec un petit rire.

— Vous me connaissez bien.

Harry adressa un clin d'œil au palefrenier puis entra dans la maison par la porte de derrière, que les domestiques utilisaient.

Les bruits de la cuisine montaient jusqu'à l'escalier de service, preuve qu'ils étaient tous très occupés pour la soirée. Il était encore tôt, et Harry espérait que lady Gresham et sa sœur arriveraient dès le début, pour qu'il puisse s'en aller le plus rapidement possible.

Il ouvrit une porte et s'engagea dans le couloir menant à la bibliothèque située à l'arrière de la maison, où sa famille se réunissait généralement avant le dîner… et avant des événements comme celui-ci. Il entendit leurs voix avant d'entrer.

Son frère Jeremy, vicomte Northwood, que tout le monde appelait North à l'exception de Harry, se tenait juste au-delà du seuil et le repéra immédiatement, haussant ses sourcils auburn dans une expression entre la surprise et l'amusement.

Harry posa un doigt sur ses lèvres. Il voulait voir combien de temps cela prendrait avant que quelqu'un s'aperçoive de sa présence.

— Cette couleur te va à ravir, dit Imogen, la plus jeune de ses trois sœurs, à Delia, la plus âgée. Et le drapé est parfait. C'est à peine si l'on peut dire que tu grossis.

— C'est impossible, répondit Delia. Je me sens aussi énorme que la ridicule nouvelle calèche de lord Blakesley.

— Une monstruosité absolue, confirma Edward, baron Moreton, le mari de Delia, en reniflant.

Delia arqua un sourcil brun en le regardant.

— Tu dis cela, mais nous aurons besoin d'un véhicule de cette taille si nous devons transporter quatre enfants.

— Quelle merveilleuse idée, dit Imogen, dont les yeux

bruns s'illuminèrent, signe qu'elle était inspirée. Un véhicule pour toute une famille ! On pourrait penser qu'il est facile de s'en procurer.

— Je crois que cela s'appelle une caravane, chérie, remarqua Sir Kenneth, le mari d'Imogen, avec un sourire.

— Eh bien, pour le moment, une caravane implique plusieurs véhicules. Peut-être quelqu'un devrait-il imaginer une calèche familiale que l'on appellerait aussi caravane, et toute la famille pourrait voyager ensemble, suggéra Imogen, inclinant la tête sur le côté. Qui connaissons-nous qui pourrait faire une telle chose ?

Balayant la pièce du regard pour voir si elle pouvait trouver une telle personne au sein de leur famille, elle posa les yeux sur Harry.

— Eh bien ! Regardez qui est là ! dit-elle, arborant un large sourire.

Tous les gens présents dans la bibliothèque se tournèrent vers Harry. Sa mère haleta.

— Harry ! s'exclama-t-elle en s'avançant vers lui, les bras tendus pour lui prendre les mains. Tu es venu !

— J'ai dit que je le ferais sans doute.

— Tu dis toujours cela.

Elle parlait d'un ton ironique, mais ses yeux brillaient de plaisir. Lâchant l'une des mains de Harry, elle garda l'autre pour se tourner vers tout le monde.

— Tout le monde est là, sauf les petits-enfants, bien sûr. Comme c'est charmant !

Rachel, la deuxième sœur de Harry, plissa les yeux.

— Pourquoi es-tu ici ? Une enquête est-elle en cours ? Maman et Papa ont-ils invité un criminel à la soirée ?

— Mon Dieu ! J'espère que non.

La mère de Harry semblait scandalisée ; elle grimaça en regardant son fils.

— Est-ce la raison de ta présence ?

— Non, maman, soupira-t-il. J'assiste enfin à une soirée, et tout le monde pense que j'ai une arrière-pensée.

Jeremy lui donna une tape sur l'épaule en riant.

— C'est parce qu'ils te connaissent. Un cognac ?

Harry acquiesça, et, malgré lui, un sourire se dessina sur ses lèvres. Son père s'avança vers lui avec un regard approbateur.

— C'est bon de te voir ici. Je suis heureux que tu sois venu, quelle qu'en soit la raison.

Harry savait que son père était sincère.

— Puisque je vous ai demandé d'ajouter deux invitées, j'ai pensé qu'il était juste que j'assiste à l'événement.

— Donc, tu as bien une arrière-pensée, jubila Rachel.

De ses trois jeunes sœurs, c'était toujours elle qui l'avait le plus taquiné, et il n'en attendait pas moins, étant donné qu'il lui avait appris à le faire efficacement.

— Pas vraiment. Papa et maman étaient ravis d'accueillir ces invitées qui viennent d'arriver en ville. Depuis quand aider quelqu'un constitue-t-il une arrière-pensée ? s'enquit Harry, acceptant le verre de cognac de son frère.

— Et qui sont ces invités ? demanda Imogen.

Sa mère répondit avant que Harry puisse le faire.

— Lady Gresham et sa sœur, Mlle Beatrix Whitford.

Jeremy fixa Harry du regard.

— Ce sont des femmes ? Comment diable as-tu rencontré des femmes qui viennent d'arriver en ville ? Elles n'ont pas été amenées devant un juge, n'est-ce pas ?

Plusieurs personnes dans la bibliothèque se mirent à rire, et Harry leva les yeux au ciel.

— Non. J'ai rencontré lady Gresham l'autre jour. C'est une longue histoire.

— Je t'en prie, raconte-nous ! s'exclama Delia avec un sourire enthousiaste.

— Plus tard, intervint leur mère. Les invités ne vont pas tarder à arriver. Venez, les filles.

Elle leur fit signe de la rejoindre.

— Faisons un dernier passage dans les pièces principales pour nous assurer que tout est prêt.

Les sœurs de Harry commencèrent à défiler devant lui. La première fut Delia, qui s'arrêta brièvement en passant.

— J'entendrai cette histoire, quitte à ce que je doive te traquer plus tard pour ça.

— Je n'en doute pas.

Harry ne pouvait qu'espérer qu'il soit parti d'ici là. S'il leur disait la vérité, qu'il avait failli assommer cette femme pendant qu'il poursuivait un voleur, ils diraient que c'était le signe qu'il devait l'épouser immédiatement. Essayer de trouver des femmes pour Jeremy et lui constituait leur principal objectif.

Après Delia vint Imogen.

— Devrions-nous nous arranger pour que tu te retrouves seul avec elle ?

Rachel se joignit à elle.

— Mais laquelle ? Lady Gresham ou Mlle Whitford ?

Elle étudia attentivement Harry, comme si elle pouvait deviner la réponse sur son visage où ne transparaissait pas le moindre amusement.

Il leva son verre et but une gorgée de cognac sans dire un mot. Imogen passa le bras dans celui de Rachel.

— Cette soirée vient soudain de devenir très intéressante.

Bon sang ! Harry regrettait d'avoir parlé. Ou même d'avoir invité lady Gresham et sa sœur. Non, il ne le regrettait pas. Il essayait seulement d'aider. Et lady Gresham était… intrigante.

Après le départ des dames, Jeremy se rapprocha.

— Elles s'imaginent des choses, n'est-ce pas ?

— Eh oui, répondit Harry. J'essayais simplement d'aider

lady Gresham. Sa sœur fait sa première saison. Tu devrais peut-être te tenir à l'écart d'elle.

En tant qu'héritier d'un comté, Jeremy était un parti très convoité. Mais, indépendamment de l'opinion de leur mère quant au fait qu'il devrait accomplir son devoir, il n'avait aucune envie de se marier pour l'instant, surtout avec une jeune lady sur le marché du mariage. Il s'était rendu une fois chez Almack*, et il avait juré de ne plus y remettre les pieds. Ce qui était déjà plus que ce qu'avait fait Harry.

— J'apprécie l'avertissement.

Jeremy but une gorgée de cognac, et ils s'en allèrent rejoindre les autres gentlemen.

Leur père vint voir Harry. Il mesurait quelques centimètres de moins que son fils, et ses cheveux noirs, généreusement striés de gris, commençaient à se clairsemer. Il possédait un sourire et un comportement chaleureux, qui se manifestaient pleinement lorsqu'il s'exprimait.

— Je suis content que tu sois venu. Cela rend ta mère heureuse.

— Je le sais.

Harry devrait sans doute le faire plus souvent. Son père baissa la voix et se pencha vers lui.

— As-tu des nouvelles de la diseuse de bonne aventure ? Ta mère ne l'a pas consultée cette semaine, pour autant que je sache, mais je ne crois pas qu'elle ait abandonné l'idée, en dépit de mon insistance.

Harry sourit presque.

— Plus tu insisteras, plus elle s'accrochera à cette femme. Peut-être que si tu laissais le sujet de côté, maman s'en désintéresserait tout simplement.

____

* NdT : Club social exclusif, où les membres de la haute société se rendaient pour voir et être vus, dans l'espoir de trouver un partenaire idéal pour le mariage. On n'y était admis que si l'on disposait d'un bon, qui ne pouvait être obtenu que si l'on était approuvé par l'une des dames patronnesses du lieu.

— C'est peu probable, répondit son père avec un petit reniflement, avant de boire une gorgée de cognac.

— Eh bien, malheureusement, je n'ai rien à signaler. Madame Sybila refuse de lire l'avenir d'un gentleman, alors j'élabore un autre plan. Et, non, ne me demande pas de détails, car je ne t'en donnerai pas. Je te prie de me laisser faire mon travail.

Son père leva une main, un éclair d'irritation puis de détermination dans le regard.

— De mon côté, j'ai des informations à partager. Veux-tu les entendre ?

Harry ne laissa pas transparaître l'exaspération dans sa voix.

— Bien sûr. Les informations sont toujours utiles.

— Lord Balcombe m'a dit que sa femme avait fait don d'une somme considérable à l'organisation caritative suggérée par ce charlatan. Il est furieux.

— Sais-tu si lady Balcombe a donné l'argent à Madame Sybila ou directement à l'association caritative ?

— Non, répondit son père en clignant des yeux. Est-ce que cela a de l'importance ?

— Oui, confirma Harry.

Si lady Balcombe avait donné l'argent à madame Sybila, il pouvait s'agir d'un vol, à condition que la diseuse de bonne aventure n'ait pas remis l'argent à l'organisation caritative comme prévu.

— Puis-je m'entretenir avec lord Balcombe ou exiges-tu toujours que je garde cette enquête secrète pour le moment ?

Cela n'empêchait pourtant pas Harry d'en faire part à certains de ses collègues constables, comme Remy.

Son père grimaça.

— Je ne veux pas que ta mère découvre que je t'ai demandé d'enquêter.

— Elle ne saura pas que c'est toi. C'est mon *métier*, après tout.

— Dans ce cas, oui, tu peux lui parler. Il devrait arriver un peu plus tard.

Harry gémit intérieurement. Il ne voulait pas être ici plus tard. S'il ne voyait pas le comte ce soir-là, il lui rendrait visite le lendemain ou le jour suivant.

— Je ferai toute la lumière sur cette affaire. Je te promets que cette femme n'escroquera pas maman.

— Merci. Je te fais confiance pour t'occuper de cette affaire.

Il leva son verre en guise de toast silencieux avant de boire une autre gorgée.

Peu de temps après, Harry et les autres quittèrent la bibliothèque pour rejoindre la soirée alors que les premiers invités arrivaient. Leur père prit place à côté de leur mère pour accueillir les gens, tandis que les deux frères rejoignaient directement la salle des cartes.

— Tu joues ? s'enquit Jeremy.

— Peut-être. Je devrais probablement aller trouver lady Gresham et Mlle Whitford d'abord.

— Attention, Harry, sinon je vais croire que nos sœurs ont raison de penser que tu portes de l'intérêt à l'une d'entre elles.

Le constable poussa doucement son frère sans le faire bouger, et ce n'était d'ailleurs pas le but. Puis il se retourna et quitta la salle des cartes sans un mot, dans l'intention de monter au salon, où il trouverait un coin confortable où s'installer avant l'arrivée de lady Gresham. Avec un peu de chance, il n'aurait pas trop à attendre.

Et la chance lui sourit, car à peine avait-il pris place que lady Gresham apparaissait dans l'embrasure de la porte. Avec sa superbe robe rose foncé qui semblait scintiller à la lumière des bougies, il était impossible de ne pas la remarquer. C'était également dû au fait qu'elle était plus grande que la plupart des femmes. Et ce soir, avec ses cheveux brun doré coiffés d'une paire de plumes d'autruche blanches, elle paraissait encore plus grande. Une unique perle reposait au creux de son cou, et il se surprit à fixer cet endroit.

S'obligeant à lever les yeux, son regard suivit la courbe gracieuse de son cou et la saillie de son menton. Il s'arrêta brièvement sur sa bouche qui formait un arc captivant, avant de monter plus haut. Elle scruta la pièce, et il s'imagina qu'il pouvait voir le bleu vif de ses yeux, presque de la couleur d'un œuf de rouge-gorge, de là où il se trouvait. Il ne le pouvait pas vraiment, bien sûr, alors il s'écarta du coin où il se tenait et alla la saluer.

— Bonsoir, Lady Gresham. Je suis heureux de voir que vous avez pu prendre part à cet événement.

Il s'obligea à détourner son attention d'elle, ce qu'il trouva étrangement difficile, et sourit pour saluer la petite jeune femme qui se trouvait à ses côtés.

— Vous devez être Mlle Whitford.

La jeune femme fit une révérence, baissant brièvement son regard noisette avant de le relever pour croiser le sien une fois encore. Des boucles d'un blond doré effleuraient ses tempes et ses joues.

— Je suis heureuse de faire votre connaissance, monsieur Sheffield. Je viens de rencontrer lord et lady Aylesbury en bas et je les ai remerciés pour l'invitation, mais je crois savoir que c'est *vous* que je dois remercier.

De profondes fossettes se formaient quand elle souriait, lui conférant une aura d'exubérance juvénile.

— Je suis heureux d'avoir aidé. Vous plaisez-vous à Londres ? s'enquit-il poliment.

Ce type de conversation mondaine, généralement banale, était l'une des principales raisons pour lesquelles il évitait ce genre d'événements. C'était une chose de parler avec des gens qu'il connaissait ou avec une seule autre personne à l'écart de la foule, comme il l'avait fait avec lady Gresham à deux reprises maintenant, et c'en était une autre de faire la conversation à bâtons rompus avec quelqu'un qu'il venait de rencontrer. Il la regarda et s'étonna de son calme presque surréaliste. Elle n'était pas comme les autres participants à ce genre d'activités. Ils exsudaient généralement l'enthousiasme et la joie.

— C'est une ville charmante, dit Mlle Whitford, les yeux pétillants. Nous sommes allées à Hyde Park, chez Astley et, bien sûr, nous avons fait des emplettes sur Bond Street. J'espère visiter Vauxhall* et avoir la chance d'obtenir un bon d'entrée chez Almack.

— Je vous souhaite bonne chance dans vos entreprises.

Harry aperçut ses deux plus jeunes sœurs qui se dirigeaient droit vers eux. *Bon sang !* Que voulaient-elles ?

Rachel afficha un large sourire en guise de salutations.

— Harry, sont-ce les ladies que tu as invitées ce soir ?

— Permettez-moi de vous présenter lady Gresham et Mlle Whitford, dit-il en se tournant vers ses invitées. Voici mes sœurs, lady Fitzwilliam et Mme Hayes.

Il avait commencé par Imogen, dont le rang était plus élevé, avant de présenter Rachel, qui avait épousé le second fils d'un vicomte. Cela poussa Harry à se demander quel était le rang de lady Gresham. Il pouvait toujours chercher son mari dans l'annuaire mondain Debrett, mais il ne s'en donnerait sans doute pas la peine.

Tout le monde échangea des révérences, et lorsque ses deux sœurs se relevèrent avec de larges sourires rayonnants, il devint méfiant.

---

* NdT : Jardins d'agrément situés à Londres. Des divertissements y étaient organisés autour d'un pavillon de concert et d'un bal, en plein air ou en salle.

— Vous ai-je entendue parler d'Almack ? demanda Rachel à Mlle Whitford.

— Oui. Je disais justement à M. Sheffield que j'espérais avoir la chance de recevoir un bon.

— Voilà qui peut s'avérer difficile, remarqua Imogen. Mais pas impossible. Nous nous efforcerons de vous aider.

— Allez-vous chez Almack ? demanda Lady Gresham à Harry.

— Non.

— Il n'y est pas allé une seule fois, précisa Rachel, comme si cela avait de l'importance. Au moins, notre autre frère l'a fait.

— Aucun d'eux n'est sur le marché du mariage, au grand dam de nos parents, remarqua Imogen avec douceur.

— Je ne pense pas que lady Gresham et Mlle Whitford aient vraiment envie d'entendre parler de nos affaires de famille.

Il jeta un coup d'œil à lady Gresham et vit qu'elle l'observait avec une pointe… d'humour ?

Imogen et Rachel échangèrent un regard, puis cette dernière prit la parole.

— Lady Gresham, pourrions-nous emprunter Mlle Whitford pour un moment ? Nous nous ferons un plaisir de la présenter à certains des invités.

— Nous sommes d'excellents chaperons, lui assura Imogen.

Harry toussa. Un jour, bien avant qu'aucune de ses sœurs ne se marie, Delia les avait emmenés tous les trois, *seuls*, en excursion à Hyde Park. Ils avaient fabriqué des bateaux en papier, et voulaient les faire flotter sur la Serpentine. Ensuite, ce maudit duc de Holborn les avait vus. Très pointilleux sur les convenances, il les avait ramenés chez eux et avait sermonné leur père. Et cela n'avait été que la première de leurs sorties non surveillées. Harry ne pouvait imaginer ses sœurs dans le rôle de chaperons, excellentes ou non.

Malgré tout, il ne dit rien, car il se rendait compte qu'il était ravi d'avoir lady Gresham pour lui tout seul. *Bon sang !* Vraiment ?

Lady Gresham leur adressa un sourire appréciateur.

— Ce serait merveilleux, merci.

Imogen passa son bras dans celui de Mlle Whitford et elles tournèrent les talons. Le regard de Rachel se promena entre Harry et lady Gresham.

— Vous devriez aller vous promener dans le jardin. C'est une belle soirée.

Plissant les yeux presque imperceptiblement, elle adressa un sourire fugace à Harry avant de se retourner et de suivre les autres.

Foutaises. Ces chipies jouaient les entremetteuses. Elles avaient très justement évalué la situation et estimé que Harry s'intéresserait davantage à lady Gresham. Parce qu'elle l'intéressait, *effectivement.*

— Pourquoi froncez-vous les sourcils ?

Harry cligna des yeux et tourna la tête vers lady Gresham une fois encore.

— Ce n'était pas volontaire. Mes sœurs peuvent se montrer contrariantes.

— Je les ai trouvées plutôt agréables. Devrais-je m'inquiéter de voir Beatrix partir avec elles ?

— Pas du tout. Votre sœur ira très bien. Dites-moi, a-t-elle des tendances à l'indépendance ou à la provocation ?

— Oh, que oui ! s'exclama-t-elle, le regard amusé.

— Alors, elles s'entendront très bien.

Lady Gresham rit doucement.

— Je ne m'inquiéterai pas, alors, pendant que nous serons dans le jardin, remarqua-t-elle.

Elle croisa ensuite le regard de Harry, et elle sembla soudain hésiter.

— Enfin, si vous voulez y aller.

— Je serais honoré de vous escorter.

Il lui présenta son bras et fut surpris de se rendre compte qu'il ne mentait pas, ce qu'il aurait sans doute fait avec n'importe qui d'autre.

Elle posa la main sur sa manche, et il l'escorta à travers la foule grandissante du salon, jusqu'aux portes menant à la terrasse. De là, ils descendirent dans le jardin, qui était plus grand que ce à quoi l'on aurait pu s'attendre, en raison de la largeur de la maison.

— Quel magnifique jardin ! dit-elle alors qu'ils prenaient la direction du sentier qui serpentait entre les parterres de fleurs, les arbustes et l'étrange collection de statues de son père. Est-ce un lapin géant ?

— Oui. Mon père aime les animaux et il a demandé à un sculpteur de créer des statues pour le jardin. Certaines d'entre elles sont bien plus grandes qu'il ne l'avait imaginé. Toutes, en réalité, mais il a fini par les apprécier. Sans compter qu'il ne voulait pas blesser les sentiments du sculpteur.

Lady Gresham posa la main sur sa bouche, mais un rire lui échappa néanmoins.

— Vous trouvez cela amusant ?

— Et attachant. Votre père a l'air plutôt merveilleux.

— C'est sans doute un homme meilleur que la plupart des autres. Comment est votre père ?

L'expression de la jeune femme, pleine d'humour l'instant d'avant, se referma comme une fleur qui se cache pour la nuit.

— Il est mort il y a si longtemps que je ne me souviens pas de lui.

— Je suis navré de l'apprendre.

Il brûlait d'envie d'en savoir plus, mais il ne voulait pas demander. Que diable lui arrivait-il ? Il ne s'était jamais intéressé de cette manière à une femme auparavant. Et elle était une lady, certainement pas le genre de femme à laquelle il voulait s'attacher.

Et maintenant, il songeait à s'attacher ? *Ressaisis-toi, Harry !*

Pourtant, peut-être parce qu'elle était veuve, elle ne semblait pas s'intéresser à l'*attachement*. C'était sans doute pour cela qu'il était intrigué. Oui, c'était cela. Il n'avait tout simplement jamais rencontré quelqu'un comme elle.

Elle lui adressa un regard incertain.

— J'espère que vous ne me trouverez pas trop audacieuse, mais je voulais vous poser des questions sur vos enquêtes.

Il était soulagé de changer de sujet, pour se distraire de ses pensées ridicules.

— Pas du tout. Je suis ravi de discuter de mon travail, à condition que cela n'interfère pas avec une enquête. Que voulez-vous savoir ?

— Je n'ai pas pu m'empêcher de penser à ce Vicaire dont vous avez parlé l'autre jour. Il a l'air vraiment horrible. Pensez-vous pouvoir le trouver et l'arrêter un jour ?

Ils prirent un virage, et Harry s'arrêta. Une haie les cachait partiellement de la maison, et ils se tenaient dans l'ombre, avec juste un soupçon de lumière se frayant un chemin jusqu'aux yeux de la jeune femme, les illuminant d'un bleu éclatant.

— Je l'espère. En sus de l'incendie criminel, il est probablement coupable d'usure à tout le moins, étant donné qu'il prête de l'argent à des taux exorbitants. Je le soupçonne également de faire du recel, et il doit sans doute posséder des bordels. Nous le trouverons, ainsi que les preuves de ses crimes.

— Je me demande s'il prêterait de l'argent à une femme,

demanda-t-elle, inclinant la tête sur le côté. Ainsi, je pourrais vous aider à le capturer.

Harry la regarda fixement.

— Vous feriez cela ?

Elle haussa une épaule.

— Pourquoi pas ?

— Parce qu'il est dangereux.

— Seriez-vous surpris d'apprendre que je porte un pistolet, monsieur Sheffield ? lui demanda-t-elle avec un sourire en coin.

Harry éclata de rire.

— Non, en fait.

Oui, il aimait beaucoup lady Gresham. Pourquoi ne pouvait-elle pas simplement être la bonne vieille Mme Gresham ? Et sans sœur qu'elle essayait de lancer dans la société ?

— Je suppose que vous savez tirer ?

— Très bien, en fait. Mon frère m'a appris il y a des années.

— Remarquable. J'aimerais voir cela un jour. Peut-être êtes-vous meilleure que moi.

Elle afficha un sourire qui illumina son visage de façon éclatante.

— Compte tenu de votre profession, j'en doute.

Une idée vint soudain à l'esprit de Harry. Non, il ne pouvait pas le lui demander. Et pourtant, elle lui avait proposé son aide.

— Bien que je ne pense pas qu'il soit judicieux que vous m'aidiez avec le Vicaire, vous pourriez m'aider autrement. Si vous êtes sûre de le vouloir.

— Je crois que oui, lui répondit-elle, l'air presque aussi surpris qu'elle l'avait été par son offre. En quoi consisterait cette assistance ?

— Rien de dangereux, je vous l'assure. En fait, vous pourriez laisser votre pistolet chez vous.

Ses yeux magnifiques scintillaient, et il fut soudain très conscient de la main qu'elle posait sur son bras.

— Jamais.

Harry baissa les yeux sur son réticule.

— Même pas maintenant ?

— Une lady doit se protéger. Qui d'autre le fera ?

Quelque chose dans sa manière de poser la question fit frissonner Harry. S'était-elle retrouvée sans protection ? Quel genre d'homme son mari avait-il été ? Il avait tant de questions… et n'en poserait pas une seule. Pas ce soir-là, en tout cas.

— Vous êtes une femme étonnante, Lady Gresham, dit-il d'une voix douce. Ce dont j'ai besoin, c'est d'une personne de votre intelligence et de votre discrétion pour mener une petite enquête. J'aimerais que vous preniez rendez-vous avec une voyante.

Elle le regarda en clignant des yeux.

— Pourquoi ?

— Je crois qu'elle pratique une sorte d'escroquerie, mais elle ne veut pas lire l'avenir pour les hommes.

— Raison pour laquelle vous avez besoin de moi, dit-elle en hochant la tête. Où dois-je aller ? Attendez ! Vous avez parlé d'une voyante lors de notre rencontre.

— C'est vrai. Elle reçoit les clients dans une pièce située à l'arrière de la parfumerie *La Rose ardente*. Près de l'endroit où nous nous sommes rencontrés sur le Strand.

— Vous avez parlé d'escroquerie. De quel genre, exactement ? s'enquit-elle.

Lady Gresham modifia sa prise sur le bras de Harry, ses doigts s'enroulant plus fermement autour de sa manche.

— Je veux dire, à quoi dois-je m'attendre ?

— Elle vend des toniques, apparemment, et je soupçonne qu'il ne s'agisse de rien de plus que de l'eau aromatisée. Si vous pouviez en acheter un, j'aimerais le voir et m'assurer de son contenu. Si elle mentionne des associations caritatives, je veux savoir lesquelles. En outre, elle ne fait probablement que farcir la tête de ses clientes d'absurdités passionnantes afin qu'elles reviennent encore et encore, avides de ses « conseils ».

Il leva les yeux au ciel.

— Donc, vous êtes sceptique à l'égard des arts mystiques ?

Il éclata de rire.

— Ces choses n'existent pas. Ne me dites pas que vous y croyez ?

— Honnêtement, je n'ai jamais réfléchi à ce sujet. Mais je crois que je vais devoir le faire, maintenant, dit-elle en redressant le dos. Donc, je vais payer cette diseuse de bonne aventure…

— Madame Sybila, précisa-t-il.

Lady Gresham sourit d'un air narquois.

— Sybila… il me semble que ce prénom signifie prophétesse. Comme c'est charmant !

Harry ricana avant de tousser.

— Pardonnez-moi.

— Je rends visite à Madame Sybila et je lui demande de lire mon avenir, j'essaie d'acheter un tonique et je m'informe sur les œuvres de bienfaisance. Ensuite, je vous raconte ce qui s'est passé ?

— Exactement. À mon avis, vous serez très douée pour cela.

— Peut-être créerai-je mon propre bureau d'enquête une fois que Beatrix sera mariée.

— Vous ne vous remarierez pas ? ne put-il s'empêcher de demander. Cela ne me regarde pas. Simplement, vous êtes plutôt… jeune.

Et belle, et intelligente. Et bien trop captivante pour être seule.

Qui diable était-il pour juger si quelqu'un devait être seul ?

— J'ai été mariée, monsieur Sheffield. Une fois a suffi, je vous remercie.

— Vous n'étiez pas heureuse ?

— Je n'étais pas *malheureuse*. Mais l'indépendance me plaît davantage.

Il comprenait cela mieux qu'elle n'aurait pu l'imaginer. Même s'il était ravi de rester dans l'ombre avec lady Gresham, il reprit le chemin avec elle.

— Je me rendrai à la parfumerie pour demander un rendez-vous lundi, lui dit-elle.

— Merci. Je vous dédommagerai pour votre temps.

— Ce n'est pas nécessaire.

— Bien sûr que si, et j'insiste.

Il grimaça intérieurement. Elle était une lady, et elle n'avait sûrement pas besoin de ces fonds. En outre, la plupart des gens de son rang considéraient que travailler pour le compte d'autrui était indigne.

— Si vous me le permettez, ajouta Harry.

— D'accord, répondit-elle d'une voix douce.

Il glissa un regard vers elle et la vit esquisser un sourire. Elle ne cessait de le surprendre. Il réprima l'envie de lui sourire en retour. Ils marchèrent un moment au milieu des bruits de la soirée qui flottaient dans le jardin, avant qu'elle demande :

— Comment vous informerai-je de mes progrès ?

Il ne voulait pas que quiconque à Bow Street sache qu'il employait une femme pour l'aider, car certains n'approuve-raient pas.

— Faites-moi parvenir un message au 17 Rupert Street.

— Est-ce votre résidence ? s'enquit-elle.

— Oui. Et maintenant, vous savez où j'habite, si vous souhaitez me rendre visite.

Il la guida sur le sentier en direction de la maison.

— Compte tenu de notre alliance, il semblerait que je doive le faire.

— Pour des raisons de bienséance, nous devrions sans doute nous rencontrer en public, comme chez Gunter, par exemple.

Lady Gresham éclata de rire.

— En dépit de ce que vous prétendez, vous êtes plus doué que moi pour suivre les règles de la société. Je me fiche de la bienséance, mais je suppose que je devrais m'y conformer, pour le bien de Beatrix. Je vous enverrai un message, et nous pourrons nous rencontrer ensuite.

Harry s'arrêta près de la maison.

— Dites-moi simplement où et quand, et je serai là.

Leurs regards se croisèrent un instant, et il eut la nette impression qu'ils venaient de fleureter. Ses sœurs en seraient tout simplement grisées si elles le savaient. Avec un peu de chance, elles ne l'apprendraient jamais.

— J'espère que je pourrai vous aider, monsieur Sheffield.

— J'en suis certain, Lady Gresham, et je vous en suis très reconnaissant, affirma-t-il avant de lui prendre la main pour déposer un baiser sur le dos de son gant. Merci.

— Le plaisir est pour moi.

Elle lui fit une brève révérence, qui ne fit que confirmer qu'elle ne comprenait pas du tout les règles, et elle se tourna pour gravir les marches menant à la terrasse.

Harry la regarda partir, se demandant où cette association les mènerait.

CHAPITRE 5

Au moins quatre clientes de Madame Sybila étaient présentes à la soirée d'Aylesbury. Selina venait de « rencontrer » lady Rockbourne, qu'elle avait vue cinq ou six fois au cours du mois écoulé. Petite, avec des cheveux blond pâle et des yeux bleu clair, elle ressemblait à un ange. Cependant, elle possédait le caractère d'un démon. Lors de ses rendez-vous avec Madame Sybila, elle ne cessait de se plaindre de son mari et de son désir pour un autre homme, avec qui elle espérait entamer une liaison.

C'était là une situation dans laquelle Selina s'efforçait non pas de fournir une réponse, mais de guider la cliente, en l'occurrence lady Rockbourne, pour qu'elle prenne sa propre décision. Elle était à peu près certaine que la vicomtesse s'était engagée dans la liaison, et comme elle avait rencontré lord Rockbourne plus tôt, elle espérait avoir l'occasion de conseiller à la femme d'être fidèle à son mari. Le vicomte s'était montré charmant et plein d'esprit, et Selina n'aimait pas penser à la trahison de son épouse.

Ce qui était étrange étant donné qu'elle-même trahissait les gens en permanence. Sa propre hypocrisie lui était douloureuse, surtout dans le cas de M. Sheffield qu'elle appréciait beaucoup. Il lui faisait penser à Sir Barnabus Gresham, l'homme qu'elle avait tenté d'escroquer, qui l'avait démasquée et qui lui avait malgré tout permis de lui « emprunter » son nom. Elle avait appris à l'apprécier, et elle regrettait d'avoir déployé tant d'efforts pour le duper. Ensuite, il s'était montré gentil et incroyablement généreux. Cela s'était passé dix-huit mois plus tôt, et depuis lors, Selina avait lentement perdu sa capacité à rester détachée de ses cibles.

Cependant, elle ne savait pas comment subvenir à ses besoins et à ceux de Beatrix sans leurs manigances. Avec un peu de chance, Beatrix obtiendrait le soutien de son père et Selina gagnerait suffisamment d'argent pendant la saison pour abandonner cette vie et mener une existence modeste quelque part. La légitimité et la sécurité étaient à portée de main.

Son regard se posa sur le trio de sœurs de Harry, qui tenaient toujours compagnie à Beatrix. Elles avaient commencé la soirée de cette façon et il semblait qu'elles la termineraient de la même manière. Entre-temps, la jeune fille avait dansé, discuté, et elle semblait s'amuser comme une folle.

Tant mieux. C'était tout l'intérêt d'être ici. Elle était en passe de devenir exactement ce qu'elle voulait : la coqueluche de Londres.

— Vous amusez-vous, Lady Gresham ?

Selina se retourna et son pouls s'accéléra instantanément. Mais seulement l'espace d'un instant, le temps qu'il lui fallut pour se rendre compte que ce n'était pas M. Sheffield qui lui avait parlé, mais son frère, lord Northwood. Ils étaient identiques, et, sans leur différence de tenue, Selina se demandait si elle aurait pu les différencier.

— Oui, merci. Et vous ?

— J'apprécie toujours les fêtes organisées par mes parents. Elles représentent un certain avantage, dit-il, baissant la voix. C'est que je peux m'éclipser assez facilement si j'en ressens le besoin.

— Je vois. Ressentez-vous souvent un tel besoin ?

— Pas autant que mon frère. Savez-vous qu'il est parti il y a un certain temps ?

Cela faisait au moins deux heures. Après leur promenade dans le jardin, il était remonté dans le salon, où il avait discuté avec quelques personnes. Ensuite, il était venu informer Selina de son départ, ce qui la laissait encore perplexe. On aurait dit qu'ils avaient formé une sorte... d'attachement. C'était sans doute le cas. Elle travaillait pour lui, pour l'aider à enquêter sur elle-même. À cette idée, elle éprouvait à la fois un sentiment de profonde satisfaction et d'appréhension.

Mais cela allait peut-être au-delà du travail. Sa façon de la regarder, la sensation sous sa paume lorsqu'ils s'étaient promenés, le baiser qu'il avait déposé sur sa main, tout cela avait quelque chose de particulier.

Ils avaient même presque fleureté.

Ce n'est pas nouveau, se rappela-t-elle. *Tu fleurètes quand il le faut.*

Et vu la façon dont les choses évoluaient avec le coureur de Bow Street, cela avait manifestement été bénéfique. Pourtant, elle ne l'avait pas fait exprès.

— Oui, il a eu la gentillesse de me dire au revoir avant de partir, précisa Selina en réponse au vicomte.

Northwood haussa les sourcils.

— Vraiment ? C'est fascinant. Comment vous êtes-vous rencontrés ?

M. Sheffield ne le lui avait pas dit ?

— J'ai trébuché devant lui, en fait. Sur le Strand. Il m'a rattrapée avant que je tombe.

Northwood s'esclaffa.

— C'est épatant ! Pas étonnant qu'il ne nous ait rien raconté. Delia sera ravie d'entendre cette histoire, à moins qu'elle ne soit parvenue à la lui soutirer avant de partir. Mais je pense que ce n'est pas le cas. Harry est notoirement renfermé.

— Au sujet de tout ?

— Pour la plupart des choses. Notre famille peut se révéler plutôt… turbulente. Harry est probablement celui qui l'est le moins, expliqua-t-il avant de secouer la tête. Non, pas probablement. Assurément. Ce qui ne veut pas dire qu'il n'est pas capable d'espièglerie. Simplement, il le fait de manière incroyablement subtile. Comment est votre famille, Lady Gresham ?

— Petite. Il n'y a que moi et Beatrix, répondit-elle, et son regard se posa sur cette dernière, qui se trouvait avec les sœurs de Northwood. Vos sœurs se sont montrées très gentilles avec elle ce soir.

— Elles adorent aider les gens, surtout les jeunes femmes qui essaient de se débrouiller à Londres. Et trouver des maris !

Selina avait comme l'impression que la famille de M. Sheffield essayait de jouer les entremetteuses. Elle savait que lady Aylesbury voulait que Harry et son frère, Northwood, se marient. Elle ne parlait pratiquement que de cela lorsqu'elle venait voir Madame Sybila pour s'enquérir de l'avenir.

Selina fut heureuse de voir Beatrix, escortée par les sœurs, venir vers elle. Après avoir remercié le frère et les sœurs de M. Sheffield pour cette merveilleuse soirée, les deux jeunes femmes s'en allèrent.

Une fois installée dans le véhicule que Selina avait loué pour la soirée, elle retira les plumes d'autruche de ses cheveux pour pouvoir s'asseoir sans baisser la tête.

— Cela s'est bien passé.

— C'était mieux que bien. C'était *merveilleux* ! s'exclama Beatrix, rayonnante.

— Tu as été très populaire ce soir, remarqua Selina.

— N'est-ce pas ? Je crois que les sœurs de M. Sheffield vont m'aider à obtenir un bon pour Almack.

— Ce serait très bien. Toutefois, ne leur accorde pas toute ta confiance. Nous devons encore cultiver d'autres relations. Repérer ces personnes fait partie de ma mission en tant que Madame Sybila.

— Je sais qu'il est dans ta nature de ne jamais faire confiance à personne, mais je crois qu'elles sont sincères quand elles me promettent de m'aider. Tu devrais te détendre un peu, comme tu l'as fait avec M. Sheffield.

Selina tourna la tête pour regarder Beatrix.

— Qu'est-ce qui te fait dire ça ?

La jeune femme haussa les épaules.

— C'est juste une chose que j'ai remarquée. Et n'essaie pas de dire que je n'en sais rien. Bien sûr que je sais. Je te connais mieux que quiconque.

C'était vrai.

— Je trouve qu'il est nécessaire d'être aussi *détendue* que possible en présence de M. Sheffield. Il représente un moyen pour moi d'arriver à mes fins : faire de ton entrée dans la société un succès. De plus, nous travaillons désormais ensemble.

Se tournant complètement vers Selina, Beatrix la dévisagea, bouche bée.

— Vous quoi ?

— Je l'aide à enquêter sur Madame Sybila.

Beatrix cligna des yeux.

— Tu l'aides… à enquêter… sur toi.

Elle se mit à glousser, doucement d'abord, puis ses éclats de rire emplirent le carrosse.

Selina ne put s'empêcher de se joindre à elle, même si elle éprouvait un léger malaise. Au bout d'un moment, elle dit :

— Je suis ravie que tu trouves cela amusant.

— Comment pourrait-il en être autrement ? C'est trop parfait ! Comment as-tu fait ?

— Assez facilement, en fait.

Beatrix s'adossa à nouveau contre le siège.

— J'en suis sûre. Tu pourrais convaincre le diable de t'offrir l'enfer. Comment comptes-tu exploiter cette situation ?

— Je vais rencontrer Madame Sybila, et je rapporterai ensuite à M. Sheffield ce que j'aurai appris. Je crains qu'il ne soit déçu d'apprendre qu'elle est incroyablement inoffensive, expliqua Selina, passant le bout de ses doigts sur l'une des plumes d'autruche. Nous devons créer une fausse association de charité pour les enfants égarés, comme nous l'avons fait par le passé. Sheffield a mentionné les œuvres de bienfaisance ce soir en parlant de Madame Sybila.

Par le passé, les deux jeunes femmes avaient collecté des fonds pour des associations caritatives en guise de moyen de subsistance. À l'occasion, elles avaient dû donner une apparence réelle à la fausse organisation caritative, et elles avaient engagé quelqu'un pour se faire passer pour le responsable de l'entreprise qu'elles « soutenaient ». Dans le cas présent, il s'agissait d'un foyer pour enfants égarés.

— Tu as déjà quelqu'un en tête pour nous aider.

— Oui, et je lui rendrai visite demain.

Selina n'avait pas beaucoup de relations à Londres après tant de temps d'absence, mais elle avait Mme Kinnon, et un garçon qui avait été un bon ami pour Rafe et elle. Bien sûr, Luther n'était plus un garçon.

— Veux-tu que je t'accompagne ?

— Non, je le verrai après être allée à l'église, et je ne veux pas non plus que tu viennes avec moi à St Dunstan-in-the-West.

— Je comprends que tu ne veuilles pas me mettre en danger, dit Beatrix d'une voix douce, posant la main sur celle de Selina, mais je veux aider. Nous sommes une famille, et je suis aussi déterminée que toi à venger la mort de ton frère.

Jusqu'à présent, Selina n'avait pas réussi à trouver le Vicaire. L'autre jour, elle s'était rendue à l'église, déguisée au cas où Sheffield aurait été dans les environs, et elle avait demandé un rendez-vous. On lui avait répondu qu'il n'était pas disponible et qu'elle ne devait pas revenir. Évidemment, elle allait revenir ; elle prévoyait de le faire le lendemain pour assister à l'office religieux, pendant lequel elle s'efforcerait de fouiller le bâtiment. À tout le moins, elle espérait rencontrer quelqu'un qui pourrait l'aider à trouver le Vicaire, à l'église ou ailleurs.

— J'apprécie cela, vraiment, dit Selina en souriant, et Beatrix retira sa main. Je te promets que je te demanderai de l'aide si j'en ai besoin.

— Je l'espère. Parfois, j'ai l'impression que tu te retiens même vis-à-vis de moi.

Le carrosse tourna dans Queen Anne Street et s'arrêta devant leur petite maison. Selina observa la façade, se demandant si elle pourrait un jour considérer un endroit comme son foyer.

Chez elle, c'étaient deux petites pièces miteuses qu'elle avait habitées avec Rafe et leur « oncle » qui, comme Beatrix, n'était absolument pas un membre de la famille. Ou bien les divers espaces austères que Rafe et elle avaient partagés après être allés travailler dans la clique de Samuel Partridge.

On aurait pu penser que ces souvenirs avaient depuis longtemps disparu de l'esprit de Selina. Mais ils avaient laissé en elle une empreinte indélébile, tout comme les années éprouvantes du pensionnat, et, plus encore, l'année désastreuse qui avait suivi.

Selina tressaillit lorsque Beatrix sortit du véhicule, et elle fut ravie que cette dernière n'ait rien vu. La jeune femme était bien trop habile pour sentir la noirceur qui habitait son amie au plus profond d'elle-même, même si elle ne disait que rarement quelque chose, comme quelques instants plus tôt.

Oui, elle se retenait, même vis-à-vis de Beatrix. Elle était trop morcelée, elle avait incarné trop de personnes. D'une certaine manière, elle n'était même pas tout à fait sûre de qui elle était vraiment. Plus troublant encore, elle ignorait qui elle voulait être.

~

— **Q**ue voulez-vous savoir aujourd'hui, Lady Aylesbury ? lui demanda Selina derrière son voile.

Il lui paraissait un peu étrange de voir la mère de M. Sheffield dans ce contexte après avoir été invitée chez elle l'autre soir, mais elle ne craignait pas que la comtesse devine son identité. Entre le voile épais et l'accent français, Selina avait confiance en son déguisement.

Lady Aylesbury se pencha légèrement au-dessus de la petite table ronde, son regard fauve, presque identique à celui de ses fils, se posant sur les cartes posées devant la voyante.

— Comme je suis un peu pressée aujourd'hui, je n'ai que deux questions. Tout d'abord, je voudrais savoir ce qu'il en est pour mon fils.

— Lequel ? s'enquit Selina d'un ton serein.

Comme elle les avait rencontrés tous les deux, elle les imaginait dans son esprit.

— Harry, mon fils cadet.

— Comment les différenciez-vous ?

Selina voulait savoir s'il y avait une astuce, ou si elle était passée à côté de quelque chose d'évident. M. Sheffield était sans doute légèrement plus large d'épaules.

Consciente que sa question n'avait aucun rapport avec leur entrevue et risquait d'éveiller les soupçons en dépit du fait que lady Aylesbury lui avait dit qu'ils étaient jumeaux, Selina voulut s'expliquer.

— Je suis curieuse depuis que vous m'avez dit que c'étaient des jumeaux.

— Principalement par leur comportement. Harry est plus sérieux. Northwood semble toujours avoir une lueur dans les yeux. Ce qui ne signifie pas que Harry n'est pas capable d'humour ou d'espièglerie. C'était toujours lui que je devais surveiller lorsqu'ils étaient enfants ! dit-elle avec un petit rire, avant de pincer les lèvres. Je crains qu'il ne soit trop sérieux. À propos de son travail. Cependant, je me demande si quelque chose ne l'a pas enfin distrait. Ou plutôt, *quelqu'un*.

La comtesse sourit et agita ses sourcils d'un roux clair.

— Vous souhaitez vous renseigner sur quelqu'un ? s'enquit Selina en prenant ses cartes.

Lady Aylesbury acquiesça.

— Mes filles pensent qu'il pourrait être intéressé par une femme nouvellement arrivée en ville, lady Gresham. J'aimerais savoir s'ils vont développer un attachement et si cela pourrait conduire à une cour.

Bon sang ! Selina lisait les cartes de tarot depuis sept ans, et, se disait-elle, elle était devenue assez douée dans ce domaine. Mais elle ne le faisait jamais pour elle-même. Parce qu'en fin de compte, elle ne pensait pas qu'il y avait la moindre trace de vérité là-dedans. Et si elle y avait cru, elle n'aurait pas voulu connaître son avenir. Parfois, elle aurait voulu ne pas connaître son passé.

— Vous m'avez dit n'avoir pas beaucoup de temps, alors je vais procéder plus rapidement que d'habitude, avec seulement trois cartes, si cela vous convient ?

Selina avait déjà mélangé les cartes avant l'arrivée de lady Aylesbury.

— Oui, je vous en remercie.

La voyante retourna la première carte. Les poils de ses bras se hérissèrent, et elle eut soudain envie de mettre le feu à la carte.

— Le deux de coupe.

— On dirait deux personnes qui s'aiment, peut-être en train de porter un toast à leurs noces ! s'exclama lady Aylesbury, dont la joie illumina la petite pièce.

C'était ce à quoi ressemblait cette carte, et comme lady Aylesbury posait des questions sur une relation romantique, c'était exactement ce qu'elle signifiait. Voilà pourquoi Selina aurait voulu qu'elle s'enflamme spontanément. Comme ce n'était pas possible, elle mentit.

— Comme cette carte a été tirée en premier, elle signifie généralement une alliance ou un rapprochement. L'amour peut être présent, mais pas nécessairement.

Si Selina s'efforçait toujours de dire à ses clientes ce qu'elles voulaient entendre, elle ne voulait pas encourager la comtesse à les pousser, M. Sheffield et elle, l'un vers l'autre. Ironiquement, l'interprétation de la carte qu'elle venait de faire était toujours exacte, puisqu'ils étaient associés.

Lady Aylesbury pinça les lèvres.

— Continuez.

Selina retourna la carte suivante et se sentit un peu soulagée.

— Le dix de bâton. Il s'agit très certainement de votre fils, car cela représente un grand fardeau ou quelqu'un qui travaille trop dur.

— C'est bien Harry. Est-ce que cela pourrait aussi représenter lady Gresham ?

Oui, c'était tout à fait possible ; le soulagement de Selina s'évanouit. Elle n'aimait pas ces cartes, aujourd'hui. Elles étaient bien trop précises.

— Il pourrait s'agir des deux, mais nous savons que c'est en rapport avec votre fils, alors partons du principe que c'est lui.

— Cela semble logique. Lady Gresham se consacre à l'entrée de sa sœur dans la bonne société. Peut-être est-ce un fardeau pour elle, puisqu'elle vient d'arriver en ville. Je m'efforcerai de l'aider. Mes filles apprécient beaucoup sa sœur et souhaitent lui apporter leur aide. Elles essaient de lui obtenir un bon pour Almack. Peut-être devriez-vous chercher de ce côté ensuite, dit lady Aylesbury en agitant la main. Non, non, je me laisse distraire, comme toujours.

Elle éclata de rire.

— Je vous en prie, continuez.

Après tout, ce n'était peut-être pas si terrible, si cela impliquait que la comtesse aide Beatrix dans sa quête pour devenir la lady la plus populaire de la ville. Selina respira profondément et retourna la troisième et dernière carte.

La Tour.

Elle n'aimait pas du tout cette carte, car elle la représentait certainement. Ou plutôt la femme, lady Gresham, au sujet de laquelle lady Aylesbury se renseignait pour son fils. Cela pouvait signifier beaucoup de choses : un changement, une perturbation, un conflit, mais elle représentait inévitablement une menace. Retirant ses mains tremblantes de la table pour les poser sur ses genoux, Selina se rappela qu'elle ne croyait en rien de tout cela.

— Voilà une carte qui me semble plutôt inquiétante, remarqua lady Aylesbury, fronçant les sourcils devant les personnages qui tombaient d'une tour en flammes. J'espérais voir les Amoureux.

Selina aurait pu en rire si la Tour ne l'avait pas à ce point troublée. L'incendie lui rappelait celui qui avait tué son frère.

Sa vie allait-elle s'arrêter bientôt ? Elle ne s'était pas sentie physiquement menacée depuis très longtemps, pas depuis qu'elle avait quitté le séminaire de Mme Goodwin et accepté cet horrible poste de gouvernante.

Après cela, elle s'était donné beaucoup de mal pour s'assurer que Beatrix et elle seraient toujours à l'abri du danger. Rien n'avait changé de ce point de vue. Elle s'obligea à prendre une autre respiration plus profonde.

Quelles que soient les cartes qu'elle tirait, Selina s'efforçait toujours de tisser une histoire susceptible de plaire à sa cliente. Dans le cas contraire, elle ne reviendrait pas et n'encouragerait pas ses amies à venir. Elle réfléchit à ce qu'elle pourrait dire au sujet de la Tour au regard de la question de lady Aylesbury.

— Cela pourrait très bien représenter le changement dans la vie de votre fils et de Lady Gresham s'ils s'unissaient.

— Pourriez-vous en tirer juste une de plus ? s'enquit lady Aylesbury, la voix pleine d'inquiétude.

Elle accordait une grande confiance à ces bouts de papier.

— Oui, allons-y.

Selina le faisait souvent quand la dernière carte tirée n'était pas satisfaisante. Cela ne changeait rien pour elle, sauf ce jour-là. Elle aimait encore moins la carte de la Tour que lady Aylesbury.

L'effroi se mêlait à l'impatience lorsqu'elle retourna une quatrième carte.

L'Étoile.

Lady Aylesbury afficha un large sourire.

— Voilà qui semble prometteur !

— Illumination, espoir, renouveau. Cette carte pourrait marquer un début pour eux.

Selina lutta pour sortir les mots tandis que son cœur martelait dans sa poitrine. Elle savait que cette carte était pour elle… sauf qu'elle ne croyait pas à tout cela !

Peut-être *voulait-elle* y croire cette fois-ci. La possibilité de l'espoir et de la lumière, d'un avenir sans fardeau, était une pensée enivrante. Et Selina ne devait pas s'y laisser aller.

Elle ramassa les cartes.

— Quelle est votre deuxième question ?

Le regard de lady Aylesbury s'était posé sur le mur derrière Selina ; elle sursauta. Clignant des yeux, elle se concentra à nouveau sur la diseuse de bonne aventure.

— Oh, oui ! Juste un moment… Donc, il semble y avoir une sorte d'association entre Harry et lady Gresham, et peut-être que le changement de Tour signifie que mon fils va cesser de travailler aussi dur, comme le montre le dix de bâton. Parce que lady Gresham et lui vont commencer une nouvelle vie ensemble.

La comtesse posa un regard interrogateur sur Selina. En général, elle présentait un résumé du tirage à sa cliente, mais dans son état de désarroi, elle ne l'avait pas fait. Heureusement, lady Aylesbury s'en était acquittée mieux qu'elle-même n'aurait pu le faire.

— Je pense que c'est exactement ça, dit-elle en souriant, même si lady Aylesbury ne la voyait pas. Souhaitez-vous poser une autre question ? Selina espérait que ce n'était pas le cas, mais elle battit quand même les cartes.

— Oui, s'il vous plaît. J'ai perdu mon collier d'émeraudes, que mon mari m'avait offert pour mon anniversaire le mois dernier. Je ne le lui ai pas dit pour ne pas le contrarier. Pourriez-vous m'aider à le retrouver ?

Selina posa les cartes sur la table.

— Ce n'est pas quelque chose que je fais habituellement. Il est très difficile de voir quelque chose d'aussi précis que l'endroit où pourrait se trouver un objet. Quand l'avez-vous perdu ?

— Je n'en suis pas sûre, mais je n'ai pas réussi à le trouver hier. J'ai fouillé toute ma garde-robe, expliqua-t-elle en grimaçant. Et je suis certaine qu'il était là samedi, parce que j'ai envisagé de le porter lors de notre soirée. Mais j'ai choisi des perles à la place.

Un soupçon saisit Selina. Elle pouvait se tromper, mais elle avait sans doute raison. Et, si c'était le cas, elle savait précisément où se trouvait le collier de lady Aylesbury. À moins que Beatrix ne l'ait déjà revendu.

— Peut-être pourriez-vous simplement me dire si je vais le retrouver ? s'enquit lady Aylesbury, pleine d'espoir.

— Je peux essayer. Je vais tirer trois cartes d'un coup.

Le trois de bâton. Le Soleil. Le neuf de coupe.

La première carte, le trois de bâton, était inversée, ce qui signifiait la patience et la réalisation d'un souhait. Comme Selina avait l'intention de veiller à ce que le collier lui soit restitué, cette carte était une fois de plus d'une précision alarmante. Le neuf de coupe était également une carte représentant l'accomplissement d'un souhait, avec en prime une indication qu'il pouvait inclure un homme, puisque l'image était celle d'un homme riche. Selina envisageait fortement de ne plus utiliser ce jeu de cartes.

— Toutes ces cartes pointent vers le succès, affirma-t-elle, n'ayant même pas besoin de mentir. Vous retrouverez votre collier, mais le trois de bâton vous invite à la patience.

— Merveilleux !

Lady Aylesbury s'adossa à son siège, soulagée. Elle prit ensuite son réticule et en retira plusieurs billets.

Selina fut surprise de voir autant d'argent.

— C'est trop, dit-elle en ramassant les cartes.

— J'espérais que vous prendriez l'excédent et que vous en feriez don au foyer de votre ami pour les enfants égarés. Lady Balcombe et moi-même nous accordons à dire qu'il s'agit d'une cause formidable.

Selina posa les cartes sur le côté de la table. Elle avait décidé de ne pas évoquer son « œuvre de charité » avec lady

Aylesbury, étant donné qu'elle était la mère de M. Sheffield. C'était trop risqué. Mais puisque lady Balcombe lui en avait parlé, et que la comtesse abordait le sujet, Selina ne pouvait pas ne pas lui répondre.

— Certains de mes amis ont commencé à accueillir des enfants égarés, car ils n'ont pas eu la chance d'avoir des enfants. Leur nombre a augmenté au-delà de ce qu'ils peuvent gérer sans aide. Ils font de leur mieux pour offrir un lieu sûr aux enfants, mais c'est une entreprise très coûteuse. Je donne ce que je peux, et quand mes clientes me demandent si elles peuvent aider, parfois je parle de leur foyer.

— Je serais honorée d'apporter mon aide. Donnez-leur l'argent, s'il vous plaît.

Selina inclina la tête.

— Je le ferai. Ils vous en seront très reconnaissants.

Lady Aylesbury se leva.

— Je vous remercie pour vos conseils et votre expertise. J'attends avec impatience notre prochain rendez-vous. Puis-je revenir à la même heure la semaine prochaine ?

Selina acquiesça.

— Oui. Merci, Lady Aylesbury.

Elle se leva, serrant ses mains gantées l'une contre l'autre tandis que lady Aylesbury se retournait et prenait congé.

L'argent reposait sur la table comme une assiette de foie nauséabonde dans la jeunesse de Selina. Elle n'en voulait pas, mais elle avait trop faim pour refuser. Prendre de l'argent à la mère de Sheffield ne lui semblait pas correct. Parce que Selina l'avait rencontrée en société, et qu'elle et ses filles avaient fait preuve d'une insupportable gentillesse à son égard et, plus important encore, à l'égard de Beatrix.

Oui, *insupportable*. Selina n'était pas habituée à la gentillesse, et cela la perturbait immanquablement. Cependant, c'était quand même de l'argent, et Selina avait appris depuis longtemps que, comme pour le foie, il fallait savoir en profiter quand on le pouvait et ne pas avoir de regrets.

Une fois les rendez-vous de Madame Sybila terminés, Selina retira son voile et se changea, rangeant soigneusement son costume de diseuse de bonne aventure dans l'armoire. Lorsqu'elle sortit de la petite pièce, Mme Kinnon venait de franchir le rideau de la boutique.

— Je me disais que tu étais sur le point de partir. M. Sheffield est de l'autre côté de la rue depuis environ un quart d'heure.

— Depuis avant le départ de lady Aylesbury ?

— Oui. Mais le voir essayer de se cacher derrière un lampadaire quand elle est sortie était plutôt comique.

Selina aurait aimé le voir.

— Je suppose que je vais devoir attendre encore un peu avant de partir, alors.

Elle voulait qu'il pense qu'elle était venue ici pour voir Madame Sybila après sa mère. Mais elle devrait alors prétendre qu'elle n'avait pas vu cette dernière… Elle regarda Mme Kinnon.

— Je vais avoir besoin d'un paquet de quelque chose… une excuse pour ne pas avoir vu lady Aylesbury quand elle est partie. J'étais trop occupé à faire un achat.

— Oui, bien sûr. Je vais t'emballer quelque chose.

Elle retourna dans la boutique, laissant Selina s'attarder dans le couloir.

Cette dernière lui avait raconté qu'elle aidait M. Sheffield dans son enquête. Mme Kinnon était d'une aide précieuse, et Selina ne pourrait tout simplement pas gérer la taille et l'étendue de son entreprise ici à Londres sans cette femme.

Quelques minutes plus tard, elle revint avec un paquet emballé.

— Savon à l'orange et au chèvrefeuille. Il te conviendra parfaitement.

Selina ne s'était jamais offert le luxe d'un savon au parfum extravagant.

— Merci.

— Luther est passé tout à l'heure, dit Mme Kinnon en souriant – elle le connaissait depuis leur enfance. Il m'a dit que tu lui avais enfin rendu visite hier.

— C'était bon de le voir après si longtemps.

Il avait été ravi de la voir. En fait, son étreinte enveloppante avait duré un peu trop longtemps au goût de Selina, ce qui l'avait poussée à se dégager. Ensuite, il lui avait proposé de l'aider comme elle le souhaitait, et elle s'était détendue.

Elle l'avait à peine reconnu après dix-huit ans. Il n'était plus le grand garçon maigre aux cheveux noir de jais et aux yeux d'onyx. S'il était toujours assez grand et que ses yeux et ses cheveux étaient toujours aussi sombres, il s'était étoffé et était devenu un bel homme athlétique. Les plis autour de sa bouche trahissaient le fait qu'il devait rire autant que lorsqu'ils étaient enfants. Rafe et lui plaisantaient toujours, un point positif dans leur vie souvent pénible de voleurs pour le compte de Samuel Partridge.

Le coup de poignard familier provoqué par la perte lui transperça la poitrine, mais elle s'était habituée à l'ignorer… la plupart du temps. Elle n'avait pas parlé de son frère à Luther, et elle était heureuse qu'il ne l'ait pas fait non plus.

— Luther a dit qu'il prétendait diriger ton foyer pour enfants égarés, dit-elle, adressant un clin d'œil à Selina.

— Oui, il me rend un grand service.

Maintenant, il suffisait que Sheffield visite le « foyer » et confirme qu'il existait bel et bien. Ou du moins, qu'il semblait exister. Selina se tourna vers la vitrine de la boutique. La chance voulait qu'il attende à l'extérieur. Elle avait prévu de lui parler du foyer après en avoir « appris l'existence » lors de sa rencontre avec Madame Sybila. Selina se tourna vers Mme Kinnon.

— Voudriez-vous envoyer un message à Luther en toute hâte, et lui dire que nous sommes en chemin ?

— Bien sûr ! J'envoie Joseph tout de suite.

Elle franchit le rideau pour aller demander au garçon de courses d'accomplir sa tâche.

Estimant qu'il s'était écoulé suffisamment de temps pour que Selina ait eu une entrevue avec Madame Sybila après lady Aylesbury, Selina sortit dans l'après-midi radieux. C'était une magnifique journée de printemps avec un ciel bleu et des nuages blancs floconneux. Malgré tout, ce n'était pas aussi joli que la campagne. Selina doutait que Londres puisse l'être un jour. Pourtant, il régnait dans la ville une agitation et une excitation qu'elle appréciait, à sa grande surprise. Peut-être était-ce dû au fait que son esprit ne semblait jamais s'arrêter de fonctionner.

Elle avait à peine fait vingt pas que M. Sheffield l'intercepta. S'arrêtant net, elle feignit la surprise.

— Bonjour, monsieur Sheffield. Je ne m'attendais pas à vous voir.

Il lui prit la main et déposa un baiser sur le dos de son gant. Bien que plus rapide que celui de l'autre soir, le résultat fut le même : un frisson de plaisir remonta le long du bras de la jeune femme.

— Lady Gresham. Je crains d'avoir fait preuve d'impatience et d'avoir décidé de passer au cas où votre demande de rendez-vous aboutirait à une rencontre avec Madame Sybila aujourd'hui. Avez-vous pu la voir ?

— Oui, en effet.

— Vous avez dû croiser ma mère. Elle est sortie il y a un moment.

— Non, mais, d'un autre côté, j'étais occupée à faire un achat, expliqua-t-elle en lui montrant le paquet. Je suis navrée de n'avoir pas pu échanger quelques mots avec elle.

Il pencha la tête sur le côté, ses yeux fauves se plissant légèrement.

— C'est aussi bien. Sauf que… peut-être vous traiterait-elle comme une confidente si elle savait que vous fréquentez aussi Madame Sybila.

— Je regarderai si je la vois la prochaine fois.

Selina rangea le paquet dans son réticule.

— Fantastique. Pourrions-nous marcher un peu pendant que nous discutons de votre entrevue ? s'enquit-il en lui offrant son bras.

— Certainement.

Elle attrapa sa manche et ignora le frémissement de conscience qui n'était pas sans lui rappeler ce qui s'était passé lorsqu'il lui avait embrassé la main.

— Alors ? demanda-t-il, impatient. Qu'avez-vous appris sur votre avenir ?

— Que Beatrix fera un mariage exceptionnel.

— C'est merveilleux à entendre ! s'exclama-t-il en riant. Si vous y croyez. Est-ce le cas ?

Sheffield tourna la tête pour la regarder tandis qu'ils cheminaient sur le trottoir.

— Non, mais j'aimerais bien. Pour cette raison, je vais faire comme si Madame Sybila était vraiment capable de voir l'avenir.

— Je suppose que faire semblant est une bonne chose, mais je ne vois pas pourquoi quelqu'un paierait pour cela.

Selina comprenait.

— Les gens dépensent de l'argent pour toutes sortes de choses qui leur apportent du réconfort. J'imagine que pour certains, le fait d'entendre parler d'un avenir qu'ils désirent est incroyablement rassurant.

— C'est très pertinent de votre part, Lady Gresham.

— Merci. Cependant, je n'ai pas dit que j'étais l'une de ces personnes.

Il rit à nouveau.

— Non, c'est vrai. Cela signifie-t-il que vous ne lui avez pas parlé de votre avenir, mais seulement de celui de votre sœur ?

— C'est bien cela.

Elle n'avait pas l'intention de se rapprocher plus qu'elle ne l'avait fait en tirant les cartes qui les concernaient, elle et l'homme qu'elle tenait par le bras. Et cela avait été bien trop déconcertant.

— Vous a-t-elle vendu un tonique ?

— Non, mais je lui ai dit que j'avais entendu dire qu'elle en avait. Elle ne m'a fourni aucune information.

Selina préférait éviter de mettre un tonique entre les mains de Harry. Elle les vendait comme des sédatifs ou des stimulants de l'humeur, mais ce n'était guère plus que de l'eau aromatisée avec une pincée d'herbes *susceptibles* d'aider à dormir ou de calmer les nerfs.

— Dommage. Qu'en est-il des organisations caritatives ? Avez-vous pu apprendre quelque chose à leur sujet ?

— Oui. Elle était très contente de parler des bonnes œuvres de l'hôpital Magdalen en particulier, ainsi que d'un foyer pour enfants égarés, qui est apparemment dirigé par des amis à elle.

Sheffield ricana.

— Je suis sûr que c'est le cas.

— Elle avait un grand nombre d'informations à ce sujet. M. et Mme Winter ont ouvert leur maison à des enfants égarés, car ils n'ont pas eu la chance d'en avoir eux-mêmes, expliqua-t-elle. Ils nourrissent, habillent, et enseignent même aux enfants. Comme l'asile de Lambeth pour orphelines, ils espèrent former les enfants au service domestique. C'est bien mieux pour eux que la rue, ou un bordel.

Harry lui jeta un regard surpris.

— Vous savez ce que c'est ?

— Je ne suis pas ignorante du monde, monsieur Sheffield, répondit-elle, tâchant de ne pas laisser transparaître son indignation.

Bien sûr qu'elle savait ce qu'était un bordel. Elle avait échappé de peu à l'un d'entre eux en quittant Londres. Et elle aurait pu finir à l'asile de Lambeth si elle n'avait pas eu son frère.

— Non, c'est vrai, murmura-t-il.

Il y avait une pointe d'admiration dans son ton. Selina ne savait pas trop quoi en faire. Alors, elle n'en fit rien.

— Honnêtement, cela me semble être une entreprise merveilleuse, dit-elle.

À dire vrai, elle aurait aimé pouvoir aider les enfants de cette manière. Peut-être un jour. Si elle épousait un duc, peut-être. Cette pensée la fit presque rire.

— Oh, non ! Vous a-t-elle bernée aussi ?

— Non, dit Selina calmement. Je ne fais que répéter ce qu'elle a dit, mais oui, si c'est réel, cela semble merveilleux. Vous en conviendrez certainement.

— Bien sûr, mais ce n'est pas réel.

— Voulez-vous que nous allions voir ? Elle a dit que la maison était près de Saint-Paul.

Sheffield s'arrêta brusquement et lui jeta un coup d'œil.

— Vous savez où cela se trouve ? Alors oui, enquêtons, proposa-t-il, regardant autour de lui. Il se trouve que nous sommes dans la bonne direction.

Il afficha un petit sourire.

— J'ai bien peur de ne pas y avoir fait attention, j'étais bien trop distrait par votre charmante compagnie.

Leurs regards se croisèrent, et Selina éprouva la même sensation qu'avec le baiser, ou son bras.

Elle ne comprenait pas ce qui se passait. Aucun homme ne l'avait jamais affectée de cette manière. Et elle n'aimait pas du tout cela.

Sauf que… si, elle aimait cela.

Il avait clairement dit « nous » en référence à l'enquête, mais Selina voulait être sûre que c'était bien ce qu'il voulait dire.

— Vous souhaitez que je vous accompagne ?

— Oui, si vous le voulez.

Bien sûr qu'elle le voulait. Cela lui donnait l'occasion de s'assurer que Luther et la personne qu'il avait engagée pour jouer le rôle de sa femme se comportaient de manière convaincante. Elle ne pouvait pas non plus nier qu'elle appréciait la compagnie de M. Sheffield, mais ce n'était pas pour cela qu'elle voulait y aller.

Bien sûr que non.

— Je trouverais cela fascinant, si cela ne vous dérange pas.

— Pas du tout. Il ne s'agit pas d'une excursion dangereuse, la rassura-t-il, avant de faire un geste en direction de l'est. Allons-y.

Elle acquiesça, et ils poursuivirent leur chemin sur le trottoir.

— Votre travail est-il souvent dangereux ?

— Je ne dirais pas souvent, mais parfois. Il ne s'agit là que d'une simple discussion. Si nous trouvons ce M. Winter. Je soupçonne qu'il n'existe pas réellement, dit Harry avant de jeter un regard à Selina. Je suppose que Madame Sybila n'a pas précisé à quel endroit près de Saint-Paul ?

— Juste à côté de Paternoster Row. Elle a dit qu'il y avait un panneau.

Luther avait choisi cet endroit parce que le propriétaire de la maison cherchait des pensionnaires.

— Parfait, répondit M. Sheffield. Mais nous n'allons pas trouver cette œuvre de charité.

— À quel moment décidez-vous que vous avez épuisé toutes les possibilités d'enquête ? Je veux dire, quand conclurez-vous que lui et le foyer n'existent pas ?

— Pas aujourd'hui. Je suis très minutieux. Donc, bien que je ne m'attende pas à le trouver, je poursuivrai mes recherches jusqu'à ce que je sois certain qu'il n'existe aucune personne ou maison de ce type et que toute cette entreprise « caritative » est une escroquerie.

— Le direz-vous à votre mère, ou la laisserez-vous simplement comprendre par elle-même que Madame Sybila a été arrêtée ? l'interrogea Selina, lui lançant un regard prudent. Je suppose que ce sera l'étape suivante : arrêter Madame Sybila pour escroquerie.

Harry contracta la mâchoire.

— Je le dirai moi-même à ma mère et, oui, une fois que j'aurai prouvé que ce M. Winter n'existe pas, je chercherai à savoir si Madame Sybila a reçu de l'argent pour cette fausse organisation caritative, et je l'arrêterai sans doute pour escroquerie.

Un frisson parcourut l'échine de Selina, mais elle ne se laissa pas déstabiliser. Elle avait affronté de bien plus grands risques dans sa vie et en affronterait certainement d'autres à l'avenir.

— Votre mère sera-t-elle en colère contre vous ?

Harry posa un regard surpris sur Selina.

— Non, pas si je peux prouver qu'on a profité d'elle. Elle sera en colère contre Madame Sybila. Comme il se doit. J'essaie juste de la protéger.

— Vous êtes un bon fils, affirma Selina d'une voix douce.

La notion de famille qui veillait sur les siens ne lui était pas complètement étrangère, car elle avait eu Rafe, et elle avait Beatrix, mais avoir des parents… Elle n'arrivait pas à l'imaginer.

La famille de M. Sheffield l'intriguait autant qu'elle la terrifiait. Mais lorsqu'il était question de Harry, elle était simplement intriguée. Enfin, pas *simplement*. Elle l'appréciait, en dépit du fait qu'il avait l'intention de la mettre sur la paille, et elle se demanda si, dans une autre vie, les choses auraient pu être différentes. Elle avait rencontré si peu d'hommes gentils. En réalité, seulement lui, et Sir Barnabus Gresham. Et son frère. Même si Rafe n'était pas un homme la dernière fois qu'elle l'avait vu. Sauf que dans l'East End, on était généralement considéré comme un homme à partir de quatorze ans.

— J'essaie de l'être, répondit M. Sheffield. Cependant, ma mère dirait sans doute que si j'étais vraiment un bon fils, je trouverais une épouse.

Selina sourit, car il avait tout à fait raison. Elle aurait aimé pouvoir lui dire que l'inquiétude de sa mère venait de l'amour profond qu'elle éprouvait pour lui, tout comme il voulait la protéger parce qu'il l'aimait.

— Je suis sûre qu'elle veut simplement vous voir bien établi et heureux.

— Je suis heureux. Je n'ai pas besoin d'une épouse pour l'être, répondit-il en lui jetant un regard de côté. Vous étiez mariée, et vous avez décidé de ne plus recommencer, alors vous comprenez sûrement.

Certes, elle n'avait pas été vraiment mariée, mais elle comprenait. Le bonheur, c'était ce que l'on en faisait.

Elle remarqua soudain St Dunstan-in-the-West droit devant eux. Elle n'avait rien pu apprendre sur le Vicaire lorsqu'elle avait assisté à l'office la veille, et elle n'avait pas pu fouiller les recoins de l'église. S'ils ne se présentaient pas comme sa clique, la poignée de garçons et de jeunes hommes qui l'avaient empêchée d'enquêter dans le bâtiment lui étaient manifestement fidèles.

Selina sentit le bras de M. Sheffield se crisper tandis qu'ils passaient sous l'horloge qui se dressait au-dessus de la rue de l'église.

— Êtes-vous en train de penser à cette autre affaire ? s'enquit-elle, la voix douce.

Il tourna brièvement la tête vers l'église.

— Oui. Si vous n'étiez pas avec moi, je rentrerais pour voir si les choses pouvaient se passer différemment aujourd'-hui ; peut-être le Vicaire accepterait-il de me recevoir.

— Ne me laissez pas vous en empêcher, dit Selina, presque essoufflée.

S'il pensait qu'il y avait une chance qu'ils voient le Vicaire…

Eh bien, quoi ? Elle ne pouvait pas vraiment l'interroger sur la mort de son frère devant M. Sheffield. Cela reviendrait à révéler les secrets de son passé, et elle n'en ferait rien. Et elle ne pouvait pas non plus le *tuer* devant un coureur de Bow Street. Elle n'était pas sûre de *pouvoir* le tuer, mais c'était ce qu'il méritait.

— Lady Gresham ?

La voix de M. Sheffield la tira de ses pensées.

— Oui ?

— Vous avez ralenti. Tout va bien ?

— Oui. Je ne voulais pas traîner. Hâtons-nous de nous rendre à Saint-Paul pour que vous puissiez prouver que Madame Sybila est une impostrice.

Il lui adressa un regard appréciateur qui l'aurait réchauffée s'il n'avait pas répondu à leur apparent objectif commun de détruire la vie de Selina.

CHAPITRE 6

*P*ourquoi diable emmenait-il quelqu'un dans une enquête ? Sans compter qu'il s'agissait d'une femme qu'il appréciait et qui l'attirait !

Harry aurait voulu pouvoir nier ce fait, mais devait bien admettre, même intérieurement, qu'il avait dépassé ce stade. Il admirait son intelligence, et chaque fois qu'ils se touchaient, il avait envie de l'entourer de ses bras et de voir si ses lèvres étaient aussi douces qu'elles en avaient l'air.

Harry détourna le regard de la bouche de la jeune femme et tâcha de se concentrer sur l'objet de la conversation alors qu'ils arrivaient à Saint-Paul.

— C'est une cathédrale magnifique, remarqua lady Gresham.

Inclinant la tête pour regarder le dôme, Harry répondit :

— J'ai toujours préféré Westminster.

Elle sourit, et ses yeux bleus scintillèrent dans la lumière du soleil de l'après-midi. Il était difficile de ne pas se perdre dans son regard séduisant.

— Moi aussi. Je pense que c'est à cause de son histoire, avec tous les monarques qui y ont été couronnés.

— À l'exception d'Edward V.

— Parce que son oncle l'a tué. Voilà un crime qui mériterait d'être résolu.

Harry s'esclaffa.

— Vous n'avez pas tort, mais je crains que cela aille au-delà de mes compétences.

— Vraiment ? Vous me semblez plutôt tenace. Peut-être devriez-vous essayer.

— Peut-être que si vous acceptiez de mener l'enquête avec moi, je le ferais.

Harry se reconnaissait à peine. Il n'était pas un homme qui fleuretait. Pourtant, il semblait ne pas pouvoir s'en empêcher en présence de lady Gresham.

Adoptant un ton plus sobre, Sheffield fit un geste vers le côté sud de la cathédrale.

— Saviez-vous que Guy Fawkes et ses complices se réunissaient dans une taverne de Carter Lane ?

— Non, répondit lady Gresham, impressionnée. Pourrions-nous y aller ? Carter Lane semble être l'endroit idéal pour une entreprise criminelle. Peut-être M. Winter et Madame Sybila sont-ils dans cette même taverne en train de préparer leur prochain coup.

Harry lui sourit, voyant l'amusement dans son regard.

— C'est possible. Mais je dirais que Paternoster Row, de l'autre côté de la cathédrale, où se trouve ce prétendu foyer pour enfants égarés, pourrait être encore plus propice à la criminalité.

Il l'entraîna malgré tout vers Carter Lane, ce qui leur permettrait de passer davantage de temps ensemble pendant qu'ils faisaient le tour de la cathédrale.

— Et pourquoi cela ? s'enquit lady Gresham, posant son autre main sur le haut de son bras.

— Avez-vous entendu parler du meurtre de Sir Thomas Overbury ?

— Non. Ce crime a-t-il été commis récemment ?

— Non, cela fait deux cents ans. Overbury a été jeté dans la Tour après avoir tenté de mettre en garde son ami, lord Rochester, afin qu'il n'épouse pas sa maîtresse, la comtesse d'Essex, déjà mariée.

Lady Gresham fronça les sourcils.

— Comment aurait-il pu épouser la comtesse si elle était déjà mariée ?

— Rochester était le favori du roi et Sa Majesté a soutenu l'annulation du mariage des Essex au motif que le comte était impuissant.

Lady Gresham haleta.

— Était-ce le cas ? Comment auraient-ils pu le savoir ?

Harry haussa les épaules.

— Il est impossible d'en être certain, bien sûr, mais lady Essex avait des amis adeptes de la magie et des poisons. On pense qu'elle a veillé à ce que le comte prenne quelque chose qui l'empêche d'être performant au lit, expliqua-t-il.

Puis il jeta un regard à Selina, et une bouffée de chaleur l'envahit.

— Mes excuses. C'est une conversation plutôt indélicate.

— Pas du tout. C'est fascinant. Et si vous ne terminez pas cette histoire, je ne vous parlerai plus jamais.

— Eh bien ! Voilà une chose que je ne voudrais pas.

Il s'amusait beaucoup trop. Elle le regarda.

— Il semblerait que cet Overbury ait été envoyé à la Tour pour des raisons illégitimes.

— En effet. Il a eu le malheur de mettre en colère les mauvaises personnes. C'est ainsi qu'il s'est retrouvé assassiné dans la Tour.

— Quel est le rapport avec Paternoster Row ? s'enquit lady Gresham.

— J'y arrive, répondit Harry alors qu'ils quittaient Carter Lane pour rejoindre The Old Change. C'est une histoire assez alambiquée. Je me contenterai de dire qu'Overbury agaçait beaucoup de monde, y compris Rochester, qui était son ami de longue date. Cependant, à la fin, ce dernier s'est rangé du côté de la femme manipulatrice qui allait devenir son épouse...

— L'ancienne comtesse d'Essex.

— Oui, elle, confirma-t-il avec un sourire. Rochester et elle avaient élaboré un plan pour assassiner Overbury, et ce plan a été exécuté...

— Dans Paternoster Row, termina-t-elle en lui lançant un regard enthousiaste. Savez-vous exactement où ?

— Je l'ignore. C'était la maison d'Anne Turner, la veuve d'un éminent médecin et une femme réputée pour sa ruse. Elle manipulait des potions et était, croyez-le ou non, une diseuse de bonne aventure.

Lady Gresham trébucha et Harry agrippa son avant-bras avant qu'elle ne perde l'équilibre.

— Merci, dit-elle. C'est une histoire vraiment fantastique ! Je crains de ne pas avoir fait attention à l'endroit où je posais les pieds.

Harry jeta un coup d'œil par-dessus son épaule, mais ne vit pas le moindre petit obstacle.

— Est-ce que vous allez bien ?

— Tout à fait. Je vous promets qu'en général je ne suis pas aussi maladroite.

— C'est seulement quand je suis là ? s'enquit-il.

Il n'avait pas l'intention de donner à sa question un air de badinage, mais ce fut pourtant le cas. Ou peut-être n'était-ce que dans son esprit, alors qu'il se demandait s'il la distrayait autant qu'elle le faisait avec lui. Bon sang ! Où en était-il dans son histoire ?

— Nous avons étudié le procès lorsque j'étais à l'école de la magistrature.

— Le procès ?

— Deux procès, en fait. Le premier concernait l'annulation du mariage de lord et lady Essex et portait sur la question de savoir si le comte était impuissant. Il s'est avéré qu'il l'était, et le mariage a finalement été annulé après avoir suscité un nombre considérable de commérages.

— Cela ne m'étonne pas, murmura lady Gresham.

— Le deuxième procès, ou plutôt les deuxièmes, concernaient le meurtre d'Overbury, empoisonné dans la Tour. Lord et lady Somerset, car Rochester avait été fait comte de Somerset lors de son mariage avec l'ancienne lady Essex, ainsi que quatre conspirateurs, dont Mme Turner et deux employés de la Tour, ont été jugés pour divers crimes. C'est une étude tout à fait fascinante, en réalité.

— J'en ai bien l'impression. Je chercherai peut-être un livre à lire sur le sujet.

— J'en ai plusieurs, ainsi que mon propre traité.

Il la conduisit jusqu'au bout de The Old Change, bordé presque exclusivement de boutiques de marchands, sans aucune trace d'un foyer pour enfants égarés, et arriva sur Cheapside, où il tourna à gauche en direction de Paternoster Row.

— Qu'est-il arrivé aux accusés ? s'enquit Selina.

— Tous les conspirateurs ont été pendus, y compris Mme Turner, qui était en possession de figures de cire qu'elle utilisait apparemment à des fins de sorcellerie. Elle a été reconnue coupable d'empoisonnement.

— Quelle horrible affaire !

— Effectivement, surtout si l'on considère les preuves présentées et, dans certains cas, leur absence, dit Harry, haussant une épaule. Les procès qui se tenaient il y a deux cents ans n'étaient pas aussi équitables que ceux d'aujourd'hui. Quand une personne était arrêtée à cette époque, elle était presque toujours déclarée coupable. Le processus législatif s'est considérablement amélioré.

— Je l'espère. Lord et lady Somerset ont-ils également été pendus ?

— Ils ont été jugés par leurs pairs, et si lady Somerset a plaidé coupable, son mari ne l'a pas fait. Néanmoins, tous deux ont été condamnés. Cependant, ils n'ont pas été exécutés et ont vécu dans la Tour pendant sept ans avant d'être libérés pour vivre tranquillement à la campagne… sans leurs titres ou leurs possessions, bien entendu.

— Cette punition ne semble guère juste. Ce sont eux qui ont organisé tout le crime, n'est-ce pas ?

— Oui.

Lady Gresham ricana.

— Les personnes riches et privilégiées sont traitées différemment.

Surpris par l'amertume de sa voix, Harry tourna la tête pour la regarder. Elle semblait toujours aussi sereine, alors peut-être avait-il imaginé l'émotion dans sa voix.

— Vous avez raison. Et, dans ce cas particulier, cela a bien servi lord et lady Essex. Je suis sûr que quelques épouses d'Henri VIII diraient que leurs privilèges ne les ont pas aidées.

Il déclara cela pour faire de l'humour, au cas où lady Gresham aurait été vraiment en colère. Détestait-elle les injustices autant que Harry ?

Lorsqu'ils atteignirent Ivy Lane, lady Gresham montra du doigt la rue étroite.

— Voilà le panneau.

Le pouls de Harry s'emballa, et il guida Selina vers le coin de la rue. La maison se trouvait sur l'autre trottoir, et portait un petit panneau indiquant « Foyer pour les enfants en dificulté ».

— J'espère qu'ils n'apprennent pas l'orthographe aux enfants !

— Au moins, ils savent écrire, répondit lady Gresham.

Beaucoup de gens dans ce secteur en sont incapables. C'est terrible que tout le monde ne puisse pas apprendre à lire et à écrire.

Harry se tourna vers elle.

— Lady Gresham, vous êtes une femme aux pensées et aux opinions singulières lorsqu'il s'agit des moins fortunés. Comment en êtes-vous arrivée à ces sentiments ?

Elle hésita brièvement avant de répondre.

— Je viens d'une famille pauvre, monsieur Sheffield. J'ai eu la chance d'attirer l'attention de mon mari. Je me soucierai toujours beaucoup de ceux qui sont dans la pauvreté.

Harry aurait parié qu'elle avait reçu une éducation, et c'était peut-être le cas.

— C'est très étonnant. Votre père était-il vicaire ?

— Non, ce n'est pas le cas.

Harry fut déçu qu'elle ne lui donne pas d'autres informations. Toutefois, il ne s'attarda pas sur la question, car le sujet semblait la mettre mal à l'aise. Et pourquoi en aurait-il été autrement ? Elle était en train de discuter avec le fils d'un maudit comte !

— Allons-nous parler à M. Winter ? À supposer qu'il soit vraiment là. Je soupçonne que le panneau est destiné à éloigner toute personne susceptible de chercher le foyer.

— Ce serait se donner beaucoup de mal simplement pour donner l'impression que quelque chose est réel. À moins que Madame Sybila ne s'attende à ce que quelqu'un cherche à vérifier l'existence du foyer, dit Selina.

— En fait, je crois que c'est le cas. Quand je lui ai rendu visite la semaine dernière, étonnamment, elle a correctement deviné que j'étais de Bow Street. Je pense qu'elle s'attend à ce que quelqu'un, ou plutôt moi, en réalité, enquête sur elle et sur son organisation caritative frauduleuse, répondit Harry avant d'incliner la tête vers la rue. Allons-y.

Elle acquiesça et ils traversèrent la rue en direction du

foyer. Sheffield leva la main et frappa doucement à la porte. Le cri d'un enfant répondit et Harry fronça les sourcils. Y avait-il une chance que ce soit réel ? Non, ce n'était pas possible.

Il entendit des bruits de pas avant que la porte ne s'ouvre. Une femme, les cheveux bruns relevés sur le dessus de la tête, des mèches effleurant ses joues et son cou comme si l'ensemble ne pouvait être contenu, les observa d'un air méfiant.

— Bonjour, la salua Harry, le ton formel. Je suis ici pour voir M. Winter.

— Monsieur Winter ! s'écria la femme, dont les yeux ne quittaient pas Harry et lady Gresham.

Une enfant surgit de derrière les jambes de la femme, ses cheveux noirs se dressant en bataille au-dessus des yeux bleus les plus ronds qu'Harry ait jamais vus. Elle l'observa avec un mélange de peur et de curiosité.

— Vous êtes qui ? demanda-t-elle.

La femme se retourna vers elle et lança :

— Ne sois pas impolie.

La petite fille ne réagit pas, mais Harry répondit :

— Il n'est pas nécessaire de lui parler ainsi. Je n'ai pas été offensé.

Blêmissant, la femme posa un regard désolé sur Harry. Elle ouvrit la bouche, mais avant qu'elle ne puisse parler, une voix masculine emplit le couloir qui s'étendait derrière elle.

— Qui est là, madame Winter ?

Un homme grand et brun s'approcha derrière elle. Il afficha un large sourire, ses yeux sombres scintillant dans la lumière qui filtrait dans l'entrée depuis le salon situé à gauche de la porte. L'homme n'avait pas l'air d'être le genre à diriger un foyer pour enfants égarés. En fait, si ses cheveux avaient été coupés un peu plus court et que ses vêtements avaient été plus élégants, Harry aurait pu s'attendre à le voir chez Brooks*.

— Quelqu'un veut te voir, dit la femme.

M. Winter passa son bras autour de Mme Winter et l'attira contre lui.

— Comment puis-je vous aider ?

Son regard passa de Harry à lady Gresham, et il lui sembla que son sourire s'élargissait.

Sheffield ressentit un pincement de… quelque chose. Réprimant un froncement de sourcils, il s'adressa à l'homme.

— Je suis Harry Sheffield, de Bow Street. Puis-je entrer pour vous parler ?

— Certainement, répondit M. Winter en s'éloignant de sa femme, leur faisant signe d'entrer.

Lady Gresham retira sa main du bras de Harry, qui se rendit aussitôt compte que le contact lui manquait. Elle le précéda dans l'étroite maison.

— Par ici, dit M. Winter en indiquant le salon.

Il agita le doigt vers la petite fille, qui vint se placer devant lui. Winter s'accroupit.

— Veux-tu bien retourner dans le petit salon jusqu'à ce que nous ayons terminé ?

Elle hocha la tête, et Winter se releva, lui tapotant la tête.

— Bonne fille, murmura-t-il.

Le visage de la petite fille se fendit d'un sourire édenté sur le devant, et elle s'en alla vers l'arrière de la maison en sautillant.

Harry entra dans le salon où lady Gresham se tenait les mains jointes près d'un canapé abîmé. L'un des pieds n'était pas le même que les autres.

— Pardonnez notre intrusion, commença Harry alors que M. et Mme Winter les rejoignaient dans la pièce.

---

* NdT : L'un des plus anciens et plus exclusifs clubs de gentlemen du monde, situé dans St James Street.

Le regard de l'homme se porta sur lady Gresham, et il haussa un sourcil. Oui, cet homme aurait définitivement pu passer pour un aristocrate.

— Et qui est-ce ? s'enquit-il, arborant à nouveau un large sourire.

En tout cas, il avait l'air d'un joyeux luron.

— Mon associée, lady Gresham, la présenta Harry. Nous sommes venus nous renseigner sur votre foyer pour enfants égarés. C'est bien ce que vous faites ici ?

— Nous vivons ici, répondit Winter. Et oui, nous accueillons des enfants égarés. N'est-ce pas, ma chérie ?

Il se tourna vers sa femme, dont le regard était plutôt vide. Harry avait l'impression qu'elle était ivre de gin, ou peut-être qu'elle avait pris de l'opium.

Mme Winter hocha la tête.

— Oui, les enfants égarés. Ceux qui ont besoin d'un foyer. C'est un peu comme un orphelinat, dit-elle en regardant lady Gresham.

— C'est merveilleux de votre part, répondit doucement cette dernière, avant de se tourner vers M. Winter. Combien d'enfants avez-vous actuellement avec vous ?

— Dix-huit actuellement. Cela pourrait sembler peu, mais nous ne pouvons pas nous permettre d'en accueillir d'autres pour l'instant. Nous devons compter sur la générosité des autres pour soutenir tant d'enfants. Heureusement, nous avons un généreux bienfaiteur, et nous recevons parfois des dons de personnes du voisinage ou de l'église du quartier.

Cela commençait à ressembler à une organisation caritative tout à fait légitime, ou du moins à un foyer avec un couple qui essayait de faire le bien.

— Conservez-vous des traces de ces contributions à votre cause ? Si vous ne le faites pas, vous devriez.

— Il se trouve que je le fais.

Winter s'avança vers un petit bureau situé dans un coin

de la pièce. Il ouvrit le tiroir, en retira un registre et le rapporta pour le montrer à Harry.

— Tout est indiqué ici, depuis environ six mois, quand nous avons commencé à accueillir des enfants régulièrement. Cela a commencé avec seulement trois frères et sœurs orphelins, mais nous n'avons jamais pu nous arrêter.

Il rit, puis passa à nouveau son bras autour de Mme Winter. Celle-ci cligna des yeux, puis elle se blottit contre lui, passant son bras autour de sa taille.

— Je ne peux pas avoir d'enfants, déclara Mme Winter avec un air malheureux.

Cette profonde tristesse était peut-être à l'origine de la vacuité de son regard.

— Je suis désolée, intervint lady Gresham avec beaucoup de chaleur.

Harry ouvrit le registre et parcourut les entrées. Les premières dates remontaient effectivement à environ six mois. L'écriture était atroce, mais Sheffield parvint à distinguer au moins un nom : Madame S. Il leva les yeux du livre de comptes pour regarder M. Winter.

— Qui est Madame S ?

— Madame Sybila, répondit l'homme d'un ton jovial. Elle est française, mais nous n'allons pas nous laisser arrêter par cela !

Il s'esclaffa et Mme Winter rit avec lui.

— Comment la connaissez-vous ? demanda Harry en jetant un coup d'œil au registre, incapable de distinguer d'autres noms à part Monsieur Th et Mme Cro.

C'était comme si Winter était incapable d'écrire la fin des mots.

Il baissa la voix.

— C'est une voyante. Mme Winter est allée la consulter pour savoir si nous pourrions avoir des enfants. C'est elle qui lui a donné l'idée d'en accueillir quelques-uns. Elle est d'une grande gentillesse et possède un cœur aussi grand que la lune.

Complètement contrecarré dans sa tentative de prouver que cette organisation caritative n'existait pas, Harry se retrouva sans voix. Il regarda le registre d'un air renfrogné avant de le refermer et de le rendre à Winter.

— Voulez-vous bien me montrer la maison ?

Mme Winter se tourna vers son mari et le regarda, les lèvres entrouvertes, les sourcils froncés en signe de désarroi.

— Il va réveiller les enfants qui dorment.

Lady Gresham toucha le bras de Harry.

— Est-il vraiment nécessaire de fouiller la maison ? s'enquit-elle doucement. Je sais que vous aimez être minutieux, mais vous en avez sûrement vu assez ?

Winter murmura quelque chose à sa femme, qui jeta un regard mécontent à Harry avant de sortir de la pièce.

— J'ai demandé à Mme Winter d'aller chercher les enfants qui sont réveillés et, euh… présentables. Certains d'entre eux ont besoin d'un bain, et elle refuse que vous les rencontriez. C'est une question de fierté pour elle, vous comprenez. Nous faisons de notre mieux à deux, ils sont nombreux.

— Je suis sûre que vous faites de l'excellent travail, intervint lady Gresham.

Cela ne se passait pas du tout comme Harry l'avait prévu. Était-il possible que Madame Sybila soutienne une véritable œuvre de bienfaisance et ne vole pas ces femmes à qui elle prédisait l'avenir ? Et, si cette partie était vraie, était-elle aussi une diseuse de bonne aventure qui gagnait sa vie en s'assurant que des femmes riches se sentent bien ? Y avait-il un mal à cela ?

Son père ne le croirait jamais ; mais Harry ne pensait pas pouvoir dire ou faire quoi que ce soit pour le convaincre de soutenir le désir de sa mère de voir Madame Sybila.

Les enfants commencèrent à entrer dans le salon.

Quelques instants plus tard, ils étaient douze, d'âges variés. Le plus jeune devait avoir quatre ans et le plus âgé, dix. Ils avaient l'air relativement propres et leurs vêtements étaient en assez bon état et, comme eux, également propres.

— Bonjour les enfants, dit Harry en souriant.

Il se dirigea vers la plus grande d'entre eux, une fille aux cheveux blonds comme les blés, avec des taches de rousseur sur le nez.

— Je suis M. Sheffield. Je suis en train d'inspecter votre foyer. Vous vivez ici avec M. et Mme Winter ?

— Oui, monsieur.

— Êtes-vous bien traités ?

— Oui, monsieur. Nous n'avons plus faim, dit-elle avant de se tourner vers la fille à côté d'elle, qui semblait être une version plus petite d'elle-même. N'est-ce pas, May ?

May secoue la tête.

— Non, monsieur. Et nous avons droit à des bains !

Deux des garçons firent la grimace, tandis qu'un troisième, qui se tenait entre eux, leur donnait un coup de coude dans les côtes.

Résigné, Harry se tourna vers M. Winter.

— Eh bien, vous semblez être exactement ce que vous prétendez être.

Lady Gresham s'avança et déposa quelques pièces dans la main de M. Winter.

— Merci pour votre gentillesse. J'espère que vous me permettrez de contribuer à votre cause.

— Merci à *vous* pour votre générosité, my lady.

Il sourit à lady Gresham avec une lueur assez charmante dans les yeux, et il lui serra la main en acceptant la pièce.

Harry ressentit à nouveau ce petit quelque chose qu'il ne voulait pas identifier.

Mme Winter revint alors dans le salon, portant un autre enfant sur la hanche. Le bambin avait mis son poing dans sa bouche. De la bave coula le long de son menton pendant qu'il fixait Harry du regard. Il retira sa main de sa bouche et observa Mme Winter.

— Maman ?

Harry plissa les yeux.

— Je croyais que vous n'aviez pas d'enfants.

Winter répondit.

— Nous n'en avons pas. Mais Jacob pense que Mme Winter est sa mère. Nous ne savons pas où se trouve la sienne, ajouta-t-il en baissant les yeux.

Il tendit la main et ébouriffa les cheveux brun clair du garçon. Lady Gresham enroula la main autour du bras de Sheffield.

— Nous ne vous retiendrons pas plus longtemps. Merci pour votre temps.

Harry sortit du salon avec elle, l'esprit troublé par cette tournure étonnante des événements. Winter se précipita pour leur ouvrir la porte, et le constable lui souhaita une bonne journée.

Une fois dehors, il se tourna et observa la maison d'un air renfrogné.

— Peut-être que ce sont tous des acteurs payés.

Lady Gresham éclata de rire, et il se tourna pour la regarder, sourcils froncés.

Elle se tut.

— Vous êtes sérieux ! s'exclama-t-elle d'un air inquiet. Vous ne pouvez pas vraiment croire cela. Je pense que cela coûterait beaucoup d'argent. S'il s'agissait d'une sorte d'escroquerie, combien d'argent Madame Sybila pourrait-elle vraiment gagner ?

— Vous seriez surprise de savoir combien de gens sont prêts à travailler à des prix dérisoires, et il est probable que ces enfants ne sont pas payés. Ils ont sans doute accepté avec joie de faire semblant de vivre ici en échange de vêtements propres et de nourriture. Et de bains.

— Je vous trouve bien cynique.

Il y avait un côté glacial dans le ton de Selina que Harry n'aimait pas. Ou peut-être n'aimait-il pas qu'elle ait raison. Il se tourna avec elle vers la cathédrale et expira.

— Je peux l'être, oui. C'est un défaut que je m'efforce de surmonter.

— Et vous ne pouvez pas croire que ces garçons prendraient volontiers des bains, vous faites exprès de vous montrer désagréable.

Harry éclata de rire.

— Bien sûr, vous avez raison… ils ne voudraient pas prendre de bains. Cependant, je ne cherche pas à être désagréable, répondit-il, jetant un regard à la maison. Je reviendrai dans une semaine pour m'assurer qu'aujourd'hui n'était pas qu'une simple mise en scène.

— S'il vous plaît, prévenez-moi quand vous le ferez, car j'aimerais envoyer plus d'argent. Aujourd'hui, je n'avais pas assez sur moi pour leur donner ce que j'aurais voulu.

Sheffield regarda lady Gresham pendant qu'ils traversaient le jardin de la cathédrale, se sentant tout sauf cynique face à sa générosité et à son bon cœur.

— Vous vous souciez vraiment des moins fortunés. Ce n'est pas seulement une question d'apparences.

— Et revoilà votre cynisme.

— Peut-être, mais je connais aussi les gens de la bonne société, et beaucoup d'entre eux ne se soucient que de l'image que la charité leur donne.

— C'est triste, constata lady Gresham. Êtes-vous terriblement contrarié que vos attentes aient été déçues ?

— Oui et non. Surtout non.

Comment pourrait-il l'être alors qu'il semblait qu'on

aidait vraiment des enfants dans cet endroit, et qu'il avait passé un excellent après-midi avec lady Gresham ?

— J'avoue que j'ai plutôt apprécié notre enquête aujourd'hui, lui dit la jeune femme alors qu'ils sortaient du jardin pour s'engager dans Ludgate. Si vous avez besoin de faire appel à un associé à l'avenir, j'espère que vous songerez à moi.

Sheffield contempla son profil élégant.

— Je penserai à vous comme bien plus qu'une associée.

— Vraiment ?

Lady Gresham croisa son regard, et Harry ressentit leur lien au plus profond de son ventre. Éprouvait-elle la même chose que lui ?

Devant eux, un fiacre laissa descendre quelqu'un.

— Je devrais rentrer chez moi, dit-elle, interrompant le moment entre eux.

Déçu que leur temps soit terminé, Harry héla le cocher et accompagna la jeune femme jusqu'au véhicule. Elle donna son adresse au cocher, et Sheffield lui tint la portière pendant qu'elle montait à l'intérieur.

— À bientôt, Lady Gresham.

— Je l'espère.

Leurs regards se soutinrent un moment avant qu'il ne ferme la porte. Son sang bouillonnait dans ses veines quand le fiacre s'en alla.

CHAPITRE 7

Selina jeta son chapeau et ses gants sur la petite console de l'entrée, et manqua de heurter l'intendante, l'une des rares femmes à être plus grande qu'elle.

— Il m'avait bien semblé vous entendre entrer, dit Mme Vining. Vous êtes partie un bon moment.

— Oui, c'est vrai, intervint Beatrix depuis l'escalier.

Elle était déjà vêtue de sa plus belle tenue de marche, prête pour le parc.

— Je suis désolée, dit Selina. Mais j'ai passé un après-midi extraordinaire.

— Je vois cela, dit Beatrix, les sourcils froncés. Prenons un rafraîchissement avant que tu ne te changes.

Reconnaissante de l'intérêt et de la compréhension de Beatrix, Selina acquiesça.

— Je vais apporter de la limonade, proposa Mme Vining qui se tourna pour repartir vers l'arrière de la maison.

— Ce ne sera pas nécessaire. Il me faut quelque chose de plus fort.

Mme Vining hocha la tête, puis se retira.

Beatrix descendit les escaliers et suivit son amie dans

le salon, refermant la porte derrière elles. Selina se dirigea aussitôt vers les bouteilles de cognac et de madère qui trônaient sur une table carrée dans le coin de la pièce.

— Veux-tu quelque chose ? s'enquit-elle en se versant un cognac.

— Oui, s'il te plaît. Je ne voudrais pas me sentir exclue, répondit Beatrix.

Selina lui versa sa boisson favorite, du madère, et lui tendit le verre. Après avoir avalé la moitié de son cognac, elle se mit à arpenter la pièce sous l'effet de l'énergie nerveuse qui l'animait.

— Tu sembles agitée. S'est-il passé quelque chose ? l'interrogea Beatrix.

Elle était debout près du canapé, mais elle ne s'assit pas, pour ne pas froisser sa robe. Le trajet en calèche jusqu'à Hyde Park s'en chargerait déjà suffisamment.

— J'ai passé les deux dernières heures en compagnie de M. Sheffield, annonça Selina avant de boire une nouvelle gorgée. Nous nous sommes rendus à Ivy Lane.

— Ah ! Et comment Luther s'en est-il sorti ?

— Mieux que je n'aurais pu le prévoir. Au début, je n'étais pas certaine que sa « femme » serait à la hauteur, mais elle s'en est sortie. Ils ont rassemblé un nombre étonnant d'enfants, qui se sont produits comme s'ils étaient sur scène, raconta Selina d'un air admiratif. J'aurais aimé avoir davantage de pièces à leur donner.

— Peut-être recevras-tu suffisamment de dons pour le faire.

Selina pinça les lèvres.

— Nous pouvons à peine couvrir toutes nos dépenses, répliqua-t-elle.

Elle remarqua ensuite le pli barrant le front de Beatrix et chercha à apaiser ses inquiétudes.

— Ne t'inquiète pas, ta saison, ton objectif, est en train de se réaliser.

Elle se remit à faire les cent pas et termina son cognac. Elle changea ensuite de direction et retourna vers la bouteille dans le coin de la pièce. Elles risquaient de se retrouver à court d'argent, mais elle n'en dirait rien à Beatrix. Pas encore.

— On dirait que ton après-midi s'est bien passé, et pourtant tu es contrariée, remarqua Beatrix. Qu'est-ce que tu ne me dis pas ?

Selina remplit à nouveau son verre et se tourna vers Beatrix.

— J'avais espéré apprendre quelque chose sur le Vicaire, mais, bien qu'il soit un coureur de Bow Street, Sheffield ne semble pas plus près de le trouver que moi.

— C'est assez difficile quand personne ne sait à quoi il ressemble, dit Beatrix.

C'était très frustrant. Chaque fois que Selina interrogeait quelqu'un à propos du Vicaire, ce dernier mettait tout simplement fin à la conversation et s'en allait.

— Je vais le trouver... *Nous* allons le trouver. Nous sommes redoutables quand nous voulons quelque chose.

Beatrix s'esclaffa.

— C'est vrai. Si nous le trouvons, que se passera-t-il ? Comptes-tu le tuer sur-le-champ ? Tu n'as jamais tué quiconque, Selina.

La jeune fille se tut, et l'atmosphère de la pièce se tendit soudain, pleine de vieux secrets et de terribles mensonges.

— N'est-ce pas ?

La question lui fut posée d'une voix si ténue que Selina ne l'aurait peut-être pas entendue si elle n'avait pas vu les lèvres de Beatrix remuer.

Pas volontairement. Selina but son cognac, cherchant une force qu'elle n'était pas sûre de trouver un jour. Le souvenir de ce jour-là à la taverne s'était estompé dans les coins de son esprit, refoulé si souvent qu'elle aurait presque pu se convaincre qu'il n'avait jamais existé. Pourquoi cela ne pouvait-il se répéter avec cet autre souvenir, après son départ de l'école ? Celui-ci surgissait dans ses pensées sans crier gare, la paralysant à des moments incongrus, quand elle s'y attendait le moins.

Parce que, dans ce premier souvenir, tu t'es sauvée, et que dans le second, tu t'es laissée violenter.

— Pourquoi ne pas laisser Sheffield s'en occuper ? lui demanda Beatrix, qui ignorait heureusement tout des sombres pensées de Selina. Tu pourrais lui dire pourquoi tu veux retrouver le Vicaire. Je suis convaincue que savoir que ce brigand a tué ton frère ne ferait que renforcer sa détermination.

Cela ne lui serait pas difficile de se décharger de son fardeau, et ils pourraient ainsi partager leur antagonisme à l'égard du Vicaire. Plus encore, elle avait *envie* de lui révéler cette petite vérité. Mais l'enjeu était trop important.

— Non, dit Selina. Car, ensuite, je devrais lui expliquer comment mon frère a pu être impliqué avec cette bande de criminels, ce qui nous exposerait inutilement.

— N'as-tu pas envie de le raconter à Sheffield ? J'ai l'impression que vous avez établi une relation. Je pensais que, peut-être, tu pourrais lui dire ce dont tu as besoin sans lui dévoiler tes secrets. Tu es plutôt douée pour cela. À tel point que tu me caches encore des choses.

Selina se sentait mal, car ils avaient *effectivement* établi une relation. Et son malaise actuel était autant dû à leur amitié grandissante qu'à sa frustration de n'être pas encore parvenue à trouver le Vicaire. Mais elle ne voulait pas l'admettre, surtout quand elle n'était pas la seule à garder des secrets.

— Aurais-tu quelque chose à me dire au sujet d'un collier d'émeraudes appartenant à lady Aylesbury ?

Beatrix détourna brièvement le regard.

— Que pourrais-je te dire que tu ne sais pas déjà ? J'aime les jolies choses.

— Et tu t'es retrouvée par hasard dans la chambre de lady Aylesbury, pendant la soirée où elle a eu la gentillesse de nous inviter, et tu as accidentellement dérobé ses bijoux ?

Beatrix posa une main sur sa hanche, les sourcils froncés, les yeux plissés.

— Tu agis comme si nous n'avions pas l'habitude d'escroquer les gens qui sont gentils avec nous.

Selina tressaillit. Oui, cela devenait de plus en plus difficile. Presque intenable. Honnêtement, elle ne savait pas combien de temps elle pourrait encore endurer cette vie de duplicité.

— Et tu agis comme si ta manie de voler des objets n'était pas un problème.

Selina lui avait appris à voler après l'avoir sauvée du séminaire. Beatrix s'était révélée plus habile qu'elle quand elle était enfant dans les rues de l'est de Londres. Quelques années plus tôt, Selina s'était rendu compte que la jeune femme volait même quand ce n'était pas nécessaire. C'était une compulsion qu'elle ne parvenait pas à contrôler.

Les épaules de Beatrix frémirent.

— Tu sais bien que c'est un problème, répondit-elle d'une voix douce.

— Oui.

Tout comme elle savait combien Beatrix avait souffert après la mort de sa mère bien-aimée, quand son père l'avait envoyée au séminaire sans le lui dire en personne. Il ne lui avait pas rendu visite ni écrit, et, en dépit du fait qu'il était duc et ne l'avait pas revendiquée comme sa fille, Beatrix avait évoqué une vie de famille dont Selina ne pouvait que rêver : des parents qui s'adoraient et qui l'adoraient. Elle s'était sentie complètement abandonnée, et les filles sans cœur de l'école n'avaient fait qu'empirer les choses en se moquant d'elle et en la traitant de bâtarde indésirable.

Selina posa son verre de cognac et s'approcha de son amie, posant les mains sur ses épaules.

— Je sais que tu ne le fais pas exprès, mais nous devons être particulièrement prudentes, maintenant. Lorsque ton père te reconnaîtra, les choses changeront. Tu ne peux pas voler ces gens qui seront tes amis et voisins.

Beatrix souffla fort.

— Je sais. Vas-tu vraiment t'en aller après la saison ?

Ses yeux croisèrent ceux de Selina, et l'appréhension qui s'y lisait poussa cette dernière à la serrer plus fort. Beatrix l'étreignit à son tour.

— Tu sais que je n'aurai pas les moyens de vivre ici, remarqua Selina.

— Mon père me donnera assez d'argent pour que tu puisses le faire.

Selina n'y croyait pas, mais Beatrix nourrissait parfois des rêves impossibles.

— Nous serons toujours des sœurs. Je t'aime, Trix.

Beatrix la serra contre elle.

— Je t'aime, lui dit-elle. Je suis désolée d'avoir causé des problèmes.

— Tout va bien. Nous allons arranger ça.

Selina avait déjà un plan.

~

*L*e lendemain, Selina referma la porte du petit cabinet de Madame Sybila et revint depuis l'arrière de la parfumerie. La porte s'ouvrait sur une petite ruelle, vide comme à l'accoutumée à cette heure. Elle prit tout de même soin d'observer les alentours, de crainte que quelqu'un, comme M. Sheffield, ne guette le départ de Madame Sybila.

Selina empruntait toujours divers chemins pour rentrer chez elle, et l'un d'eux passait par Bow Street. Elle évitait ce trajet, maintenant.

Marcher lui permettait de réfléchir à ses entrevues du jour. Aujourd'hui, cependant, elle pensait à M. Sheffield et à leur agréable excursion de la veille.

Agréable. Comment passer l'après-midi avec un coureur de Bow Street qui brûlait de la faire accuser d'un crime, ou du moins Madame Sybila, pouvait-il être agréable ?

Parce qu'elle avait apprécié sa compagnie bien plus qu'elle ne l'aurait voulu. Elle jeta un regard vers Bow Street, et se demanda où était M. Sheffield. Avec un peu de chance, il ne patrouillait pas dans les environs, et elle ne tomberait pas sur lui. En raison de ce risque, elle était devenue encore plus attentive à son environnement depuis leur rencontre une semaine plus tôt.

C'était ainsi qu'elle avait compris qu'elle était suivie.

Elle avait eu des soupçons vendredi, mais s'était convaincue qu'elle faisait erreur. M. Sheffield avait-il découvert la vérité ? Savait-il qu'elle était Madame Sybila ? Peut-être qu'avec d'autres coureurs, ils se rapprochaient d'elle.

L'inquiétude l'envahit, et elle accéléra le pas, contournant Covent Garden. L'homme qu'elle avait identifié, qui était exceptionnellement grand, était toujours derrière elle, mais de l'autre côté de la rue.

Elle tourna dans Bedford Street, sachant qu'il s'y trouvait une ruelle dans laquelle elle pourrait s'engouffrer. Hâtant le pas, elle traversa la voie juste avant le passage d'une calèche, et elle se servit du véhicule pour que l'homme ne la voie pas se faufiler dans la venelle.

La respiration laborieuse, Selina se glissa dans l'embrasure d'une porte et se plaqua contre le bois pour que l'homme ne la voie pas s'il tournait la tête dans cette direction. Elle fouilla dans son réticule et en sortit son pistolet. Au bout de quelques minutes, elle entendit le bruit de bottes sur le pavé.

Son cœur s'emballa. Elle retint son souffle et attendit de pouvoir le voir. Dès qu'elle se fut assurée qu'il s'agissait du même homme, elle sortit de sa cachette, le pistolet levé.

— Pourquoi me suivez-vous ?

— *Bon sang !* Selina, ne tire pas !

L'homme la connaissait. Mais ce n'était pas M. Sheffield. Il était plus grand, et ses épaules n'étaient pas aussi larges.

Il fit un pas vers elle, et Selina se retint de justesse d'appuyer sur la détente.

— N'approchez pas ou je vous tire dessus ! Qui êtes-vous ?

L'homme expira, et elle vit quelque chose d'étrangement familier dans son allure. En un éclair, il la désarma et fit claquer sa langue.

— Tu m'as laissé m'approcher trop près, Lina.

Lina. Les seules personnes à l'appeler ainsi étaient Luther et… Rafe. Cet homme n'était pas Luther.

— Rafe ?

Il retira son chapeau, dévoilant ses cheveux blond clair. Se rapprochant, il hocha doucement la tête. Selina ne put s'empêcher de fixer du regard la vilaine cicatrice sur son menton. Mais elle s'obligea à regarder plus haut, et se concentra sur ses yeux, d'un bleu brillant à l'exception de cette tache orange sur le droit, qu'elle voyait à peine dans la faible lumière de la ruelle.

— C'est vraiment toi ?

Dix-huit ans, c'était terriblement long, et ils n'étaient que des enfants la dernière fois qu'ils s'étaient vus.

— Oui, c'est moi, Lina

Elle lui asséna un violent coup de pied dans le tibia.

— Ça, c'est pour m'avoir suivie !

Elle lui donna ensuite un coup de poing dans le ventre, lui arrachant un grognement sonore. Il se plia en deux.

— Et ça, c'est pour m'avoir laissée croire que tu étais mort !

Agitant le poing, Selina lui jeta un regard noir pendant qu'il se redressait. Rafe leva la main qui ne tenait pas son arme.

— Trêve.

— Rends-moi mon arme.

— Seulement si tu me promets de la manier correctement. Je t'ai mieux appris que cela.

C'était vrai. Elle l'avait effectivement laissé approcher trop près.

— Cela fait longtemps que je n'ai pas eu à me protéger de la sorte.

— J'en suis heureux.

Il lui tendit le pistolet en le lui présentant par la crosse. Elle le prit avec un air renfrogné et le remit dans son réticule.

— Voudrais-tu boire une bière avec moi ? s'enquit-il.

— Seulement parce que je veux savoir pourquoi tu m'as laissée croire que tu étais mort !

Il était vivant ! Elle hésitait entre le serrer dans ses bras et le frapper encore. Finalement, elle ne fit ni l'un ni l'autre.

— Je te dirai tout ce que tu veux savoir. Et peut-être une ou deux choses que tu ne veux pas, ajouta-t-il, l'air sombre.

Puis il lui adressa un petit sourire et lui offrit son bras.

— Il y a une taverne au coin de la rue.

Timidement, elle posa la main sur sa manche. Il la conduisit hors de la ruelle et ils ne s'adressèrent plus la parole jusqu'à ce qu'ils soient assis à une table nichée dans un coin de la salle commune de la taverne.

La servante apporta deux chopes de bière, que Rafe avait commandées lorsqu'ils étaient entrés, et s'en alla rapidement.

Il but une longue gorgée avant de poser son regard familier sur Selina.

À la fois familier… et non. Certes, il ressemblait à son frère, et ses yeux le confirmaient, mais elle se rendit compte qu'ils étaient des étrangers. Pendant tout ce temps, elle avait recherché un idéal. Le frère qu'elle avait connu quand ils étaient enfants avait disparu. Tout comme la fille qu'elle avait été avait disparu depuis longtemps.

— J'ai appris ton retour presque à la minute où tu es arrivée à Londres, dit-il. Dès que tu t'es montrée à Whitechapel.

Cela remontait à plusieurs semaines. Le ventre de Selina se noua.

— Pourquoi me suis-tu au lieu de m'accueillir en ville ? l'interrogea-t-elle, mais elle n'attendit pas sa réponse. As-tu la moindre idée de ce que j'ai ressenti quand on m'a annoncé ta mort ?

— Je peux l'imaginer et je suis désolé. J'essayais de te protéger en t'éloignant de moi. Mais tu travailles avec ce satané coureur, maintenant, alors j'ai gardé un œil sur toi pour m'assurer que tu n'avais rien à craindre de lui, expliqua Rafe.

Il se pencha en avant, fronçant les sourcils, les yeux plissés.

— Pourquoi es-tu empêtrée avec lui ?

— Je ne suis pas « empêtrée » avec lui.

— J'ai entendu dire que tu te promenais dans Cheapside à son bras hier.

— C'est mon affaire.

Elle but plusieurs gorgées de bière, espérant ainsi calmer sa colère.

— Le faux foyer pour enfants égarés. Oui, je suis au courant de tout cela, ainsi que de ta supercherie qui consiste à prétendre lire l'avenir.

Il savait tout d'elle alors qu'elle le croyait mort ?

— Si tu veux savoir, je travaillais avec Sheffield pour me protéger, répliqua-t-elle. Et pour retrouver l'homme qui t'avait tué. Je voulais te venger, mais maintenant, je me demande pourquoi je devrais me soucier de toi.

— Le Vicaire, dit-il doucement, baissant les yeux sur sa chope.

Selina laissa échapper un peu de la colère qui l'habitait.

— Oui.

Il lui adressa un sourire bancal, typique du garçon qu'elle avait connu. Le cœur de Selina se serra et sa respiration se bloqua.

— *Je* suis le Vicaire.

— Quoi ?

Selina avait repris sa chope, mais elle la posa brutalement sur la table avec un bruit sourd.

— C'est une identité que j'ai créée pour m'éloigner de Partridge. Tu comprends certainement l'importance de créer des identités.

Elle le regarda fixement, puis secoua doucement la tête.

— Très amusant. J'en déduis que ton plan n'a pas fonctionné, puisque le Vicaire a tué Partridge ?

— C'est vrai. Mais même Partridge mort, cela m'arrangeait de tuer aussi Rafe Blackwell.

Selina s'efforçait de digérer tout ce qu'il lui racontait.

— Si tu es au courant de mes activités, tu dois savoir que je travaille avec Luther. Sait-il que tu es en vie ? Et Mme Kinnon ?

Rafe grimaça, l'air navré.

— Ne sois pas en colère contre eux. Je leur ai fait promettre de garder mon secret. Rafe Blackwell *devait* mourir.

Selina s'adossa à son siège et croisa les bras.

— Même aux yeux de sa sœur ?

— Comme je te l'ai dit, j'essayais de te protéger, répondit-il, la transperçant d'un regard noir. La vie est dangereuse, ici, et j'ai travaillé dur pour y échapper. Tu ne te souviens peut-être pas à quel point c'était horrible.

— Bien sûr que si, mon frère. Je m'en souviens, affirma-t-elle d'un ton doux, même si les souvenirs étaient durs. Comment pourrais-je oublier que c'est pour cela que tu m'as éloignée, me séparant de la seule famille que j'aie jamais connue ? Est-ce pour cela que tu as cessé de répondre à mes lettres ? Pour me protéger ?

La douleur s'insinuait partout en elle, de sorte que des larmes auraient dû ruisseler sur son visage. Mais elle ne pleurait pas. Pas depuis qu'il lui avait demandé de ne pas le faire, des années plus tôt.

— En quelque sorte, confirma-t-il.

Il posa les mains autour de sa chope et la serra brièvement. On aurait dit qu'il essayait de relâcher un peu de la tension qui régnait entre eux.

— Je sais que tu voulais revenir ici. Tu l'écrivais dans chaque lettre. Je ne voulais pas encourager cela.

— Donc, tu as totalement cessé d'écrire, alors que moi, je continuais à le faire.

C'était à peu près à l'époque où Beatrix était arrivée au séminaire. Jusqu'à ce qu'elle quitte son emploi de gouvernante. Après cet horrible événement, elle avait voulu tirer un trait sur le passé, à l'exception de Beatrix. Plusieurs années s'étaient écoulées avant qu'elle ne décide de retrouver son frère.

— Tu avais trouvé Beatrix, et, d'après tes lettres, il était évident que vous étiez proches. Vous êtes toujours proches… Elle est comme ta sœur, bon sang !

Rafe reprit sa chope et but une autre gorgée. Y avait-il de la jalousie dans son ton ? Tant mieux.

— Oui, elle est ma sœur, confirma Selina.

Rafe posa sa chope sur la table, et son regard s'adoucit pour laisser place à une chaleur qui apaisa les restes de la colère de la jeune femme.

— J'en suis heureux. Quand j'ai lu tes lettres à son sujet, j'ai su que tu t'en sortirais. Mieux que tu n'aurais pu le faire ici, avec moi.

La tristesse dans la voix de son frère émut davantage Selina. Sa sécurité avait toujours été primordiale pour lui. Voilà pourquoi il avait pris la décision de l'éloigner. Et, apparemment, c'était aussi la raison pour laquelle il s'était tenu à l'écart d'elle jusqu'à présent.

Elle ne pourrait jamais lui dire ce qui lui était arrivé lorsqu'elle avait quitté l'école. Selina but une gorgée de sa bière.

— Alors, tu t'inquiètes pour Sheffield ?

— Il représente un danger pour tes activités. Et, pour être honnête, pour les miennes.

— Pourquoi, parce qu'il veut te voir pendu pour avoir tué des enfants ?

— Oui. Mais je n'ai pas déclenché l'incendie du bordel. L'endroit appartenait à Partridge, affirma Rafe, dont les yeux devinrent si froids que Selina faillit frissonner. Tu ne peux pas t'en souvenir, c'était après ton départ de Londres.

— Pourquoi as-tu tué Partridge ?

Il y avait tant de raisons de le faire, et cela se limitait à ce dont Selina se souvenait de son temps au service de cet homme. Il y avait forcément quelque chose d'autre, qui avait poussé Rafe à bout.

— Je devais le faire, mais pas pour ses affaires, comme Sheffield et d'autres l'ont supposé. Je voulais m'en aller. J'avais commencé mes propres activités, principalement en prêtant de l'argent, sous le nom du Vicaire. À l'époque, je ne montrais pas mon visage, pour que personne ne sache que c'était moi. C'était la seule façon pour moi de partir... en devenant quelqu'un d'autre.

— À quel point étais-tu proche de Partridge à ce moment-là ?

Selina et Rafe avaient commencé à voler pour lui quand elle avait huit ans. Samuel Partridge s'était pris d'affection pour eux, et Rafe était devenu l'un de ses favoris, accédant à des rôles de plus en plus importants. Lorsque Selina avait quitté Londres, son frère était à la tête de plusieurs cliques de gamins voleurs, et il avait commencé à travailler dans l'une des boutiques de receleurs. Sa réussite lui avait donné les moyens financiers d'éloigner sa sœur. Il n'avait pas hésité à poursuivre sa vie de criminel, tout en protégeant Selina d'une telle existence.

— J'étais son bras droit… du moins, jusqu'à ce que je demande à partir. Je ne voulais plus travailler pour lui.

— Nous n'avons jamais voulu travailler pour lui.

Ils n'avaient pas eu le choix. Enfin, elle l'avait sans doute eu. Elle aurait pu se prostituer à la place.

— C'est vrai. Et j'essaie vraiment de ne pas me comporter en criminel, c'est pourquoi je n'ai pas besoin d'avoir Sheffield sur le dos.

Il essayait de ne pas se comporter en criminel ? Peut-être avait-il trouvé la sécurité financière. Ce n'était pas le cas de Selina… pas encore. Mais, avec un peu de chance, après ce coup à Londres en tant que Madame Sybila, elle serait en mesure d'assurer enfin son avenir et celui de Beatrix. Mais si cette dernière obtenait ce qu'elle était venue chercher, elle n'aurait pas besoin de son aide.

— Pourquoi ne pas simplement tuer le Vicaire maintenant ? s'enquit Selina.

Rafe afficha un petit sourire.

— Parce qu'il dirige une entreprise de prêt d'argent très lucrative.

— Illégale, d'après ce que j'ai entendu.

Il inclina la tête, la main serrée autour de sa chope.

— Plus maintenant. J'avais l'habitude de pratiquer des taux d'intérêt plus élevés que les banques, mais je les ai baissés au cours des derniers mois. Rien de tout cela n'a d'importance pour l'instant. Je n'ai pas besoin d'avoir Sheffield sur le dos alors que j'essaie de passer à une existence respectable. Comme celle que tu mènes dans Queen Anne Street. Lady Gresham, hein ? T'es-tu vraiment mariée ?

— Non. Sir Barnabus Gresham a eu la gentillesse de m'autoriser à utiliser son nom, bien que je lui aie volé cent livres.

Rafe siffla.

— Il l'ignorait ?

— Oh, non ! Il savait. Et il m'a laissée garder l'argent. Barney est un homme sympathique, dit Selina, puis elle grimaça, la poitrine transpercée par un sentiment de regret. Était. Je suis sûre qu'il est décédé depuis. Il est tombé malade.

— Et dire que je pensais que tu étais un escroc accompli.

Son sourire en coin indiquait qu'il plaisantait, mais Selina voulait être certaine qu'il savait exactement qui elle était.

— Je suis Selina Blackwell, lady Gresham *et* Madame Sybila, et toute autre personne que je dois être. Si Sir Barnabus a appris que je l'avais volé, c'est parce que je l'ai décidé, et cela a plutôt bien fonctionné, merci.

Ce n'était pas l'entière vérité, mais Selina avait depuis longtemps compris que la vérité était largement surfaite. Et presque toujours inutile. En outre, elle vous rendait vulnérable, et elle voulait éviter cela à tout prix.

Rafe la dévisagea d'un air admiratif.

— Tu vois ? Je savais que tu comprenais l'importance d'avoir plusieurs identités.

Selina commençait à se sentir plus à l'aise avec lui, mais il leur restait encore énormément de choses à partager s'ils voulaient reconstruire leur lien. Elle se demandait s'il lui révélerait ses secrets, ou si, comme elle, il avait appris à se dissimuler si efficacement qu'il ne savait parfois plus comment se retrouver.

— Pourquoi as-tu tué Partridge ?

— Parce que c'était un homme vil et malfaisant.

La haine dans ses yeux fit naître une peur que Selina avait rarement rencontrée.

Elle savait quand il ne fallait pas aiguillonner une bête endormie.

— Ainsi, tu veux vivre à cheval entre la bonne société et le monde du Vicaire. Dans mes efforts pour protéger mes intérêts, j'ai gagné la confiance de Sheffield. Si tu n'as pas incendié le bordel, tout ce que nous avons à faire, c'est découvrir qui l'a fait, et il te laissera tranquille. Il veut que justice soit rendue pour ce crime. Je suppose que tu ignores qui est le coupable ?

Rafe confirma d'un hochement de tête.

— Honnêtement, je ne m'en souciais pas vraiment. J'ai tué Partridge, mais le bâtiment était intact lorsque je me suis enfui par l'arrière. Ensuite, j'ai appris qu'il avait brûlé, et cela m'a donné l'occasion de tuer Rafe. Je serais devenu le chef désigné de la clique de Partridge. Ce n'était pas ce que je voulais. Celui qui a allumé ce feu a facilité mon départ. Pourquoi Sheffield s'intéresse-t-il à ce point à un vieil incendie ?

— Parce que des innocents sont morts, répondit Selina d'une voix douce.

Elle se disait que cela aurait pu être Rafe et elle des années plus tôt.

Son frère recula pour s'affaler sur sa chaise. C'était une position familière qu'il avait souvent adoptée dans leur jeunesse. Selina ne put s'empêcher de sourire.

— Quoi ? demanda Rafe.

La jeune femme secoua la tête.

— C'est étrange d'être avec toi. Tu es un inconnu, et pourtant tu m'es familier.

— J'étais en train de me dire la même chose.

Rafe plongea son regard dans celui de sa sœur. Cette tache orange… non, pas une tache, cette marque de feu dont elle avait toujours cru qu'elle lui insufflait du courage… brûlait lorsqu'il la regardait.

— Tu as toujours ce grain de beauté derrière ton oreille, à la racine des cheveux, constata-t-il.

Passant la main derrière son oreille gauche, elle caressa l'emplacement dudit grain de beauté.

— Comment as-tu pu le voir ?

— Je t'ai regardée attentivement pendant que nous marchions vers la taverne.

— Pour confirmer que j'étais vraiment moi ?

Les lèvres de Rafe s'étirèrent en un sourire qui avait terriblement manqué à Selina depuis dix-huit ans.

— Peut-être.

— Découvrons qui a déclenché cet incendie. Ensuite, Sheffield te laissera tranquille.

— Je vais m'en occuper, dit-il, plissant légèrement les yeux, signe de réflexion.

— Quoi ?

Rafe secoua la tête et cligna des yeux.

— Rien, je réfléchis.

— Tu conspires, le corrigea-t-elle.

Il ne répondit pas à son commentaire.

— Comment vas-tu faire pour qu'il te laisse tranquille… enfin, plutôt, Madame Sybila ? l'interrogea-t-il en se redressant, se penchant légèrement vers elle.

— Je m'occupe de cela.

Elle se rendit soudain compte qu'en revenant à Londres pour retrouver Rafe, elle avait voulu lui prouver qu'elle avait réussi à se débrouiller toute seule, comme Beatrix essayait de le faire avec son père dont elle était séparée.

— Si je peux t'aider d'une quelconque manière, j'espère que tu me le diras.

Il semblait sérieux, mais Selina n'avait pas besoin de son aide. Elle avait les choses bien en main.

— Puis-je informer Mme Kinnon et Luther que je sais que tu n'es pas vraiment mort ?

— Oui. J'essayais simplement de te protéger, Lina. Quand j'ai appris que tu étais de retour, et que j'ai vu comme tu étais devenue charmante et raffinée en grandissant…

Il afficha un sourire, mais de la tristesse se cachait derrière. Peut-être même des regrets. Selina éprouvait également ces deux émotions.

— J'ai pensé qu'il valait mieux que je reste mort à tes yeux.

— Pourtant, si tu deviens quelqu'un de respectable, nous pourrions être ce dont nous avons toujours rêvé. Nous serions tous les deux en sécurité. Nous n'aurions plus à mendier, à grappiller ou à détester le sort que la vie nous a réservé.

Cette sensation lui était encore très familière, même après des années de « sécurité ». Était-ce parce qu'elle détestait encore son sort ? Ou bien qu'elle détestait ces mensonges qu'elle était obligée de raconter… aux autres comme à elle-même ?

Rafe lui prit la main par-dessus la table, et elle posa sa paume dans celle de son frère.

— C'est ce que je souhaite plus que tout. Je te tiendrai au courant de ce que j'aurai découvert sur l'incendie.

— Je ne peux pas répéter à Sheffield ce que tu apprendras… Nous devrons trouver un autre moyen de transmettre l'information.

— Bien sûr, dit-il avec un sourire rusé. J'ai déjà un plan.

CHAPITRE 8

Le jeudi soir, Harry gravit les quelques marches menant à la maison de ses parents sur Mount Street. Le majordome ouvrit la porte avant qu'il n'atteigne le perron et l'accueillit à l'intérieur.

— Votre père aimerait vous voir dans son bureau.

Tallent était encore nouveau à ce poste, car leur majordome de longue date avait pris sa retraite l'année précédente. Ancien valet de pied, il avait été promu, et il faisait de l'excellent travail. Harry l'appréciait particulièrement parce qu'il les avait aidés, Jeremy et lui, à se tirer de quelques mauvais pas dans leurs jeunes années.

Il lui tendit son chapeau et ses gants.

— Merci, Tallent. De quelle humeur est-il ce soir ?

— Espérons que vous aurez de bonnes nouvelles pour lui, monsieur, répondit le majordome avant de pincer les lèvres et de lui faire un petit signe de tête.

Soufflant, Harry traversa le salon pour se rendre dans le bureau. Son père était assis dans un fauteuil à oreilles devant l'âtre où brûlaient quelques braises.

— Bonsoir, papa, dit Harry. As-tu besoin d'un autre

cognac ?

Le comte baissa les yeux sur le verre qu'il tenait à la main.

— Pas pour l'instant, merci.

Harry se dirigea vers le buffet et se servit un verre, puis il prit place dans l'autre fauteuil situé devant le feu. Après avoir bu son cognac, il s'adossa à son siège et attendit l'interrogatoire de son père.

— Quelles sont les nouvelles ? s'enquit ce dernier.

— Je suppose que tu parles de la diseuse de bonne aventure, à moins que, par hasard, tu ne t'intéresses à moi ?

Son père ricana doucement.

— Je m'intéresse toujours à toi. Cependant, toutes tes discussions tournent autour de ton travail. Ton enquête sur la diseuse de bonne aventure nous arrange tous les deux.

— Tu as sans doute raison, dit Harry avant de boire une nouvelle gorgée. J'ai le regret de t'informer qu'il semblerait que l'association caritative de Madame Sybila, le foyer pour enfants égarés, soit une opération légitime.

Son père abattit la paume sur l'accoudoir du fauteuil, celle qui ne tenait pas son cognac.

— Sacré bon sang ! Comment est-ce possible ? s'exclama-t-il, transperçant Harry d'un regard sombre et furieux.

— Je me suis rendu à ce foyer, et tout semblait normal. J'y retournerai la semaine prochaine, mais je ne peux pas dire que je m'attends à trouver quelque chose de différent. Ce qui ne veut pas dire que Madame Sybila n'est pas en train de commettre une quelconque escroquerie.

Il restait encore la question des toniques. Harry voulait en obtenir un pour vérifier s'il s'agissait d'autre chose que de l'eau, ou quelque chose de tout aussi inoffensif.

Se renfrognant, son père vida sa boisson d'un trait. Il se leva de son fauteuil et rapporta le verre vide vers le buffet. Il se tourna vers son fils et soupira.

— J'apprécie que tu te penches sur ce problème. Je ne

comprends pas comment ta mère peut croire à de telles absurdités.

— Il se peut tout simplement que Madame Sybila lui apporte du réconfort. Serait-ce si grave ?

Harry ne voulait pas défendre la voyante, mais sa mère. Malgré tout, il avait conscience de l'impression que cela donnait à son père, qui méprisait le fait que sa femme consulte une personne qu'il considérait comme un escroc.

— Bien sûr que oui ! s'exclama son père, avant de froncer les sourcils. Tu ne vas pas abandonner, n'est-ce pas ?

Harry se leva de son fauteuil.

— Non. Je vais continuer à surveiller les activités de la diseuse de bonne aventure. Je ne la laisserai pas profiter de maman.

Son père redressa sa veste.

— Bien. Nous devrions rejoindre les autres dans la bibliothèque.

— Après toi, dit Harry, faisant un geste vers la porte.

Son père quitta le bureau, et il le suivit. Quelques instants plus tard, ils entrèrent dans la bibliothèque, où tout le monde était réuni, à l'exception de Jeremy. Harry se demandait si son jumeau allait venir, car il ne le faisait pas toutes les semaines. En fait, il était moins souvent présent que lui, qui s'efforçait toujours d'être là, à moins que son travail ne l'en empêche, ce qui arrivait parfois.

Rachel s'avança vers lui, arquant un sourcil auburn.

— Tu es là.

— Tu en doutais ?

Sa sœur haussa les épaules.

— Ta présence n'est jamais garantie. Mais, ce soir en particulier, j'espérais vraiment que tu serais là.

Aussitôt, les cheveux de Harry se hérissèrent sur sa nuque. Son regard passa de l'une de ses sœurs à l'autre. Toutes arboraient un air impatient, accompagné d'une arrogance exaspérante. Mais, que diable se passait-il ? Il jeta un regard à sa mère. Elle semblait tout aussi impatiente que les autres, mais elle dégageait aussi un sentiment de gaieté légère.

Bon sang ! Qu'étaient-elles en train de manigancer ?

— Lady Gresham et Mlle Whitford, annonça Tallent, ce qui poussa Harry à se retourner.

Lady Gresham et sa sœur se tenaient juste à l'entrée de la pièce. Enfin, sa sœur était sans doute présente… Tallent l'avait dit. Harry ne pouvait le confirmer, car il ne parvenait pas à détacher son regard de lady Gresham.

Mais il finit par le faire. Parce qu'il comprenait de quoi il s'agissait : une tentative éhontée de leur part de jouer les entremetteuses. Comment diable sa mère et ses sœurs avaient-elles pensé, à bon escient, que lady Gresham était spéciale ? Que, *peut-être*, il s'intéressait à elle ?

Parce qu'elles n'étaient pas stupides, apparemment.

Harry lança un regard noir à Rachel, les yeux plissés. Elle haussa imperceptiblement une épaule en guise de réponse, tandis qu'elle esquissait presque un sourire. Presque. La misérable.

Mais… était-il contrarié par la présence de lady Gresham ? Absolument pas. Et c'était peut-être *cela* qui le perturbait le plus, davantage que les machinations de sa famille.

Harry admira la robe ivoire aux broderies rouge et orange foncé qui drapait parfaitement la grande et élégante silhouette de lady Gresham. Elle donnait l'impression d'avoir sa place dans les meilleurs salons de Londres, ce qui, supposait-il, était le cas. La bibliothèque du comte d'Aylesbury était aussi à la mode que n'importe quelle autre de la haute société. Soudain, il ressentit un grand fossé entre eux. Elle était à son aise dans cet environnement, tandis que lui se sentait mieux au travail.

Sauf qu'elle lui avait semblé s'adapter pour l'aider et l'accompagner dans ses enquêtes. Il devait se garder de faire des suppositions à son sujet. C'était peut-être pour cette raison qu'il se sentait à ce point attiré par elle : elle ne rentrait dans aucun moule particulier.

Mlle Whitford fit une révérence à l'ensemble de la pièce.

— Bonsoir.

Lady Gresham exécuta également une brève révérence, posant les yeux sur le père de Harry.

— Bonsoir, my lord. Merci beaucoup pour votre aimable invitation à dîner ce soir.

— C'est avec plaisir que nous vous accueillons, répondit la mère de Harry en se dirigeant vers lady Gresham qu'elle fit entrer dans la pièce.

Rachel rejoignit Mlle Whitford en souriant, et l'escorta pour qu'elle prenne place sur le canapé à côté de Delia. Harry résista à l'envie d'aller directement voir lady Gresham. Cela ne ferait qu'encourager les efforts de sa famille pour les mettre en couple.

Serait-ce si grave ?

Oui. Il ne cherchait pas de femme et elle n'avait pas l'intention de se remarier. Il s'était montré très clair à ce sujet avec toute sa famille. Peut-être devrait-il suggérer à lady Gresham de faire de même.

Au lieu de cela, il se contenta de la regarder. Leurs yeux se croisèrent, et ses lèvres esquissèrent un léger sourire, comme s'ils partageaient un secret. C'était sans doute le cas. Sa famille ignorait qu'ils avaient passé un après-midi ensemble, et même deux s'il comptait leur précédente sortie chez Gunter, mais il n'avait aucune intention de le leur dire.

Il alla se placer derrière le canapé où se trouvait son beau-frère, Nathaniel Hayes, député, aux côtés de son autre beau-frère, Sir Kenneth.

— Nous étions en train de discuter de la nécessité d'une plus grande gouvernance en ce qui concerne le travail des enfants. Limiter la durée du travail et l'âge des ouvriers dans les filatures de coton ne suffit pas, dit Hayes en fronçant les sourcils.

— Je suis totalement d'accord.

Harry songeait aux enfants qui se trouvaient chez M. Winter l'autre jour. Ils pourraient tous travailler dans une usine textile pendant bien trop d'heures, et même la nuit. Trop d'entre eux souffraient de ces conditions et étaient exposés à des dangers environnementaux.

— J'espère que tu te bats pour cela à la Chambre des communes.

Hayes hocha la tête.

— Bien sûr, mais je suis loin d'avoir assez de soutien.

Harry appréciait que le mari de Rachel se batte aussi fort pour les autres. Ce qui lui fit penser à la sollicitude de lady Gresham à l'égard des moins fortunés. Elle soutiendrait sans aucun doute les efforts de Hayes. Harry posa le regard sur elle, mais elle était concentrée sur sa mère. Étaient-elles en train de discuter de Madame Sybila ? C'était en fait une bonne idée. Peut-être que lady Gresham, en tant que femme ayant également consulté la voyante, pourrait dissuader sa mère de la revoir.

Mais non, il ne lui demanderait pas de faire cela. Ce n'était pas juste, ni pour elle ni pour sa mère. Son père allait sans doute devoir accepter que sa femme aime rencontrer Madame Sybila. Tant que cette femme ne dépouillait pas sa mère, quel mal y avait-il à cela ?

— Nous sommes toujours en train de nous occuper de ton bon pour Almack, dit Delia à Mlle Whitford. Nous devrions y parvenir d'ici la fin du mois, j'en suis convaincue. Je peux t'assurer que tu y seras introduite avant la fin de la saison.

Mlle Whitford avait de charmantes fossettes lorsqu'elle souriait, comme elle le faisait à cet instant.

— J'apprécie vraiment votre aide. Je fais confectionner une robe spécialement pour l'occasion.

Imogen était assise de l'autre côté de Mlle Whitford ; elle posa des questions sur sa robe. Alors que la jeune femme décrivait le vêtement dans les moindres détails, Harry se demanda où Rachel était partie. Il la vit debout avec sa mère et lady Gresham. Sa sœur était tournée vers cette dernière, et son regard se portait sur Harry pendant qu'elle parlait.

Que diable était-elle en train de raconter à cette pauvre lady Gresham dans sa tentative de jouer les entremetteuses ? Était-ce une expression de douleur qu'il lisait dans les yeux de son associée ?

Sachant reconnaître quand un sauvetage s'imposait, Harry s'excusa auprès de ses beaux-frères et contourna le coin salon pour rejoindre lady Gresham.

— Oh, Harry ! Comme c'est gentil à toi de te joindre enfin à nous et de souhaiter la bienvenue à lady Gresham ! remarqua Rachel en l'attirant dans leur demi-cercle, de sorte qu'il se trouve entre elles.

Harry réprima l'envie de lancer un regard meurtrier à sa sœur bien trop intrusive.

— Bonsoir, Lady Gresham.

— Nous étions en train d'expliquer à lady Gresham que toute la famille se réunissait pour dîner la plupart des jeudis de la saison, intervint sa mère. Je me sens tellement chanceuse d'avoir tout le monde si près de moi !

Elle se tourna vers leur invitée.

— Et un dimanche sur deux, mes petits-enfants viennent passer la journée ici après l'église. C'est un vrai plaisir, dit-elle, jetant un bref regard à Delia, assise sur le canapé. Et nous en aurons bientôt un autre.

— Combien de petits-enfants avez-vous? s'enquit lady Gresham.

— Sept. Delia a déjà trois enfants, tout comme Rachel. Imogen n'en a qu'un pour le moment, mais je soupçonne qu'il y en aura bientôt un autre.

Elle haussa brièvement les sourcils et sourit.

Rachel pinça les lèvres.

— Maman, tu ne devrais pas spéculer sur de telles choses. Tu risques de lui porter malheur.

— Sottise! Je ne spécule pas. Une mère sait des choses. D'ailleurs, Madame Sybila m'a dit récemment que notre famille allait bientôt s'agrandir. Les cartes ne mentent jamais.

Rachel leva les yeux au ciel, au grand amusement de Harry.

— Que je comprenne bien, Rachel. Tu crois aux malédictions, mais pas aux prévisions d'une voyante?

Il rit doucement, et il eut la nette impression que lady Gresham faisait de son mieux pour ne pas sourire.

— Oh! Tu peux rire tant que tu veux. Je n'aime pas faire de suppositions au sujet des bébés... trop de choses peuvent mal tourner.

— C'est tout à fait vrai, confirma lady Gresham.

Harry se demanda si elle avait perdu un enfant.

— Le fait de ne pas vouloir parler de l'éventuelle grossesse d'une femme n'a rien à voir avec la voyance, répliqua Rachel, tournant la tête vers leur mère. Vois-tu toujours Madame Sybila? Je croyais que papa te l'avait interdit.

Leur mère agita la main en ricanant.

— Ton père ne m'*interdit* rien. Il m'a fortement suggéré de trouver un autre passe-temps, comme il dit, mais j'aime bien voir Madame Sybila. C'est une femme charmante, dotée d'un grand cœur. Savais-tu qu'elle soutient plusieurs œuvres caritatives, telles que l'hôpital Magdalen?

— À moins qu'elle ne t'ait montré les reçus de ses dons,

ou qu'elle ait personnellement visité l'hôpital avec toi, je ne suis pas certaine de le croire, déclara Rachel d'un ton ironique.

Harry n'avait pas conscience que sa sœur avait un point de vue aussi cynique sur la question. Si elle avait essayé en vain de persuader leur mère de renoncer à la voyante, il ne pensait pas que lady Gresham pourrait faire mieux.

— J'ai consulté Madame Sybila l'autre jour, intervint cette dernière, à la grande surprise de la mère de Harry. J'ai également trouvé qu'elle avait un grand cœur. J'ai d'ailleurs rendu visite à l'une des associations caritatives qu'elle soutient et j'ai été ravie de faire un don à leur cause.

Satisfaite, la mère de Harry sourit à lady Gresham.

— Laquelle était-ce ?

— Le foyer pour enfants égarés. Un merveilleux couple a recueilli de nombreux enfants, et ils font de leur mieux pour leur offrir un foyer et du confort afin qu'ils ne deviennent pas des victimes de la rue.

— C'est une bonne chose que vous ayez fait cette visite. Nous devrions en organiser une dans ce foyer avec Madame Sybila. Plusieurs de mes amies la consultent. Elles font des dons aux causes qu'elle soutient, et je sais qu'elles aimeraient contribuer davantage, suggéra-t-elle, les yeux brillant d'enthousiasme. J'en parlerai à Madame Sybila la prochaine fois que je la verrai. Vous devriez faire de même et vous joindre à nous.

Lady Gresham jeta un bref regard à Harry.

— Je le ferai.

Le père de Harry serait furieux. Mais, s'il s'agissait d'une entreprise légale sur le point d'être légitimée par un groupe de femmes de la bonne société, que pouvait-il faire ? Il allait devoir en discuter avec son père… mais pas ce soir-là.

Tournant la tête, Harry sourit à sa mère.

— Je viendrai peut-être avec toi.

Sa mère fronça les sourcils et cilla, surprise.

— Vraiment ?

— Sans doute pour s'assurer qu'il ne s'agit pas d'une escroquerie, dit Rachel.

Harry coula un regard vers lady Gresham, qui semblait éviter de le regarder dans les yeux. Au moment où ils se rendraient chez les Winter, il apparaîtrait clairement qu'il y était déjà allé, avec la jeune femme, car le couple parlerait sans doute de leur précédente visite.

Ce qui signifiait qu'il devait l'admettre tout de suite, mais qu'il lui faudrait alors expliquer pourquoi il était allé là-bas. Sans oublier que sa sœur serait ravie d'apprendre qu'il s'y était rendu avec lady Gresham.

Non, il n'allait pas en parler maintenant, et peut-être même jamais. Il parlerait à lady Gresham pour qu'ils ne participent ni l'un ni l'autre à cette excursion. C'était un vrai casse-tête de garder des secrets, surtout dans cette famille.

Rachel se tourna brusquement vers leur invitée.

— Excusez-moi, je viens de me rappeler que je voulais dire quelque chose à Mlle Whitford.

— Et je dois parler à Delia, annonça la mère de Harry.

Toutes deux s'éloignèrent vers le canapé. Harry les suivit du regard, déconcerté par leur manque de subtilité.

— Votre famille est très… nombreuse, remarqua lady Gresham.

Il se tourna vers elle.

— Je pensais que vous alliez dire qu'ils n'étaient pas discrets.

Elle rit doucement, et une lueur d'amusement scintilla dans ses yeux.

— Vous sembliez surpris quand nous sommes arrivées. La comtesse ne vous avait pas prévenu que nous étions invitées ?

— Non.

— Vous ne seriez pas venu ?

C'était sans doute ce qu'avait pensé sa famille, et s'ils avaient invité n'importe quelle autre femme, il ne se serait pas joint à eux.

— Je serais venu si je l'avais su.

Elle se contenta de hocher imperceptiblement la tête, et la lumière du lustre au-dessus d'eux se refléta sur le peigne orné de joyaux qui ornait ses cheveux brun miel.

— C'est… gentil.

Quand il regarda autour de lui, Harry vit ses sœurs rejoindre leur mari, tandis que son père offrait son bras à Mlle Whitford. Sa mère sortit en premier de la bibliothèque, en tête de leur petit cortège, ce qui signifiait que Harry devait escorter lady Gresham. Ce n'était évidemment pas un hasard.

Se résignant aux manigances de sa famille, il offrit son bras à la jeune femme.

— Puis-je vous escorter au dîner ?

Le soupçon d'un sourire se dessina sur les lèvres de lady Gresham.

— J'ai l'impression que vous y êtes obligé.

Harry aurait été contrarié par les agissements de sa famille s'il n'avait pas autant apprécié lady Gresham. Et que cela disait-il de lui ?

~

Où puis-je trouver la salle de bains ? s'enquit Beatrix alors que les dames se retrouvaient à l'étage dans le salon après le dîner.

— Montez à l'étage supérieur et tournez à droite, lui indiqua lady Aylesbury. Suivez le petit couloir, et ma penderie personnelle se trouve après la porte sur la gauche.

C'était trop parfait. Selina posa sur Beatrix un regard qui, elle l'espérait, lui disait clairement de *ne rien voler d'autre*.

Inclinant légèrement la tête, Beatrix sortit du salon avec

le collier d'émeraudes de lady Aylesbury bien rangé dans une poche cachée de sa robe. Elle avait continué à exprimer des remords pour avoir volé les bijoux, ce qui lui arrivait après chacun de ses larcins. Elle avait promis de travailler plus dur pour maîtriser cette mauvaise habitude.

De plus, si elle prenait autre chose, Selina n'était pas certaine de pouvoir obtenir une autre invitation chez les Aylesbury pour le rendre. Elle avait facilité les choses en envoyant un mot de remerciement pour l'invitation à la soirée, disant qu'elles avaient passé un excellent moment, en particulier Beatrix. Elle avait également souligné à quel point il leur avait été agréable d'être aussi bien accueillies par leur famille et qu'elles se réjouissaient de les revoir bientôt.

L'invitation à dîner ce soir était arrivée quelques heures plus tard.

Comme si lady Aylesbury lisait dans ses pensées, elle dit :

— Je suis vraiment ravie que vous et votre sœur ayez pu venir ce soir.

Selina s'installa dans un fauteuil vacant.

— Nous étions ravies d'être invitées, merci.

Lady Aylesbury jeta un coup d'œil à ses filles, assises en rang sur un canapé.

— Je vous en prie. Lady Gresham a envoyé la plus charmante des missives pour complimenter notre famille, dit-elle en se tournant de nouveau vers Selina. Il est toujours bon d'entendre que nous n'avons pas fait fuir les gens. Nous pouvons nous montrer plutôt… turbulents.

— Harry et North peuvent être turbulents, précisa Rachel. Nous sommes bien trop raffinées pour cela.

Elle adressa un clin d'œil à ses sœurs, qui sourirent en retour. Selina essaya d'imaginer M. Sheffield aussi turbulent, mais en vain.

— Vous faites allusion à leur jeunesse, je suppose ?

Imogen rit.

— Mon Dieu ! Non ! Ils sont dans une rivalité permanente. Vous devriez venir pour une soirée cartes un de ces jours. Autour de la table, la situation peut devenir vraiment impitoyable.

Elle agita ses sourcils roux en souriant.

— Oh, oui ! Vous devez venir pour ça ! s'exclama Delia, caressant son ventre. Avant l'arrivée du bébé.

Rachel lui tapota le bras.

— Tu as encore quelques mois devant toi. Lady Gresham et Mlle Whitford auront tout le temps de venir jouer aux cartes.

— Nous devons juste veiller à ce que North soit là.

Durant le dîner, Selina avait compris que c'était le surnom que les sœurs Aylesbury donnaient à leur frère aîné. Comme elles l'avaient mentionné après Beatrix, Selina se demanda si elles n'essayaient pas de jouer les entremetteuses avec eux deux, comme elles essayaient manifestement de le faire avec M. Sheffield et elle.

La jeune femme réfléchit à la manière dont elle pourrait leur faire comprendre qu'elles ne souhaitaient pas se mettre en couple. Mais, avant qu'elle ait pu trouver les mots justes, Imogen prit la parole.

— Montez-vous à cheval, lady Gresham ? Harry est un excellent cavalier.

— Non, malheureusement.

Selina n'avait jamais possédé de cheval. Elle avait, par nécessité, appris à conduire une dizaine d'années plus tôt.

— Quel dommage ! regretta Delia. Éprouvez-vous de l'aversion pour cette activité ?

— Non, simplement, je n'ai jamais appris à monter.

Selina tâchait de ne pas mentir lorsque ce n'était pas nécessaire. Cela ne faisait que compliquer les choses. Elle s'efforçait également de ne pas fournir d'informations, juste au cas où un mensonge *s'avérerait* nécessaire.

— Je suppose que vous montez tous ?

— Oui, confirma Rachel. Il n'est jamais trop tard pour apprendre, vous savez. Harry pourrait peut-être vous donner une leçon.

Elles déployaient des efforts flagrants et éhontés. Cela suffisait presque à faire rire Selina. Et elle l'aurait peut-être fait sans l'attirance constante qu'elle éprouvait à l'égard de M. Sheffield. Pour cette raison, elle ne voyait pas d'humour dans cette situation, mais elle ressentait de l'appréhension quant à ce à quoi cela pourrait mener. Pas à l'équitation, elle en était certaine.

— Je ne crois pas que cela soit nécessaire.

— Il serait heureux de vous apprendre, intervint lady Aylesbury avec enthousiasme.

— Qu'en est-il des échecs ? s'enquit Rachel. Y jouez-vous ? Harry est très doué dans ce domaine.

— Rarement, répondit Selina.

Sir Barnabus lui avait enseigné, mais elle n'avait pas eu le temps de maîtriser les compétences nécessaires pour gagner.

— Lorsque vous viendrez pour la soirée cartes, vous pourrez jouer avec Harry, suggéra Imogen alors qu'une servante entrait avec un plateau de madère.

Selina prit un verre avec reconnaissance et pria pour que Beatrix revienne bientôt. Peut-être pourraient-elles ainsi détourner la conversation de M. Sheffield et de ce qu'il aimait faire. Après avoir bu une gorgée de vin, elle dit :

— J'ai l'impression que le passe-temps favori de M. Sheffield est son travail.

— Pas nécessairement, commença lady Aylesbury.

Avant qu'elle puisse poursuivre, Rachel fit un signe de la main.

— Inutile de faire croire le contraire, maman. L'impression de lady Gresham est tout à fait exacte, comme nous le savons tous.

Rachel adressa un clin d'œil à Selina.

Là, elle sourit. Elle était partagée entre l'envie de profiter de la famille de M. Sheffield et celle de fuir leur présence. Elle se rendit compte qu'ils étaient incroyablement proches, ce qui la déconcertait. Elle ne partageait une telle relation qu'avec Beatrix, et même là, comme cette dernière l'avait fait remarquer, Selina gardait encore certaines choses pour elle.

— Que pensez-vous de cela ? lui demanda lady Aylesbury.

Selina n'était pas tout à fait certaine de savoir où la comtesse voulait en venir.

— De quoi ?

— Du fait que Harry ait un travail. Certaines femmes, un grand nombre en fait, trouvent cela incommode.

C'étaient elles qui perdaient quelque chose. Un homme qui se connaissait lui-même et qui possédait la volonté de réaliser ce qu'il voulait, tout en aidant les autres, était digne d'admiration.

— C'est vraiment dommage pour elles. Je pense que c'est louable.

Ce fut comme si un feu d'artifice avait explosé dans la pièce. Les femmes Aylesbury échangèrent des regards pleins d'enthousiasme et d'espoir. Selina sentit la chaleur envahir son visage. Elle s'empêtrait rarement à ce point. Maintenant, elles allaient être complètement déchaînées.

— Vous allez bien, Lady Gresham ? demanda Delia. Vous avez l'air d'avoir un peu chaud.

— Effectivement. Si vous voulez bien m'excuser, je vais sortir prendre l'air.

Selina savait comment se rendre dans le jardin arrière, car elle y avait accompagné M. Sheffield lors de sa dernière visite.

— Par ici, précisa lady Aylesbury.

Elle fit un geste vers les portes fermées, et Selina se rendit compte que le grand salon avait été ouvert sur une autre pièce à l'arrière de la maison pour la soirée, afin de disposer de plus d'espace.

— Merci.

Selina franchit les portes et continua jusqu'à ce qu'elle se retrouve sur la terrasse. De là, elle descendit les marches menant au jardin, où elle prit une profonde inspiration.

— Lady Gresham.

Le son familier de la voix de M. Sheffield, qui prononçait son nom comme une caresse, l'incita à se retourner. Il se tenait juste au pied de l'escalier, les yeux brillants à la lumière de la torche qui brûlait près de la maison.

— Monsieur Sheffield.

Selina était venue chercher un peu de répit, mais elle eut soudain bien plus chaud qu'à l'étage. Son cœur battait la chamade et son sang bourdonnait dans ses oreilles.

Il s'éloigna de l'escalier et s'avança vers elle ; il tenait son chapeau et ses gants comme s'il s'apprêtait à partir.

— Est-ce que tout va bien ?

Elle répondit sans hésiter.

— Oui, merci.

Les yeux de M. Sheffield croisèrent les siens, et elle sentit l'intensité de son regard au creux de son ventre. Non, *plus bas que cela*.

— Je dois vous présenter mes excuses, dit-il d'une voix grave et envoûtante, qui résonnait dans la poitrine de Selina. Pour ma famille qui joue les entremetteuses avec nous.

Elle fit un pas vers lui, ne laissant que quelques centimètres d'espace entre eux.

— Je crains d'avoir dû échapper à leurs machinations. Elles ont suggéré que vous me donniez des leçons d'équitation ou que vous m'appreniez à jouer aux échecs.

Sheffield esquissa un petit sourire. Elle aimait ce sourire, car il dévoilait un mélange d'humour, de badinage, et de quelque chose d'inconnu, qui restait encore à être révélé.

— Vous ne savez faire ni l'un ni l'autre ?

— Je sais jouer correctement aux échecs, mais je n'ai jamais appris à monter à cheval.

— Je serais ravi de vous apprendre, répondit-il avant de grimacer. Sauf que ma famille pensera qu'elle a réussi à nous mettre en couple. C'est ainsi que je passe le plus clair de mon temps avec eux. Si ce n'était pas vous, ce serait quelqu'un d'autre.

— Avez-vous donné des leçons d'équitation à d'autres femmes ? Ou leur avez-vous enseigné les échecs ?

Sheffield soutint son regard avec une intensité brûlante.

— Pas une seule fois.

Un frisson parcourut l'échine de Selina.

— Eh bien, *dans ce cas*, cela vous causerait bien des soucis. Pourquoi ne souhaitez-vous pas vous marier ?

— Je suis occupé, répondit-il.

Il jeta un regard à la terrasse au-dessus d'eux et se renfrogna. Puis il entraîna Selina au pied de l'escalier d'où il était venu.

— Je suis presque certain d'avoir vu l'une de mes sœurs là-haut en train d'espionner.

Selina leva les yeux, même si elle ne pouvait rien voir de là où elle se trouvait.

— Elles sont sans pitié, dit-elle à voix basse, au cas où elles tendraient aussi l'oreille.

Il secoua la tête, mais il semblait amusé.

— Sans gêne non plus. Pour répondre à votre question, je ne veux pas me marier pour le moment. Je suppose que le fait que ma famille me pousse dans cette direction me donne encore moins envie de le faire. Je suis quelqu'un de plutôt contrariant.

Selina sourit malgré elle.

— Je comprends parfaitement. Je suis contrariante, moi aussi.

Elle détestait qu'on lui dise ce qu'elle devait faire… ou ce qu'elle ne *pouvait pas* faire. Il la fixa un long moment.

— C'est peut-être pour cela que je vous apprécie autant. Ceci, et également le fait que je n'aie pas à m'inquiéter que vous tentiez de me passer la corde au cou, car ce n'est pas ce que vous voulez non plus. Vous avez déjà été mariée, et, pour une raison que j'ignore, mais que j'aimerais bien connaître, vous ne cherchez pas à recommencer.

La lumière de la torche faisait briller les yeux de M. Sheffield, et ses cils sombres semblaient incroyablement longs. Selina avait le souffle court, et cette sensation était déconcertante. Mais aussi enivrante.

— Non, c'est vrai.

— Me direz-vous pourquoi ? murmura-t-il, assez près pour qu'elle sente son souffle.

— Je ne vois aucun bénéfice à être mariée.

M. Sheffield leva sa main libre et lui caressa doucement la joue avec ses jointures nues.

— Aucun ?

Selina ne pouvait pas répondre. Elle savait à quoi il faisait allusion, mais comme elle n'avait jamais vraiment été mariée, elle n'aurait su le dire. Et son unique expérience… n'avait rien à voir avec cela.

— Vous m'attirez, Lady Gresham.

— Selina, souffla-t-elle.

Il caressa sa mâchoire du dos de la main.

— Vous m'attirez, Selina. Si je *voulais* me marier, vous seriez mon premier choix.

Elle ne voyait rien d'autre que lui, n'entendait rien d'autre que les battements de leur cœur. Elle ne pouvait plus respirer. Elle n'en avait d'ailleurs pas envie, de peur de gâcher ce moment.

Vous seriez aussi le mien.

Cette pensée l'affola. M. Sheffield glissa une main derrière son oreille pour l'attirer vers lui.

— Pourquoi ? voulut-elle savoir, captivée par sa caresse et ses paroles.

— Vous êtes intelligente, indépendante, réfléchie, attentionnée, fascinante, et j'ai désespérément envie de connaître la sensation de votre bouche sous la mienne.

Puis ses lèvres se posèrent sur celles de Selina, douces et assurées, lui rendant son souffle à défaut de lui rendre la raison.

Il fit glisser son pouce doucement le long de la base de sa mâchoire et se recula légèrement pour la regarder dans les yeux. Il était si près d'elle qu'elle voyait les minces anneaux dorés bordant ses iris fauves.

— Qu'est-ce que cela signifie ? demanda-t-elle, n'ayant pas encore complètement repris son souffle.

— Tout ce que nous voulons.

Selina ne comprenait rien du tout. Alors, elle renonça à essayer.

— Oh !

Elle glissa les mains sous la veste du jeune homme et posa ses paumes sur sa taille, jusqu'à atteindre son dos. Puis elle inclina la tête sur le côté et l'embrassa.

Leur premier baiser avait été une question, une curiosité. À présent, c'était une exploration, une quête de... quelque chose. Selina avait embrassé plusieurs hommes, à commencer par Luther, alors qu'ils n'étaient encore que des enfants.

Mais elle n'avait ressenti cela avec aucun d'entre eux. C'était quelque chose qu'elle n'avait jamais pu atteindre, un sentiment d'appartenance, de justesse, que tout l'avait menée à ce moment précis.

Les lèvres de Harry effleuraient les siennes et se mouvaient contre elles, taquines et attirantes. Les sensations s'amplifièrent, et le lien entre eux s'étira jusqu'à ce que sa bouche se presse contre celle de Selina, et qu'il la prenne dans ses bras, une main lui enserrant la nuque. Puis il fit glisser sa langue le long de ses lèvres, et elle l'invita à entrer.

Selina s'agrippa au dos de Harry, plongeant le bout de ses doigts dans son gilet. Elle lui rendit son baiser avec le peu de maîtrise qu'elle estimait posséder. Cependant, lui était loin d'être défaillant. Le désir, du moins le croyait-elle, car elle ne disposait d'aucun élément de comparaison avec cette sensation, la submergea. Il lui aurait été si facile de se perdre dans ce raz-de-marée.

Selina ramena ses mains sur le ventre de Harry et les remonta sur son torse. Puis elle referma ses lèvres contre les siennes, lui offrant un dernier baiser avant de reculer. À présent, lui aussi était essoufflé, à en croire les mouvements rapides de sa poitrine.

— Je dois retourner à l'étage, dit-elle. Beatrix va se demander où j'ai disparu.

— Je suis surpris qu'elle ne vous ait pas accompagnée. Et j'en suis heureux.

Il se baissa pour récupérer son chapeau et ses gants, qu'il avait apparemment jetés de côté à un moment donné. Selina ne s'en était absolument pas rendu compte.

— Pardonnez-moi de ne pas vous raccompagner au salon. Je me rendais aux écuries.

— Vous partez ?

Il se fendit d'un petit sourire.

— Cela me semblait préférable au vu du comportement de ma famille ce soir, vous ne croyez pas ?

Elle ne pouvait qu'être d'accord.

— Si.

Sa famille pensait qu'ils feraient un bon couple, et, si les choses avaient été différentes, cela aurait pu être le cas. Mais les choses n'étaient pas différentes. Il était qui il était, et elle… n'en était pas digne.

La sensation de ne pas pouvoir respirer revint, mais pour une tout autre raison. Selina s'efforça de se calmer avant que M. Sheffield ne s'aperçoive de son agitation.

— Eh bien, bonsoir, alors.

Elle tourna les talons et remonta les marches menant à la terrasse. Elle ne regarda pas en bas avant d'avoir atteint le sommet. Il s'était rendu jusqu'au portail qui menait vraisemblablement aux écuries. Mais il n'était pas sorti. Elle le distinguait debout dans l'ombre. Il la regardait.

Elle se retourna rapidement et entra dans la maison ; sa main tremblait quand elle ouvrit la porte. Une fois à l'intérieur, elle prit enfin une grande respiration.

Cela ne pouvait plus se reproduire. C'était une chose de le garder près d'elle, lui, son ennemi. C'en était une autre de baisser sa garde et de l'inviter dans sa vie.

Ce qu'elle ne devrait jamais faire.

CHAPITRE 9

haque fois que Harry fermait les yeux, il sentait le parfum de Selina, mélange d'orange et de chèvrefeuille, et il goûtait ses lèvres, plus succulentes que n'importe quel fruit. Il ouvrit les yeux et but une nouvelle gorgée de bière. Il avait passé la journée à déambuler comme un imbécile enamouré.

— Sheff ! l'appela Remy alors que Dearborn et lui se dirigeaient vers sa table au *Brown Bear*.

Les deux constables s'assirent et, presque aussitôt, la servante leur apporta des chopes. Elle en déposa également une nouvelle devant Harry, et elle reprit celle qui était presque vide.

— Cela fait quelques jours que je ne t'ai pas vu, remarqua Dearborn en levant sa chope.

— Il a sans doute passé tout son temps autour de St Dunstan-in-the-West, affirma Remy. Ou à enquêter sur sa voyante.

— Pas *tout* mon temps. Et ce n'est pas *ma* voyante.

Sheffield ricana avant de boire une gorgée de bière fraîche. Puis il reposa sa chope et regarda Remy.

— Comme tu l'as dit, le Vicaire est toujours aussi insaisissable. Je ne m'attends pas à le trouver là-bas. J'ai décidé de retourner à Saffron Hill pour enquêter sur le feu et poser des questions sur lui. Peut-être qu'un nouvel indice me permettra de le retrouver.

Remy plissa légèrement les yeux pendant un bref instant.

— Ne te laisse pas trop enfermer dans le passé.

Il savait que Harry avait commencé à s'occuper de l'une des jeunes femmes décédées.

— Ce n'est pas le cas.

Remy lui jeta un regard qui indiquait clairement qu'il pensait qu'il mentait, mais il n'allait pas approfondir la question devant Dearborn.

— As-tu besoin d'aide ?

— Je serai heureux de t'aider, moi aussi, proposa Dearborn, qui semblait ne pas se rendre compte de ce que Harry et Remy ne disaient pas. Ou peut-être l'ignorait-il volontairement par déférence.

— Merci, dit Harry, se détendant un peu. J'apprécie.

Il but une nouvelle gorgée de sa bière, avant de reposer sa chope avec un léger claquement.

— Je dois y aller, annonça-t-il.

— Où ? s'enquit Remy.

— J'ai des choses à faire.

Harry n'avait pas l'intention de lui dire qu'il se rendait au Strand pour surveiller Madame Sybila. Pas après le commentaire de Remy.

Avec un hochement de tête, Harry tourna les talons et s'en alla. Il se rendit à *La Rose ardente* d'un pas vif, et pas seulement parce qu'une pluie fine avait commencé à tomber. Il avait décidé qu'il était temps de parler à nouveau à Madame Sybila, et il était impatient de le faire.

Ou peut-être avait-il hâte d'aller faire la course qu'il avait prévue ensuite.

Harry entra dans la boutique au moment où la pluie commençait à s'intensifier. Au lieu du gentleman qui l'avait accueilli la dernière fois, la femme qui travaillait également là lors de sa première visite s'approcha de lui.

— Bonjour, dit-elle en fronçant légèrement les sourcils. Vous êtes déjà venu ici, n'est-ce pas ?

— Oui. Pour voir Madame Sybila. J'aimerais la voir à nouveau, s'il vous plaît.

— Je crains qu'elle ne soit occupée.

Harry lui adressa un sourire bienveillant.

— J'attendrai qu'elle ait terminé.

La commerçante, une femme séduisante d'une soixantaine d'années aux traits affirmés, soutint son regard.

— Je crois qu'elle sera occupée le reste de la journée.

— Je n'ai besoin que de quelques minutes de son temps. Peut-être pourriez-vous lui faire savoir que je la dédommagerai généreusement. Tout comme vous, si cela peut aider, ajouta-t-il avant de se tourner vers un présentoir de parfums. Je vais jeter un coup d'œil pendant que vous allez lui parler.

Harry s'éloigna avant qu'elle puisse refuser de l'aider.

Il s'avança vers une table où étaient disposés des parfums. Prenant un flacon étiqueté « pêche rosée », il le porta à son nez et inspira. La femme hésita, l'observa un instant, puis elle tourna les talons et traversa le rideau pour rejoindre la pièce de Madame Sybila.

Plissant le nez, Harry reposa le parfum. Passant d'un flacon à l'autre, il les respira tous sans en aimer aucun, jusqu'au dernier. L'odeur était familière et plus qu'un peu désarmante.

Selina.

Il regarda l'étiquette : fruits et fleurs. Il le respira à nouveau, se demandant s'il ne s'était pas trompé. Oui, c'était elle.

L'avait-elle acheté ici ? Sans doute. L'autre jour, elle avait un paquet dans les mains quand ils s'étaient croisés. Harry n'aimait pas l'idée qu'une autre femme qu'elle puisse acheter *son* parfum. Fronçant les sourcils, il reposa le flacon. Il était à présent encore plus pressé de faire sa prochaine course.

La commerçante s'approcha de lui.

— Madame Sybila vient de terminer avec sa cliente et dit qu'elle pourra vous recevoir pendant cinq minutes.

La femme n'avait pas l'air d'approuver, et Harry se demanda pourquoi.

— Vous semblez protéger Madame Sybila. Est-ce l'une de vos amies ?

Peut-être Harry pourrait-il découvrir la véritable identité de la voyante au visage couvert d'un voile épais, ou tout au moins l'endroit où elle vivait.

— Nous avons un arrangement professionnel, dit la commerçante d'un ton plutôt sec, comme si elle ne voulait pas être liée à la voyante de cette façon.

Mais si Madame Sybila la dérangeait, pourquoi la laisser utiliser l'arrière de la parfumerie ?

— Quel genre d'arrangement professionnel ?

Harry commençait à se demander si cette association n'avait pas d'autres raisons que financières. Quand la commerçante se renfrogna et qu'elle pinça les lèvres d'un air irrité, il ajouta :

— Je suis M. Sheffield, et je travaille pour Bow Street.

Un éclair de surprise traversa le regard de la femme. Ses traits se détendirent, passant de l'agacement à la méfiance.

— Elle paie le loyer de son espace, et mon mari et moi aidons les personnes qui viennent la voir.

— Aidez-vous à tenir les gentlemen à distance ?

S'il avait posé la question, c'était en raison du comportement de la femme et en dépit du fait que son mari l'avait emmené voir la diseuse de bonne aventure lors de sa dernière visite. Peut-être cet incident avait-il incité Madame

Sybila à demander aux propriétaires de refuser l'accès aux gentlemen.

Elle haussa un sourcil argenté.

— Vous êtes le seul gentleman à être venu la voir.

Une femme franchit le rideau du coin arrière de la boutique. Harry la reconnut aussitôt, tout comme elle.

— Monsieur Sheffield ?

C'était une autre amie de sa mère. Harry la connaissait depuis des années.

— Bonjour, madame Mapleton-Lowther.

Une étincelle brilla dans le regard de la femme, qui balaya la boutique du regard avant de s'arrêter sur lui.

— Je me demande pour qui vous achetez du parfum.

Elle sourit en l'observant, comme si elle avait posé une question à laquelle elle voulait qu'il réponde.

— Je regarde, tout simplement, dit-il avec le même sourire léger que celui qu'il avait adressé à la commerçante un peu plus tôt.

— Je vais devoir dire à votre mère que je vous ai vu ici.

Évidemment, elle allait prévenir sa mère. Bon sang ! Comme il ne pouvait pas dire qu'il était venu voir Madame Sybila, la conclusion logique était qu'il venait acheter du parfum. Pour qui ? Les anniversaires de ses sœurs n'arriveraient pas tout de suite, pas plus que celui de sa mère. *Bonté divine !*

— Je ferai de même, répondit Harry, maudissant sa malchance.

Cela ne ferait qu'ajouter de l'eau au moulin des tentatives de sa famille de jouer les entremetteuses. Rachel, en particulier, le harcèlerait sans répit sur la raison de sa présence ici.

— Ravi de vous avoir vue, madame Mapleton-Lowther.

— De même, monsieur Sheffield.

Elle lui adressa un nouveau sourire, puis elle sortit de la

boutique. Elle se tint juste devant la porte le temps que son fiancé la rejoigne avec un parapluie.

Harry se tourna vers la commerçante.

— Madame… ?

— Kinnon, indiqua-t-elle.

— Madame Kinnon, je suppose que vous vendez des parfums pour hommes ?

— Bien sûr.

— Pourriez-vous emballer un flacon pour moi, que je paierai avant de partir ?

Harry ne voulait rien manquer de ses cinq minutes avec Madame Sybila.

— Certainement. Quel parfum préférez-vous ?

Il n'en avait pas la moindre idée, et il s'en fichait.

— Je vous fais confiance pour choisir quelque chose d'approprié. Mieux encore, choisissez un savon.

Elle haussa à nouveau ses sourcils argentés.

— Pourrez-vous retrouver votre chemin jusqu'à Madame Sybila ?

— Oui, merci.

Se déplaçant promptement, Harry franchit le rideau et remarqua que la porte de la diseuse de bonne aventure était entrouverte. Il frappa avant de l'ouvrir davantage.

— Entrez, dit Madame Sybila avec son chaleureux accent français.

Harry pénétra dans la pièce, et vit qu'elle était toujours assise à sa table. Elle termina de mélanger les cartes et les mit de côté.

— Vous êtes revenu, constata-t-elle. Je n'ai que quelques minutes à vous accorder, car j'attends une autre cliente dans peu de temps. Comment puis-je vous aider aujourd'hui, monsieur Sheffield ?

— Je suppose que vous ne voulez toujours pas lire l'avenir pour moi ?

Elle hésita un tout petit peu, et Harry se demanda si elle allait le faire. Plus encore, il se demanda s'il avait envie qu'elle le fasse. Il se surprit à vouloir demander s'il pouvait espérer qu'il se passe quelque chose entre lui et lady Gresham.

Absurde.

— Toujours pas, confirma-t-elle, mettant ainsi un terme à sa folie, heureusement.

Harry expira. Pourquoi avait-il posé la question ? Parce que, si elle avait dit oui, il l'aurait laissée faire. Non pas parce qu'il pensait qu'elle lui offrirait une information précieuse ou importante, mais dans l'espoir d'apprendre quelque chose sur elle et les « services » qu'elle fournissait. Oui, c'était la *seule* raison.

— Je devais poser la question.

Il balaya la petite pièce du regard. Outre une table ronde avec deux chaises, dont l'une était occupée par la voyante, une étroite commode se trouvait dans un coin. Une haute fenêtre rectangulaire était recouverte d'un drap blanc presque opaque. Des bougies brûlaient sur la commode et sur la table. Un rideau sombre était accroché sur le mur du fond. L'atmosphère était empreinte de mystère et de sérénité. Pourquoi la sérénité ? Harry l'attribuait à l'odeur de la pièce, un parfum de fraîcheur et de nature. Il regarda à nouveau la commode et se rendit compte qu'en plus des deux bougies, de l'encens brûlait.

— Êtes-vous simplement venu pour regarder ? s'enquit-elle, lui rappelant que son temps était compté.

Il s'éclaircit la gorge et fixa son regard sur son voile sombre ; il aurait voulu pouvoir voir en dessous.

— Non. Je suis venu vous dire que je crois m'être peut-être trompé à votre sujet, Madame Sybila. J'ai rendu visite au foyer de M. Winter, l'organisation caritative que vous avez encouragé d'autres personnes à soutenir.

Harry s'approcha de la table et recula la chaise. Il n'avait pas eu l'intention de s'asseoir, puisqu'elle ne lui accordait que quelques minutes, mais il se rendit compte qu'il ne pouvait résister à l'envie d'être à son niveau. Parfois, cela encourageait les gens à se détendre plutôt qu'à le voir comme une figure d'autorité. Et quand ils se détendaient, ils étaient enclins à se montrer plus ouverts. Il prit place sur la chaise.

— Vous avez entendu parler du foyer de M. Winter ?

Il imaginait qu'elle était en train de le regarder fixement. Que pensait-elle du fait qu'il avait appris ces informations, et qu'il se soit assuré de leur véracité ? Il détestait ce fichu voile qui lui cachait tant de choses.

— Oui. Il était exactement tel qu'on me l'avait décrit : un foyer pour enfants égarés, dont j'ai rencontré certains.

— Et avez-vous été impressionné, monsieur Sheffield ? demanda-t-elle, comme si elle voulait vraiment savoir.

— J'ai été… satisfait.

Impressionné n'était pas le mot. Parce qu'il n'était pas encore tout à fait certain d'y croire. Peut-être penserait-il différemment après la visite de sa mère. Organiser une escroquerie aussi élaborée demanderait un effort considérable. Madame Sybila avait besoin de personnes pour accomplir un tel exploit, et sans doute de fonds pour les payer. Ou peut-être disposait-elle d'un réseau de sympathisants. Les criminels travaillaient souvent ensemble si cela leur était profitable. Ce qui le ramenait au problème de l'argent. Dans quelle mesure la voyance était-elle lucrative ?

— Eh bien, c'est déjà cela, répondit-elle, et il entendit une pointe d'amusement dans sa voix.

— Comment en êtes-vous venue à soutenir le foyer de M. Winter ?

Elle croisa les mains sur ses genoux.

— Avant de m'installer ici, à *La Rose ardente*, j'avais une chambre près de Cornhill. Mme Winter est venue me voir.

Elle ne peut pas avoir d'enfants, et elle espérait que je pourrais l'aider.

— Avec un de vos toniques, peut-être ? suggéra Harry, heureux d'avoir l'occasion de poser des questions à leur sujet.

— Non, dit-elle froidement. Je ne propose pas de telles choses. Elle voulait savoir si l'avenir lui réservait des enfants. Les cartes ont répondu que oui, et j'ai suggéré qu'elle vienne en aide aux enfants perdus du quartier.

— Les enfants perdus ?

— Ceux qui n'ont pas de parents, ou qui n'ont pas les moyens de subvenir à leurs besoins. Ceux qui, sans amour et sans gentillesse, seraient contraints de suivre un chemin qui pourrait s'achever prématurément. Ayant moi-même été une enfant perdue, je comprends leur détresse, et je fais ce que je peux pour les aider.

Une enfant perdue qui aujourd'hui lisait l'avenir. Peut-être parce qu'elle n'avait pas d'autre choix dans la vie. C'était certainement mieux que les choix que de nombreuses filles étaient contraintes de faire quand elles n'avaient ni famille ni ressources. Harry ne put s'empêcher de penser à Mercy. Oui, il pouvait comprendre le désir qu'éprouvait la voyante d'apporter son soutien. Si ces gens faisaient effectivement ce qu'ils prétendaient. Ce qui semblait être le cas.

Cela n'empêcherait pas Harry d'enquêter jusqu'au bout, comme il l'avait dit à Selina.

— Où se situait votre chambre près de Cornhill ?

— Dans Finch Lane, mais si vous prévoyez d'aller trouver mon propriétaire, il prétendra que je n'ai jamais vécu là. Lorsqu'il a découvert ce que je faisais, il a insisté pour que je parte.

Voilà qui était sacrément pratique. Harry ferait tout de même le tour du quartier pour voir ce qu'il pourrait apprendre.

— Vous êtes sûrement consciente que votre profession est contestable.

— C'est ce que suggère votre présence répétée, dit-elle, comme s'il la harcelait.

— Pardonnez-moi, Madame Sybila, mais d'après mon expérience, les femmes comme vous sont au mieux des escrocs, au pire des criminelles. J'essaie de déterminer à quelle catégorie vous appartenez.

— Selon votre vision des choses, une femme honnête ne pourrait pas tout simplement essayer de faire son chemin ? Ou bien la prostitution est-elle le seul choix acceptable pour des enfants perdues comme moi ?

Harry entendit la pointe de raillerie dans sa voix, et il serra les dents.

— Bien sûr que non. Si M. Winter est ce qu'il prétend être et que vous le soutenez sincèrement, j'en serais ravi. Mais je vais m'assurer que c'est bien ce dont il s'agit.

Il se pencha en avant. Il aurait pu jurer qu'il sentait à nouveau cette odeur d'orange et de chèvrefeuille, mais il devait l'avoir amenée avec lui. Parce que Selina était toujours présente dans son esprit, même lorsqu'il travaillait.

Se reconcentrant, il essaya de voir à travers l'épais voile noir, mais n'y parvint pas.

— Si je découvre que vous escroquez ma mère ou ses amies, comme Mme Mapleton-Lowther, je veillerai à ce que vous soyez poursuivie et emprisonnée.

— Il se trouve que j'aime beaucoup votre mère, tout comme ses amies. Votre mère est particulièrement attachée à votre bonheur. J'espère que vous en êtes conscient, et que vous l'appréciez. La famille ne devrait jamais être considérée comme acquise.

Les paroles de Madame Sybila restèrent gravées en lui. Considérait-il sa famille comme acquise ? Elle poursuivit.

— Je leur fournis un service qu'elles souhaitent. Ce n'est

pas néfaste. Au contraire, je pense que, d'une certaine manière, cela les aide, et je suis heureuse de le faire.

Harry s'adossa à sa chaise, frustré.

— Cela les aide comment ?

— Il vous faudrait le leur demander… et vous devriez le faire. Peut-être qu'alors vous comprendriez, affirma-t-elle.

Madame Sybila se pencha alors en avant, et il eut la sensation qu'elle était aussi agitée que lui.

— Et cessez de vous immiscer dans leurs affaires.

S'immiscer ? Harry se leva. Il était temps pour lui de faire preuve d'autorité.

— Je mène une enquête, Madame Sybila, et j'apprécierais votre entière coopération. Où vivez-vous maintenant ?

Elle bascula la tête en arrière pour le regarder.

— Je ne crois pas devoir vous le dire, répondit-elle d'une voix douce. Pour ma sécurité personnelle, vous comprenez.

Elle avait peur de lui ? Il n'y croyait pas un instant. Pour une raison qu'il ignorait, il pensait Madame Sybila parfaitement capable de prendre soin d'elle-même. Elle avait survécu jusque-là. Depuis combien de temps faisait-elle cela, exactement ?

— Quel âge avez-vous, Madame Sybila ?

— Je suis assez vieille pour savoir que vous ne m'intimiderez pas, monsieur Sheffield.

Elle ramassa les cartes et en retourna trois, l'une après l'autre. Elle montra la première d'un geste.

— L'Ermite… c'est vous. Cela signifie que vous êtes contemplatif et que vous cherchez la vérité, d'excellents traits pour un homme d'investigation. Cependant, cette carte est renversée, expliqua-t-elle.

La carte était à l'envers du point de vue de Harry, contrairement aux deux autres.

— Elle signifie donc que vous êtes seul, isolé.

Elle leva les yeux vers lui.

Le corps tout entier de Harry s'était tendu lorsqu'elle avait retourné les cartes. Il aurait voulu protester, dire que ce n'était pas vrai, mais il ne le pouvait pas. Car c'était vrai, du moins en partie.

— Cette carte, c'est moi, poursuivit-elle, effleurant celle qui se trouvait au centre. La reine d'épée représente la perception et la clarté d'esprit.

Harry se retint de répliquer. Elle pouvait lui faire croire que ces cartes signifiaient tout ce qu'elle voulait. Comment s'en rendrait-il compte ?

— Et cette carte, le cinq de bâton, représente le conflit, dit-elle, la poussant au centre de la table. C'est nous. Dois-je retourner une quatrième carte pour voir comment cela va se résoudre ?

— Non, merci. Les choses se résoudront exactement comme elles le doivent, avec la vérité, rétorqua Harry.

D'après la position de la tête de Madame Sybila, elle devait être en train de le fixer, tout comme lui l'observait attentivement.

— Un jour, j'aimerais vous voir sans votre voile.

— Cela n'arrivera jamais, monsieur Sheffield.

L'arrogance de cette femme le frustrait. Il agrippa le dossier de la chaise qu'il repoussa sous la table. Les cinq minutes étaient écoulées depuis longtemps.

— À bientôt, Madame Sybila.

— À bientôt, monsieur Sheffield, répondit-elle, ramassant deux cartes, mais laissant l'Ermite. Peut-être qu'à ce moment-là, vous aurez pris du recul par rapport à vous-même et que je tirerai une autre carte.

Harry tourna les talons et partit sans un mot. Il n'était pas un fichu ermite !

— Monsieur Sheffield ? l'appela Mme Kinnon, le surprenant alors qu'il se dirigeait vers la porte.

Il avait oublié le parfum. Et de payer Madame Sybila pour

son temps. Il se rendit au comptoir et effectua la transaction pour le parfum, puis il remit de l'argent supplémentaire à Mme Kinnon.

— Donnez ceci à la voyante.

Rangeant le petit paquet dans sa poche, Harry tourna les talons et sortit à grands pas dans la journée grise. La pluie s'était arrêtée, mais il allait quand même héler un fiacre.

Désormais, il pouvait se rendre là où il avait vraiment envie d'aller. Mais après l'entrevue qu'il venait d'avoir, il n'était pas certain que cela soit judicieux, pas dans son état d'agitation.

La voyante se trompait. Il avait déjà pris du recul par rapport à lui-même. Il n'était pas isolé. Et il avait bien l'intention de le prouver.

~

Après avoir payé le cocher du fiacre, Harry contempla la maison qui se trouvait devant lui. Située dans Queen Anne Street, non loin de l'intersection avec Portland Street, la résidence était étroite et comportait trois étages. Petite, mais bien entretenue, avec trois marches menant à la porte d'entrée, elle était discrète. Ce que l'on attendrait de la veuve d'un baronnet. Rachel avait informé Harry que le défunt mari de Selina était Sir Barnabus Gresham, originaire d'une petite ville du nord de l'Angleterre.

La distance par rapport à Londres suscitait de nombreuses questions. Était-elle originaire de cette région ? Son accent ne plaidait pas en ce sens. D'où venait-elle, alors ? Et comment s'était-elle retrouvée dans le nord de l'Angleterre, mariée à un baronnet ?

Harry voulait connaître les réponses à tout cela, et à bien d'autres questions encore. La frustration née de son rendez-vous avec Madame Sybila était toujours présente. Il s'efforça de la faire taire tandis qu'il marchait vers la porte d'entrée et frappait bruyamment.

Au bout d'un long moment, une femme grande et mince, aux cheveux blonds et aux yeux d'un bleu pâle qui le firent frissonner lui ouvrit. Harry ne parvenait pas à lui donner un âge. Elle était plus vieille que lui, mais pas assez pour être sa mère.

Il lui adressa le meilleur sourire possible, compte tenu de son agitation passée.

— Bonjour. Je suis ici pour voir lady Gresham.

— Elle n'est pas là.

La femme commença à refermer la porte, mais Harry la bloqua avec sa main.

— Savez-vous quand elle sera de retour ?

— Madame Vining, qui est là ? demanda une voix depuis l'intérieur, que Harry reconnut comme étant celle de Mlle Whitford.

— C'est Harry Sheffield, cria-t-il par-dessus l'épaule de la femme, qui devait être l'intendante.

N'avaient-elles pas de majordome ? Mlle Whitford apparut derrière la grande femme mince.

— Laissez-le entrer, madame Vining, lui intima-t-elle, avant d'offrir un sourire de bienvenue à Harry. Selina n'est pas là, mais elle devrait bientôt rentrer, si vous voulez bien l'attendre.

— Je veux bien, merci.

Harry pénétra dans la petite entrée et retira son chapeau. L'intendante lui jeta un regard vide, et il se demanda si elle n'était pas nouvelle à ce poste. Compte tenu de la taille de la maison, un majordome n'était sans doute pas nécessaire. Cependant, cette femme ne semblait pas non plus être à la hauteur de la tâche. En tout cas, elle ne se comportait pas comme l'on aurait pu s'y attendre. Une autre idée vint à l'esprit de Harry : et si lady Gresham n'avait pas les moyens de s'offrir davantage qu'une intendante un peu incompétente ?

— Madame Vining, veuillez apporter des rafraîchissements dans le salon.

Mlle Whitford regarda Harry avant de se retourner et de passer devant l'escalier étroit pour se rendre dans une pièce à l'arrière de la maison. Il savait qu'il devait la suivre.

Le salon, comme le reste de la maison, était petit. L'ameublement était soigné, mais pas extravagant, et il y avait peu de choses en guise de décoration : un miroir au-dessus de la cheminée et une boîte en bois avec un couvercle sculpté qui trônait sur le manteau.

Mlle Whitford prit place dans un fauteuil simple au coussin vert foncé.

— Voulez-vous vous asseoir, monsieur Sheffield ? s'enquit-elle en montrant le canapé du doigt.

Harry s'installa, posa son chapeau à côté de lui et, un instant plus tard, Mme Vining entra avec un plateau. Elle le plaça sur une table à côté de la chaise de Mlle Whitford. Il y avait trois verres remplis d'un liquide, ainsi qu'une assiette de biscuits. Il ôta ses gants, pour se préparer à prendre un rafraîchissement, et les posa sur son chapeau.

— Merci, madame Vining, ce sera tout, dit Mlle Whitford, prenant l'un des verres qu'elle tendit à Harry. Limonade ?

Il n'en avait pas particulièrement envie, mais il ne voulait pas non plus se montrer impoli.

Il prit le verre et s'y accrocha.

— Merci. Où est Lady Gresham ?

— Elle avait une course à faire, mais elle devrait rentrer bientôt.

Prenant un biscuit, Mlle Whitford le grignota en contemplant Harry. Celui-ci but une gorgée de son verre et il faillit la recracher. C'était la pire limonade qu'il ait jamais goûtée.

— Qu'est-ce qui vous amène ici, monsieur Sheffield ?

J'ignorais que vous saviez où nous vivions. Mais je suppose que c'est logique, vu que vos parents connaissent notre adresse.

— Vous avez raison, répondit-il, plaçant le verre de limonade dans son autre main, alors qu'il mourait d'envie de le jeter dans l'âtre. Je suis venu inviter lady Gresham, et vous, bien entendu, à Spring Hollow. C'est un jardin d'agrément à Clerkenwell.

— Pourquoi l'inviter ? Et quand ? Je veux dire, nous y rendrons-nous l'après-midi ou le soir ?

— Je pensais à la soirée, de sorte que nous puissions voir les feux d'artifice. Et je vous invite toutes les deux, car j'aimerais vous aider à voir Londres.

Mlle Whitford plissa légèrement les yeux, qui prirent un éclat d'acier. Elle parut soudain plus âgée que ce que Harry avait cru.

— Vous êtes venu inviter Selina, et vous m'incluez parce que vous le devez. Je ne suis pas une imbécile, monsieur Sheffield. Vous aimez bien ma sœur.

Si sa famille était effrayante dans son désir de jouer les entremetteuses avec Harry, celle de Selina l'était tout autant dans sa volonté… d'enquêter. Il savait reconnaître ce genre de choses. Mais espérait-elle former un couple, comme ses sœurs ?

— C'est vrai, répondit-il prudemment. Je vous apprécie aussi.

— Il serait sans doute préférable que l'une de vos sœurs et son mari nous accompagnent, pour sauvegarder les apparences. Rachel et son mari pourraient-ils se joindre à nous ?

Bon sang ! Si Rachel venait, elle redoublerait d'efforts pour pousser Harry et Selina dans les bras l'un de l'autre. À tout le moins. Et il n'avait pas besoin d'elle. Il voulait Selina.

D'un autre côté, si Rachel et Nathaniel venaient, Harry

pourrait se retrouver seul avec Selina pendant qu'ils chaperonneraient Mlle Whitford. Ce qui signifiait…

Harry regarda attentivement la sœur de Selina.

— J'ai l'impression que la famille de lady Gresham est aussi désireuse de jouer les entremetteuses que la mienne.

Il rit doucement et faillit boire une autre gorgée de limonade avant de se rappeler qu'elle avait le même goût que la Tamise.

L'acier revint dans le regard de Mlle Whitford, qui se fit plus froid.

— Ma sœur ne cherche pas de mari, et je n'aurai certainement pas la prétention de connaître son esprit mieux qu'elle. Vous feriez bien de vous en souvenir, monsieur Sheffield.

Elle finit son biscuit tout en continuant à l'épingler de son regard troublant. Harry reçut clairement son message : non seulement Selina n'était pas intéressée par le mariage, mais sa sœur la défendrait par tous les moyens nécessaires. Il inclina la tête et tendit la main pour prendre un biscuit avant de changer d'avis, et de ramener sa main contre son flanc.

Des bruits de pas incitèrent Harry à tourner la tête vers l'embrasure de la porte. Selina entra, vision de beauté élégante dans une robe de marche d'un jaune éclatant, bordée de noir et de rouge.

Harry se leva, et reposa son verre de limonade sur le plateau sans avoir l'intention de le reprendre.

— Bonjour, Lady Gresham.

— Monsieur Sheffield ! Quelle surprise de vous voir ici.

Elle s'avança dans la pièce et lança un regard à sa sœur, qui se leva à son tour.

— Il est venu nous inviter à Spring Hollow, l'informa Mlle Whitford. Je vais vous laisser organiser les détails.

Elle adressa à Harry un sourire charmant qui ne cadrait pas du tout avec la jeune femme brusque qu'il venait d'apercevoir. À tel point qu'il se demanda s'il n'avait pas imaginé sa froideur quelques instants plus tôt.

Après son départ, Selina se dirigea vers la fenêtre. Elle se tourna vers Harry.

— Spring Hollow ? S'agit-il d'une invitation purement mondaine ?

Elle semblait un peu surprise… et peut-être flattée.

Harry lui répondit la vérité.

— Pas purement, mais je dois me rendre à Spring Hollow. Puisque vous avez proposé de m'aider dans mon enquête sur le Vicaire, j'ai pensé que vous voudriez m'accompagner.

Elle s'avança d'un pas vers lui.

— Pourquoi avez-vous besoin d'aller là-bas ?

— Un informateur a demandé à me rencontrer là-bas. Il a des informations sur l'incendie.

— Vraiment ? C'est merveilleux !

Harry vit son enthousiasme et réprima un sourire.

— Ne soyez pas trop optimiste. La plupart des informations que je reçois sont inutiles, mais j'espère que, cette fois-ci, ce ne sera pas le cas.

Elle joignit les mains devant elle.

— Comment puis-je vous aider ?

— Je n'en suis pas sûr. À tout le moins, je me suis dit qu'il serait agréable de vous escorter… ainsi que Mlle Whitford. J'ai entendu dire que c'était le plus beau jardin de Clerkenwell et qu'il avait été récemment rénové. Il y a un nouveau bâtiment avec des loges et un orchestre. Des feux d'artifice, également.

— Cela m'a l'air charmant. Merci pour l'invitation.

— Votre sœur m'a suggéré d'inviter Rachel et son mari à se joindre à nous. Pour les apparences.

Selina lui jeta un regard en coin.

— Avez-vous prévu quelque chose ?

Il s'avança lentement vers elle. Une chaleur sombre brilla

dans les yeux de la jeune femme, attisant le désir soudain de Harry.

— Rien de particulier. Peut-être pouvons-nous établir une stratégie pour mon enquête sur l'incendie. Je prévois de mener des entrevues avec des entretiens avec des témoins et des voisins.

Il s'arrêta avant de la toucher, mais de justesse.

— C'est une excellente idée. Votre engagement à résoudre ce problème est louable, ajouta-t-elle d'une voix douce.

Était-ce elle qui le pressait, ou bien sa conscience ? Il avait étudié le droit, et il avait choisi de devenir constable parce qu'il croyait en la vérité et la justice. Et peut-être avait-il été aveuglé par ses émotions quatre ans plus tôt… et depuis lors.

— J'ai perdu quelqu'un dans cet incendie, murmura-t-il.

La surprise se lut dans les yeux de Selina.

— Vraiment ? Vous ne retrouverez pas cette personne maintenant, dit-elle au bout d'un moment.

La frustration qu'il avait éprouvée plus tôt avec Madame Sybila se mêlait à cet ancien sentiment de perte et de colère. Il avait *véritablement* été un ermite.

— Je ne la cherche pas.

Le corps de Harry vibrait du désir de la toucher. Il leva la main pour lui caresser la joue, mais elle pencha la tête sur le côté, une étincelle dans le regard.

— Que cherchez-vous, monsieur Sheffield ?

— *Vous.*

Elle lui prit la main, celle qui était restée contre son flanc, et entrelaça leurs doigts. Se redressant, elle réduisit la distance qui les séparait et posa ses lèvres sur celles de Harry.

Il posa alors la main autour de son cou, prenant possession de sa bouche. C'était *elle* qu'il cherchait. Il la voulait. Désespérément. Alors que les paroles de cette fichue voyante résonnaient dans son esprit, il serra Selina contre lui et repoussa les barrières qu'il avait érigées autour de lui.

La main de Selina s'enroula autour de son cou, ses doigts s'enfoncèrent dans la peau de sa nuque, et elle lui rendit son baiser. Ou plutôt, il l'embrassa à son tour… c'était elle qui avait commencé.

Vraiment ? Il n'en savait rien. Il ne semblait pas y avoir de début à ce baiser. Cependant, il y aurait une fin.

Harry s'éloigna, le souffle court.

— Je serais ravie de vous aider dans votre enquête, monsieur Sheffield, dit-elle d'une voix un peu rauque. Mes compétences en tant que votre « associée » sont à votre disposition.

Il recula d'un pas.

— Je suis ravi de l'entendre. Je viendrai vous chercher demain soir pour aller à Spring Hollow.

— Je suis impatiente d'y être.

Il prit la direction de la porte, puis il s'arrêta. Tournant la tête, il dit :

— Appelle-moi Harry. Au moins quand nous sommes seuls. Et j'aimerais que nous nous tutoyions.

— Harry ? répéta-t-elle, et son nom sur ses lèvres était comme un aphrodisiaque.

La tentation était grande de la prendre à nouveau dans ses bras.

— Oui ?

— Je me demande si je pourrais te déranger pour quelque chose. Le conduit…, dit-elle en coulant un regard vers la cheminée. Il est coincé, et nous ne pouvons pas allumer de feu.

— Laisse-moi faire.

Il retira son manteau qu'il posa sur le dossier du canapé. Selina promena sur lui un regard appréciateur. Il s'efforça de l'ignorer, de peur qu'il ne décide de l'embrasser à nouveau.

Il s'approcha de la cheminée et s'agenouilla devant le foyer.

— C'est sur la droite, l'informa-t-elle.

Il passa la main dans le conduit et trouva le levier. Saisissant le mécanisme, il tira fort, mais rien ne bougea. Expirant, il redoubla d'efforts, et enfin, il réussit. De la suie et de la cendre tombèrent, recouvrant sa main et son bras.

— C'est fait !

Il recula, puis se releva.

— Merci, dit-elle en regardant sa main noircie. Bonté divine ! Tu es couvert de suie !

— C'était à prévoir.

— Laisse-moi trouver quelque chose pour te nettoyer, dit-elle, puis elle quitta le salon, mais revint rapidement. J'aurais dû faire apporter de l'eau et des serviettes avant. Toutes mes excuses.

Il rit doucement de son agitation.

— Tout va bien, Selina. Tu as dû être une très bonne épouse.

Les joues de la jeune femme se tintèrent de rose, et elle tourna brusquement les talons pour quitter la pièce, le poussant à se demander s'il n'avait pas dit quelque chose de mal. Peut-être son mari lui manquait-il encore.

Elle revint quelques minutes plus tard avec un linge et un bol d'eau. Elle lui tendit le premier et posa le second sur la table près de la fenêtre. Il la rejoignit et plongea sa main dans l'eau.

Il lui lança un regard tout en nettoyant la suie.

— Merci. Ai-je dit quelque chose de mal ?

— Pas du tout.

— Ce n'est pas grave si ton mari te manque.

Elle secoua la tête.

— Ce n'est pas ça. Je… je ne sais pas vraiment. Tout ceci est plutôt… domestique.

Le rose envahit à nouveau ses joues, mais plus légèrement cette fois.

Il comprenait ce qu'elle voulait dire. Il pouvait aisément s'imaginer en train d'effectuer ce genre de tâches pour elle s'ils partageaient un foyer. S'ils étaient mariés.

Et cette notion ne lui déplaisait pas du tout. Soudain, il comprit son malaise. Ce n'était pas ce qu'ils voulaient, à les en croire. En dépit de cela, ils étaient tous les deux affectés.

Harry sécha sa main et fit de son mieux pour nettoyer la suie de sa manche. Il posa la serviette dans la cuvette lorsqu'il eut terminé.

— Merci.

Elle lui adressa un doux sourire.

— Merci *à toi.*

— Je suis heureux d'accomplir des tâches pour toi, quelles qu'elles soient, affirma-t-il, la fixant du regard. *N'importe quoi.*

— C'est bon à savoir.

La chaleur et le désir semblaient s'accumuler entre eux. S'il restait un instant de plus, il n'était pas sûr de ce qui pourrait arriver. Mieux valait précipiter son départ.

— Je te verrai demain.

Harry ramassa son chapeau et ses gants en sortant. Il était temps de bannir l'ermite.

CHAPITRE 10

Tu as dû être une très bonne épouse.

Les paroles de Harry résonnèrent dans ses oreilles longtemps après son départ. Tout comme son baiser était encore imprimé sur ses lèvres.

Harry. Elle aurait eu du mal à penser à lui comme à M. Sheffield après la façon dont ils s'étaient embrassés.

Elle alla récupérer la bassine et la serviette. Regarder ces objets qu'il avait utilisés pour se nettoyer, et penser à l'aide qu'il lui avait apportée faisait tomber l'une de ses barrières internes… du moins, c'était ce qu'il lui semblait. Elle prit la serviette et la porta à son visage, inhalant un soupçon de son parfum masculin.

— Que fais-tu ?

Laissant retomber la serviette dans la bassine, Selina se tourna vers Beatrix qui se tenait juste dans l'embrasure de la porte.

— Je range après M. Sheffield. Il a débloqué le conduit.

Beatrix s'avança vers la cheminée.

— Merveilleux ! C'est très serviable de sa part.

En effet. Tout cet épisode avait présenté à Selina un

avenir qu'elle n'arrivait pas à concevoir : une vie domestique heureuse qui ne semblait pas du tout adéquate pour une femme qui avait été voleuse dans l'East End londonien. Et qui continuait à commettre des actes criminels, même si elle avait commencé à les détester.

— Oui, il était heureux de nous apporter son assistance, ajouta Selina.

— Est-ce tout ce qu'il a apporté ?

— Je ne suis pas certaine de ce que tu insinues, mais oui. Pourrais-tu me rendre service et apporter ceci à la cuisine ?

Selina lui tendit la bassine avec la serviette, et elle espéra que Beatrix oublierait ce qu'elle espérait découvrir.

— Certainement, répondit-elle en prenant les objets avant de quitter le salon.

Selina laissa échapper un soupir de soulagement. Elle ne pouvait pas lui parler du baiser, car cela avait été incroyablement stupide compte tenu de la détermination de Harry à découvrir la vérité sur les activités de Madame Sybila. Preuve en était, sa visite à la parfumerie un peu plus tôt dans la journée. Il semblait que toute la tension qui s'était accumulée pendant leur entretien dans le cabinet de Madame Sybila, l'irritation de Harry à l'égard de la voyante et la frustration de Selina d'être prise au piège dans une cage qu'elle avait elle-même fabriquée, ne pouvait plus être contenue. Ou peut-être était-ce uniquement une impression de sa part. Elle avait été un peu surprise de le voir apparaître à *La Rose ardente*.

Elle s'était attendue à ce qu'il revienne à un moment donné, mais pas si tôt. Elle avait bien senti la colère et la frustration qu'il éprouvait à l'égard de Madame Sybila. Il détestait l'idée d'avoir été berné ou de s'être trompé dans ses hypothèses.

Mais il ne s'était pas trompé. Elle était bien l'escroc qu'il pensait. Il n'y avait pas d'œuvre de charité. Et elle avait empilé ces trois fichues cartes avant qu'il n'entre, avec l'intention de les tirer justement de cette façon si la conversation tournait à la confrontation.

Cela avait été le cas.

Même si cela aurait pu être bien pire. Il avait demandé à la voir sans son voile. Selina faillit sourire dans le miroir. Mais cela n'avait rien de drôle. Si jamais il découvrait qu'elle était Madame Sybila, elle n'était pas sûre de ce qu'il ferait.

Son agitation s'intensifia. Parce qu'il finirait par le découvrir. Il poursuivrait son enquête jusqu'à ce qu'il voie sous son voile. Il était encore concentré sur un incendie qui remontait à quatre ans, pour l'amour du ciel !

Apprendre qu'il avait perdu quelqu'un, une femme, l'avait complètement surprise. Cela expliquait son incapacité à oublier, sa détermination à traduire en justice le Vicaire, dont il était certain qu'il était coupable, et peut-être cela expliquait-il aussi sa vie solitaire. Elle avait touché un point sensible avec la carte de l'Ermite, plus qu'elle ne l'avait prévu.

Elle avait besoin d'un nouveau plan. Elle ne pouvait pas continuer à être Madame Sybila, pas avec les méthodes d'investigation de Harry. Il se rendrait probablement à Finch Lane le lendemain, si ce n'était déjà fait, et, bien que Selina ait pris des précautions, elle ne pouvait pas se permettre de payer tout le monde pour que chacun fasse ce qu'elle lui demandait. De plus, Harry était sacrément doué dans ce qu'il faisait.

Sans oublier qu'elle détestait lui mentir. Elle devait trouver un autre moyen de gagner de l'argent pour pouvoir passer la saison.

Beatrix revint dans le salon.

— Tu n'as pas bougé d'un pouce. Que se passe-t-il ?

— Je réfléchissais, répondit Selina avec un signe de la main, puis elle alla s'asseoir sur le canapé.

Beatrix l'y rejoignit.

— Le dîner sent atrocement mauvais.

Selina grimaça.

— Je suis sûre que ce ne sera pas si terrible.

— Tu es une experte en mensonges, mais même toi, tu ne peux pas croire cela, répondit Beatrix en riant. Ne pourrions-nous pas nous permettre quelqu'un de mieux ?

— Ce n'est pas ça, dit Selina. Nous avons besoin de personnes de confiance, et Mme Vining et Martha sont des amies de Mme Kinnon. Et non, nous ne pouvons pas.

Beatrix fronça les sourcils en regardant la cheminée.

— Nous n'avons pas besoin d'une femme de chambre. Nous prenons soin l'une de l'autre depuis des années. Depuis toujours, en réalité.

— Je sais, mais nous les payons très peu, et leur présence nous donne de la crédibilité. D'ailleurs, tout n'est pas immangeable.

Beatrix plissa les yeux.

— Mme Vining ne fait pas le fromage.

Selina éclata de rire. Elle fut choquée de constater qu'elle en était capable à ce moment précis. Beatrix lui sourit en retour.

Se tournant pour pouvoir la regarder, elle prit une grande inspiration.

— Quel est ton plan quand tu te présenteras à ton père ?

— Il sera plus que ravi de m'avoir à nouveau dans sa vie, bien entendu, et il me versera une pension qui nous permettra de vivre confortablement, affirma-t-elle, même si elles savaient toutes les deux que cela n'arriverait sans doute pas. S'il ne me reconnaît pas, même en privé, je le dépouillerai. Dans les deux cas, notre avenir sera assuré.

Selina faillit rire à nouveau.

— Je suis convaincue que tu es tout à fait capable de le faire, affirma-t-elle en se levant pour lisser la gaze de sa robe. Nous avons besoin d'un nouveau plan. Je ne peux pas continuer à être Madame Sybila plus longtemps. Harry… Sheffield est implacable.

Un éclair de compréhension s'épanouit sur le visage de Beatrix.

— Harry ? Tu l'as embrassé, n'est-ce pas ? Voilà pourquoi tu agis bizarrement.

— Cela n'a guère d'importance.

Selina ne savait pas très bien pourquoi elle n'avait pas simplement confirmé ce que Beatrix avait deviné, mais elle supposait que c'était à cause des émotions troublantes qu'elle ressentait à son égard. D'ordinaire, elle était plutôt douée pour garder ce genre de choses enfouies. Le fait qu'elle ne parvienne pas à le faire avec Harry était plus que gênant.

Selina poursuivit.

— Comme je le disais, je ne peux pas continuer à être Madame Sybila. Je pourrais retourner dans l'East End et changer de déguisement et de nom, mais nous ne gagnerions pas assez d'argent pour financer ta saison.

Beatrix la fixa d'un sourire appuyé.

— Nous avons d'autres options. Si tu me laisses faire.

— Trix, si tu te fais prendre…

— Cela n'arrivera pas.

— C'est déjà arrivé.

Beatrix se renfrogna.

— Et tout s'est bien terminé. J'espère qu'un jour, tu arrêteras d'en parler, répliqua-t-elle avant de se détendre. Je ne me ferai pas prendre. Me laisseras-tu faire ? De toute façon, il s'agit de *ma* fichue saison. Je devrais payer pour cela.

Selina avait envie de refuser. Elle voulait mettre un terme à tout cela. Malheureusement, c'était impossible.

— Tiens-t'en aux bijoux. C'est ce qui est le plus facile à revendre, et qui rapporte le plus d'argent.

— Et qu'en est-il de l'argent en lui-même ?

Selina afficha un petit sourire.

— Je ne dirai jamais non à cela. C'est ce qui est le plus simple à utiliser.

— Je peux commencer ce soir, proposa Beatrix, faisant allusion à la fête à laquelle elles avaient l'intention d'assister.

— Ne prends pas de risques inutiles.

Selina détestait lui demander d'en prendre, d'autant plus qu'elle espérait faire sa vie à Londres.

— Tu veux dire que je ne dois pas faire les poches. Ne t'inquiète pas, je volerai dans la maison, affirma Beatrix avec un signe de tête rassurant. Maintenant, qu'en est-il de Harry ?

Selina plissa le front.

— Ne me harcèle pas à son sujet. Il n'y a rien entre nous. Je ne fais que le garder près de moi.

— Je voulais savoir ce que tu comptais faire pour le tenir à distance. J'aurais dû être plus précise.

Selina résista à l'envie de lever les yeux au ciel devant le ton plein d'humour de Beatrix.

— Lors de la prochaine rencontre entre lady Aylesbury et Madame Sybila, la comtesse suggérera une visite au foyer pour enfants égarés. La voyante acceptera et, avec un peu de chance, l'enquête de Sheffield s'arrêtera là. Dans le cas contraire, Madame Sybila devra s'absenter pour s'occuper d'un membre de sa famille subitement tombé malade.

C'était ainsi que les différentes identités de voyante de Selina changeaient de situation.

— Cela me semble raisonnable, dit Beatrix. Tu veux toujours que je suive notre plan alternatif ce soir ?

Un malaise s'empara de Selina, mais elle haussa les épaules.

— Je pense que nous devons le faire.

Une lueur familière brilla dans les yeux de Beatrix. Elle ne pouvait pas s'empêcher de voler des choses, alors quand elle pouvait le faire dans un but précis... elle se sentait bien.

Selina détestait lui demander de le faire. Il valait sûrement mieux qu'elle ne le fasse pas et pas seulement à cause du risque.

Elle agissait de manière idiote. C'était ainsi qu'elles avaient survécu pendant les douze dernières années, en escroquant et en volant, en faisant tout ce qui était nécessaire pour assurer leur sécurité et leur indépendance. Que Selina ait fini par trouver cela déplaisant ne changeait rien à la nécessité de la chose. Elle tâcha de se débarrasser de cette sensation d'être prise au piège.

— Tu pourrais te laisser aller, dit Beatrix avec prudence. Tu mérites quelque chose, *quelqu'un* de différent.

Aux yeux de Selina, les gens obtenaient rarement ce qu'ils méritaient.

~

Après être passé chercher Selina et sa sœur le lendemain soir, Harry avait été contraint de se rendre à Spring Hollow à côté du cocher à cause du manque de place. Il sauta à terre à leur arrivée et paya le droit d'entrée dans les jardins pour tout leur groupe. Lorsqu'il eut terminé, tout le monde était déjà sorti de la calèche.

— Ce n'est pas Vauxhall, mais c'est quand même excitant, dit Mlle Whitford en souriant alors que le groupe s'approchait de la grille.

— Considère cela comme un prélude à Vauxhall, déclara Rachel.

Elle avait été ravie de se joindre à eux pour cette soirée. Nathaniel semblait moins enthousiaste, mais ce n'était pas le genre de divertissement qu'il appréciait, en général. Il préférait un bon débat, accompagné d'un verre de porto. Néanmoins, il était prêt à tout pour faire plaisir à sa femme qu'il adorait.

Toutes les sœurs de Harry avaient fait de bons mariages, avaient trouvé l'amour, et même des partenaires. D'une certaine manière, cela contribuait à sa propre réticence à se marier. Il refuserait de se contenter de moins. Certes, sa famille dirait qu'il n'avait jamais donné à qui que ce soit l'occasion de voir si une telle union était possible. Mais peut-être cela changerait-il. Son regard se posa sur Selina.

Ses cheveux d'un brun doré étaient impeccablement coiffés et des boucles audacieuses encadraient son visage. La ligne élégante de sa mâchoire et ses pommettes hautes semblaient encore plus prononcées ce soir, la distinguant de toutes les autres femmes qu'il avait connues. Vêtue d'une robe de soirée bleu clair bordée de noir et d'une surjupe en gaze argentée, elle avait l'air presque éthérée, comme sortie d'un rêve qu'il ne pouvait toucher. Sauf qu'il *pouvait* la toucher. Il *l'avait* touchée. Et il avait l'intention de recommencer.

Harry se déplaça pour lui offrir son bras, et l'autre à Mlle Whitford.

— Puis-je vous escorter à l'intérieur ?

— Oui, s'il vous plaît, répond Mlle Whitford en glissant sa main autour de son bras.

Selina ne répondit pas, mais ses yeux croisèrent les siens et il y décela une intensité qui devait certainement être le reflet de ce qu'il ressentait. Et qu'était-ce ? De l'impatience. De l'excitation. Du désir.

Ils entrèrent par la large grille et suivirent le chemin jusqu'à la zone principale où les gens se rassemblaient. Les loges nouvellement construites pour les dîners se trouvaient sur le côté gauche et s'élevaient sur deux étages. De l'autre côté du grand espace pavé se trouvait l'orchestre couvert. La musique emplissait l'air et la piste de danse, un espace clairement délimité près des musiciens, était plus qu'à moitié remplie.

Des lampes à gaz éclairaient toute la surface, mais quelques allées permettaient de se rendre dans les jardins. Nathaniel aperçut aussitôt quelqu'un qu'il connaissait, et il engagea la conversation. Après avoir échangé des civilités et présenté tout le monde, Rachel se tourna vers Mlle Whitford.

— Et si nous allions faire un tour du côté des rafraîchissements ?

Elle lança un regard à Harry, puis à Selina, dévoilant ainsi clairement ses intentions. Elle n'avait qu'un seul objectif ce soir-là : renforcer le lien entre eux.

Pour une fois, Harry ne lui en voulait pas. Il voulait la même chose, mais sans doute pas avec le même résultat que Rachel espérait. L'enthousiasme de Mlle Whitford se lisait sur son visage. Elle passa son bras dans celui de Rachel et elles s'en allèrent.

— Oui, allons-y !

Harry tourna la tête vers Selina.

— Veux-tu te promener ?

— Apparemment, c'est ce que tout le monde veut, répondit-elle avec un sourire. Mais surtout, où dois-tu rencontrer ton informateur ?

— Je n'en suis pas tout à fait sûr. Il m'a demandé de le retrouver au pont à neuf heures, expliqua Harry, consultant sa montre à gousset. Trouvons-le.

Il demanda son chemin à un valet de pied, et ils prirent le sentier indiqué, longeant des étangs alimentés par la source. L'éclairage y était plus faible, ce qui procurait une atmosphère plus sombre et plus attirante.

— Je m'excuse pour le comportement de ma sœur, dit Harry. Comme tu le sais maintenant, le souhait le plus cher de ma famille est de me voir marié.

— C'est très agréable d'avoir une famille qui veut ce qu'il y a de mieux pour soi.

— Mais le mariage est-il vraiment ce qu'il y a de mieux ? Je croyais que nous avions le même avis sur la question.

— C'est le cas, mais je peux malgré tout comprendre pourquoi ils essaient de te pousser à te marier. Ils pensent que cela t'apportera le bonheur, car ils l'ont trouvé de cette manière, expliqua Selina, lui offrant un regard compatissant. Je peux aussi comprendre à quel point cela doit être frustrant pour toi, parfois.

— Tu as dit que c'est ce que tout le monde veut, apparemment. Cela inclut-il ta sœur ?

Car Harry avait la nette impression que, contrairement à sa propre famille, Mlle Whitford défendait la volonté de sa sœur.

— Ma sœur me soutient beaucoup dans mes choix. Elle est aussi partisane du plaisir.

Elle lui lança un regard en coin, ses paupières s'inclinant de manière séduisante. Quand elle le regardait ainsi, il oubliait presque son nom et sa raison d'être.

Le pouls de Harry s'emballa lorsqu'ils atteignirent le pont.

— Je pense que nos familles voient peut-être quelque chose entre nous.

— Quoi donc ? s'enquit-elle alors qu'ils passaient de l'autre côté.

Harry attira Selina vers le bord du sentier.

— Une attirance. C'est ce que je ressens. Qu'éprouves-tu ?

Pour l'instant, le chemin était vide. La main de Selina lui caressa le bras.

— La même chose.

Saisissant sa main, il lui fit face. Il distinguait ses traits dans la faible lumière qui filtrait depuis l'espace principal : l'arc généreux de ses lèvres, la courbe prononcée de ses sourcils, l'inclinaison douce et séduisante de son nez. Tout cela lui était devenu si familier. *Elle* lui était devenue familière, et il aimait cela plus qu'il n'aurait su le dire.

— Oui, nos intentions sont identiques : aucun de nous ne cherche à se marier. Mais je me demande si nous ne sommes pas encore plus en phase dans nos désirs, murmura Harry.

Il se rapprocha jusqu'à ce qu'ils se touchent presque, ses lèvres à quelques centimètres de celles de Selina.

— Envisagerais-tu d'avoir une liaison avec moi ?

Les lèvres de la jeune femme s'entrouvrirent, mais le seul son qu'il entendit fut un grand cri provenant de la zone principale. Elle tourna vivement la tête dans cette direction, et il regarda au-delà d'elle, n'hésitant qu'un instant avant de saisir sa main plus fermement et de s'élancer sur le pont, en revenant par le chemin qu'ils avaient emprunté.

Elle le suivit sans mot dire, et, quelques instants plus tard, ils arrivèrent sur la place centrale bien éclairée. Une petite foule s'était rassemblée, leur indiquant d'où venait l'agitation.

Harry lâcha la main de Selina et lui jeta un rapide regard. Elle hocha la tête, et il fendit la foule.

— Je travaille pour Bow Street. Que s'est-il passé ?

Les gens s'écartèrent pour lui laisser de la place, jusqu'à ce qu'il arrive auprès d'une femme en sanglots.

— Il a disparu !

— Qu'est-ce qui a disparu ? s'enquit Harry avec patience.

Un homme se tenait à côté d'elle, l'air renfrogné.

— Son bracelet. Je lui ai dit de ne pas le porter.

Harry fronça les sourcils. Si le conseil était avisé, ce n'était pas le moment de rappeler à cette femme qu'elle avait pris une mauvaise décision. Se tournant vers elle, Harry lui parla d'un ton apaisant.

— Peut-être est-il tombé pendant que vous dansiez ?

Elle secoua la tête.

— Je ne dansais pas. J'étais tout simplement là, à discuter avec des gens en attendant le début du feu d'artifice.

Elle pointa du doigt un autre couple qui se tenait près de l'homme, qui était sans doute son mari.

— À quoi ressemble-t-il ? l'interrogea Harry.

— Il est en or, avec des rubis. Mon mari vient de me l'offrir pour fêter nos cinq ans de mariage, expliqua-t-elle, coulant un regard vers l'homme à côté d'elle. Je suis vraiment désolée !

Son époux lui tapota gentiment le dos.

— Ce n'est rien, ma chérie.

Harry s'adressa à la foule, parlant fort.

— Que tout le monde recule. Nous recherchons un bracelet. Veuillez vous écarter du chemin.

Selina arriva derrière lui.

— Que cherchons-nous ?

Il lui donna la description du bijou, et ils commencèrent à scruter les pavés. Alors qu'ils cherchaient, les feux d'artifice commencèrent à fuser au-dessus de leurs têtes, leur apportant un éclairage supplémentaire. Cependant, cela ne servit à rien, car après plusieurs minutes, Selina et lui, ainsi que d'autres personnes qui s'étaient jointes à eux pour aider, y compris Nathaniel, n'avaient rien trouvé.

Harry revint vers la femme et releva son nom et son adresse.

— Je vais remplir une plainte pour vol. Je vais m'entretenir avec la direction du lieu, et je procéderai à une fouille complète de la zone demain matin à la lumière du jour.

— Merci, répondit le mari de la victime. Je doute que vous le retrouviez, mais j'apprécie vos efforts.

La femme se remit à pleurer de plus belle, et Harry laissa son mari la réconforter. Il se tourna vers Selina.

— Que crois-tu qu'il se soit passé ? s'enquit-elle.

— Je soupçonne qu'elle a été victime d'un tire-laine* très doué. Ils sévissent souvent dans des endroits comme celui-ci. Son mari a malheureusement raison de dire qu'elle n'aurait

---

* NdT : Pickpocket.

pas dû porter un tel bijou ici, remarqua Harry, jetant un regard autour de lui. Je me demande où est passé le voleur. À ma connaissance, il n'y a pas d'autre entrée que la grille principale, et un mur ceint l'ensemble des jardins.

— Excusez-moi. Peut-être pourrais-je vous aider ?

Harry se tourna vers un homme plutôt grand. Il était impeccablement vêtu, un gentleman de la bonne société à n'en pas douter, mais le constable ne le connaissait pas.

L'homme lui tendit la main.

— Permettez-moi de me présenter. Je suis Raphael Bowles, le propriétaire de ces jardins.

Lui serrant la main, Harry inclina la tête.

— Alors, oui, vous pouvez nous aider.

Le propriétaire tourna la tête pour regarder Selina. Harry ouvrit la bouche pour faire les présentations, mais elle le devança.

— Monsieur Sheffield, permettez-moi de vous présenter mon frère.

Harry fut surpris, et son regard se porta d'abord sur elle, puis sur Bowles, avant de revenir vers Selina. Il remarqua une légère ressemblance, et pas seulement à cause de leur taille, même s'ils étaient tous les deux exceptionnellement grands. Il y avait quelque chose dans l'angle de leurs pommettes et la forme de leurs yeux, même s'il était difficile de bien voir ceux de Bowles à cause du bord de son chapeau.

Un feu d'artifice jaillit au-dessus d'eux et Harry put alors voir les yeux bleu vif de l'homme, dont la couleur était très proche de celle de Selina. Il se souvenait que cette dernière avait raconté que son frère lui avait appris à tirer, mais elle n'avait jamais dit un mot sur lui, et encore moins qu'il vivait ici, à Londres. Le constable s'en voulait de n'avoir pas posé la question. Il se rendait compte qu'il y avait beaucoup de choses qu'il ignorait à son sujet.

Il voulait mieux la connaître, mais peut-être ne ressentait-elle pas la même chose à son égard. Accepterait-elle sa proposition ?

— Venez, allons dans ma loge pour discuter de la situation, suggéra Bowles. Accordez-moi un instant pour parler avec cette femme.

Il se dirigea vers la victime et son mari.

— Ton frère vit à Londres ? demanda Harry, s'efforçant de ne pas lui montrer qu'il était blessé de ne pas l'avoir su avant.

Selina acquiesça, l'air serein.

— Oui.

Harry trouva cet unique mot frustrant, mais il la savait énigmatique, en particulier au sujet de sa famille et de son passé.

— Tu n'en as pas parlé, ni du fait qu'il possédait ces jardins.

— Je n'étais pas au courant pour Spring Hollow. Nous ne sommes pas particulièrement proches.

Une expression de regret passa sur le visage de Selina, et Harry se sentit penaud. Elle ne parlait pas de sa famille ou de son passé parce que cela semblait douloureux.

— C'est vraiment dommage.

Elle le regarda droit dans les yeux.

— En effet.

CHAPITRE 11

’esprit de Selina bouillonnait tandis qu’elle regardait Rafe parler à la femme à qui Beatrix avait volé son bracelet. Il ne faisait aucun doute que c’était ce qui s’était passé. Beatrix et Rachel s’approchèrent d’elle, tandis que Harry rejoignait la conversation entre Rafe et le couple.

Le feu d’artifice se poursuivait au-dessus de leurs têtes, comme si le vol et le drame qui s’en était ensuivi n’avaient pas eu lieu. La plupart des gens avaient reporté leur attention sur le ciel.

— Je suis contente de ne pas porter d’objets de valeur, remarqua Rachel.

Le regard de Beatrix croisa celui de Selina, sans rien révéler. Cela n’avait pas d’importance, car cette dernière *savait*, et qu’elles en discuteraient plus tard. C’était un risque que Beatrix n’aurait jamais dû prendre, pas en présence de la sœur de Harry et alors que Harry lui-même se trouvait à une courte distance !

Selina garda un visage impassible, pour ne pas dévoiler sa frustration intérieure. Son amie la connaissait suffisamment pour se rendre compte qu'elle était furieuse. Mais, pour le moment, elle avait des choses plus importantes à régler.

— J'ai présenté notre frère à M. Sheffield, annonça-t-elle à Beatrix, qui prit soin de ne laisser transparaître aucune émotion.

Elle se contenta de hocher la tête.

— Apparemment, ces jardins lui appartiennent, poursuivit Selina.

— Vraiment ? s'enquit Rachel, balayant les environs du regard. Vous ne le saviez pas ?

Selina secoua la tête.

— Nous ne sommes pas particulièrement proches.

— Et pourquoi cela ? insista Rachel, dont le regard oscillait entre Selina et Beatrix.

— Nous ne nous sommes pas beaucoup vus depuis notre enfance. Beatrix et moi avons été envoyées dans un séminaire pour ladies.

Selina n'avait pas l'intention d'en révéler davantage. Heureusement, Rachel fut distraite par l'arrivée de son mari.

Beatrix se rapprocha de son amie et murmura :

— Désolée.

Selina lui jeta un regard mécontent, mais ne dit rien. Harry et Rafe s'approchèrent de leur groupe. Prenant une grande inspiration, la jeune femme se prépara à ce qui allait suivre. Elle avait toujours un rôle à jouer. Elle lança un regard à Beatrix et lui fit comprendre en silence qu'il était temps de se concentrer.

— Bonsoir, Rafe, dit Beatrix. Selina vient de me dire que ces jardins t'appartiennent. C'est extraordinaire !

— Je les ai achetés l'année dernière, seulement.

— Les rénovations sont remarquables, souligna Harry.

— Comment va la dame dont le bracelet a été volé ? l'interrogea Rachel.

— Beaucoup mieux, surtout depuis que M. Bowles a dit

qu'il veillerait à ce que la zone soit fouillée de fond en comble demain, et que si le bracelet n'était pas retrouvé, il se proposait de la dédommager d'un montant équivalent.

Le regard pensif que Harry posa sur Rafe troubla quelque peu Selina.

— Je dois vous dire, Bowles, que, bien qu'elle soit noble, c'est une très mauvaise idée. Et si cette femme mentait, et qu'il n'y avait jamais eu de bracelet ?

— Voilà une suggestion bien cynique, répondit Rafe, penchant la tête sur le côté.

— Je crains que ce ne soit dû à mon métier.

— Ce serait un plan diablement élaboré, poursuivit le frère de Selina, et qui reposerait entièrement sur mon offre de remplacer un bracelet inexistant, ce que je n'avais jamais fait.

— Est-ce le premier vol commis ici ? lui demanda Harry.

— À ma connaissance. Mais je suis bien obligé de penser que ce n'est pas le cas, en dépit du fait que je me suis donné beaucoup de mal pour que les jardins soient très bien protégés.

Harry acquiesça.

— Le mur d'enceinte et l'entrée unique.

— Cela semble fonctionner.

— Jusqu'à ce soir, remarqua Harry, redressant son manteau. Je vous recommanderais tout de même de ne pas rembourser cette femme. Si cela s'ébruite, vous risquez fort d'être ciblé pour votre mansuétude.

— Je doute que cela devienne un problème, dit Rafe avec le sourire éblouissant dont Selina se souvenait de leur jeunesse.

Elle dut s'empêcher de rire. La mansuétude n'était vraiment pas une qualité que quiconque aurait attribuée à son frère. Sauf qu'il en avait toujours fait preuve envers elle. Avec elle, il avait toujours eu un grand cœur. Cependant, elle avait l'impression qu'il s'était brisé et désintégré depuis longtemps.

Comme le sien.

Soudain, elle repensa à la proposition de Harry. Non pas que son cœur ou son absence de cœur ait quelque chose à voir avec cela. Il avait suggéré une liaison. Il n'avait pas été question d'amour. C'était le mieux que Selina pouvait espérer et elle était incroyablement tentée.

Rafe regarda le groupe avec une expression radieuse.

— Voulez-vous que nous rejoignions ma loge pour prendre des rafraîchissements ?

— Oui, s'il te plaît, répondit Selina.

— Permettez-moi de vous présenter ma sœur et son mari, dit Harry.

Rafe regarda Selina comme s'il allait lui proposer de l'escorter jusqu'à la loge, mais Harry le devança. Au lieu de cela, le jeune homme offrit son bras à Beatrix. Selina les observa : on aurait pu croire qu'ils étaient vraiment de la même famille. En tout cas, ils avaient tous les deux des cheveux blonds.

— Quel choc d'apprendre que ton frère est propriétaire de ces jardins, murmura Harry tandis qu'ils suivaient Rafe jusqu'à sa loge.

— Oui. Je ne l'ai vu qu'une seule fois depuis mon arrivée à Londres il y a deux mois, répondit Selina, en s'en tenant le plus possible à la vérité, comme elle le faisait toujours.

— En dehors de ce moment, je devine que tu ne l'avais pas vu depuis longtemps ?

— Dix-huit ans, répondit-elle honnêtement, une fois encore.

Harry tourna la tête, et ses yeux s'écarquillèrent brièvement.

— C'est plutôt long.

— Beatrix et moi avons été envoyées dans un séminaire pour ladies.

— Et ensuite, vous n'êtes pas retournées dans votre famille ? Ou bien ton frère était-il déjà parti à cette époque ?

L'esprit de Selina se bloqua. Elle avait quitté l'école à l'âge de dix-sept ans pour devenir gouvernante. Pour quelqu'un comme elle, c'était une chance inouïe, la meilleure qu'elle aurait pu espérer. Oh ! Comme elle avait eu tort ! Un tremblement familier la parcourut et elle se maudit intérieurement.

— Mes excuses, dit Harry à voix basse. Je ne voulais pas te bouleverser.

Il l'avait sentie frémir, bon sang !

— Tu n'as rien fait de tel. Je ne suis pas retournée dans ma famille.

Heureusement, elle n'eut pas à en dire plus, car ils étaient presque arrivés à la loge ; mais elle savait qu'il poserait la question. Si ce n'était pas ce soir-là, il le ferait à un autre moment. Elle ne pouvait pas continuer à se dérober. Il se donnait beaucoup trop de mal pour défaire ses différentes couches de protection. Il voyait trop de choses.

Et elle était trop attirée par lui. Elle *voulait* qu'il voie. Qu'il comprenne. Qu'il la réconforte.

L'envie de tout lui raconter était presque irrésistible. Elle s'efforça de respirer calmement, malgré son cœur qui commençait à s'emballer.

Elle ne pouvait pas se permettre une telle vulnérabilité. Ce qui signifiait qu'elle allait devoir décliner sa proposition. Même si elle brûlait de l'accepter.

Ils entrèrent dans la grande loge de Rafe, située à l'une des extrémités du rez-de-chaussée. Une table rectangulaire était entourée de chaises sur trois côtés, laissant la partie la plus proche de la place principale libre afin d'offrir une vue imprenable sur la danse et, peut-être plus important encore, sur les personnes qui se pressaient autour de la table. Rafe s'en alla parler à l'un des valets de pied.

Le mari de Rachel tira une chaise pour sa femme en disant :

— Quelle soirée passionnante jusqu'à présent !

Souriant, la sœur de Harry leva les yeux vers son mari en s'asseyant.

— Oui, et j'ai hâte d'apprendre comment M. Bowles a acquis les jardins, répondit-elle.

Elle se tourna ensuite vers Selina et Beatrix, qui étaient toujours debout.

— De même que la raison pour laquelle nous ne savions pas que vous aviez un frère, lady Gresham et Mlle Whitford.

Beatrix leva une main à sa tempe.

— En fait, je crois que les feux d'artifice m'ont donné mal à la tête, annonça-t-elle, se tournant vers Selina. Cela te dérangerait-il que nous rentrions à la maison ?

Dieu merci ! songea son amie.

— Pas du tout, la rassura-t-elle avant de se tourner vers Harry, le vouvoyant devant les autres. Je ne veux pas perturber votre soirée. Nous pouvons prendre un fiacre.

Rafe était revenu, attirant l'attention de tous.

— Sottises ! Je vais vous raccompagner toutes les deux chez vous.

Il se tourna vers un valet de pied à qui il parla à voix basse. L'homme en livrée s'en alla, et Rafe s'adressa à nouveau à tout le monde.

— Ma calèche est en train d'arriver.

— Merci, dit Beatrix avec un léger sourire.

Rafe inclina la tête vers Rachel, Nathaniel et Harry.

— Profitez du reste de votre soirée. On s'occupera bien de vous.

Selina lâcha le bras de Harry.

— Je te verrai bientôt, murmura-t-elle.

Il posa sur elle un regard lourd de déception et de regret.

— Oui, bientôt, j'espère.

Quand tout le monde eut dit bonne nuit, Rafe fit signe à Selina et Beatrix de le précéder hors de la loge. Ils se dirigèrent vers la sortie en silence.

Lorsqu'ils quittèrent les jardins pour attendre la calèche, Selina se détendit enfin. Elle se tourna vers Beatrix.

— Merci.

— Il m'a semblé que nous devrions nous mettre d'accord sur notre histoire avant de la partager. La sœur de Sheffield est terriblement curieuse, affirma Beatrix, levant les yeux au ciel.

— Cependant, tu es très douée pour détourner la conversation, dit Selina avec une certaine fierté.

Beatrix était passée maîtresse dans l'art de changer de sujet et de ravir les gens par des observations pleines d'esprit au lieu de répondre à des questions indiscrètes. C'était à la fois une compétence et un moyen de défense visant à empêcher les gens de s'approcher trop près.

— Merci, répondit Beatrix au moment où une calèche s'arrêtait devant eux.

De grande taille et manifestement neuve, avec une laque cobalt et deux magnifiques chevaux assortis, ce véhicule avait visiblement coûté très cher. Rafe donna leur adresse au cocher.

— Tu possèdes ces jardins *et* cette calèche ? l'interrogea Beatrix sans la moindre subtilité. Selina, ton frère est sacrément riche !

— C'est ce qu'on dirait, murmura Selina.

Rafe les aida à monter dans la calèche.

— Prenez la banquette qui fait face à la route.

Il monta à leur suite et s'installa sur le siège orienté vers l'arrière, puis il retira son chapeau et le posa à côté de lui.

Le véhicule se mit en route, et Selina s'adossa au cuir

souple de la banquette. Elle était littéralement enveloppée de la richesse de Rafe, mais elle n'en ressentait aucune amertume. Elle ne pouvait imaginer ce qu'il avait dû faire pour gagner autant. Au vu du chemin qu'il prenait au moment où il l'avait envoyée loin de Londres, cela ne pouvait pas être bon.

Rafe fixa son regard sur Beatrix.

— Pourquoi as-tu volé le bracelet ?

— Tu m'as vue ? demanda Beatrix, un sourire taquinant ses lèvres. Je dois perdre la main.

— Ce n'est pas le cas, dit Selina. Mais jamais rien n'échappe à Rafe. Et c'est sans doute la seule personne capable de faire les poches mieux que toi.

Son frère se mit à rire.

— Est-ce de la fierté que j'entends dans ta voix ? Quand nous étions enfants, je me souviens que tes doigts étaient aussi habiles que les miens, et beaucoup plus petits, ce qui te permettait de voler des objets que je ne pouvais pas subtiliser.

— Selina m'a appris tout ce que je sais, dit Beatrix, tapotant brièvement la main de son amie.

— Beatrix n'est pas née dans cette vie comme nous, expliqua Selina.

Rafe plissa le front un instant.

— Nous ne sommes pas non plus nés dans cette vie.

Selina n'avait pas d'autres souvenirs, mais son frère se rappelait quelques bribes de leur vie avant que leur « oncle » ne les amène à Londres. Il se souvenait de leurs parents, de leur père joyeux, qui avait commencé à apprendre à Rafe à monter à cheval, et de leur gentille mère, avec ses cheveux blond brillant et son amour de la lecture dont il avait hérité. Il avait veillé à instruire Selina, ce qui l'avait distinguée de tous les autres enfants avec lesquels ils avaient grandi.

— Nous aurions tout aussi bien pu l'être, murmura Selina. Elle a volé le bracelet parce qu'elle aime les jolies choses.

Rafe reporta son regard sur Beatrix.

— Ce n'est qu'une question de temps avant que tu sois prise.

La jeune femme haussa une épaule, frôlant celle de Selina.

— Cela n'arrivera pas.

— As-tu déjà essayé de te faire passer pour une demoiselle de la haute société ? l'interrogea Rafe, arquant un sourcil.

— À l'occasion, oui.

— Mais pas à Londres. Les gens vont te surveiller de plus près ici.

— Pas dans un jardin d'agrément, répliqua Beatrix, sur la défensive.

— Eh bien, si c'est le seul endroit où tu le fais…

Le ton du jeune homme indiquait clairement qu'il n'y croyait pas.

Selina se redressa.

— Bon, ça suffit. Tu passes officiellement le test de la fratrie, dit-elle.

Elle fronça les sourcils en direction de Rafe, puis lança un regard apaisant à Beatrix.

— À ce propos, j'ai dit que nous ne t'avions pas vu depuis dix-huit ans, Rafe, et une seule fois depuis notre retour à Londres il y a deux mois.

— Tu t'en es tenue à la vérité. Comme je l'ai déjà dit, tu as toujours été très intelligente.

Elle n'avait pas envie de se réjouir de son compliment, mais elle le fit tout de même. Avant qu'il ne l'éloigne, son principal objectif avait toujours été de lui plaire.

— Je leur ai aussi dit que Beatrix et moi avions été envoyées dans un pensionnat. Et, par le passé, j'ai dit à

Harry… à Sheffield que j'étais orpheline, et que j'avais été élevée par ma famille. Une famille pauvre, de surcroît.

Rafe l'étudia attentivement. Selina poursuivit :

— Je n'ai pas précisé de quelle famille il s'agissait.

— Tu sembles très proche de Sheffield, dit lentement Rafe.

— J'ai dit que j'avais l'intention de le garder près de moi. Il mène une nouvelle enquête sur l'incendie de Saffron Hill. C'est un progrès, n'est-ce pas ?

Rafe croisa les bras.

— En effet. J'espérais faire davantage de progrès avec lui ce soir, mais Beatrix a gâché le plan avec son vol.

Cette dernière le dévisagea, et Selina lui lança un autre regard sévère avant de tourner les yeux vers son frère.

— Quel était ton plan ?

— L'un de mes hommes devait informer ton coureur de ce que j'ai appris. Quelqu'un a demandé aux habitants de Saffron Hill d'affirmer que le Vicaire avait allumé cet incendie.

— Qui ?

— Je ne le sais pas encore, mais cette personne leur fait peur. Si ton coureur se met à creuser, je doute qu'il trouve un trésor.

Selina le regarda fixement.

— Ce n'est pas *mon* coureur.

— Si tu le dis.

Rafe déplia ses bras, et le mouvement le fit paraître plus grand que sa présence déjà imposante. Il dominait l'intérieur de la calèche. S'il s'était agi de n'importe qui d'autre, Selina se serait sentie menacée. Peut-être. Cela faisait bien longtemps qu'elle s'était juré de ne pas se laisser intimider par les hommes.

— Comment vas-tu lui transmettre l'information maintenant ? s'enquit Selina.

— J'ai parlé à l'un de mes hommes avant notre départ. Il veillera à ce que le message soit transmis avant que Sheffield ne quitte les jardins.

Selina se rappela que Rafe était allé parler à l'un des valets de pied.

— Le Vicaire et toi avez un entourage loyal.

— Tu te souviens à quel point c'est important. Sans cela, notre espérance de vie est réduite au moins de moitié.

Un frisson parcourut l'échine de Selina. Peut-être avait-elle eu plus de chance qu'elle ne l'avait cru de s'être échappée de Londres. Développer des relations avec les gens n'était pas son point fort. Elle n'était loyale qu'à une seule personne, Beatrix, et elle n'était pas sûre de pouvoir faire mieux. Ce qui la rendait triste. Elle s'était attendue à ce que ses retrouvailles avec Rafe s'accompagnent de l'amour et de la confiance qu'ils avaient autrefois partagés.

Il semblait se rendre compte de ce qu'il avait provoqué : la prise de conscience que Selina et lui étaient pratiquement des étrangers.

— Je suis incroyablement navré que nous ayons perdu le contact.

— Moi aussi, répondit-elle d'une voix douce.

Elle se hâta ensuite de détourner la conversation du passé.

Elle jeta un coup d'œil par la fenêtre et vit qu'ils étaient proches de Queen Anne Street.

— Harry va sans doute chercher qui a demandé à tout le monde de mentir. Tu devrais continuer à enquêter. Plus vite tu blanchiras le nom du Vicaire, mieux ce sera. Mais je pense toujours que tu devrais le tuer. Le Vicaire, je veux dire.

— Je le ferai. Un jour ou l'autre, confirma Rafe, dont le regard oscilla entre Selina et Beatrix. Laquelle d'entre vous va vendre le bracelet ?

— Je m'en occuperai, répondit Selina, passant une main sur sa jupe.

— Apporte-le au *Lion d'or* sur Shoe Lane. Ils t'en donneront un bon prix.

Selina fronça les sourcils.

— L'endroit t'appartient ?

Il leva une épaule, puis croisa à nouveau les bras.

— Est-ce que cela a de l'importance ?

Elle ne voulait pas prendre son argent. Mais il ne s'agissait pas d'une transaction directe, et, dans ce cas précis, elle accepterait son… aide. Il était souvent difficile de trouver un receleur, surtout à Londres.

— J'ai l'habitude d'aller chez quelques receleurs de Whitechapel.

— Celui-ci te paiera davantage. Il y en a plusieurs autres autour de Shoe Lane, si tu préfères. Tout sera mieux que Whitechapel.

Selina inclina la tête quand la calèche s'engagea dans Queen Anne Street.

— Merci.

Rafe déplia les bras et se pencha en avant.

— Je pourrais simplement te donner l'argent maintenant. Tout ce que tu voudras.

Selina se tut, mais seulement un instant. Ces douze dernières années, elle n'avait pu compter que sur elle-même. La dernière fois qu'elle avait fait confiance à quelqu'un, son employeur quand elle travaillait en tant que gouvernante, cela s'était terminé en désastre. Elle s'était juré de ne plus jamais le faire. Rafe avait beau être son frère, elle ne le connaissait pas vraiment, et cela faisait un certain temps que cela durait.

— Non, je te remercie.

La calèche s'arrêta devant la maison. Rafe tendit la main vers la portière, mais ne bougea pas.

— Je ne te le proposerai pas une deuxième fois, mais, tout ce que tu as à faire, c'est demander.

Il ouvrit la portière et descendit du véhicule. Il tendit la main pour l'aider à descendre, puis il fit de même avec Beatrix. Selina se tourna vers lui.

— Tu devrais t'attendre à recevoir une invitation à… quelque chose, de la part de lord et lady Aylesbury.

— Les parents de Sheffield.

Selina hocha la tête.

— Mme Hayes… Rachel voudra sûrement t'interroger davantage.

L'amusement traversa les traits de Rafe.

— Je suis impatient. Et nous nous reverrons bientôt.

Selina se tourna et entra dans la maison avec Beatrix. Dès que la porte se fut refermée, cette dernière prit la parole.

— Pourquoi ne prends-tu pas son argent ? Manifestement, il en a beaucoup à dépenser.

— Tu sais pourquoi, répondit Selina d'un ton laconique. Donne-moi le bracelet.

Beatrix le récupéra dans son réticule et le déposa dans la main de Selina.

— Désolée.

— Ne recommence pas ! Nous avons un plan, et je te remercierai de t'y tenir.

La culpabilité se lisait dans les yeux de Beatrix.

— Oui.

Selina savait que son amie ne pouvait s'en empêcher. Avec un soupir, elle lui serra brièvement la main.

— Je sais que c'est difficile, dit-elle doucement. Ce n'est pas utile de ressasser. Je vais m'occuper du bracelet.

— Vas-tu l'apporter au magasin de recel de Rafe ? Même s'il ne l'a pas confirmé, je suppose que le *Lion d'or* lui appartient.

— Moi aussi.

Selina allait au moins s'y rendre pour voir.

Elles passèrent à l'étage, mais avant qu'elles ne se retirent dans leur chambre, Beatrix toucha le bras de Selina.

— Que s'est-il passé avec Sheffield ?

— Rien.

Beatrix posa sur elle un regard incrédule.

— Il t'a emmenée en promenade sur un sentier qui semblait plutôt sombre…

Le sous-entendu était clair. Selina soutint son regard.

— Quelqu'un a crié.

Beatrix souffla.

— Bonne nuit.

Elles se séparèrent et rejoignirent leur chambre. Selina ferma la main sur le bracelet en entrant dans la sienne. S'approchant de sa coiffeuse, elle ouvrit les doigts et observa les rubis et l'or qui scintillaient à la lueur des bougies. Elle laissa tomber le bijou sur la table, puis retira ses gants.

Que se serait-il passé si le cri ne les avait pas interrompus, Harry et elle ? Un baiser, certainement. Mais y aurait-il eu plus ? L'aurait-elle autorisé ?

Le pouvait-elle ?

Selina ferma les yeux, mais elle ne laissa pas ce cauchemar vieux de douze ans envahir son esprit. À la place, elle pensa à Harry. À sa bienveillance, à son intelligence, à ses baisers.

Une liaison.

Elle devrait dire non, et tout en elle s'alarmait qu'elle le laisse s'approcher à ce point. Mais certaines parties d'elle lui disaient aussi qu'elle méritait quelque chose. Ce serait tellement agréable d'avoir un souvenir joyeux au milieu de tous les mauvais.

La lassitude l'envahit. Quand le moment serait-il enfin venu pour elle de baisser sa garde ?

Elle craignait que la réponse ne soit… *jamais*.

CHAPITRE 12

La présence de Selina dans les rêves de Harry ces deux dernières nuits, conjuguée à son absence depuis qu'il lui avait proposé une liaison, le poussait à la distraction. Tout en vaquant à ses occupations, il ne cessait de penser à elle, se demandant s'il n'était pas allé trop loin. Mais non. Elle avait admis éprouver la même attirance pour lui qu'il ressentait pour elle.

Cela ne signifiait pas pour autant qu'elle voulait s'engager dans une liaison.

Et pourtant, elle avait dit qu'elle le reverrait bientôt. Il se rendait compte que « bientôt » était une notion aussi relative que frustrante. Il n'avait jamais été particulièrement patient, surtout quand il était question de quelque chose qu'il voulait vraiment.

Peut-être pourrait-il trouver une raison de la voir. Bien qu'il n'ait jamais enseigné à quiconque comment monter à cheval, il pourrait le faire avec elle. Si elle était d'accord.

Prenant une profonde inspiration en approchant de Finch Lane, il se rappela qu'il devait se concentrer sur l'affaire en cours. Il lui fallut un quart d'heure et plusieurs entrevues pour apprendre qu'une voyante avait vécu au numéro huit, une maison qui proposait des chambres à la location. Harry frappa à la porte et attendit que le propriétaire réponde.

Un homme d'une soixantaine d'années, aux cheveux d'un blanc éclatant et aux yeux bleu foncé, lui ouvrit. Il dévisagea Harry de la tête aux pieds.

— Comment puis-je vous aider ?

— Je m'appelle Sheffield et je travaille pour Bow Street. Je voudrais vous parler d'une voyante.

Le constable sortit de sa poche un petit carnet, ainsi que son crayon.

— Vous ne voulez pas de chambre, alors ? demanda l'homme, plissant un œil. Dommage, car j'en ai une de disponible.

— Non, merci. J'aimerais en savoir plus sur une femme qui a loué une chambre récemment, une voyante.

L'homme hocha la tête.

— Madame Sybila. Je n'aimais pas ce qu'elle faisait. Je ne lui aurais jamais loué la chambre si j'avais su.

— Comment avez-vous découvert qu'elle lisait l'avenir ?

— Elle a commencé à recevoir des gens dans sa chambre, en plus des deux femmes qui venaient s'occuper d'elle.

Harry nota quelques mots, puis leva le nez vers l'homme avec intérêt.

— Était-elle malade ?

— Pas d'après ce que j'ai pu voir, mais je crois que personne n'a jamais bien vu cette diseuse de bonne aventure. Ces femmes étaient très présentes.

— Vivaient-elles ici ?

— Elles ne payaient pas de loyer ; c'était une raison de plus pour laquelle je lui ai dit de partir.

— Donc, elles restaient ici ? demanda Harry impatiemment.

— Je ne pourrais pas l'affirmer avec certitude, mais c'est fort possible.

— Connaissez-vous leurs noms ?

L'homme fronça les sourcils.

— Blackwell, peut-être ? Ou Blakewell ? Blakely ? Quelque chose comme ça.

— Pourriez-vous les décrire ?

Se renfrognant, l'homme réfléchit un instant.

— Il me semble que l'une d'entre elles était grande. Ou peut-être tout simplement que l'une était petite. Je ne me souviens pas très bien.

Harry nota les souvenirs troubles de l'homme.

— Madame Sybila a-t-elle laissé quelque chose après son départ ?

— Je n'ai rien trouvé. En tout cas, elle était plutôt soignée. Hormis son comportement de païenne, c'était une bonne locataire. Mais je ne peux pas supporter ces saletés impies.

— Vous aurait-elle par hasard dit où elle a déménagé ?

— Non, et je n'ai pas demandé. Bon débarras !

Après avoir refermé son carnet, Harry le remit dans son manteau avec le crayon.

— Merci pour votre temps.

Le constable s'éloigna de la pension de famille et balaya la rue du regard. Il pouvait mener d'autres recherches. Quelqu'un aurait certainement vu les femmes qui rendaient visite à Madame Sybila, ou qui logeaient chez elle.

Malheureusement, il n'avait pas de temps pour cela maintenant. Il devait se rendre à Saffron Hill pour enquêter sur les informations qu'on lui avait transmises à Spring Hollow l'autre soir. Si son rendez-vous avait été empêché par le vol du bracelet de la femme, l'informateur avait retrouvé Harry plus tard. Il avait chargé un valet de pied de lui demander de le rejoindre.

D'âge moyen, avec un comportement nerveux, l'informateur avait refusé de donner son nom au constable. Il avait déclaré que le Vicaire n'était pas l'auteur de l'incendie de Saffron Hill, mais que tout le monde avait reçu l'ordre de le prétendre. Quand Harry l'avait interrogé pour en apprendre davantage, l'homme avait fait montre d'une ignorance frustrante. Il ne savait pas qui avait demandé à tout le monde de dénoncer le Vicaire, pas plus qu'il ne savait *qui* avait déclenché l'incendie. Il ne pouvait pas non plus fournir une description du Vicaire. Et, bien entendu, il n'avait pas voulu dire comment il avait obtenu cette information ni pourquoi il avait choisi d'en faire part à Harry. Toute cette rencontre avait laissé le constable agacé et plus que sceptique.

Néanmoins, il se rendait à Saffron Hill pour voir ce qu'il pouvait apprendre. Il héla un fiacre et lui demanda de le déposer près du lieu de cet incendie vieux de quatre ans. Un nouveau bâtiment avait été construit à cet endroit. Un marchand de vêtements occupait le rez-de-chaussée.

Harry ferma brièvement les yeux et vit les restes calcinés du bordel où le chef redouté de la clique qui contrôlait ce quartier, ainsi que son bras droit, avait péri en même temps que plusieurs enfants et jeunes femmes. Cillant, il observa la rue animée qui l'entourait. Des femmes faisaient des courses, des hommes entraient dans une taverne, et des enfants… Il y avait tant d'enfants ! Trop, en fait. Harry devinait qu'une bonne partie d'entre eux étaient orphelins, ou peut-être n'avaient-ils qu'un seul parent qui ne pouvait pas subvenir à leurs besoins. Certains mendiaient, tandis que d'autres arboraient un air hautain et défiant en se tenant debout en petits groupes.

Tout en marchant, Harry réfléchissait à ce que lui avait dit l'informateur, à savoir que quelqu'un avait donné l'ordre aux habitants de Saffron Hill de dire que le Vicaire avait déclenché l'incendie. Qui avait le pouvoir de les convaincre tous de répéter cette histoire ? Le feraient-ils encore ? Il n'y avait qu'un seul moyen de le savoir.

Harry entra dans la boutique d'un cordonnier située à quelques bâtiments de l'endroit où se trouvait autrefois le bordel. Le propriétaire était l'un des témoins qui avaient rapporté avoir vu le Vicaire quitter les lieux.

Le magasin était petit, mais bien tenu. Alors que Harry se dirigeait vers le comptoir, un homme aux cheveux bruns coupés courts lui adressa un regard méfiant. Bien que quatre années se soient écoulées, le constable reconnut aussitôt le cordonnier qu'il avait interrogé.

— Bonjour, monsieur Gregson, le salua Harry avec un sourire.

Le cordonnier plissa les yeux.

— Je vous connais ?

Harry avait relu ses notes ce matin-là, il se souvenait donc précisément de ce que Gregson lui avait dit.

— Nous nous sommes parlé il y a plusieurs années, après l'incendie qui s'est produit de l'autre côté de la rue. J'étais constable à Hatton Garden. Maintenant, je travaille pour Bow Street.

Le regard de l'homme resta prudent.

— Comment puis-je vous aider ?

— Je suis ici pour vous poser de nouvelles questions au sujet de cet incendie. À l'époque, vous m'aviez dit que c'était un homme appelé le Vicaire qui l'avait déclenché. J'ai reçu de nouvelles informations, qui me poussent à rouvrir l'enquête. Sur le moment, vous étiez convaincu que le Vicaire était l'incendiaire. Cependant, la description que vous avez faite de lui ne correspond à celle de personne d'autre. En fait, tout le monde semble avoir un souvenir légèrement différent de l'apparence de cet homme, dit Harry en penchant la tête sur le côté. Quelqu'un vous a-t-il demandé de dire que c'était cet homme le responsable ?

Gregson pâlit. Il déglutit avec difficulté, mais il hésita à parler. Harry attendit patiemment, laissant le silence gênant pousser le cordonnier à dire la vérité. Il finit par croasser :

— Non.

Le constable fit claquer sa langue en secouant la tête.

— Ce n'est pas ce que j'ai entendu. En tant qu'homme de loi, je vous rappelle l'importance d'un témoignage honnête, monsieur Gregson.

— Tout le monde disait que c'était le Vicaire.

L'homme sembla vouloir hausser les épaules, mais son geste ressemblait davantage à un tressaillement, comme s'il essayait physiquement de se retenir de parler.

— Vous vous êtes contenté de faire comme tout le monde ? lui demanda Harry. Je peux comprendre cela. Il est difficile d'être la seule personne à ne pas dire la même chose que les autres.

Les yeux de l'homme s'écarquillèrent et restèrent ainsi, lui donnant l'air incroyablement effrayé. Harry poursuivit.

— Cela vous aiderait-il de savoir que j'ai déjà interrogé quelqu'un qui m'a expliqué qu'on lui avait ordonné de dénoncer le Vicaire ?

Gregson souffla, mais il arborait toujours une expression inquiète.

— Qui vous a dit ça ?

Sheffield se pencha au-dessus du comptoir.

— Ce ne serait pas juste envers lui, n'est-ce pas ? L'incendie date d'il y a si longtemps ! Les personnes qui s'y intéressaient à l'époque ne s'en soucient sûrement plus aujourd'hui.

— S'il vous plaît, ne me demandez plus rien, le supplia l'homme.

— Alors, adressez-moi à quelqu'un d'autre qui me dira quelque chose. Sinon, je vous emmènerai à Bow Street pour un interrogatoire.

La peur se lisait à nouveau dans les yeux de Gregson.

— Ce n'était pas le Vicaire. Je ne sais même pas qui c'est.

— Qui dirige cette zone maintenant ? l'interrogea Harry.

— Frost.

Gregson se recroquevilla, comme si prononcer ce nom pouvait le blesser physiquement.

— Où puis-je trouver ce Frost ?

Le cordonnier secoua la tête.

— C'est tout ce que je sais. Je vous en prie, monsieur, le supplia-t-il.

Il n'avait pas précisé ce qu'il voulait, mais il était clair pour Harry qu'il voulait que le policier s'en aille et ne revienne jamais dans sa boutique.

— Je m'en irai dans un instant, confirma-t-il d'un ton bienveillant. À qui d'autre puis-je parler ?

Avec un peu de chance, son sous-entendu était limpide : *donnez-moi un nom et je vous laisserai tranquille.*

— Maggie. Elle tresse des paniers un peu plus loin dans la rue, dit Gregson en faisant un geste vers la gauche avec son pouce.

— Se souvient-elle de l'incendie ?

Le cordonnier acquiesça d'un hochement de tête.

— Elle était dans le bâtiment.

Harry fronça les sourcils.

— Merci pour votre… coopération. Je suis navré que vous ayez si peur. Personne ne devrait avoir à vivre ainsi.

Celui qui terrifiait ainsi les habitants de ce quartier devait être traduit en justice, et Harry ferait de son mieux pour que cela se produise. Peut-être n'aurait-il pas à chercher plus loin que ce Frost.

Le policier sortit de la boutique et tourna à gauche. Marchant le long de la rue, il finit par apercevoir la vannière assise à l'angle d'une boutique qui vendait de la vaisselle. Elle devait avoir quatorze ans, et elle était vêtue d'une robe pâle et miteuse à la couleur indéterminée. Ses cheveux noirs tombaient lâchement sur ses épaules pendant qu'elle tressait un panier sur ses genoux.

Harry s'approcha d'elle.

— Combien pour un panier ?

Elle ne leva pas les yeux sur lui, et ses doigts continuèrent à tisser.

— Trois pence.

S'accroupissant à côté d'elle, Harry sortit un shilling*.

— Puis-je te poser une question au sujet de l'incendie qui a eu lieu là-bas ? s'enquit-il, jetant un regard vers l'endroit où se tenait autrefois le bordel.

La main de la fille s'immobilisa, et son regard se posa sur la pièce qu'il lui montrait.

— Je crois.

— J'ai cru comprendre que tu étais à l'intérieur du bâtiment, dit-il en plaçant la pièce dans son panier. De quoi te souviens-tu ?

Elle s'empara du shilling, le leva et plissa les yeux pour l'observer. Apparemment satisfaite, elle l'enfonça dans un objet caché sous l'encolure de sa robe.

— J'étais en bas, et j'essayais de laver le visage de mon frère. J'ai senti de la fumée, mais j'étais trop occupée avec lui. Quand quelqu'un a crié qu'il y avait un feu, je l'ai pris dans mes bras et je l'ai porté dehors.

— Sais-tu où a commencé l'incendie ?

Maggie secoua la tête et se remit à tisser.

— Et la personne qui l'a déclenché… sais-tu de qui il s'agit ? l'interrogea Sheffield.

— Tout le monde dit que c'était le Vicaire.

— C'est ce que j'ai compris. L'as-tu vu ?

____

* NdT : Équivalent de douze pence, avant la décimalisation de la monnaie en 1965.

Maggie secoua à nouveau la tête.

— Sais-tu qui est le Vicaire ?

Elle leva le nez vers Harry.

— Il travaillait pour Partridge. Comme nous tous.

— Que faisais-tu pour lui ? demanda Harry, mais il était presque certain de le savoir.

— En général, je faisais croire que mon frère était malade : je lui donnais l'air vraiment sale et les gens avaient pitié.

— Ils te donnaient de l'argent.

Elle devait sans doute gagner un montant minimum chaque jour pour satisfaire aux exigences de Partridge. Sur son hochement de tête, Harry poursuivit.

— Étais-tu heureuse quand Partridge est mort ?

Elle leva les yeux vers le policier, une pointe de peur dans le regard.

— Tout va bien, la rassura Harry en hochant la tête d'un air encourageant. Tu travailles pour Frost maintenant ?

Elle secoua la tête une troisième fois, mais bien plus vigoureusement.

— Mais mon frère, oui.

— Où puis-je trouver ton frère ?

Se remettant à l'ouvrage, elle haussa les épaules.

— Il est dans les parages.

— Une dernière question, et je te laisse tranquille, Maggie. Sais-tu qui a dit à tout le monde que c'était le Vicaire qui avait déclenché l'incendie ?

Elle secoua la tête une quatrième fois, la moins convain-cante de toutes, car elle hésita un bref instant. Harry n'avait pas l'intention d'insister.

— Merci, Maggie. Je travaille à Bow Street. Si tu veux venir me parler, j'en serai honoré. À propos de n'importe quoi. Je pourrais peut-être même t'aider.

Il songea au foyer des Winter, et au fait qu'un tel environnement pourrait transformer la vie de Maggie. *Bon sang!* Winter et Madame Sybila l'avaient-ils conquis ?

Non. Mais Selina, oui. Elle croyait au foyer pour enfants égarés, et il commençait à y croire aussi.

Harry donna un autre shilling à Maggie avant de se lever et de consulter sa montre à gousset. Il devait retourner à Bow Street pour une réunion. Il repartit à pied à Holborn avant de héler un fiacre.

Lorsqu'il arriva à la cour des magistrats, il croisa Remy qui arrivait lui aussi.

— Bonjour, Sheff, dit-il en guise de salut. Où étais-tu aujourd'hui ?

— Je reviens de Saffron Hill, lui annonça Harry alors qu'ils entraient dans le bâtiment.

— As-tu appris quelque chose ?

Sheffield s'arrêta et se tourna vers Remy.

— Que sais-tu au sujet d'un homme nommé Frost ?

Remy haussa les épaules.

— J'ai entendu ce nom. Pourquoi ?

— Il semble qu'il ait repris l'ancien territoire de Partridge.

— Ce n'est pas vraiment de notre ressort, étant donné la proximité avec Hatton Garden, remarqua Remington, faisant référence à la cour des magistrats la plus proche de Saffron Hill.

— Je prévois de m'y rendre et de discuter avec Thorpe.

C'était l'un des constables de Hatton Garden avec lesquels Harry avait travaillé.

— Je connais quelqu'un à Shoe Lane. Je vais voir ce que je peux apprendre.

Une vague d'impatience envahit Harry. Il adorait la traque.

— Cela t'ennuierait-il que je t'accompagne ?

— Moi, non, mais mon informateur, oui. Il ne parlera pas si j'amène quelqu'un.

— *Flûte !*

Mais Harry comprenait. Certains de ses propres informateurs réagissaient de la même manière.

— Nous ferions mieux de nous dépêcher, sinon nous serons en retard, remarqua Remington.

Alors qu'ils se dirigeaient vers l'escalier, Harry rédigea dans sa tête un mot à l'intention de Selina, lui demandant si elle souhaitait prendre une leçon d'équitation. Elle pourrait utiliser la vieille selle d'amazone de sa mère, et il emprunterait un cheval à un ami. Tout ce dont il avait besoin, c'était de l'accord de Selina.

Pour la leçon, mais, avec un peu de chance, pour sa proposition.

~

Rafe avait eu raison. Selina s'était rendue chez le receleur de Shoe Lane et avait vendu le bracelet que Beatrix avait volé à un très bon prix. Lui avait-on donné davantage sur ordre de Rafe ? Probablement. Mais Selina s'en moquait. Pour elle, ce n'était pas la même chose que de lui prendre de l'argent sans contrepartie.

Une fois l'argent caché dans une poche intérieure de sa robe et son pistolet rangé dans son réticule, Selina se sentit en sécurité alors qu'elle se dirigeait vers sa prochaine destination, qui n'était pas le Strand. Madame Sybila avait rencontré quelques clientes plus tôt, mais elle profitait maintenant de son après-midi pour faire des courses personnelles. Du moins, c'était ce que Mme Kinnon dirait à ceux qui viendraient la demander.

La veille, Selina avait eu besoin d'une autre excuse, que Madame Sybila ne se sentait pas bien, pour pouvoir assister à une réunion de la Société des femmes de tête chez une nouvelle amie. Réunissant un petit groupe de femmes avant-gardistes, cette société avait pour but de célébrer la féminité et l'indépendance, quel que soit le sens que l'on donnait à ces termes. Elles espéraient également accomplir quelque chose de significatif pour les femmes, mais ce projet n'avait pas été exploré, car la réunion avait été écourtée en raison d'un incident impliquant un chaton.

Selina attendait avec impatience leur prochaine réunion, dans l'idée de créer une organisation caritative qui soutiendrait la cause féminine. Cela pourrait être la réponse qu'elle cherchait, un moyen de subvenir à ses besoins sans avoir à incarner Madame Sybila ou à voler et à escroquer les gens. En outre, ce projet présentait l'avantage d'être une véritable œuvre de bienfaisance qui aiderait les femmes et peut-être aussi les enfants. Oui, c'était un sujet pour lequel Selina pourrait nourrir un attrait… une passion.

Ce qui l'avait motivée jusque-là, c'était l'idée de retrouver son frère. Et maintenant qu'il était là, elle ne ressentait ni le triomphe ni l'exaltation qu'elle avait espérés et attendus. Le frère dont elle se souvenait était comme mort. Dix-huit ans, c'était long. Ils étaient adultes maintenant, totalement différents de la dernière fois qu'ils avaient vécu ensemble. Ce rêve qu'elle avait caressé pendant si longtemps, celui de retrouver cette famille qu'elle avait eue autrefois, était lui aussi comme mort.

Tu as une famille. Tu as Beatrix.

Oui, elle avait Beatrix, mais pour combien de temps ? Elle était en passe de devenir la coqueluche de la saison. Les invitations s'étaient multipliées grâce à l'influence de lady Aylesbury, et la veille, elles avaient rencontré la marquise de Ripley, ce qui ne pouvait qu'aider la cause de Beatrix. Il était possible que le père de la jeune fille la reprenne. Il ne la reconnaîtrait jamais officiellement comme telle, bien sûr, car c'était une ordure, mais il pouvait veiller à ce qu'elle ait une bonne situation.

Et lui offrir l'approbation et l'amour dont elle avait besoin.

Que ferait Selina ? Surtout si Beatrix finissait par épouser à un riche gentleman ?

Elle se retrouverait seule, et personne ne dépendrait plus d'elle. Selina pourrait faire exactement ce qu'elle voudrait. La proposition de Harry, si présente à son esprit ces derniers jours, lui revint à l'esprit. Elle devait prendre une décision.

Comme si tu ne l'avais pas déjà fait.

Mais avait-elle vraiment le courage nécessaire ? Écartant ce sujet de ses pensées, comme elle l'avait fait sans relâche depuis qu'il avait posé la question, Selina accéléra le pas. Le dôme de Saint-Paul apparut, ce qui signifiait qu'elle était proche d'Ivy Lane.

Empruntant une ruelle, elle se rendit à l'entrée arrière de la maison qui abritait le foyer pour enfants égarés et frappa à la porte. Après de longs moments, elle s'ouvrit enfin sur Theresa. Elle fixa Selina, les yeux vitreux.

— Pourquoi es-tu là ?

— Tu es ivre, remarqua Selina en la dépassant pour entrer. Où est Luther ?

— À l'étage. Tu as de la chance qu'il soit encore là. Il était sur le point de partir.

— Sois gentille, et va le chercher, s'il te plaît, lui demanda Selina, s'efforçant de sourire. N'oublie pas qui te paie pour t'accorder un peu de répit par rapport à ton véritable métier.

Theresa s'essuya le nez avec la main, plissant légèrement les yeux.

— Qui a dit que je prenais du répit ?

Bon sang ! Selina lui adressa un regard meurtrier.

— J'espère pour toi que tu ne reçois pas de clients ici.

Avec un haussement d'épaules, Theresa partit vers l'avant de la maison. Selina la suivit, et elle entra dans le salon tandis que l'autre femme gravissait les escaliers.

Quelques instants plus tard, Luther la rejoignit.

— Selina, mon amour.

Il sourit largement en s'approchant d'elle, ses yeux d'un noir profond scintillant. Elle lui rendit son sourire, relâchant la tension que Theresa avait provoquée.

— J'espère que tu surveilles ton « épouse » de près.

Luther agita la main.

— Elle est inoffensive.

— Elle est ivre.

— Je l'ai laissée boire du gin aujourd'hui. Ce n'est que la deuxième fois depuis que nous sommes arrivés ici.

Selina en doutait. Theresa avait semblé au moins un peu confuse quand elle était venue avec Harry.

— Eh bien, ne lui en donne plus, répliqua-t-elle.

Selina prit ensuite une grande inspiration, et elle fixa Luther d'un regard ferme.

— Je crains que tu n'aies encore une épreuve à passer.

— Je serai heureux de le faire pour toi, dit-il en lui prenant la main. Raconte-moi.

Il la guida jusqu'au canapé et la fit s'asseoir à ses côtés.

Selina lâcha la main de Luther et se tourna vers lui. Il se rapprocha davantage, ce à quoi elle aurait dû s'attendre. Il ne faisait pas le moindre effort pour dissimuler l'intérêt qu'il lui portait et qui n'avait pas faibli en dix-huit ans. Elle lui avait demandé, sur le ton de la plaisanterie, si cela signifiait qu'il était resté célibataire en l'attendant. Rougissant, il s'était excusé, car il ne l'avait pas fait. Elle lui avait alors assuré que ce n'était pas du tout nécessaire, d'autant plus qu'elle s'était mariée ; elle lui avait raconté le même mensonge qu'à tout le monde. Sauf à son frère, apparemment. Peut-être faisait-elle finalement un peu confiance à Rafe.

Se concentrant sur l'objectif de sa venue, Selina dit :

— Vendredi après-midi, Madame Sybila amènera un groupe de ladies de la bonne société pour visiter le foyer. Toi et Theresa, si elle est sobre, vous devrez leur montrer les enfants, et discuter de vos projets d'agrandissement. Je pense que l'une d'entre elles pourrait suggérer une cotisation régulière. Nous ne voulons pas d'une telle chose, alors il faudra détourner la conversation autant que possible.

Il passa son bras le long du dossier du canapé, de sorte que sa main repose près de l'épaule de Selina.

— Il n'y aura aucun problème. Je suis ravi de faire tout ce qui est en mon pouvoir pour t'aider.

— J'espère que cette visite nous permettra de récolter suffisamment de dons pour mettre un terme à cette escroquerie. Tu devrais pouvoir retrouver ta vie normale d'ici la fin de la semaine, lui dit-elle, le dévisageant un moment. À quoi ressemble ta vie normale, d'ailleurs ?

Luther se rapprocha, et ses lèvres s'entrouvrirent ; il semblait attendre quelque chose.

— Pourquoi veux-tu le savoir ? Je me débrouille bien, Lina. Assez pour subvenir aux besoins d'une épouse, ajouta-t-il en lui adressant un clin d'œil.

Oh, bon sang ! Elle ne voulait pas affronter ça, pas ce jour-là. Elle n'aurait jamais dû lui poser de question sur sa vie.

— Alors tu devrais t'en trouver une. Et envisager de laisser cette vie derrière toi.

Il cligna des yeux, et ses longs cils sombres balayèrent ses yeux magnétiques. Il avait toujours été beau. Toutes les filles que connaissait Selina s'étaient imaginées être amoureuses de lui. Mais la seule à laquelle il avait jamais accordé d'attention particulière, c'était elle. Elle l'avait sans doute trouvé séduisant, comme une fille de onze ans pourrait trouver un garçon de treize ans attirant. Il la faisait rire et lui apportait de temps en temps une pâtisserie qu'il avait volée à un marchand.

Ce jour-là, cependant, il était pour elle un étranger au même titre que son frère, d'autant plus qu'elle n'avait pas passé beaucoup de temps à penser à lui au cours des dix-huit dernières années. Contrairement à Rafe, qui lui avait tant manqué et qu'elle avait espéré retrouver.

— Comme si *toi*, tu avais laissé ton passé derrière toi, la taquina-t-il d'une voix douce.

Pendant des années, c'était exactement ce qu'elle s'était raconté. Mais comment cela aurait-il pu être possible alors qu'elle était toujours impliquée dans des activités criminelles ? Le dégoût monta en elle, et elle ravala un sentiment de panique. Elle se raidit pour tenter de reprendre le contrôle de ses émotions.

— Oublie ce que j'ai dit.

Elle se leva, impatiente de se mettre en route.

Il se leva aussi, se tenant tout près d'elle et la dominant de toute sa hauteur.

— Je suis heureux de savoir que tu t'intéresses à moi, lui dit-il, levant la main pour lui caresser la joue.

La vision d'une vie normale surgit dans l'esprit de Selina. Elle n'incluait pas Luther, mais Harry. Il travaillait comme constable tandis qu'elle s'occupait de leur maison et d'œuvres de charité, qu'elle aidait des femmes et des enfants par des moyens honnêtes. Pas comme ce qu'elle avait fait. Ce qu'elle continuait à faire. Combien de temps encore pourrait-elle poursuivre ainsi ? Il apparaissait de plus en plus évident que l'heure des comptes ne tarderait pas à sonner.

— Selina ? l'appela Luther, fronçant les sourcils tout en lui caressant le visage.

Elle voulait lui dire qu'il n'y avait pas d'avenir possible entre eux, mais Luther pouvait se montrer instable, et elle avait besoin de lui jusqu'à vendredi, au moins. Elle avait hâte que tout ce stratagème soit terminé.

Elle esquissa un sourire reconnaissant.

— Merci de m'aider. Vraiment.

Tournant les talons, elle se précipita hors du salon aussi

vite qu'elle l'osait, puis franchit la porte d'entrée donnant sur Ivy Lane. Trop tard, elle se rendit compte de sa bêtise. Elle commettait rarement des erreurs, mais lorsque c'était le cas, elles étaient souvent très importantes.

Celle-ci ne faisait pas exception, car Harry Sheffield se tenait de l'autre côté de la rue et la regardait fixement.

CHAPITRE 13

Harry cligna des yeux, se demandant s'il voyait bien. Mais il n'y avait pas d'erreur. Il ne pourrait pas confondre Selina avec une autre femme. Son visage et sa silhouette lui étaient bien trop familiers. Il les voyait même quand elle n'était pas en face de lui, de l'autre côté de la rue.

Que diable faisait-elle ici ?

Il traversa Ivy Lane, et elle l'accueillit avec un sourire.

— Quelle coïncidence de te croiser ici ! s'exclama-t-elle. Je viens de déposer un autre don. Je crains de m'être montrée incapable d'attendre ta prochaine visite au foyer. J'ai été très touchée par tous leurs efforts.

Elle s'interrompit, et inclina la tête sur le côté.

— Que fais-tu ici ? Je ne peux pas croire que *tu* vas faire un don. Je ne suis toujours pas convaincue que tu croies qu'il s'agit d'une véritable organisation caritative.

— Je ne viens pas faire de don. Je suis venu pour garder un œil sur cet endroit, car je n'étais pas encore convaincu de leur légitimité.

— Qu'espères-tu trouver ? s'enquit-elle. Qu'ils sont

partis ? Je te rassure, M. Winter est à l'intérieur. Voudrais-tu lui parler ?

Harry secoua la tête.

— Ce ne sera pas nécessaire. Je pense que tu m'as fait changer d'avis.

— Vraiment ? Tu me sembles encore un peu sceptique.

— Ma mère prévoit d'emmener des amies visiter le foyer. Il me semble qu'elle a parlé de vendredi. Elle m'a invité à me joindre à elles, mais j'ai décliné. Je ne veux pas qu'elle sache que je suis déjà venu.

— Parce qu'elle apprendrait alors que tu espionnes ses activités.

Harry lui offrit son bras.

— Et si nous marchions ?

— Avec plaisir.

Selina enroula sa main autour de la manche de Harry et marcha à ses côtés, rappelant aussitôt au constable pour quelle raison elle n'avait pas quitté ses pensées depuis le samedi soir. Et même avant cela, en réalité.

— Je n'espionne pas. J'enquête. Parce que je tiens à elle.

— Et aussi parce que ton père te l'a demandé, précisa-t-elle, et elle rit doucement en entendant Harry souffler brusquement. Tu essaies d'être un bon fils. C'est difficile quand tes parents ont un désaccord entre eux. Peut-être devrais-tu dire à ton père de mener ses propres investigations. En fait, il devrait même accompagner ta mère vendredi.

Harry aurait dû y penser lui-même.

— Ce n'est pas une mauvaise idée. Je lui en parlerai au dîner de jeudi, répondit-il, puis il jeta un regard à son profil, admirant sa beauté autant que son cœur. Qu'est-ce qui t'a poussée à faire un nouveau don à M. Winter aujourd'hui ?

Elle ne répondit pas immédiatement, comme si elle choisissait ses mots.

— En tant qu'orpheline, je suppose que leur sort me touche plus profondément que la plupart des autres.

— Mais ta situation était sûrement différente, répondit-il, et il la sentit se raidir.

— Je préfère laisser le passé là où est sa place : dans le passé.

Selina tourna brièvement la tête et afficha un bref sourire. Toutefois, il perçut la tristesse qui se cachait derrière.

Posant la main sur celle de la jeune femme pendant qu'ils marchaient, il dit :

— Selina, j'aimerais tout savoir sur toi. J'espère qu'un jour, tu me raconteras ce que tu as vécu.

— Je le ferai peut-être.

Peut-être. Ce n'était pas un refus.

Harry décida de changer de sujet dans l'espoir qu'elle se détende un peu. Il sentait la tension qui l'habitait.

— J'ai appris des choses sur l'incendie.

— Tu as de nouvelles informations ?

— Oui. Après ton départ de Spring Hollow, j'ai rencontré l'informateur. Il m'a dit que tout le monde à Saffron Hill avait reçu l'ordre d'affirmer que c'était le Vicaire qui avait mis le feu.

Elle marqua une courte pause.

— C'est… c'est stupéfiant. Qui aurait le pouvoir de faire dire la même chose à tout le monde.

— Je me posais la même question ; je me suis donc rendu à Saffron Hill hier. J'ai discuté avec un cordonnier que j'ai interrogé il y a quatre ans. Il était plutôt nerveux, mais il m'a donné un nom, celui de l'homme qui est sans doute le chef de cette clique. Frost.

Selina s'arrêta de nouveau et se tourna face à lui.

— Sais-tu qui est cet homme ?

Harry secoua la tête.

— Non, mais je le trouverai.

— Tu penses qu'il a ordonné à tout le monde de dire que le Vicaire était l'incendiaire ?

— C'est possible. S'il a pris le pouvoir après la mort de Partridge dans l'incendie, il a sans doute des informations. Et il avait assurément tout à gagner de la mort de Partridge.

— C'est ce qu'il semble, murmura-t-elle, et il sentit qu'elle était en train de réfléchir.

Elle se remit en marche.

— Quoi ? demanda Harry.

Selina lui jeta un regard en coin.

— Puis-je t'aider dans ton enquête, d'une manière ou d'une autre ?

— Je ne vois pas comment. Mon ami Remington, qui est constable, a un contact à Shoe Lane, alors j'espère qu'il pourra apprendre quelque chose d'utile.

— Eh bien, si tu penses à une façon dont je pourrais t'aider, j'en serais ravie. Je sais que c'est important pour toi.

— Merci, j'apprécie.

Selina regarda autour d'elle.

— Où allons-nous ?

Harry sourit.

— Apparemment, nous avons pris l'habitude de marcher ensemble, ce qui me plaît beaucoup. Où devrions-nous aller ?

Il marqua une pause et se tourna légèrement pour la regarder.

— Je ne sais pas…

— J'avais prévu de t'envoyer une invitation pour une leçon d'équitation, mais j'ai bien peur de ne pas pouvoir organiser cela pour cet après-midi, expliqua-t-il.

Il l'observa, guettant un signe qui indiquerait que c'était le genre de chose qui l'intéresserait.

— Cela te plairait-il ?

— Je n'ai jamais pensé à monter à cheval. Il est sûrement trop tard pour apprendre.

— Jamais. Je considérerais comme un privilège d'être ton professeur.

Le regard de la jeune femme s'adoucit.

— Harry. Tu es trop gentil.

Il faillit rire.

— Voilà bien une chose dont on ne m'a jamais accusé.

Elle arbora un sourire immense.

— J'accepte ton invitation, affirma-t-elle en le regardant droit dans les yeux. *Et ta proposition.*

L'avait-il bien entendue ?

— Ma proposition… ? Tu souhaites avoir une liaison ?

Elle acquiesça, et ce simple geste déclencha chez Harry un élan de désir.

— Nous devrions prendre un fiacre.

Elle se tourna et reprit sa marche vers Newgate. Souhaitait-elle commencer leur liaison *maintenant* ? Lorsqu'ils atteignirent la rue, il héla un fiacre.

— Où allons-nous ? s'enquit-il, et sa voix se brisa légèrement alors que le désir enflait en lui.

Le regard de Selina, d'une intensité saisissante, croisa le sien.

— Chez toi. Si cela te convient.

Harry déglutit, pensant avoir mal entendu, tout en sachant que ce n'était pas le cas. Le regard qu'elle lui adressa était ferme et sûr, et nourrit son âme.

— Bien sûr que cela me convient.

C'était même fantastique.

Il donna son adresse au cocher et aida Selina à monter dans le véhicule. Une fois qu'ils furent installés à l'intérieur, et qu'ils se mirent en route, il prit la parole.

— La jeune femme, Mercy, qui est morte dans cet incendie… je l'avais rencontrée quelques mois plus tôt. Elle essayait de changer de vie, et j'ai voulu l'aider.

Il songea à Maggie, la tisseuse de paniers, et il se rendit

compte qu'il voulait l'aider de la même manière. Celle dont Selina voulait soutenir les enfants confiés aux soins des Winter.

— Je venais juste de trouver une couturière qui avait accepté de la prendre comme apprentie.

— C'est tout ce qu'elle était pour toi ? demanda Selina. Une œuvre de charité ?

— Non, elle était bien plus que cela. Gentille, intelligente, belle.

— Tu tenais à elle, alors ?

Il hocha la tête.

— Il n'y avait pas de forte attirance, lui dit-il en la fixant d'un regard douloureux. Pas comme avec toi. Mais pendant longtemps, je me suis demandé si cela aurait pu être le cas. Si elle n'était pas morte.

— C'était généreux de ta part de l'aider. La plupart des gens ignorent les jeunes femmes comme elle… et les enfants.

— Tu es incroyablement affectée par ces gens et leurs difficultés. Tu sembles ressentir vivement leur malheur. Je sais que tu étais orpheline, mais tu n'as certainement pas été confrontée aux mêmes difficultés qu'eux.

Elle détourna le regard et la tête, de sorte qu'il voyait à peine son profil.

— Et si c'était le cas ? demanda-t-elle à voix basse.

Qu'était-elle en train de dire ? Qu'elle avait grandi comme Mercy ou les enfants du foyer Winter ?

— Mais tu es allée à l'école.

— C'est grâce à un heureux hasard et à un élan de générosité que Beatrix et moi avons été acceptées au séminaire pour ladies.

Il pensait qu'elle allait en dire plus, mais elle n'en fit rien. Ils roulèrent en silence pendant quelques minutes, durant lesquelles Harry sentit son anxiété. Regrettait-elle sa décision d'aller chez lui ?

— Selina, à tout moment, si tu préfères rentrer chez toi, je t'y conduirai

Elle ne le regardait toujours pas.

— Merci. Je n'hésiterai pas à te le dire si c'est le cas.

Il y avait une certaine sécheresse dans le ton de Selina qui le fit sourire.

— Je ne t'imagine pas faire autrement, répondit-il avant de se pencher plus près et de murmurer. C'est une qualité plutôt captivante.

Elle tourna la tête vers lui, rapprochant leurs lèvres de façon tentante.

— Vraiment ? La plupart des hommes ne seraient pas d'accord, répliqua-t-elle, et son regard se posa sur la bouche de Harry. Mais tu n'es pas la plupart des hommes.

— Non.

— C'est pourquoi je vais chez toi.

Ses cils s'agitèrent tandis que leurs yeux se croisaient une fois encore, juste avant qu'elle ne presse ses lèvres sur celle de Harry.

Il leva la main pour la poser sur son visage, caressant sa joue avec son pouce tout en lui rendant son baiser. Soudain, il ne pensa plus à son enquête ni au passé, il ne resta plus que ce moment, cette sensation délicieuse.

L'odeur d'orange et de chèvrefeuille de Selina emplit ses sens, attisant son désir. Elle glissa la main sous son manteau et s'agrippa à son flanc, l'attirant plus près. La langue de la jeune femme glissa contre la sienne tandis qu'ils approfondissaient le baiser, chacun cherchant à aller plus loin.

Harry s'abandonna à la passion qui bouillonnait entre eux. Elle était là depuis le moment où elle avait trébuché dans ses bras… du moins, pour lui. Selina était la femme la plus singulière et la plus énigmatique qu'il ait jamais rencontrée. Peut-être était-ce ce qui l'avait attiré chez elle. Elle était un mystère à découvrir. Et à cet instant même, il en retirait une autre couche. Ou bien était-ce elle qui révélait la suivante ?

Alors qu'ils s'embrassaient, elle se tourna sur le siège. Il passa son autre bras derrière elle et la plaqua dans le coin du véhicule, se plaçant au-dessus d'elle. Il lui caressa la mâchoire et le cou, puis posa sa main à la naissance de sa gorge. Il aurait pu sentir sa peau s'il n'avait pas porté ses maudits gants. Bientôt, espérait-il, il n'y aurait plus rien entre eux. Il devint complètement dur à cette idée.

Elle remonta son autre main pour saisir sa tête, le maintenant contre elle pendant qu'elle explorait sa bouche, le taquinant de ses lèvres et de sa langue. Leur baiser était féroce et délicieux, enflammant Harry d'un besoin irrépressible.

Il passa son pouce le long du cou de Selina, puis ses lèvres suivirent ce chemin, embrassant sa chair. Elle cambra le dos avec un doux gémissement. Harry fit descendre sa main, caressant son sein. Elle inspira brusquement alors que ses doigts s'enfonçaient dans la nuque du constable. Il écarta les doigts, la serrant légèrement à travers les couches gênantes de ses vêtements.

Elle remua sous lui ; son corps se cambrait, avide. Harry se plaqua contre elle, ses hanches rencontrant celles de Selina.

L'encolure de sa robe de marche l'empêchait de l'embrasser plus bas que son cou. Il écarta sa bouche pour la regarder.

Selina ouvrit les yeux, et Harry se rassit. Elle fronça les sourcils.

— Pourquoi t'es-tu arrêté ?

— Nous sommes presque arrivés.

Elle se redressa à son tour, et lissa sa robe sur ses jambes. Il remarqua alors que sa main tremblait. Alarmé, il la serra dans la sienne.

— Qu'est-ce qui ne va pas ?

Elle tourna la tête au moment où le fiacre s'arrêta. Maudissant en silence cette interruption, Harry ouvrit la portière et sauta hors du véhicule. Il paya le cocher, puis aida Selina à sortir.

Ils se tenaient à l'entrée de la ruelle derrière la rangée de maisons mitoyennes où se trouvait la sienne. Il voulait passer par l'arrière pour des raisons d'intimité.

Lui prenant à nouveau la main, il se rapprocha d'elle tandis que le fiacre s'éloignait sur les pavés.

— As-tu changé d'avis ?

— Non. C'est juste que… je n'ai pas fait ça depuis très longtemps. Mon mari… Nous ne…

— Oh ! Eh bien, ce n'est pas grave. Nous irons très lentement. Ou bien, nous pouvons attendre jusqu'à ce que tu sois à l'aise.

Elle leva les yeux vers lui et toucha doucement sa mâchoire, le bout de ses doigts gantés effleurant sa peau.

— Emmène-moi à l'intérieur. S'il te plaît.

Harry passa la main de Selina autour de son bras et la guida à l'arrière de sa maison, au numéro dix-sept. Il voulut ouvrir la porte, mais elle l'arrêta en posant sa main sur la sienne.

— Attends.

Il se tourna face à elle.

— Je pensais ce que j'ai dit. Si tu as changé d'avis…

— Quand j'ai quitté l'école, c'était pour devenir gouvernante

Elle était passée de gouvernante à femme de baronnet ?

— C'était ton mari ?

Elle secoua la tête.

— Quelqu'un d'autre. Je n'étais pas quelqu'un d'important, et certainement pas une femme susceptible de rencontrer ou d'épouser un baronnet.

Elle parlait froidement, avec dégoût, comme si elle

évoquait quelqu'un d'autre qu'elle-même. Puis elle se mit à trembler.

— Mon employeur n'était pas un homme bon. Il a profité de sa position et de ma vulnérabilité. Il… m'a violée.

La rage s'empara de Harry.

— Qui est-ce ? s'exclama Harry, et il se fichait de savoir si c'était un maudit duc.

— Je ne te raconte pas cela pour gagner ta compassion ou ton indignation. Je suis tout à fait capable de prendre soin de moi. En tout cas, je le suis maintenant.

Harry songea au pistolet qu'elle disait avoir toujours sur elle. À présent, cela semblait bien plus logique qu'il ne l'avait imaginé. Il avait mal au cœur pour elle, et la fureur qu'elle lui demandait de ne pas éprouver s'ancra dans sa poitrine.

— Alors, pourquoi me le révéler ? Dis-moi ce que tu veux que je fasse.

— Je veux juste que tu m'écoutes.

La simplicité de sa demande apaisa la colère de Harry. Il prit le visage de Selina entre ses mains.

— Raconte-moi.

— J'étais jeune, j'avais à peine dix-sept ans. Après qu'il m'a violée, je suis partie. Je suis allée récupérer Beatrix à l'école, et je m'occupe d'elle depuis.

Les mots jaillissaient de sa bouche, et l'émotion troublait son regard.

— Mon mari, Sir Barnabus, était un homme bon et compréhensif. Il était aussi assez âgé et n'avait pas la moindre envie de partager un lit conjugal.

Jamais un homme n'avait posé la main sur elle de manière bienveillante. Harry était incroyablement touché de la confiance qu'elle lui accordait.

— Tu peux encore changer d'avis, lui dit-il d'une voix douce, caressant tendrement son visage avec ses pouces.

Les yeux de Selina s'éclaircirent.

— Je ne vais pas changer d'avis. J'ai attendu très long-temps le moment idéal. L'homme idéal. C'est maintenant. Tu es cet homme. Veux-tu m'emmener à l'étage ?

— Selina, ma chérie, je t'emmènerai où tu voudras.

Il l'embrassa tendrement, puis ouvrit la porte.

~

Selina semblait ne pas pouvoir empêcher sa bouche de libérer des secrets qu'elle avait longtemps gardés enfouis. Personne ne savait ce qui lui était arrivé lorsqu'elle était gouvernante, à l'exception de Beatrix. Elle était partagée entre le regret de s'être ouverte à Harry et un immense senti-ment de libération. Surtout, elle se sentait *en sécurité.*

La partie raisonnable de son cerveau lui intimait de rentrer chez elle, de jouer le rôle qu'elle avait incarné au cours des douze dernières années. Mais la partie d'elle qui avait toujours été mise de côté, ignorée et réprimée, aspirait à être libre de poursuivre ses désirs les plus fondamentaux : le réconfort, la sécurité, l'amour.

Même si ce n'était pas de l'amour. Ce n'était pas un senti-ment qu'elle s'autorisait. Envers personne d'autre que Beatrix, car elles n'étaient que toutes les deux.

Harry lui prit la main et l'entraîna dans l'escalier de service jusqu'au premier étage. Sa chambre se trouvait à l'ar-rière de la petite maison ; elle était plus petite encore que la sienne. Décorée dans des tons sombres et riches de bordeaux et de noir, la chambre inspirait un sentiment de confort et de passion. Deux choses qui auraient pu être opposées, mais semblaient parfaites quand Selina pensait à Harry.

Avec lui, elle se sentait plus détendue qu'elle ne l'avait été avec n'importe qui d'autre depuis très longtemps, voire depuis toujours. En même temps, il la maintenait sur le qui-vive, à la fois à cause de ce qu'il était et à cause de l'attirance qui brûlait entre eux. Les choses auraient-elles été différentes si elle n'était pas un escroc et s'il n'était pas un coureur ?

Il lui lâcha la main quand ils entrèrent dans la chambre à coucher. Selina retira ses gants, puis son chapeau, et regarda autour d'elle pour savoir où les poser. Harry les lui prit et les posa sur une chaise près de l'âtre.

Elle observa la pièce, mais se concentra surtout sur le lit situé contre le mur de gauche. Avec ses tentures bordeaux et sa literie opulente, il lui rappelait qui *il* était. Harry était peut-être un coureur de Bow Street, mais il était également le fils d'un comte.

Selina avait donc du mal à oublier qui *elle* était : une enfant des rues qui ignorait où se trouvaient ses parents. Elle était pire qu'une orpheline. S'il connaissait la vérité, il ne voudrait jamais d'elle. Comment le pourrait-il ?

Harry ôta son chapeau et ses gants, puis les posa sur une commode. Il enleva ensuite son manteau, qu'il déposa sur le dossier de la chaise. Le voir en manches de chemise le faisait paraître encore plus grand, ses épaules plus larges, sa présence plus imposante. Pas de manière intimidante, mais de manière séduisante.

Selina se tenait près du bout du lit où se trouvait un banc capitonné. Harry vint s'y asseoir.

— C'est ici que je mets mes bottes tous les matins. Et que je les enlève tous les soirs, expliqua-t-il.

Il en retira une, puis l'autre, révélant ses pieds chaussés de bas.

— Je ne sais pas si je les ai déjà ôtées au milieu de l'après-midi.

Il enleva ensuite ses bas et leva le nez vers elle, une lueur dans les yeux. Elle s'assit à côté de lui et se pencha pour délacer ses bottes. Il s'agenouilla rapidement devant elle.

— Permets-moi.

Selina se redressa et le laissa lui retirer ses bottes. Il le fit avec adresse ; ses doigts bougeaient tandis qu'il gardait ses yeux rivés sur ceux de la jeune femme. Cela n'avait rien d'une tâche simple. Elle avait rarement quelqu'un pour l'aider à s'habiller, même maintenant qu'elle avait une femme de chambre. Cependant, cette fois-ci, c'était différent. Parce que c'était un homme. Parce qu'il la regardait avec un désir pur. Parce que son corps tout entier vibrait d'un désir identique.

— Quel âge as-tu ? demanda-t-il doucement.

— Vingt-neuf ans.

— Je n'ai que deux ans de plus que toi, dit-il, lui retirant la première botte avant de passer à la suivante.

— Mais je parierais que tu es bien plus expérimenté.

Selina se sentait soudain nerveuse. Il rit.

— Je n'ai aucune tendance à la débauche. Je laisse cela à mon frère.

Il termina avec sa deuxième botte et la posa à côté de la première. Il saisit chacune de ses chevilles, ses doigts l'enveloppant tandis que ses pouces remontaient du dessus de ses pieds jusqu'à ses tibias.

— Puis-je te retirer tes bas ?

— Oui.

Lentement, elle releva sa jupe jusqu'aux genoux, puis juste au-dessus, de manière que les jarretelles soient exposées.

Harry fit glisser ses mains vers le haut, ses doigts effleurant doucement ses mollets. Puis il ôta une jarretière et un bas, les retirant de sa jambe alors qu'elle tendait la pointe des pieds. Il recommença avec l'autre jambe, tout comme elle.

— Magnifique, souffla-t-il.

Harry s'avança entre les jambes de Selina et posa une main sur son visage, sa paume caressant sa joue. Puis il l'embrassa, abaissant sa tête pour pouvoir dévorer sa bouche. C'était un baiser à la fois tendre et sauvage, libérant la passion qui couvait entre eux depuis ces quinze derniers jours. Selina plongea les doigts dans les cheveux de Harry, s'accrochant à lui de peur qu'il ne décide qu'il ne voulait pas de cela.

Le ferait-il ? Bien sûr que non. Les hommes ne changeaient pas d'avis sur ces questions. Pourtant, Selina s'était entraînée à toujours être prête à se retrouver seule, démunie.

Harry la tenait fermement, ses lèvres et sa langue provoquant de délicieux ravages sur ses sens. Puis il tira sur les boutons de son spencer*, et ils durent s'y mettre à deux pour l'enlever, tant il était serré autour de ses bras.

— Les vêtements féminins sont ravissants, mais c'est une véritable plaie, plaisanta Harry avec un petit sourire.

— Plus ils sont sophistiqués et chers, pire c'est.

Selina préférait ses robes plus simples, qu'elle portait quand elle ne prétendait pas être la veuve d'un baronnet. Elle dénoua la cravate de Harry.

— Les vêtements pour hommes ne varient pas beaucoup, à l'exception des tissus.

— Nous avons davantage de choix de choses à porter pour le bas. Mais, oui, en dehors de cela, c'est relativement ennuyeux. Ce qui me convient parfaitement.

Selina lui retira sa cravate et la laissa tomber sur le sol. Elle posa le regard sur la chair maintenant exposée par le col ouvert de sa chemise. Captivée, elle abaissa la tête et posa les lèvres dans le creux à la naissance de sa gorge. Il gémit doucement, et Selina s'enhardit. Elle passa la langue sur lui, le goûta.

Il murmura son prénom avant de saisir sa tête entre ses mains et de l'embrasser à nouveau.

Tout se déroula ensuite dans le flou. Il l'aida à se lever et s'attaqua à ses vêtements, retirant méthodiquement chaque pièce avec habileté. Pendant ce temps, elle ne parvint qu'à déboutonner son gilet.

---

* NdT : Veste courte qui se termine sous la poitrine.

Lorsqu'elle se retrouva debout devant lui, ne portant rien d'autre que sa chemise de jour, il s'arrêta pour la contempler. Jamais Selina n'aurait pu imaginer une telle expression dans son regard, un mélange d'admiration et d'émerveillement. Aucun homme ne l'avait jamais regardée ainsi.

Les derniers vestiges de sa peur et de son anxiété s'évanouirent. Elle fit glisser sa chemise le long de son corps et la laissa retomber à ses pieds.

Harry déglutit.

— Tu me coupes le souffle.

Elle s'avança, déterminée à le voir aussi nu qu'elle l'était. Le simple fait qu'ils soient tous les deux dénudés bouleversait déjà tout ce qu'elle croyait savoir sur le sexe. D'après son expérience, et elle avait vu beaucoup de choses avant de quitter Londres, il s'agissait d'un acte précipité, bestial et parfois brutal au cours duquel personne n'enlevait ses vêtements.

Tirant la chemise de Harry de la ceinture de son pantalon, Selina soutint son regard, se perdant dans les profondeurs séduisantes de son regard fauve. Il tira le vêtement par-dessus sa tête, dévoilant l'étendue musclée de sa poitrine. Selina inspira brusquement devant sa beauté masculine saisissante. Incapable de résister à l'envie de le toucher, elle passa le bout de ses doigts sur sa clavicule, puis les fit descendre jusqu'à son mamelon.

Il souffla fort, puis il la souleva soudain et la porta vers le côté du lit. Il la déposa au bord du matelas et se plaça entre ses jambes. Selina déboutonna le pantalon de Harry, mais s'arrêta avant de le lui baisser, sans doute parce qu'il recommençait à l'embrasser. Et à la toucher... Des caresses douces comme des plumes le long de sa nuque, de son dos, puis de son flanc, avant de remonter sur son sternum. Enfin, il referma la main sur son sein comme il l'avait fait dans le fiacre, mais c'était tellement mieux.

Selina haleta dans la bouche de Harry et s'agrippa à ses épaules. Il promena son pouce sur son mamelon et la sensation qui s'ensuivit était comparable à la tension qu'elle éprouvait lorsqu'elle prenait un risque particulièrement grand, un enchevêtrement d'émotions et de désespérance physique qui risquait d'exploser à tout moment.

Il déposa des baisers sur sa mâchoire et dans son cou. Elle bascula la tête en arrière et ferma les yeux, se concentrant entièrement sur ce qu'il lui faisait, et sur les réactions qu'il obtenait de son corps. Elle frémissait d'un besoin qu'elle n'avait jamais connu. Comment avait-elle pu arriver aussi loin dans sa vie sans ressentir un désir aussi profond pour une autre personne ?

Parce que cela la rendait vulnérable. Et qu'être vulnérable était dangereux. Jusqu'à maintenant. Avec Harry, elle se sentait mise à nu, mais aussi honorée, comme s'il voulait prendre soin d'elle pour toujours.

Il serra les doigts autour de son mamelon, envoyant une décharge de désir vers son sexe. Elle avait vu et entendu des gens prendre plaisir à cet acte, et maintenant elle comprenait peut-être.

La bouche de Harry descendit, sa langue et ses lèvres taquinant sa chair alors qu'il progressait vers son sein. Il le tint dans sa main, tandis que sa bouche se refermait sur son mamelon. Une vague de chaleur inonda son sexe et elle gémit, impatiente qu'il la touche, qu'il la soulage de la pression.

Cependant, il était tout à fait heureux de se concentrer sur ses seins, ses mains et sa bouche excitant la moindre parcelle de son corps. Elle le serra dans ses bras, le poussant à se rapprocher, à mettre fin à son tourment.

Harry laissa descendre l'une de ses mains sur son ventre, puis le long de sa cuisse. Elle se tendit davantage, impatiente, lorsque le bout de son doigt effleura son sexe. Selina s'agrippa à son épaule et son dos en murmurant son nom. Elle le suppliait de la libérer.

— Allonge-toi, lui intima-t-il, la poussant doucement vers l'arrière.

Elle se laissa faire, incapable de résister à ce qu'il voulait faire. Elle désirait tout ce qu'il lui donnerait.

Il la caressa entre les jambes, attisant le feu en elle. Elle s'agrippa à la couverture, et ses muscles se contractèrent.

— Détends-toi un peu, ma chérie, lui demanda-t-il, concentrant ses caresses sur le haut de son sexe, un endroit où les sensations étaient absolument divines.

Elle essaya de faire ce qu'il lui demandait, obligeant ses membres à se décrisper. Mais cela ne dura pas longtemps. Quelque chose montait en elle, une tension, une pression qui ne demandait qu'à être libérée. Et elle ne pouvait pas le faire elle-même. Elle avait besoin de lui.

— Je ne peux pas…, commença-t-elle, mais elle ne savait pas ce qu'elle ne pouvait pas faire.

Mais elle savait de quoi elle avait besoin… ou de qui.

— J'ai besoin… J'ai besoin de *toi*.

Le doigt de Harry la pénétra, bougea en elle, l'étirant, l'emplissant, lui offrant précisément ce qu'elle désirait. Selina se cambra, elle en voulait davantage. Puis il fit la chose la plus stupéfiante et la plus terrifiante qu'il soit. Il posa la bouche sur elle.

Elle ne comprit ce qu'il faisait que parce qu'elle sentit le frôlement de quelque chose d'humide et elle ouvrit les yeux. Baissant les yeux sur son corps, elle vit le roux foncé de ses cheveux, sentit la pointe de sa langue contre elle, et laissa échapper un soupir refoulé.

C'était sûrement mal et horrible, mais elle ne l'arrêterait pas. Elle ne pouvait pas. Il l'embrassa à cet endroit, de la même façon qu'il l'avait embrassée sur la bouche, sa langue l'explorant avant de s'aplatir, ses lèvres l'aspirant délicatement. Puis son doigt plongea à nouveau en elle, agissant de concert avec sa bouche, l'entraînant inexorablement vers une hauteur inimaginable. Ses va-et-vient devinrent plus rapides et plus profonds tandis que sa bouche se refermait sur cette partie sensible de son corps.

Enfin, la liberté qu'elle recherchait désespérément arriva. Elle relâcha la couverture, écartant ses mains contre le tissu tandis que son corps se désagrégeait. Basculant dans une obscurité fiévreuse, Selina se cambra et gémit, puis agrippa la tête de Harry. Il la comblait et la tenait, l'ancrant dans le torrent de sensations.

Puis il disparut. Flottant toujours, elle entrouvrit les yeux pour le voir repousser son pantalon et ses sous-vêtements sur ses hanches. La vue de son sexe, épais et raide, lui coupa le souffle.

Il la fit tourner sur le lit pour pouvoir s'allonger à côté d'elle et la regarder droit dans les yeux.

— Dis-moi d'arrêter, si c'est ce que tu veux.

Sa voix était rauque, son ton haletant. Ses yeux étaient sombres et sauvages.

— Ce n'est pas ce que je veux.

Elle l'attira au-dessus d'elle, écartant ses jambes tremblantes. Jamais elle ne s'était sentie aussi vivante. Relevant la tête, Selina embrassa Harry, le revendiquant comme sien. Du moins pour le moment. Ce moment, c'était plus qu'elle n'avait jamais eu. Ce moment, c'était assez.

— Ramène tes jambes autour de moi, dit-il contre sa bouche.

Puis il fut là, son membre contre son sexe. Lentement, il se glissa en elle et elle ferma les yeux une fois encore.

Oui, c'était ce qu'elle voulait. Elle enroula ses jambes autour de lui et se laissa aller contre les oreillers tandis qu'il s'enfonçait en elle, la comblant complètement. Des souvenirs lointains surgirent, puis s'estompèrent. Elle ne les laisserait pas s'immiscer entre eux. Cela aurait pu sembler identique d'un point de vue mécanique, mais il n'y avait rien de comparable entre ce qui lui avait été infligé et ce qu'elle invitait Harry à faire.

Il écarta les boucles du visage de Selina et entama un mouvement de va-et-vient, doucement d'abord. Il murmurait des mots magnifiques et empreints de désir. Leurs corps s'entremêlèrent, bougeant en rythme et accélérant peu à peu. Harry embrassa son oreille, sa mâchoire, ses lèvres. Puis il embrassa à nouveau son sein ; ses lèvres et ses dents tirèrent sur son mamelon sensible, la faisant crier au moment où la tension qui venait d'être évacuée reprenait de plus belle.

Elle n'avait rien à craindre ici, il n'y avait qu'une extase croissante. Selina, impatiente de s'envoler à nouveau, s'agrippa au dos de Harry, déplaçant une main vers ses fesses. Il accéléra ses coups de reins, créant une sensation de friction presque insupportable. Elle cria, encore et encore, quand elle prit son envol. Elle plongea ses ongles dans la chair de Harry, s'accrochant à lui, de peur de tomber seule.

Elle ne voulait pas être seule, pas maintenant.

Il la pénétrait vite et fort, la faisant basculer vers une extase incroyable. Elle rejeta la tête en arrière, et son corps se raidit sous l'effet de la vague libératrice qui l'envahissait. Selina n'éprouvait que de la joie et de la satisfaction. Elle sourit.

Et soudain, il disparut.

Elle ouvrit les yeux, et elle sentit de l'humidité sur son ventre. Un sentiment d'effroi la saisit.

— Pourquoi t'es-tu arrêté ?

Qu'avait-elle fait de mal ? La beauté du moment s'estompa.

Harry roula sur le côté et la prit dans ses bras, écartant d'une caresse les mèches échappées sur sa tempe.

— Selina, ma chérie, ne crains rien, la rassura-t-il avant

de l'embrasser sur le front. J'ai dû me retirer avant de répandre ma semence. C'est une nécessité malheureuse pour empêcher la naissance d'un enfant.

— Oh ! s'exclama-t-elle, et elle se sentit stupide. Tu dois penser que je suis incroyablement naïve.

— Pas du tout. Je pense que tu es douce et charmante, et je suis honoré que tu te sois ainsi livrée à moi.

Il embrassa sa joue, puis sa bouche, ses lèvres s'attardant doucement contre les siennes.

Il était honoré. Selina savait qu'il y avait des hommes bons. Des hommes bons et généreux. Des hommes comme Sir Barnabus. Simplement, elle n'avait jamais imaginé avoir une liaison avec l'un d'entre eux. Elle n'avait même jamais envisagé d'avoir une liaison.

Selina posa la main sur la joue de Harry.

— Tu es un homme bon.

De toutes ses forces, elle espérait être une femme bien, être digne de lui.

Il l'embrassa à nouveau, et elle ferma les yeux pour rêver.

CHAPITRE 14

*S*elina avait passé la soirée de la veille dans une sorte de brouillard après l'après-midi qu'elle avait passé au lit avec Harry. Elle n'arrivait toujours pas à croire que c'était arrivé. C'était sans doute pour cela qu'elle n'avait rien dit à Beatrix. Selina avait été ravie de la soirée cartes à laquelle elles avaient assisté, car elle lui avait fourni une distraction merveilleuse et nécessaire.

Avant de la déposer dans Queen Anne Street, Harry lui avait dit qu'il organiserait sa leçon d'équitation pour ce matin-là dans le parc. Ils commenceraient tôt, pour éviter d'être vus par une foule de gens, et ils iraient dans une zone moins fréquentée. Il vint la chercher dans sa calèche et les conduisit à Hyde Park.

Elle avait éprouvé de la gêne et de la timidité à l'idée de le revoir après ce qu'ils avaient fait.

— Je suis un peu nerveuse, avoua-t-elle.

Il les fit entrer dans le parc et lui adressa un sourire encourageant.

— Ne le sois pas. Jacinthe est un cheval très doux, et le

palefrenier de mon père est très doué pour travailler avec les nouveaux cavaliers.

— Le palefrenier de ton père ?

Sa famille était-elle au courant ? Cela l'aurait surprise. Harry éclata de rire.

— Je sais à quoi tu penses. Le palefrenier, qui s'appelle Trask, m'est fidèle, et il est très discret. Tu vas prendre l'ancienne selle d'amazone de ma mère, car elle ne monte plus à cheval.

— Je vois. Et le cheval ?

— Il appartient à mon ami, le marquis de Ripley.

Elle tourna brusquement la tête.

— Le marquis est l'un de tes amis ?

— Oui. Nous étions ensemble à Christ Church à Oxford. Tu le connais ?

— Non, mais j'ai rencontré sa femme. Elle est tout à fait charmante.

Selina essayait de ne pas penser au fait que Harry avait étudié à Oxford. Ce n'était pas surprenant, et, en tant qu'ancien avocat, il était plutôt bien instruit. Elle ne se sentait pas du tout à la hauteur à côté de lui. Une mendiante, et un escroc. Elle remua, mal à l'aise.

— C'est vrai, elle est charmante. Comment vous êtes-vous rencontrées ?

— Lors d'une réunion de la Société des femmes de tête.

Il les conduisit à travers le parc, et Selina vit deux palefreniers à côté de deux chevaux devant eux.

— Ah, ce groupe de femmes ! Que font-elles exactement ?

— Je n'en suis pas tout à fait certaine, mais j'espère le découvrir lors de notre prochaine réunion, dit-elle.

Quand Harry arrêta la calèche, elle lui demanda :

— Pourquoi y a-t-il deux palefreniers ?

Jakes est ici pour surveiller ma calèche pendant ta leçon.

Je voulais m'en charger, mais Trask a suggéré que je chevauche à tes côtés.

— Il a eu raison.

Selina ne se sentait pas capable de le faire s'il n'était pas avec elle.

Harry lui sourit.

— C'est tellement agréable d'être désiré.

— Tu l'es.

Les mots étaient sortis de sa bouche avant qu'elle ne se rende compte qu'elle allait les prononcer. Elle le désirait ; et pas seulement comme instructeur d'équitation, ou comme amant. Avec Harry, elle se sentait désirée, elle aussi. Et en sécurité. C'était une sensation étrange et enivrante.

Il sauta au bas de la calèche et fit le tour pour l'aider à descendre. Jakes, un jeune homme aux cheveux d'un noir d'encre et aux joues rondes, prit en charge le véhicule, et Harry l'en remercia.

— Bonjour, dit-il à Trask alors qu'ils s'approchaient des chevaux.

— Bonjour, monsieur Sheffield.

Trask inclina la tête, puis il se tourna vers Selina. Il lui fit la révérence.

— My lady.

Selina avait mis du temps à s'habituer à ce qu'on l'appelle « my lady », et elle n'était toujours pas sûre d'aimer cela. Mais, ces derniers temps, tout semblait mal… à l'exception de Harry.

— Bonjour, Trask.

L'homme remit son chapeau sur sa tête en se redressant. Âgé d'une cinquantaine d'années, il avait l'air d'avoir vu beaucoup de choses, et pas toutes agréables. Il y avait aussi une lueur dans ses yeux bleus, et les rides qui les bordaient indiquaient qu'il avait le sens de l'humour. Selina se détendit un peu.

— M. Sheffield dit que vous êtes novice en matière d'équitation, je lui ai donc suggéré de revoir les bases, comme de savoir si vous avez déjà parlé à un cheval.

— Trask pense que c'est d'une importance capitale, remarqua Harry avec une pointe d'humour.

Selina sourit tandis que son regard passait de l'un à l'autre.

— Oui. Je sais conduire un véhicule.

— Je ne le savais pas, dit Harry, qui posa sur elle un regard appréciateur.

— Que vais-je apprendre aujourd'hui ? demanda Selina à Harry.

— Comment monter. Ensuite, nous irons nous promener. Qu'en penses-tu ?

— Cela me paraît suffisant, dit-elle avant de laisser échapper un rire aigu.

Harry s'approcha d'elle et lui toucha légèrement le dos.

— Ne sois pas nerveuse, murmura-t-il. Viens faire la connaissance de Jacinthe.

Il l'accompagna près de la jument sur laquelle on avait attaché la selle d'amazone. Plus petite que la monture de Harry, elle possédait des yeux chaleureux qui semblaient refléter sa docilité.

Selina écouta avec beaucoup d'attention les explications qu'il lui donna sur la selle, et ses différences par rapport à une selle d'homme. Déjà, elle avait décidé que dans ce domaine encore, on ne faisait que peu de cas des femmes.

— Es-tu sûr que cela ne pose pas de problème que je ne porte pas de tenue d'équitation ?

Évidemment, elle n'en avait pas. Elle n'avait pas non plus les moyens de s'en faire confectionner une, ce qui lui pesait encore plus. Cette supercherie devenait de plus en plus difficile à assumer. Et, à dire vrai, elle perdait la volonté de le faire.

Harry lui adressa un sourire rassurant.

— Ce sera peut-être un peu serré, mais ça ira. Prête à monter ?

Selina hocha la tête, et Harry déplaça sa main pour lui serrer la taille. Ce contact la secoua jusqu'au creux de son ventre, lui rappelant les façons plus intimes dont il l'avait touchée la veille. Elle résista à l'envie de se coller à lui.

— Tu vas mettre ton pied gauche dans l'étrier, dit-il, le lui montrant de sa main libre. Je vais te soulever. Ensuite, tu lèveras ta jambe droite et tu la plieras autour du pommeau.

Il fit un geste vers la saillie ronde à l'avant de la selle.

— Et si Jacinthe bouge ?

— Elle ne le fera pas, mais Trask tiendra la longe. Tu es en sécurité.

Selina échangea un regard avec le palefrenier qui tenait fermement la longe.

— Merci, murmura-t-elle.

— Pose tes mains sur la selle pour m'aider à soulever ton corps. Prête ?

Harry parlait tout près de son oreille, et elle essayait de ne pas penser à la proximité de ses lèvres.

— Oui.

Il la saisit de ses deux mains, l'une d'elles se plaçant sous son postérieur quand il la souleva. Elle fit ce qu'il lui avait expliqué, mettant un pied dans l'étrier avant d'enrouler son genou droit autour du pommeau. Le tissu de sa robe tira, et elle comprit tout de suite pourquoi il était nécessaire d'avoir un habit avec des jupes volumineuses.

Elle baissa les yeux vers Harry tout en essayant de trouver une position sécurisante sur la selle.

— Ne serait-ce pas plus facile si je portais un pantalon et que je montais à cheval comme un homme ?

Il éclata de rire.

— Probablement. Mais inacceptable pour la bonne société, ce qui est bien dommage.

Il posa sur elle un regard où se lisait une chaleur prometteuse qui ne fit qu'attiser les flammes de son désir. Harry fixa un peu trop longtemps son postérieur, et elle se demanda s'il pensait à la façon dont il venait de la caresser. Elle, en tout cas, y pensait.

Harry lui tendit les rênes.

— Tiens ça. Tu en auras besoin, lui dit-il avec un clin d'œil. Cependant, Trask va tenir la longe, donc tu n'auras pas vraiment besoin de te diriger. Pas aujourd'hui.

Cela signifiait qu'il y aurait d'autres journées. Elle pensa à la vie qu'elle avait envisagée la veille quand elle était avec Luther. Harry et elle, ensemble. Il pourrait finir de lui apprendre à monter à cheval.

Même si elle en avait très envie, elle n'y croyait pas vraiment.

— Maintenant, essaie de ne pas te pencher en avant, dit Harry. Centre ton poids sur ta cuisse droite. Cela prendra un peu de temps pour t'y habituer.

Lorsqu'elle s'exécuta, il poursuivit.

— C'est à ce moment-là qu'il devient important de parler à ton cheval. Tu vas dire à Jacinthe d'avancer, et elle suivra tes ordres.

— C'est vraiment aussi simple que ça ?

— Pour l'instant, oui. Les choses deviendront un peu plus compliquées lorsque nous irons plus vite, mais cela n'arrivera pas aujourd'hui.

Elle plissa les yeux en le regardant d'un air dubitatif.

— Que veux-tu dire exactement par « un peu plus » ?

— Eh bien, on ne peut pas le mesurer exactement, dit-il en souriant. Te connaissant, je peux te dire en toute confiance que ce ne sera pas au-delà de tes capacités. Cela te suffit-il ?

La connaissant. Elle pensait effectivement qu'ils avaient appris à bien se connaître et elle était ravie d'entendre qu'il le pensait aussi.

— Oui. Je te fais confiance.

Elle eut le souffle coupé quand elle se rendit compte que c'était vrai. Elle ne faisait jamais confiance à personne. Et il ne lui ferait jamais confiance s'il savait la vérité.

Ne pense pas à cela tout de suite. Profite de ce moment.

— Prête à démarrer ? s'enquit Harry, interrompant ses pensées, ce dont elle était ravie.

— Oui.

Elle le regarda s'éloigner et monter sans effort sur son cheval. Harry dirigea sa monture vers celle de Selina.

— Tu sais ce qu'il faut faire ensuite.

Serrant les rênes plus fort que nécessaire, la jeune femme s'efforça de se détendre.

— Allez !

Jacinthe s'avança, se déplaçant doucement tandis que Trask tenait la longe. La selle d'amazone n'était pas particulièrement confortable, pas plus que sa position. Elle comprit qu'il lui faudrait *beaucoup* de temps pour s'y habituer. Quand Jacinthe bougeait, Selina sentait chaque mouvement des muscles de l'animal et, apparemment, chaque caillou sur le sol.

— Comment diable est-il possible de galoper comme ça ? demanda-t-elle à Harry qui chevauchait à côté d'elle.

Ce dernier éclata de rire.

— Avec des précautions. Et pas avant d'avoir acquis davantage de compétences. Mais tu y arriveras, même si tu n'en as pas l'impression.

— Combien de temps t'a-t-il fallu pour apprendre à galoper ?

Harry grimaça.

— Environ cinq minutes, au grand dam du palefrenier.

— Je suis navrée d'avoir manqué cela, dit Trask. J'ai entendu l'histoire, bien sûr. M. Sheffield est parvenu à rester sur le poney et n'a pas eu peur un seul instant.

Riant, Harry précisa :

— Ce n'est pas tout à fait vrai. Je me souviens avoir eu peur pendant une fraction de seconde.

Selina secoua la tête, souriant à son tour.

— C'est faux.

Harry lui lança un regard ironique et plein d'humour.

— Tu as raison. J'avais suffisamment regardé mon père monter à cheval pour savoir exactement quoi faire pour que le poney se mette à courir… et je l'ai fait.

— Depuis que je le connais, il a toujours été trop intelligent pour son propre bien, remarqua Trask en riant.

Pourtant, Selina avait réussi à le duper, et elle continuait à le faire. Une vague de honte la submergea et elle faillit lui avouer la vérité sur-le-champ. Mais elle ne pouvait pas. Pas avec tout ce qui était en jeu pour son avenir et celui de Beatrix.

Elle sentait la colère monter en elle. Ne pouvait-elle pas simplement s'amuser pendant une matinée sans penser à sa survie ?

Si, elle le pouvait, et elle avait bien l'intention de le faire.

— Eh bien, ne m'explique pas comment faire galoper Jacinthe, merci.

— Pas avant que tu ne sois prête, répondit Harry. Tu t'en sors très bien. Tu vois, je t'avais dit que Jacinthe était aussi douce qu'un faon qui vient de naître.

— Je n'ai pas souvenir que tu aies dit *ça*, affirma Selina en riant. Mais oui, elle est vraiment adorable.

La jeune femme tapota l'encolure du cheval.

— N'est-ce pas, ma fille ?

Jacinthe agita sa crinière en réponse, et Selina ferma les yeux un bref instant en sentant l'animal bouger sous elle. Elle pourrait s'y habituer…

Soudain, sa monture hennit et se mit à avancer plus vite. Prise de panique, Selina ouvrit les yeux.

— Que se passe-t-il ?

— Maudit lapin ! jura Trask.

Il tira sur la longe et parla à Jacinthe, l'incitant à se remettre au pas, et, heureusement, elle lui obéit. Selina s'était penchée en avant pour passer ses bras autour du cou du cheval. Elle respirait fort, tout en s'efforçant de se calmer maintenant qu'elle savait qu'elle était en sécurité.

— Redresse-toi et recentre-toi, lui dit Harry d'une voix douce. Est-ce que tu vas bien ?

— Oui. J'ai été surprise. J'avais fermé les yeux un instant.

— Je t'ai vue, répondit-il. Tu avais l'air de t'amuser.

— Je m'amuse, c'est vrai.

Elle croisa son regard et vit le même sentiment se refléter chez lui : le bonheur. La joie. C'était peut-être le meilleur moment qu'il ait jamais vécu.

Ils terminèrent leur promenade, et Harry aida Selina à descendre de sa monture. Les jambes de la jeune femme tremblaient un peu quand elle tapota le cou de Jacinthe en la remerciant de l'avoir transportée.

— Merci, Trask, dit Harry. Je vous ferai savoir quand nous recommencerons. Peut-être une fois que lady Gresham se sera procuré une tenue d'équitation.

— Ce serait souhaitable, confirma Trask en s'inclinant devant Selina. My lady, ce fut un plaisir.

— Tout le plaisir était pour moi, répondit-elle d'un ton chaleureux. Merci.

La poitrine de Selina se serra. Oh ! Comme elle aimerait pouvoir recommencer !

Harry la raccompagna à la calèche, et Jakes vint aider

Trask. Une fois Selina installée sur son siège, Harry grimpa à côté d'elle.

— Qu'as-tu vraiment pensé ? Je sais que tu as été effrayée pendant un moment.

— C'était merveilleux. Merci.

Elle voulait le toucher, l'embrasser, lui montrer à quel point elle appréciait sa prévenance.

— Il n'y a personne ici, en dehors des palefreniers qui se trouvent derrière nous et qui sont occupés à leur tâche, dit-il d'une voix rauque, son corps se rapprochant de celui de Selina. Cela te dérangerait-il que je t'embrasse ?

— Absolument pas.

Elle posa la main sur son épaule et se laissa aller contre Harry tandis que sa bouche réclamait la sienne. Son baiser était doux et électrique. Elle se sentait de plus en plus envahie par cette sensation étrangère de bonheur et de joie, de légitimité.

À contrecœur, il se retira.

— Je suppose que je dois te raccompagner chez toi.

— Je suppose que c'est ce que tu dois faire.

Il prit les rênes et se déplaça sur son siège. Elle ne put s'empêcher de regarder s'il était aussi excité qu'elle l'était.

— C'est dommage que tu ne puisses pas monter quand tu me raccompagnes chez moi.

Les narines de Harry se dilatèrent.

— Tu n'es qu'une vile tentatrice. Malheureusement, je dois travailler. Mais je passerai peut-être plus tard dans la soirée.

Elle se pencha vers lui alors qu'il démarrait.

— Viens à l'arrière de la maison et jette un caillou sur la fenêtre du salon… Je t'attendrai.

Selina voulait s'accrocher à ce bonheur aussi longtemps qu'elle le pourrait.

~

*P*our la première fois depuis, eh bien, toujours, Harry était impatient d'en finir avec le dîner hebdomadaire chez ses parents parce qu'il avait un autre endroit où aller. Plus important encore, il avait *quelqu'un à voir.*

Après avoir rendu visite à Selina la veille au soir, ils avaient prévu qu'il reviendrait ce soir-là. Il voulait la voir tous les jours, et c'était proprement terrifiant. Que lui arrivait-il ?

Il prit grand soin de masquer son entrain. Sa famille se jetterait sur l'occasion, et sur lui, comme des loups affamés.

— Bonsoir, monsieur Sheffield, dit Tallent, prenant le chapeau et les gants de Harry. Votre père a demandé que vous le rejoigniez à nouveau dans son bureau.

Harry s'y attendait.

— Jeremy est-il ici, par hasard ?

Harry lui avait envoyé un mot le suppliant de venir ce soir-là. Quand ils étaient ici ensemble, il était plus facile de tenir les loups à distance. Tallent lui lança un regard navré.

— Je crains bien que non.

Harry laissa échapper un soupir déçu.

— Merci, Tallent.

Se dirigeant vers le bureau, Harry passa en revue dans son esprit ce qu'il avait prévu de dire. Et il se prépara à la colère de son père.

— Harry, sers-toi un verre de cognac et joins-toi à moi, lui dit ce dernier depuis son fauteuil près de l'âtre.

La journée ayant été fraîche, un petit feu y brûlait. Harry alla chercher son cognac et prit le fauteuil libre en face de son père.

— J'espérais que Jeremy serait là.

Son père répondit par un grognement avant de boire une gorgée de son cognac. Il regarda Harry en plissant les yeux.

— Ta mère se rendra demain au foyer pour enfants égarés en compagnie de cette femme charlatan. Je pensais que tu travaillais à prouver que c'est un escroc.

— Je t'ai expliqué que cette œuvre de charité semblait réelle. Pour le reste, comme je l'ai déjà dit, est-ce vraiment si terrible que maman rende visite à cette femme ?

Harry repensa à sa dernière visite chez Madame Sybila. La lecture qu'elle avait faite de ses cartes avait été troublante, car il y avait une part de vérité dans ses paroles. Mais plus maintenant. Personne ne pouvait plus le qualifier de solitaire ou d'ermite. La voyante avait-elle, d'une manière ou d'une autre, poussé Harry à commencer une liaison avec Selina ? Et, si c'était le cas, devrait-il la remercier ? Cette idée bloqua son esprit pendant un moment.

— Harry ? Qu'en dis-tu ?

Ce dernier cligna des yeux, se rendant compte qu'il n'avait pas entendu ce qu'avait dit son père.

— Désolé, j'étais perdu dans mes pensées. Que disais-tu ?

— Je disais que *oui*, c'est terrible. Cette femme remplit la tête de ta mère de considérations ridicules sur la croissance de la famille, sur ton mariage et celui de Jeremy, et sur un tas d'autres absurdités.

— Cela cause-t-il du tort ? lui demanda Harry.

— Cela m'en fait, parce que je dois l'écouter ensuite.

Son père semblait incroyablement mécontent pour quelque chose qui n'avait pas d'importance, se dit Sheffield.

— Et c'est un gaspillage d'argent ! Pourquoi ne fait-elle pas comme les autres femmes et n'achète-t-elle pas des frivolités ?

Harry était presque certain que sa mère le faisait aussi. Mais ce n'était pas comme si son père ne pouvait pas se permettre tout cela.

— Si la voyante ne lui vole pas d'argent, il n'y a rien à faire. Ce n'est pas un crime pour elle de vendre les services qu'elle annonce.

— Et qu'en est-il de ces toniques ? s'enquit son père. N'as-tu pas dit qu'elle vendait des toniques certainement douteux ?

Harry lui en avait-il parlé ? Il n'arrivait pas à s'en souvenir. Il n'en avait toujours pas acquis un pour voir ce que c'était.

— Je suis encore en train de me renseigner sur les toniques. Pour l'instant, je pense que tu devrais accepter que maman continue à la voir. Considère cela comme un passe-temps.

Son père ricana avant de vider le reste de son cognac d'un trait.

— Tu devrais peut-être te rendre au foyer pour enfants égarés avec maman demain.

Le père de Harry se renfrogna et agita la main.

— Je suis occupé demain. En plus, Rachel y va avec elle, et elle me fera son rapport. Au moins, elle continue à penser que toute cette histoire est lamentable.

— Qu'est-ce qui est lamentable ? s'enquit Jeremy, qui entra et se dirigea aussitôt vers la table pour se servir un verre de cognac.

Leur père ricana.

— Cette histoire avec la voyante.

Jeremy se retourna, cognac à la main.

— Je croyais que Harry s'en occupait.

Ce dernier se leva.

— C'est ce que je fais. Cependant, jusqu'à présent, je n'ai pas trouvé de preuves d'un crime. Rien qu'un ennuyeux gaspillage d'argent, d'après papa.

Buvant son cognac, Jeremy hocha la tête.

— Quand j'ai entendu papa parler d'une histoire, j'ai cru qu'il parlait de ce que tu faisais, Harry, dit-il, haussant un sourcil en regardant son frère.

Mais de quoi parlait-il ? Harry le fixa du regard. Comment pouvait-il savoir pour Selina et lui ? Cela s'était produit l'avant-veille, et il s'était montré très prudent en l'emmenant chez lui, puis en la raccompagnant chez elle.

Leur père se tourna vers Harry.

— Que fais-tu ?

— Rien.

Harry serra les dents, puis il lança un bref regard brûlant à son frère. La dernière chose qu'il lui fallait, c'était que sa famille apprenne sa liaison avec Selina. Leur détermination à jouer les entremetteurs atteindrait un niveau insupportable.

— Ah, eh bien, c'est dommage ! D'après ta mère et tes sœurs, tu aurais bien besoin d'une liaison romantique.

Leur père se leva de son fauteuil et alla poser son verre vide sur le buffet.

— Rejoignons-les dans la bibliothèque.

Sur ces paroles, il quitta le bureau, et Jeremy s'approcha de Harry.

— Je te taquinais, mais j'ai manifestement touché un point sensible. Y a-t-il quelque chose dont tu voudrais parler avec moi, mon frère ?

Harry le regarda d'un air renfrogné.

— Non, et si tu dis quoi que ce soit à quelqu'un d'autre, je raconterai à tout le monde avec qui tu sors.

La mâchoire de Jeremy se crispa.

— Je te demanderais bien comment tu le sais, mais tu es le meilleur constable de Londres, alors je ferais bien de garder en tête que tu sais tout.

Non, pas tout. Il ignorait toujours qui était à l'origine de la rumeur selon laquelle le Vicaire avait provoqué l'incendie et pourquoi on avait cherché à lui imputer le crime. Il ne savait pas non plus si les toniques de Madame Sybila étaient authentiques. En revanche, il connaissait la sensation d'avoir Selina dans ses bras, le goût qu'elle avait, ainsi que les sons délicieux qu'elle émettait lorsqu'elle se désagrégeait dans son étreinte.

— Je prête attention à ce que fait mon frère, répondit Harry en haussant les épaules. Nous devons faire front ensemble contre eux.

Il fit un signe de la main vers la bibliothèque.

— Oui, c'est vrai.

Jeremy lui donna une tape sur l'épaule, et ils se dirigèrent vers l'autre pièce ensemble. Leur mère les accueillit avec un soupir de soulagement.

— J'avais peur que vous soyez partis tous les deux, dit-elle en souriant. Je suis heureuse de voir que vous ne l'avez pas fait.

Harry et son frère se placèrent de part et d'autre d'elle et déposèrent un baiser sur sa joue, ce qui la fit sourire davantage.

— Oh, comme j'aime mes garçons ! Hélas, nous ne sommes pas encore au complet, Delia et Edward ne sont pas là. Votre sœur ne se sent pas bien. J'espère qu'elle pourra se joindre à nous demain pour notre excursion au foyer pour enfants égarés. Madame Sybila et moi avons constitué un groupe assez important, expliqua-t-elle, les yeux pétillant d'impatience.

Harry se tourna vers Rachel.

— J'ai cru comprendre que tu y allais aussi ?

— C'est vrai. Quelqu'un doit bien jouer le rôle du sceptique.

Leur mère lui lança un regard noir.

— Non, ce n'est pas obligé. Si tu ne viens que pour critiquer, ce n'est pas la peine de venir.

— Je ne critiquerai pas, répliqua Rachel. Je te le promets.

Elle adressa ensuite un clin d'œil à leur père qui dissimula un sourire. Il regarda Harry, comme pour lui dire : « Tu vois, ta sœur se rend utile. »

— Tout le monde m'écoute !

La voix de leur mère s'éleva dans la pièce avec la sévérité qui ne manquait jamais de faire cesser les écarts de conduite de ses enfants.

— J'apprécie beaucoup la compagnie de Madame Sybila, et si je décide de dépenser mon argent en lui rendant visite, c'est mon choix. Elle m'a même aidée à retrouver mon collier d'émeraudes, que j'avais égaré pendant quelques jours après notre soirée. De plus, elle apporte son soutien à une belle cause, et après l'avoir vue de mes propres yeux, je suis encline à la défendre également avec beaucoup d'ardeur.

Elle regarda autour d'elle les personnes rassemblées, puis son regard se posa sur son mari, le mettant au défi de prendre la parole.

Celui-ci plissa les yeux, et il contracta la mâchoire, mais il ne dit rien.

Assise sur le canapé avec son mari, Imogen leva les yeux sur leur mère.

— Lady Gresham se joindra-t-elle à nous ?

Elle adressa un regard à Harry, lui indiquant ainsi qu'elles n'avaient pas oublié leurs objectifs d'entremetteuses, du moins entre elles.

— Malheureusement, non. Elle a un autre engagement.

— Dommage, dit Rachel. Nous trouverons un autre événement auquel l'inviter. Nous l'apprécions vraiment, Harry.

— Mme Mapleton-Lowther a raconté à maman qu'elle t'avait vu dans une parfumerie. Aurais-tu par hasard acheté quelque chose pour une lady ? s'enquit Imogen, remuant les sourcils.

Le regard de Harry passa d'elle à Rachel puis à sa mère, puis il les observa toutes les trois en même temps.

— S'il vous plaît, arrêtez. Vous toutes, arrêtez. Lady Gresham est une femme charmante, mais aucun de nous deux n'a envie de se mettre en couple. Fin de l'histoire. Si vous persistez à vouloir nous pousser l'un vers l'autre, je ne viendrai plus dîner pour le reste de la saison.

— C'est promis ? se moqua Jeremy.

— Comme si tu venais toutes les semaines, ironisa Rachel. Nos excuses, Harry. Nous pensions qu'il y avait quelque chose entre lady Gresham et toi. Honnêtement, elle semble être la personne idéale pour toi : elle est mature, intelligente, et elle n'a pas peur de nous.

Si l'on ajoutait cela à toutes les autres façons dont ils s'accordaient, il semblait bien qu'elle était… parfaite. Il termina son cognac et Tallent arriva à point nommé pour annoncer le dîner.

Alors qu'ils se rendaient à la salle à manger, Harry et Jeremy restèrent en retrait une fois encore. Ce dernier posa son verre vide et se plaça à côté de son frère.

— Lady Gresham, hein ?

Harry lui lança un regard noir.

— Ne fais pas ça.

— Je garderai ton secret aussi bien que tu gardes le mien. Et si nous allions dîner ?

Après le repas, Harry but un porto en compagnie de son père et son frère, puis il profita du départ de Jeremy pour s'en aller aussi. Il se faufila dans le petit jardin derrière la maison de Selina et s'accroupit derrière un arbuste pour jeter un coup d'œil dans le salon.

Elle était assise dans un fauteuil, tandis que sa sœur lisait, installée sur le canapé. Il s'approcha et vit que Selina avait également un livre ouvert sur ses genoux. Elle était si belle, avec son profil éclairé par une bougie qui vacillait sur la table à côté de son fauteuil.

Harry attendit que Mlle Whitford se lève du canapé et quitte le salon. Mais, avant qu'il ne puisse lancer un caillou, Selina se leva et quitta la pièce. Il fronça les sourcils et attendit qu'elle revienne.

Le bruit de la porte extérieure qui s'ouvrait le fit sursauter.

— Je sais que tu es là, Harry.

Se levant, il fit quelques pas vers la porte devant laquelle elle se tenait.

— Comment as-tu su ? Je n'avais pas encore jeté le caillou.

— Je t'attendais, alors je t'ai guetté. Je dois dire que, pour un coureur de Bow Street, tu n'es pas très discret.

Harry éclata de rire.

— En général, je le suis. Cependant, tu as bouleversé mes compétences habituelles.

Selina s'avança vers lui, plissant légèrement les yeux d'une manière tout à fait provocante.

— Vraiment ? Tu me semblais plutôt bien maîtriser tes… compétences la nuit dernière. Mais peut-être devrais-je reconsidérer mon invitation.

Elle s'arrêta devant lui et fit glisser ses paumes le long de son torse pour les enrouler autour de son cou. Il l'embrassa, se délectant du contact doux et délicieux de ses lèvres contre les siennes.

— Je serais heureux de te faire profiter de l'une ou l'autre de mes compétences, afin que tu puisses en juger.

Il posa sa bouche sur celle de la jeune femme et l'attira contre lui en lui enserrant la taille.

— Je pense que c'est ce qu'il y a de mieux à faire. Afin d'établir la véracité de tes capacités, répliqua-t-elle en reculant d'un pas. Viens à l'étage.

Il haussa un sourcil.

— Si tu insistes.

— J'insiste.

Les lèvres de Selina esquissèrent un sourire séducteur, et Harry ne put refuser. D'ailleurs, il n'en avait pas envie.

Elle lui prit la main et le conduisit dans la maison. Non, il n'était plus un ermite. Il espérait simplement que cela durerait.

CHAPITRE 15

Incarner Madame Sybila en dehors des confins de son petit cabinet où elle pouvait rester dans l'ombre et surtout assise rendait Selina anxieuse. Afin de limiter les risques de mésaventure, elle avait donné rendez-vous à lady Aylesbury et à ses amies au foyer pour enfants égarés. Ce qui lui avait permis d'enfiler son costume au foyer et d'attendre leur arrivée.

Elle avait renforcé son déguisement habituel en appliquant une lourde couche de cosmétiques sous le voile, notamment en se faisant un plus gros nez. Au fil des ans, Beatrix et elle avaient accumulé toute une série d'outils pour modifier leur apparence. Son voile n'était pas aussi épais que d'habitude, car elle avait besoin de voir où elle allait, mais elle portait également un chapeau à larges bords pour ajouter davantage d'ombre à son visage. Enfin, elle avait ajouté une canne, que Luther lui avait procurée, à la fois pour l'aider à se déplacer et pour compléter son accoutrement.

— Je ne saurais même pas dire si tu es une femme, sous tout ceci, remarqua-t-il quand Selina sortit entièrement déguisée de l'une des chambres de l'étage.

Elle tapota le sol de sa canne.

— Tant mieux, car c'est exactement le but.

— Que je puisse penser que tu es un homme ? demanda-t-il en souriant.

Selina releva son voile pour pouvoir descendre les escaliers et lui poser des questions au sujet de ce que Harry lui avait appris. Car le véritable nom de famille de Luther était Frost.

— Luther, quel genre d'affaires mènes-tu à Saffron Hill ?

Le sourire de l'homme s'effaça.

— Si c'est encore pour me faire la leçon sur la nécessité de changer de vie, ne te donne pas cette peine.

— As-tu repris le flambeau des activités de Partridge ?

Elle ne pouvait se résoudre à lui demander s'il avait allumé l'incendie, sachant que des innocents étaient morts.

— Pas entièrement, non, répondit-il en s'avançant vers elle, une sombre expression sur le visage. Nous faisons tous ce qui est nécessaire pour survivre, Lina. Tu le sais bien.

Oui, elle le savait. Tout comme elle savait qu'elle se débattait plus que jamais avec cette idée.

— Viens, il faut que tu descendes.

Étonnamment, il ne lui offrit pas son bras. Tant mieux, car elle ne voulait pas de son aide. Après son badinage de l'autre jour et maintenant cette… tension, elle se sentait mal à l'aise en sa présence.

À l'appréhension causée par son déguisement et par Luther venait s'ajouter le fait que Beatrix était sans doute en train de dérober quelque chose à l'intérieur de la maison de Mᵐᵉ Mapleton-Lowther. Comme cette dernière était sur le point d'arriver au foyer, Beatrix avait convaincu Selina que c'était le bon moment pour s'introduire chez elle et subtiliser la broche très spectaculaire dont elle avait parlé à Madame Sybila lors de leur dernière rencontre.

C'était une tentative risquée, mais les occasions qui se

présentaient à elle ne donnaient pas toujours des résultats très lucratifs. Cette broche leur rapporterait un bon prix et les rapprocherait de leur objectif, de sorte qu'elles n'auraient plus à se préoccuper du financement du reste de la saison de Beatrix.

Selina descendit les escaliers, et, alors qu'elle arrivait dans l'entrée, elle entendit des voix à l'extérieur. Elle rabattit rapidement le voile sur son visage. Se retournant, elle demanda à Luther s'il était prêt.

— Je suis prêt, et tout le monde l'est aussi.

À l'exception de Theresa. Elle était encore ivre ce jour-là, et Selina avait obligé Luther à l'emmener ailleurs, de peur qu'elle ne gâche toute l'entreprise.

Un coup fut frappé à la porte, et il se hâta de répondre.

— Bonjour. Bienvenue au foyer pour enfants égarés.

Il maintint la porte ouverte alors que plus d'une demi-douzaine de femmes entraient.

Selina ne distinguait pas vraiment les personnes présentes, mais elle savait que parmi elles se trouvaient la mère et les sœurs de Harry, bien qu'elle ne sache pas combien ni lesquelles, lady Balcombe et Mme Mapleton-Lowther. Du moins, elle espérait que cette dernière était là. Si elle était restée chez elle, le plan de Beatrix aurait été mis à mal.

— Madame Sybila, vous êtes là ! s'exclama lady Aylesbury.

Elle s'approcha suffisamment pour que Selina soit certaine que c'était bien elle.

— Avez-vous besoin d'aide ? s'enquit-elle, semblant remarquer la canne de la jeune femme.

— Non, merci, répondit Selina avec son accent français.

Elle se tenait les épaules légèrement courbées pour modifier sa silhouette.

— Bienvenue au foyer pour enfants égarés, dit encore Luther, cette fois plus fort. Allons au salon.

Il fit signe à tout le monde de le suivre dans la pièce à l'avant de la maison, qui donnait sur Ivy Lane. Selina se plaça près de la porte, bougeant le moins possible, et elle écouta Luther prononcer son discours.

— Mon épouse et moi avons créé ce foyer par accident.

Il esquissa un petit sourire, du moins c'était ce qu'imagina Selina. Elle voyait son expression dans son esprit. Grâce à son physique avantageux et à son charme, il conquerrait ces ladies sans trop d'efforts.

— Malheureusement, Mme Winter n'est pas là pour le moment. Elle est partie faire une course pour l'un des enfants qui est malade, expliqua-t-il avant de s'arrêter un moment. Mme Winter et moi-même n'avons pas eu la chance d'avoir d'enfants, il était donc logique que nous accueillions des enfants qui n'ont plus de parents.

— Tous les enfants sont donc orphelins? s'enquit quelqu'un, sans doute Mme Mapleton-Lowther.

— La plupart d'entre eux, répondit Luther. Certains ont un parent qui ne s'occupe plus d'eux. Ces enfants ont besoin d'amour et qu'on les guide. Ainsi que de nourriture et de vêtements.

Selina entendit le sourire dans sa voix. Il voulait que ces dames sachent qu'ils étaient dans le besoin, et qu'elles devaient donc donner de l'argent. Il était vraiment très doué pour cela.

— Voudriez-vous rencontrer certains des enfants? leur demanda-t-il.

— Oui, s'il vous plaît, dit Lady Aylesbury.

— J'en ai pour un instant.

Luther quitta la pièce. Presque aussitôt, Selina entendit Rachel parler à voix basse à lady Aylesbury ; elles se tenaient non loin d'elle.

— Maman, comment peux-tu être sûre que M. Winter

utilisera l'argent que tu donnes pour le bien des enfants ? Peut-être ira-t-il le boire ou le jouer.

— Je réserve mon opinion, Rachel, et je ne suis pas encline à penser au pire. Contrairement à toi.

Selina entendit l'agacement et la déception dans la voix de la comtesse, et elle se sentit presque coupable par rapport à la sœur de Harry.

Quelques instants plus tard, Luther revint avec plusieurs enfants. Au cours des minutes suivantes, les femmes leur posèrent des questions, et ils répondirent comme s'ils disaient la vérité. Qu'ils avaient de la chance d'être ici, qu'ils étaient bien soignés, qu'ils avaient l'impression de faire enfin partie d'une famille, qu'ils avaient de l'espoir en l'avenir.

Leurs commentaires touchèrent la corde sensible de Selina. Que n'aurait-elle pas donné pour ressentir cela quand elle vivait à Londres avec Rafe, et après, quand elle était allée à l'école ! Voir ces enfants jouer un rôle la touchait également, mais pas d'une bonne manière. Elle réprima ce sentiment.

— Monsieur Winter, de quoi avez-vous besoin ?

— De vêtements, de livres, d'argent pour la nourriture et les autres choses dont j'ai parlé. Également pour les médicaments. Mme Winter est en train d'aller chercher un tonique, ce qui représente une dépense supplémentaire.

— Et vous gérez tout cela vous-même, tous ces enfants… combien sont-ils, déjà ? s'enquit Rachel.

— Ils sont quatorze aujourd'hui, répondit Luther. Leur nombre varie. Certains enfants ne restent pas. Ils ont du mal à croire que l'on s'occupera d'eux ici.

Il parlait d'un ton triste, et comme il se devait, déchirant.

— Alors, ils s'en vont ? demanda quelqu'un, l'air effaré. Comment pouvons-nous empêcher cela ?

Luther lui adressa un grand sourire.

— Je n'en suis pas sûr. Nous faisons de notre mieux. Tous

les fonds que vous donnez vont entièrement aux enfants. Je travaille comme forgeron. Cependant, il devient de plus en plus difficile de conserver ce travail tout en aidant Mme Winter à s'occuper des enfants. Et nous espérons les former au service domestique.

— Vous ne pouvez pas continuer à travailler à la forge, affirma lady Aylesbury. Nous devons instaurer une souscription afin que vous disposiez d'un revenu régulier. Vous pourrez alors vous consacrer entièrement aux enfants. Je me demande si nous pourrions visiter la maison, pour voir ce que nous pourrions faire pour améliorer votre situation.

— Oui, bien sûr. Je peux répondre à toutes vos questions, tout comme Millie.

Luther montra d'un geste la fille qui se trouvait à côté de lui. Elle était l'une des plus âgées, elle devait avoir douze ans.

Selina avait dit qu'ils ne voulaient pas accepter de souscription, car tout ceci n'était pas réel. Mais, si cela le devenait ? Et si elle créait vraiment un foyer pour enfants égarés ? L'idée germa dans son esprit.

Luther quitta le salon et la plupart des femmes le suivirent avant qu'une porte ne claque bruyamment à l'arrière de la maison.

Selina espérait qu'il ne s'agissait que de l'un des enfants.

— Voulez-vous que j'aille voir, monsieur Winter ?

— Oui, s'il vous plaît, répondit-il à mi-chemin de l'escalier.

Les femmes qui le suivaient poursuivirent leur route. Cependant, les deux qui ne l'avaient pas fait, les sœurs de Harry, Rachel et Imogen, restèrent en arrière avec Selina.

— Allez-y, insista cette dernière. J'ai déjà visité le foyer.

— Êtes-vous sûre de ne pas avoir besoin d'aide ? s'enquit Imogen.

— Non, merci…

Selina fut interrompue par l'arrivée de Theresa, qui avait

surgi de l'arrière de la maison. Ses cheveux noirs étaient partiellement relevés, mais des mèches retombaient autour de son visage et de son cou. Elle était pâle, à l'exception des cernes violets sous ses yeux injectés de sang.

— J'avais oublié que c'était la journée des ladies de la bonne société !

Elle était encore ivre. *Oh, bon sang !* Selina se précipita vers elle, prenant soin de se servir de sa canne et de se tenir légèrement voûtée.

— Madame Winter, bonté divine ! Vous avez l'air d'être souffrante à votre tour. Sans doute à force de vous occuper de cet enfant malade. Laissez-moi vous aider à monter.

— Nous pouvons nous en charger, proposa Rachel en s'approchant d'elles.

Theresa se tourna vers Selina.

— Je ne veux pas de votre aide. Luther est constamment en train de parler de toi. Tu es tellement intelligente, tellement jolie, tellement…

Selina prit sa canne et la posa sur le pied de Theresa, appuyant doucement… pour l'instant.

— Madame Winter, j'ai l'impression que vous avez de la fièvre. Mieux vaudrait vous taire et aller vous reposer.

Theresa lui jeta un regard noir.

— J'ai de la fièvre, c'est vrai.

Elle se jeta sur Selina, tendant la main vers son voile. Horrifiée, la jeune femme réagit vite… trop vite. Elle recula brusquement pour éviter que l'autre femme ne lui arrache son voile, et, ce faisant, elle perdit l'équilibre. Plutôt que d'essayer de rester debout, elle se servit de sa canne pour entraîner Theresa dans sa chute.

Roulant sur le sol pour se rapprocher de la femme, Selina murmura :

— Si tu gâches tout, tu n'auras rien. Monte dans ta chambre et reste hors de vue.

Les yeux de Theresa s'écarquillèrent brièvement. Imogen l'aida à se relever, tandis que Rachel s'accroupissait à côté de Selina.

— Vous allez bien, Madame Sybila ? s'enquit-elle d'un air inquiet.

— Oh ! Oui, je vais bien. Je crains que la pauvre Mme Winter n'ait besoin de s'allonger. Nous devrions l'accompagner à l'étage.

— Je peux m'en charger, proposa Imogen.

Alors que Rachel aidait Selina à se mettre debout, le chapeau de cette dernière bascula. Elle sentit que son voile commençait à bouger. Plus adroitement qu'elle n'aurait sans doute dû, Selina se redressa, puis réajusta son chapeau pour se couvrir, de peur que la sœur de Harry ne voie sous le voile. Bien que Selina porte du maquillage, elle redoutait que Rachel la reconnaisse quand même.

La jeune femme récupéra sa canne et la lui tendit.

— Êtes-vous sûre que tout va bien ? C'était une sacrée chute.

Selina avait atterri sur sa hanche, et elle avait mal. Elle priait pour que la sœur de Harry n'ait rien vu qui puisse la conduire à la vérité. *Bonté divine !* Tout ceci devenait complètement insoutenable.

— Je vais bien, merci.

Elle *irait* mieux dès que cette fichue visite serait terminée. Si elle n'avait pas déjà décidé que Madame Sybila devait disparaître, elle l'aurait fait à cet instant.

Avec un peu de chance, Beatrix réussirait sa mission ce jour-là, et elles se rapprocheraient un peu plus de ce dont elles avaient besoin. Selina incarnerait Madame Sybila une semaine de plus, et ensuite, ce serait terminé.

Le reste de la visite se déroula sans autre incident, et lorsque les dames s'en allèrent, elle avait désespérément besoin d'un verre de n'importe quel vin ou alcool que Luther avait dans la maison.

— Je n'ai que du gin, l'informa-t-il quand elle lui posa la question.

— Alors, je prendrai du gin.

Selina se hâta de gagner l'étage pour changer de vêtements. Lorsqu'elle revint dans le salon à l'arrière de la maison, son déguisement rangé dans un fourre-tout à l'exception de la canne qu'elle avait laissée dans la chambre, Luther était là avec une bouteille et deux verres de gin.

Il en tendit un à Selina quand elle déposa son sac et sa coiffe, puis il trinqua avec elle.

— À un après-midi couronné de succès.

Selina laissa échapper un rire aigu avant de prendre une bonne gorgée de gin. Elle grimaça légèrement, car elle n'en avait pas bu depuis longtemps.

— J'espère qu'il a été couronné de succès. Theresa a failli tout gâcher.

— J'ai entendu le tapage. Que s'est-il passé ?

— Elle est arrivée ivre et s'est mise à parler à tort et à travers. Elle t'a appelé Luther et a raconté que…

Selina s'interrompit. Elle ne voulait pas lui répéter ce qu'avait dit Theresa et provoquer une discussion sur ce que Luther pouvait ressentir pour elle.

— J'ai dû la faire tomber pour qu'elle se taise.

Luther s'esclaffa.

— Tu es aussi terrifiante que tu l'étais quand nous étions enfants.

Une lueur d'admiration brillait dans ses yeux, ce qui mit Selina mal à l'aise. Certes, par le passé, elle avait dû faire appel à ses qualités physiques, car elle était plus grande que toutes les autres filles et cela l'avait aidée, mais elle ne le faisait plus aujourd'hui. Cela faisait même très longtemps qu'elle ne l'avait plus fait.

— Pas vraiment, répondit-elle, buvant une nouvelle gorgée de gin avant de reposer son verre.

Elle prit son chapeau et son voile sur la chaise où elle les avait posés.

Luther lui toucha l'avant-bras.

— Je me fiche de savoir qui tu es, que ce soit une diseuse de bonne aventure, une lady de la bonne société ou la fille que j'ai connue presque toute ma vie. Je *te connais.*

Selina s'éloigna brusquement de lui.

— Tu ne me connais absolument pas. Cela fait dix-huit ans que tu ne m'as pas vue. Tu ne sais rien, et ne prétends pas le contraire.

Luther laissa retomber sa main contre son flanc, et ses yeux s'assombrirent.

— Peut-être que non. Mais je t'ai fait la promesse de veiller sur toi. Je la prends toujours au sérieux.

La poitrine de Selina se serra, mais elle s'obligea à respirer.

— Je te libère de cette promesse. La seule personne dont j'attends qu'elle veille sur moi, c'est moi-même.

Mais l'idée que Harry prenne soin d'elle surgit dans son esprit en même temps qu'une bouffée de joie. Elle enfila sa coiffe et saisit son sac avant de sortir par la porte arrière et de se rendre à Newgate où elle prit un fiacre.

Elle n'avait besoin de personne. Cela faisait très long-temps qu'elle n'avait pas eu besoin de quiconque. Pour la première fois, avec Harry, elle *voulait* quelqu'un. Pour la première fois, elle entrevoyait un futur heureux, *si* elle parve-nait à trouver le courage de lui dire la vérité.

Sa respiration se bloqua. Jamais auparavant elle n'avait envisagé de dévoiler ses secrets. Elle avait déjà raconté plus de choses à Harry qu'à n'importe qui d'autre. Pouvait-elle s'ouvrir complètement à lui ? L'accepterait-il ? Plus impor-tant encore, lui pardonnerait-il ?

CHAPITRE 16

— Tu as l'air plutôt content de toi, remarqua Remy lorsque Harry le rejoignit avec Dearborn à une table du *Brown Bear*, le lundi après-midi.

— Ah oui ? répondit Harry qui ne prit pas la peine de réprimer son sourire.

Il ne pouvait empêcher sa joie de s'exprimer.

Depuis qu'il s'était rendu chez elle le jeudi soir, Selina et lui s'étaient déjà revus à deux reprises. Il y était retourné le vendredi soir, puis elle était venue chez lui le samedi après-midi. Il brûlait de la revoir, surtout qu'ils ne s'étaient pas retrouvés la veille. Peut-être ce soir-là…

— Quelle en est la raison ? s'enquit Dearborn avant de boire une longue gorgée de bière.

La servante apporta une chope pour Harry, mais ne s'attarda pas.

— Il n'y a pas de raison particulière, mentit-il.

Il n'avait pas l'intention de parler de sa liaison avec qui que ce soit, et encore moins avec Remington et Dearborn. C'était déjà suffisamment grave qu'il ait presque fait des aveux à Jeremy. D'un autre côté, à qui d'autre Harry pourrait-il en parler ?

— À mon arrivée, j'ai eu l'impression que vous étiez tous les deux en pleine discussion, remarqua-t-il pour détourner la conversation. Vous travaillez sur quelque chose ?

— Oui, en fait, répondit Dearborn avec une lueur d'impatience dans les yeux. Il y a eu une série de vols à Mayfair. Dans des maisons huppées. On vient de me confier l'affaire.

Harry perçut l'impatience du jeune homme, et il se souvint de l'époque où il avait commencé sa carrière de constable quatre ans plus tôt.

— Je n'ai pas entendu parler de ces vols.

Remy ricana.

— Tu crois que tu aurais dû en être informé parce que tu viens d'une famille importante ?

Harry lui adressa un sourire ironique. Il était habitué à ce que l'on se moque de lui à cause de sa position sociale.

— Peut-être. Peut-être pas. Vous savez que je ne suis pas du genre à faire des commérages. Qui sont les victimes ?

Dearborn sortit un petit carnet dont il lut le contenu.

— Mapleton-Lowther, Whitney, Tilden, Balcombe.

Tous ces noms étaient familiers à Harry. C'étaient des amis de ses parents.

— Qu'est-ce qui a disparu ?

— Des bijoux, répondit Dearborn en rangeant le carnet dans sa poche.

Harry repensa au vol du bracelet à Spring Hollow. À sa connaissance, il n'avait jamais été retrouvé. Il se demandait si Bowles avait dédommagé la victime pour sa perte comme il l'avait prévu.

Dearborn poursuivit :

— Il semblerait que presque tous les vols aient lieu pendant que des événements se déroulent au domicile des victimes, lors d'une fête ou d'un bal.

— C'est un moment parfait pour voler quelque chose, quand tout le monde est occupé, remarqua Harry avant de boire une gorgée de bière. Mais tu as dit « presque tous » ?

— L'un d'entre eux s'est déroulé au milieu de la journée. Vendredi dernier.

— Il se pourrait qu'un invité soit le coupable, constata Remington, inclinant la tête sur le côté, l'air songeur. Mais ce serait étrange. On est en droit de penser qu'une personne invitée à de tels événements n'a pas besoin de voler des objets.

— Peut-être n'est-ce pas une question de besoin.

Quelques années auparavant, Harry avait surpris une jeune femme en train de voler dans une boutique. Elle avait glissé une paire de gants dans son réticule. Quand Harry l'avait prise à part, elle avait été surprise, car elle ne s'était même pas rendu compte qu'elle l'avait prise. Sa perplexité et son inquiétude sincères avaient convaincu Harry qu'elle n'avait pas menti. Il l'avait laissée partir en lui faisant promettre de faire plus attention, et de ne jamais plus recommencer.

— La cupidité, alors, proposa Remy avec un léger rictus. Cela ne me surprendrait pas.

Il inclina ensuite la tête vers Harry.

— Sans vouloir vous offenser, toi et tes semblables.

Harry serra les dents avant de boire une gorgée de bière. Il avait beau être habitué aux railleries, cela ne signifiait pas qu'elles ne l'irritaient pas de temps en temps.

— Des nouvelles du Vicaire ? l'interrogea Dearborn.

Remy but un peu de bière.

— J'ai entendu une rumeur selon laquelle il ne prêterait plus d'argent.

Harry contempla sa chope d'un air renfrogné avant de la poser.

— Je suppose qu'il va disparaître à nouveau, et que nous ne l'attraperons jamais.

Remy soupira et tapota brièvement la table du bout des doigts.

— Cela arrive parfois.

— C'est quand même mal, constata Harry. Il devrait payer pour ses crimes.

Le regard de Dearborn passa de Harry à Remy.

— Mais nous ne savons pas vraiment s'il est responsable de cet incendie. Ne recherchais-tu pas également un autre homme ?

Harry acquiesça en s'adossant à son siège, une main enroulée autour de la base de sa chope.

— Frost. J'ai discuté avec Thorpe à Hatton Garden, et il m'a confirmé qu'il dirigeait Saffron Hill.

— J'ai fait la même chose, annonça Remy avec un petit rire. Mais pas avec Thorpe. Apparemment, Frost représente une moindre menace que Partridge. Il ne possède pas de bordels, seulement des boutiques de recel. Et il n'oblige pas les enfants à faire partie de sa clique. Mais il s'arrange pour qu'il soit intéressant de travailler pour lui. D'après ce que j'ai entendu dire, il se montre plutôt magnanime.

— C'est quand même un criminel, répondit Harry avec brusquerie.

— Sans aucun doute.

— Crois-tu que ce soit lui qui ait mis le feu ? s'enquit Dearborn. Plutôt que le Vicaire, je veux dire.

Harry expira.

— C'est possible. Je voudrais lui parler. Il devrait être plus facile à trouver que le Vicaire, non ?

— On pourrait le penser, oui, acquiesça Remy. Je vais essayer de le trouver aussi. L'un d'entre nous va le dénicher.

Harry souleva sa chope.

— Et l'amener à Bow Street.

— Avec plaisir, répondit Remington en trinquant avec Harry.

Dearborn s'empressa de faire de même, et ils burent tous les trois. Sheffield reposa sa chope sur la table.

— Comment vont Alice et les enfants, Remy ?

— Ils sont bruyants ! s'exclama Remy en riant. Comment va ta famille ? Y a-t-il de nouvelles femmes avec lesquelles ils espèrent te mettre en couple ?

Il ricana encore.

— Oui, mais je crois les avoir remis dans le droit chemin. Une fois de plus.

Dearborn se passa une main dans les cheveux.

— Ma mère fait la même chose. Ces derniers temps, elle essaie de me mettre en couple avec la fille qui habite de l'autre côté de la rue, raconta-t-il en secouant la tête. C'est tellement horrible que je ne veux même plus y aller.

— Harry est un glouton, constata Remy. Il va encore dîner chez ses parents chaque semaine.

— Pas tout à fait chaque semaine.

— Qui est la jeune femme cette fois-ci ? l'interrogea Remington. Encore une fille dont le père est tellement haut placé qu'il ne veut pas la voir épouser un coureur, quand bien même ce dernier est le fils d'un comte ?

Harry sortit sa montre à gousset pour tenter d'éviter cette conversation.

— Je dois y aller.

Son ami sourit et se pencha pour murmurer très fort à l'oreille de Dearborn :

— Ceci est la tentative flagrante de Harry d'éviter d'en parler. Ce qui me fait dire que la femme en question mérite qu'on y regarde à deux fois.

Il adressa un clin d'œil à Sheffield. Celui-ci termina sa bière, puis se leva.

— À plus tard, messieurs.

Il secoua la tête, puis sourit avant de déposer des pièces sur la table et de s'en aller.

Selina méritait qu'on la regarde deux, trois, et même quatre fois. Et il n'était pas question qu'il discute d'elle avec Remy et Dearborn. Ou avec sa famille. Ce qu'ils partageaient était spécial.

Et c'était également fragile. Ils ne s'étaient fait aucune promesse, ne s'étaient donné aucune assurance, et il n'y avait aucune attente, tout au moins de sa part. Il était prêt à parier qu'elle n'en avait pas non plus.

Pour l'instant, c'était parfait. Mais cela resterait-il ainsi ?

❀

Après le dîner, Rafe envoya une calèche chercher Selina pour l'emmener dans sa nouvelle maison d'Upper Brook Street. C'était une bâtisse imposante, avec une façade palladienne grandiose, qui dépassait de loin tout ce que la jeune femme aurait pu imaginer.

À l'intérieur, elle suivit le majordome de Rafe jusque dans le salon du rez-de-chaussée. La taille et la splendeur des lieux étaient époustouflantes. Elle n'arrivait pas à croire que cela appartenait à son frère.

Le salon était agrémenté d'une imposante cheminée, de baies donnant sur le grand jardin situé derrière la maison et de deux espaces pour s'asseoir, l'un au centre de la pièce et l'autre près des fenêtres, avec une table ronde. Plusieurs tableaux étaient posés contre les murs, attendant manifestement d'être accrochés.

Elle se sentait toute petite et étrange.

— Lady Gresham, bienvenue, la salua Rafe en entrant dans le salon.

Selina éclata de rire.

— C'est un peu excessif, non ?

Il balaya la pièce du regard, puis se tourna vers elle.

— Tu trouves ? Attends de voir le salon à l'étage, il n'est pas encore terminé. Rien ne l'est, en réalité. Mais nous y travaillons.

Selina voulait savoir comment il pouvait se permettre tout cela, mais elle n'avait pas non plus envie de demander des détails. Pas encore. Peut-être arriveraient-ils à un point où ils seraient ouverts l'un à l'autre. Peut-être que non.

Au lieu de cela, elle se concentra sur la raison de sa visite.

— J'ai essayé de te voir.

— Je sais. J'ai reçu ton message. Comme tu peux le constater, j'ai été plutôt occupé.

Il lui avait finalement envoyé un message cet après-midi-là pour l'inviter à venir dans sa nouvelle maison.

— Comptes-tu organiser un bal ?

Rafe fronça les sourcils.

— Crois-tu que je devrais ?

Selina leva les mains en signe d'impuissance.

— Comment le saurais-je ? Je n'ai infiltré la bonne société que dans un seul but : y faire entrer Beatrix. Une fois que ce sera terminé, j'en aurai fini, heureusement.

— Tu n'aimes pas Londres ? La bonne société, je veux dire. Londres est bien plus que cela, ajouta-t-il avec un geste montrant la grande pièce.

— La bonne société est plutôt superficielle.

— N'as-tu rencontré personne que tu apprécies ?

Si, elle avait rencontré des gens. Les femmes de la Société des femmes de tête. La famille de Harry. *Harry.*

Selina ignora la question de son frère.

— Tu pourrais organiser un bal pour Beatrix, puisqu'elle est ta sœur. En fait, tu devrais sans doute le faire.

— Tu soulèves un argument valable. Cependant, je n'ai jamais été proprement présenté. Je dois d'abord établir des contacts dans la société.

— N'as-tu pas été invité chez le comte d'Aylesbury ?

Selina avait été certaine que Rachel encouragerait ses parents à le faire.

— Pas encore.

— Je vais voir ce que je peux faire de sorte que cela se produise.

— Merci. J'ai d'autres… contacts que je peux exploiter.

Le choix de ses mots la fit tressaillir intérieurement, ce qui était également étrange. Telle était la vie qu'ils menaient : ils cherchaient des occasions et ils en tiraient le meilleur parti. Sinon, ils mouraient de faim.

En tout cas, c'était un risque que Rafe ne courait manifestement plus. Mais il semblait avoir d'autres ambitions. Selina le regarda attentivement.

— Qu'espères-tu accomplir ?

— Tout simplement, établir des bases solides ici dans la société.

Il devait y avoir autre chose, mais peut-être que non. Enfants, ils avaient rêvé d'une vie confortable. Plus précisément, il avait rêvé d'une bibliothèque, l'une des choses dont il se souvenait le mieux de leur maison avant la mort de leurs parents. Et un cheval. Contrairement à Selina, il avait appris à monter à cheval avant qu'ils ne deviennent orphelins.

— Y a-t-il une bibliothèque dans cette maison ? s'enquit-elle.

Un sourire se dessina lentement sur les lèvres de Rafe.

— Tu le sais bien. Je te la montrerai quand elle sera terminée… j'ai un grand nombre de livres à acquérir.

Rafe était incroyablement riche. Les livres étaient très chers. Selina repoussa ces pensées pour se concentrer sur la raison de sa venue.

— Je voulais te parler de Luther. Aurait-il pu déclencher l'incendie de Saffron Hill ?

Rafe s'approcha de l'âtre et appuya son coude sur la cheminée.

— C'est possible. Il était là, bien sûr. Il savait que j'avais l'intention de tuer Partridge.

Selina contourna le canapé pour se rapprocher de Rafe.

— Peut-être a-t-il allumé le feu pour couvrir ce que tu avais fait. Il t'aimait comme un frère.

— Oui, mais ne t'imagine pas un seul instant que Luther ne veillera pas d'abord à ses propres intérêts. Tu ne le connais pas comme moi, répondit Rafe d'un ton sombre.

— Sans doute aurais-tu pu m'en informer à mon retour à Londres, au lieu de faire le mort ! s'exclama-t-elle sans chercher à masquer son irritation. Au lieu de cela, tu m'as laissée me reposer sur lui pour rendre crédible mon histoire de Madame Sybila ?

— A-t-il tout gâché ?

— Non. Mais la femme qu'il a choisie comme « épouse » est ivre la plupart du temps, et elle a bien failli le faire.

Selina décida de ne pas mentionner le comportement de Luther à son égard. Rafe pourrait essayer de la protéger, et elle était capable de prendre soin d'elle.

Son frère soupira.

— Luther se laisse parfois trop influencer par ses émotions quand il prend des décisions. Je parierais qu'il essayait d'aider la femme.

Trop d'émotions. Par opposition à Rafe.

— Contrairement à toi, constata-t-elle. Tu as toujours eu un comportement posé.

Il la fixa du regard un moment.

— La plupart du temps. Et qu'en est-il de toi ? Quel rôle jouent tes sentiments dans tes agissements, en particulier avec Sheffield ?

Le pouls de Selina s'emballa.

— Que veux-tu dire ?

— Vous avez une liaison. Ne t'embête pas à le nier, dit-il en haussant une épaule. Fais ce qui te rend heureuse. Dieu sait que nous ne l'avons pas tellement été au cours de notre vie, n'est-ce pas, Lina ?

Elle n'avait pas été heureuse. Apparemment, lui non plus.

— Pourrais-tu cesser de me surveiller ?

— Non. Je tiens à toi. Je suis désolé d'avoir perdu ta trace quand tu as quitté l'école, lui dit Rafe, la voix réduite à un murmure presque inaudible. Je le regrette.

— Ne regrette rien. Je me suis débrouillée.

Selina se jura à nouveau de ne jamais lui dire ce qui lui était arrivé. Il s'en voudrait, et ce n'était pas sa faute.

— Tu m'as fait une immense faveur en m'éloignant, lui dit-elle, cherchant à détendre l'atmosphère. Regarde-toi maintenant. De toute évidence, tu es doué pour gagner de l'argent.

Il faillit esquisser un sourire, mais se ravisa instantanément.

— Suffisamment, oui. Toi, en revanche, tu as connu des difficultés. Avant de recevoir ton message, j'avais prévu de t'en envoyer un ce soir. J'ai appris que Bow Street enquêtait sur une série de vols à Mayfair. Est-ce le fait de notre « sœur » ?

Bon sang ! Évidemment que c'était elle.

— Des bijoux ? s'enquit-elle, et elle jura en le voyant hocher la tête. C'est ainsi que nous gagnons de l'argent, ainsi qu'avec Madame Sybila. Il nous restait encore un vol de prévu, puis nous en aurions terminé.

— Tu ne peux pas le faire.

— Je sais.

Une vague de frustration l'envahit, mais Selina éprouvait également un soulagement surprenant. Elle allait faire taire Madame Sybila immédiatement.

— Merci de me l'avoir dit.

— Je t'en prie.

Elle s'attendait à ce qu'il lui propose à nouveau son aide, mais il lui avait signifié qu'il ne le ferait pas. De toute évidence, il était sérieux, car il ne dit rien.

— Qu'en est-il de Luther ? demanda-t-elle. Je ne peux pas croire qu'il ait pu mettre le feu et tuer des innocents. Des gens comme… nous.

— J'ai du mal avec cette idée aussi, mais s'il avait un avantage à en tirer, il l'a peut-être fait. Ou alors, il a pu déclencher l'incendie pour me protéger, comme tu l'as suggéré.

— Je vais lui parler. De toute façon, je dois fermer le foyer pour enfants égarés.

Rafe passa la main sur le manteau de la cheminée, posant les doigts sur le marbre.

— C'est intelligent. J'espère que tu as ce qu'il te faut.

Il y avait une question enfouie dans son ton, mais Selina l'ignora.

— Ça ira bien pour nous, répondit-elle, puis elle tourna les talons pour s'en aller.

— Peut-être que Beatrix et toi aimeriez venir dîner un soir ? Nous devrions veiller à raconter les mêmes histoires, vu que nous sommes censés former une famille.

Quand elle se tourna, Selina vit que Rafe s'était éloigné de l'âtre.

— Ce serait une bonne chose. Envoie-moi un message quand tu seras prêt.

— Je le ferai.

Ses yeux bleus, d'une intensité saisissante, étaient à la fois familiers et inconnus, comme le reste de son visage. Surtout cette cicatrice. Selina était partagée entre l'envie de rester pour lui demander comment c'était arrivé, et celle de s'en aller. Finalement, elle partit.

Peu après, Selina entra dans le salon de Queen Anne

Street et trouva Beatrix en train de contempler un ouvrage de broderie d'un air renfrogné.

— Tu as l'air frustrée, remarqua-t-elle, se dirigeant vers la carafe pour servir deux verres de madère.

— Tu sais comment je suis avec les travaux d'aiguille.

— Un cas désespéré, mais j'apprécie ta ténacité.

Selina prit les verres de vin et alla prendre place près de Beatrix.

Avec un grognement, cette dernière jeta ses gants dans un panier à côté de son fauteuil et accepta le verre que lui tendait son amie.

— Merci.

— Tu ne me remercieras pas après avoir entendu ce que j'ai à dire, et je crains que ta frustration ne se transforme en colère.

Selina but une gorgée de madère avant de s'asseoir sur le canapé. Elle s'y adossa et ferma brièvement les yeux.

— Eh bien, après un tel prologue, me voilà plongée dans l'effroi le plus total.

Ouvrant les yeux, Selina se redressa et but une nouvelle gorgée.

— Je reviens de chez Rafe. Sa maison est…

Elle écarquilla les yeux et laissa son expression refléter l'adjectif que Beatrix jugeait approprié. Celle-ci la regarda avec intérêt.

— Tu as dit que c'était sur Upper Brook Street. À quoi t'attendais-tu ?

Selina plissa les yeux en regardant son amie.

— Aurais-*tu* visité une maison là-bas ?

Beatrix éclata de rire.

— C'est abominable, n'est-ce pas ?

— J'avais l'impression d'être une limace.

— Tu n'en as pas l'air. Je suis sûre que tu avais parfaitement l'air d'être à ta place. Tu n'es pas la même fille qui a quitté le séminaire de Mme Goodwin.

Non, elle ne l'était plus.

— Rafe m'a dit que Bow Street enquêtait sur les vols de bijoux à Mayfair.

Beatrix, qui venait de boire une gorgée de madère, se mit à tousser. Lorsqu'elle reprit son souffle, elle cligna des yeux en fixant Selina.

— Est-ce que Sheffield s'occupe de l'enquête ?

— Je l'ignore. Cela n'a pas d'importance. Nous arrêtons tout. Plus de vols, plus de Madame Sybila. Je vais vider la pièce à *La Rose ardente* demain, puis je fermerai le foyer pour enfants égarés.

Beatrix se pencha en avant sur son siège, les yeux écarquillés.

— Mais nous n'avons pas terminé ! Nous n'avons pas assez d'argent.

— Nous avons reçu un grand nombre de dons lors de la visite de vendredi dernier. Cela suffira.

Selina l'espérait, en tout cas. Elle commencerait par réduire certaines dépenses. Elles pouvaient bien se rendre à pied aux bals, n'est-ce pas ?

— Je ne me ferai pas prendre, marmonna Beatrix, s'adossant de nouveau à son siège.

— Nous ne pouvons pas prendre ce risque, affirma Selina.

Surtout si Harry travaillait sur cette affaire. Il était déjà trop proche.

— Mieux vaut que Madame Sybila quitte la ville, et tu dois arrêter de voler. Je suis sérieuse, insista Selina, fixant son amie d'un air sévère. Je t'en prie, ne mets pas en péril tout ce pour quoi nous avons travaillé ni cet avenir que *tu* mérites.

Beatrix ne répondit pas, mais elle leva son verre et but une longue gorgée de vin.

— Beatrix, siffla Selina. Dis-moi que tu comprends. Tout s'arrête *maintenant*.

Son amie lui adressa un regard mécontent, puis elle prit une grande inspiration et acquiesça.

— Je comprends. Je comprends vraiment. C'est terminé.

Laissant échapper un soupir de soulagement, Selina se mit à réfléchir à ce qu'elle devrait faire le lendemain. Et ensuite, quoi ? Ensuite, elle devrait encore supporter six ou huit semaines de cette interminable saison. À moins que Beatrix n'atteigne son objectif de gagner l'approbation et le soutien de son père avant ce délai.

Ce qui lui laissait également six ou huit semaines avec *Harry*.

La semaine qui venait de s'écouler, ces moments qu'elle avait partagés avec lui… Elle avait eu l'impression de vivre un rêve. Mais, même si elle en avait envie, cela ne pouvait pas continuer. Elle voulait davantage de leçons d'équitation. Elle voulait lire son traité au sujet du procès de Sir Thomas Overbury. Elle voulait passer du temps avec sa famille nombreuse et tapageuse et sentir qu'elle faisait partie de quelque chose de plus grand qu'elle. Mais rien de tout cela n'arriverait.

Dès la fin de la saison, elle quitterait Londres. Elle le devait. Elle ne pouvait pas se permettre de rester. Une partie d'elle lui hurlait qu'elle devait en finir maintenant, que c'était une erreur de continuer. Non, que c'était une erreur d'avoir commencé. Elle devait la vérité à Harry, mais la lui révéler reviendrait à démasquer Beatrix et ruinerait ses espoirs. S'il n'y avait eu que Selina, elle lui aurait tout dit.

Terminant son verre de vin, elle se leva et souhaita bonne nuit à son amie avant de monter dans sa chambre. Dès qu'elle ouvrit la porte, elle sut que quelque chose n'allait pas.

Harry sortit de derrière le rideau entourant la fenêtre.

— Oh, c'est toi ! Tant mieux.

Une perle de sueur froide coula le long de la nuque de Selina. Avait-il entendu la discussion entre Beatrix et elle ?

— Bon sang, Harry ! Je vois que tu es bien plus doué pour t'introduire dans certains endroits que tu ne l'es pour espionner dans les jardins.

Il s'approcha d'elle, ses lèvres esquissant un sourire.

— J'étais particulièrement motivé ce soir. J'avais hâte de jeter un caillou sur la fenêtre.

Le soulagement envahit Selina. Non, il n'avait rien entendu. Il l'embrassa : ce contact de ses lèvres lui était désormais familier, tout comme le mouvement de sa langue et le balancement de son propre corps qui se fondait contre celui de Harry. Des émotions refoulées enflèrent en elle : de la tristesse, de l'impatience, du regret… du désir. De la honte.

Elle s'écarta.

— Harry, j'ai besoin de…

Les mots se bloquèrent dans sa gorge. Elle voulait lui avouer qui elle était vraiment, qui elle prétendait être… qui elle brûlait de devenir.

— De quoi as-tu besoin ?

— Toi. J'ai besoin de toi.

Impatiente de se perdre, elle lui retira son manteau et l'entraîna vers le lit. En souriant, il entreprit d'ôter toutes les épingles de ses cheveux.

— As-tu verrouillé la porte ?

— Zut ! souffla-t-elle avant d'aller pousser le verrou.

Elle retira ses chaussures avec empressement et revint vers lui.

— Pressée ? s'enquit Harry avec un sourire.

— Ne parle pas.

Selina prit le visage de Harry entre ses mains et l'embrassa avec un désir ardent, comme s'*il* était ce dont elle avait besoin pour survivre. Pas ce qu'elle avait prévu pour le lendemain ou la semaine suivante. Rien que lui. Maintenant.

Il acheva de lui détacher les cheveux, laissant les épingles tomber sur le sol. Passant ses mains dans ses mèches, il l'embrassa encore et encore, leurs lèvres se détachant et se rejoignant entre des soupirs et d'autres bruits plus graves exprimant leur désir.

Selina lui retira sa cravate et déboutonna son gilet à la hâte. Saisissant l'ourlet de la chemise de Harry, elle le fit remonter, dévoilant le plan dur de son ventre et de son torse. Il jeta son vêtement au sol tandis qu'elle posait la bouche sur lui ; ses lèvres et sa langue se déplacèrent sur ses mamelons et jusqu'au creux de sa gorge.

Il agrippa sa tête, gémissant pendant qu'elle passait sa main sur la crête de son membre qui tendait son pantalon. Il la retourna brusquement et délaça sa robe avec des gestes impatients, la faisant descendre sur ses hanches dès qu'elle fut suffisamment relâchée. Le jupon de Selina suivit, puis il s'attaqua aux rubans de son corset. Ce vêtement rejoignit les autres à ses pieds, la laissant vêtue uniquement de sa chemise et de ses bas.

Harry posa ses mains sur les hanches de la jeune femme, la ramenant contre lui pour qu'elle sente son érection contre le haut de ses fesses et le creux de son dos. Il remonta ses paumes sur le ventre de Selina, avant de saisir ses seins à travers la chemise.

— Tu ne parles plus ? murmura-t-il contre son oreille avant de l'embrasser dans le cou.

Les sensations et le désir l'étouffaient.

— Je ne peux pas, articula-t-elle entre deux halètements.

— Alors, laisse-moi faire. Que veux-tu, Selina ? Mes mains ici ? murmura-t-il en tirant sur ses mamelons.

Ce n'était pas assez. Elle remonta sa chemise et Harry l'aida à la passer par-dessus sa tête avant de la jeter au sol.

Il posa de nouveau ses mains sur sa poitrine, la saisissant, la serrant, avant de la pincer.

— C'est mieux ?

Elle fit basculer sa tête dans le creux de l'épaule de Harry et ferma les yeux. L'une de ses mains descendit le long du ventre de Selina, puis appuya sur son sexe. Se cambrant contre sa paume, elle gémit doucement, écartant les jambes.

Il glissa un doigt entre ses replis intimes.

— Mieux encore ? Veux-tu jouir comme ça ?

Il la pénétra, la comblant à tel point qu'elle cria. Elle fit basculer ses hanches vers l'avant, avide de plus. Mais, non, elle ne voulait pas jouir ainsi. Il lui avait dit qu'elle pourrait être au-dessus de lui. C'était ce qu'elle voulait.

Se tournant, Selina embrassa Harry, se servant de ses dents pour tirer sur sa lèvre inférieure avant de parler.

— Sur le lit. Montre-moi comment prendre le contrôle.

Il sourit tout contre sa bouche.

— Ce sera à toi de tout contrôler.

Il se dépouilla du reste de ses vêtements, puis il monta sur le lit. S'étalant sur le couvre-lit, il leva les yeux vers Selina.

— Chevauche-moi.

Elle regarda le nid de boucles brun-roux foncé entre ses jambes d'où émergeait son sexe, épais et raide. Tendant la main vers lui, elle savait qu'elle trouverait une goutte à l'extrémité. Elle se pencha sur le lit et le toucha. Sans réfléchir, elle posa sa bouche sur lui, goûtant son sel.

Il enroula la main dans ses cheveux.

— Mon Dieu ! Selina ! s'exclama-t-il, la guidant dans ses mouvements. Comme ça. Utilise ta langue.

Elle enroula sa langue autour de lui et fit glisser sa bouche vers le bas avant de remonter.

— Et ta main.

Selina avait l'impression qu'il ne pouvait pas respirer.

Harry posa sa main sur la sienne, lui montrant où le serrer à la base.

— Tu peux aller aussi vite ou aussi lentement que tu le

souhaites. Mais je préfère que tu ailles plus vite, au moins *pour l'instant.*

Les derniers mots ressemblaient davantage à un grognement guttural, car elle avait commencé à accélérer, faisant glisser sa bouche de haut en bas, le prenant plus profondément à chaque fois.

Harry agrippa les épaules de Selina et la tira vers le haut.

— Arrête ! Je t'en prie ! Sinon, je vais jouir directement dans ta magnifique gorge.

Ses paroles enflammèrent la jeune femme. Elle leva les yeux vers lui, perçut le désir ardent dans son regard et dans les traits de son visage ; elle ressentit un pouvoir qu'elle n'aurait jamais pu imaginer. Ce n'était pas un pouvoir qu'elle exerçait sur lui, mais sur elle-même et sur ses propres choix. Elle voulait cela. Elle voulait Harry.

— Chevauche-moi, répéta-t-il.

Cette fois, elle suivit son ordre, grimpa sur le lit et passa une jambe par-dessus ses cuisses. Elle appuya une main sur son torse et enroula l'autre autour de son vit. Il posa la main sur la sienne, tout en la rapprochant de lui, et il se guida vers le sexe de la jeune femme.

Le regard de Harry était rivé sur l'endroit où ils allaient s'unir.

— Abaisse-toi. Doucement.

Il passa l'extrémité de son membre contre ses replis intimes, puis il commença à la transpercer lorsqu'elle abaissa ses hanches.

— Pardieu ! C'est la chose la plus érotique que j'aie jamais vue. Tu es si belle !

Elle ne pouvait pas parler, mais les mots de Harry étaient aussi excitants que son corps et ses caresses. Il empoigna ses hanches et la combla entièrement. Le simple fait de l'avoir en elle faillit faire basculer la jeune femme.

— Bouge, Selina.

Posant les mains contre le torse de Harry, elle s'arc-bouta et commença à bouger sur lui, à monter et descendre, lentement d'abord. Puis elle se souvint qu'il avait dit qu'il aimait quand c'était rapide. De plus, la friction qu'elle créait n'était pas suffisante. Elle en voulait plus. Son corps exigeait davantage.

Il saisit ses seins, tirant sur ses mamelons, lui procurant un plaisir intense. Elle commença à basculer vers l'avant, ses hanches et ses jambes se pressant contre lui, tandis qu'elle cherchait à atteindre sa libération. Il posa la bouche sur son sein et elle cria, fermant les yeux.

Puis Harry toucha son clitoris et elle bascula. Des spasmes secouèrent son corps, ses muscles intimes se contractèrent autour de lui. Elle avait du mal à maintenir son rythme.

— Je ne peux pas, répéta-t-elle, mais pour une tout autre raison.

Soudain, Harry la retourna, son corps la quittant à peine alors qu'il la plaquait contre le lit. Et il s'enfonça une nouvelle fois en elle. Il reprit là où elle s'était arrêtée, plongeant entre ses jambes frémissantes tandis qu'elle enroulait son corps autour du sien. Des vagues de plaisir déferlèrent sur Selina. Elle atteignit le sommet et bascula alors que son impatience s'apaisait. Ensuite, il se retira, pour répandre sa semence là où elle ne pouvait pas prendre racine.

Après quelques instants, il revint vers elle, s'installant une nouvelle fois entre ses jambes pour la prendre dans ses bras.

— Mes excuses pour avoir pris le relais.

— C'était bien, murmura-t-elle. Non, c'était fantastique.

C'était exactement ce dont elle avait besoin. *Il* était exactement ce dont elle avait besoin.

Harry embrassa sa tempe, sa joue, ses lèvres. Selina le

serra fort contre elle, souhaitant pouvoir trouver le courage de lui dire ce qu'elle devait lui avouer. Elle y arriverait. Il le fallait.

Et elle pria pour que le cœur de Harry ne soit pas brisé comme le sien.

CHAPITRE 17

Sachant que Madame Sybila ne recevrait pas de clients puisque c'était jeudi, Harry se glissa dans l'arrière-boutique de *La Rose ardente*. Il se faufila dans le couloir menant au petit cabinet de la diseuse de bonne aventure, prêtant l'oreille pour repérer si quelqu'un approchait. Il entendit des murmures provenant de la parfumerie juste avant d'ouvrir la porte et de se glisser à l'intérieur, avec l'intention d'enquêter sur ses toniques et tout ce qu'il pourrait trouver d'autre.

Son souffle se bloqua et il contempla la pièce vide. Elle n'était pas *totalement* vide, car la table, les chaises et la commode étaient toujours là, mais tout le reste avait disparu. Il n'y avait plus ni nappe, ni encens, ni cartes.

Peut-être rangeait-elle ces objets chaque jour avant de partir. Harry se rapprocha de la commode dont il commença à ouvrir les tiroirs. La plupart étaient vides, et celui qui ne l'était pas ne contenait que des flacons de parfum vides.

Jurant à mi-voix, le constable balaya la pièce du regard, l'esprit en ébullition. Ses yeux accrochèrent le léger contour d'une porte dans le coin arrière. Comment ne l'avait-il pas remarquée plus tôt ? En y repensant, il se rendit compte qu'une tenture était accrochée dans ce coin, sans doute pour dissimuler la porte.

Harry l'ouvrit, révélant un étroit placard vide. Qu'y avait-elle gardé ? Il passa la tête à l'intérieur et sentit une faible trace d'un parfum qui ne lui était que trop familier : de l'orange et du chèvrefeuille. Cette maudite femme avait porté le parfum de Selina !

La porte s'ouvrit derrière lui, poussant Harry à se retourner.

Mme Kinnon haleta, ses sourcils se relevèrent, et elle porta la main à sa poitrine.

— Bonté divine ! Monsieur Sheffield ! J'avais cru entendre quelque chose par ici.

— Où est Madame Sybila ?

— Elle est partie s'occuper d'un membre de sa famille souffrant, hors de Londres. J'ignore quand elle reviendra, ou même si elle le fera, expliqua la commerçante d'une voix triste.

Elle s'était enfuie. Parce que c'était une impostrice.

Passant devant Mme Kinnon, Harry traversa la boutique et sortit sur le trottoir. Il longea le Strand jusqu'à ce qu'il hèle un fiacre : il était bien trop pressé pour marcher jusqu'à Cheapside.

Son sang bouillonnait dans ses veines tandis que le véhicule l'emmenait vers Saint-Paul, bien trop lentement à son goût. Il espérait se tromper, que Madame Sybila avait vraiment quitté la ville pour s'occuper d'un proche. Mais son instinct lui disait que ce n'était pas le cas.

Finalement, le fiacre atteignit Ivy Lane. Harry paya le cocher et se tourna pour regarder le foyer pour enfants égarés. Le panneau mal orthographié avait disparu de la fenêtre.

D'un pas lourd, le constable s'avança vers la porte qu'il

frappa fort. Il fut surpris que quelqu'un réponde. Il ne s'agissait pas de M. ou Mme Winter ni d'un enfant. Au lieu de cela, un homme d'un certain âge au crâne dégarni et à l'embonpoint certain l'accueillit.

— Puis-je vous aider ? s'enquit-il d'une voix agréable.

— Cet endroit était un foyer pour enfants égarés la semaine dernière. Où sont les Winter ?

— Oh ! Ils ont déménagé. Ils ont dit qu'ils avaient trop d'enfants pour ma maison.

— Où sont-ils allés ? l'interrogea Harry, la colère grondant dans ses tripes.

L'homme haussa les épaules.

— Je n'ai pas posé la question. Ce n'est pas mon problème, même si je suis navré de perdre leur loyer.

Harry avait l'impression qu'il allait exploser.

— Vous devez savoir que ce foyer pour enfants était une escroquerie.

L'homme cligna des yeux et fit comme s'il était surpris de l'entendre, mais le constable n'était pas dupe.

— Vraiment ?

— Je travaille pour Bow Street. Peut-être voudriez-vous vous présenter à la cour des magistrats pour répondre à des questions, lança Harry qui, voyant l'homme blêmir, profita de son avantage. Ou bien, vous pouvez répondre à mes questions ici.

— Je vous jure que je ne savais pas que c'était une escroquerie, dit l'homme, la voix de plus en plus aiguë. Une amie m'a demandé une faveur.

Harry serra les dents.

— Quelle amie ?

— Josie, nous nous connaissons depuis longtemps.

— Où puis-je trouver Josie ?

L'homme secoua la tête.

— Je ne sais pas. Avant, elle vivait à Whitechapel, mais plus maintenant. Pas depuis longtemps.

Bon sang !

— Si vous pensez à un endroit où elle pourrait se trouver ou à celui où les Winter pourraient s'être rendus, vous viendrez à Bow Street me le dire.

— Je vous en prie, monsieur, je vous ai dit tout ce que je savais.

— Ils se sont attaqués à des personnes innocentes, leur ont menti et leur ont volé leur argent.

Le fait qu'ils se soient servis de la cause des enfants pour monter leur escroquerie rendait Harry malade.

L'homme semblait effaré.

— Je jure que je ne savais pas. Je pensais sincèrement qu'ils aidaient ces enfants. N'était-ce pas ce qu'ils faisaient ?

Il était impossible que la voyante ait quitté la ville et que les Winter aient décidé de déménager en même temps. Harry ne croyait pas à de telles coïncidences.

Il sortit son petit carnet de son manteau.

— Donnez-moi votre nom, et dites-moi tout ce que vous savez sur les Winter et votre amie Josie.

Peu de temps après, Harry monta dans un autre fiacre, tandis que sa colère enflait. Innes, le propriétaire de la maison d'Ivy Lane, ne lui avait pas donné beaucoup d'éléments. Il ne se souvenait que du nom de jeune fille de Josie, qui s'était mariée depuis. Comme il ignorait où elle vivait actuellement, Harry n'avait que peu d'espoir de la retrouver.

Il aurait sans doute plus de chance avec les Winter. Peut-être. Il envisagea de demander à son ami, le marquis de Ripley, de dessiner leurs portraits à partir des descriptions qu'il lui ferait. Mais Ripley était un jeune marié, et Harry ne voulait pas le déranger.

Le fiacre le déposa à l'angle de Queen Anne Street. Il ne restait que quelques pas à faire pour arriver à la maison de

Selina où il frappa à la porte. Il s'attendait à voir l'intendante et fut surpris de voir la jeune femme répondre elle-même.

— Harry ! s'exclama-t-elle, et une lueur de plaisir illumina aussitôt ses yeux.

Ce fut ce regard, ainsi que la courbe subtile de sa bouche, qui le poussa à agir.

Il entra et referma la porte derrière lui, puis il prit Selina dans ses bras et l'embrassa. Il déversa sa colère et sa frustration dans ce baiser. Elle posa ses mains sur sa tête, la maintenant tandis qu'elle l'embrassait à son tour, répondant aux caresses désespérées de sa langue.

Il s'écarta.

— Où est ton intendante ?

— Dehors.

Il s'empara à nouveau brièvement de sa bouche.

— Ta sœur ?

— À l'étage.

— Bien.

Il jeta son chapeau sur une table près de la porte, puis se débarrassa de ses gants avant de les envoyer au même endroit, mais il manqua sa cible. Il reposa les mains sur elle, lui enserrant la taille pour l'attirer contre lui. Selina plongea les doigts dans ses cheveux.

— Qu'est-ce qui ne va pas ?

— C'est juste que…, commença-t-il, mais il ne parvenait pas à former les mots. J'ai besoin de toi.

Il se remit à l'embrasser et commença à la faire reculer. Elle s'éloigna et lui prit la main pour le conduire dans le salon, dont elle ferma la porte. Son regard d'un bleu éclatant était sombre et ferme.

— De quoi as-tu besoin ?

Harry caressa le visage de Selina du bout des doigts, puis il passa son pouce sur sa lèvre inférieure.

— De toi.

La langue de la jeune femme lécha le pouce de Harry. Il enfonça son doigt dans sa bouche et elle le suça ; son membre durcit aussitôt.

— Selina, souffla-t-il en fermant brièvement les yeux.

La jeune femme passa ses mains entre eux et déboutonna son pantalon. Puis elle en plongea une dans son sous-vêtement, ses doigts s'enroulant autour du sexe de son amant. Il inspira brusquement, parcouru d'une vague de désir.

Elle le poussa doucement vers l'arrière, comme il l'avait fait avec elle dans l'entrée, jusqu'à ce que l'arrière de ses jambes touche le canapé. Elle appuya sur son torse et il s'assit. Relevant ses jupes jusqu'à la taille, elle se mit à califourchon sur lui, les genoux de part et d'autre des hanches de Harry. Il lui retira ses chaussures et lui caressa la plante des pieds tout en l'embrassant.

Elle s'abaissa et son sexe rencontra celui de son amant, dont le corps fut submergé d'une nouvelle vague de désir. Aucune femme ne l'avait jamais affecté de la sorte. Il ne se lassait pas d'elle. Plus il passait de temps avec elle, plus elle lui donnait, et plus il en voulait.

Harry s'avança jusqu'au bord du canapé, puis il enroula les jambes de Selina autour de sa taille. Il glissa une main entre eux, puis guida son sexe dans le fourreau brûlant et humide de la jeune femme.

Elle agrippa son épaule et posa une main sur son visage. Ses lèvres rejoignirent les siennes, encore et encore, tandis qu'ils bougeaient ensemble, d'abord lentement, en rythme, leurs corps glissant dans une harmonie parfaite.

Harry enserra la taille et le dos de Selina en la tenant contre lui, ses hanches remuant à l'unisson avec les siennes. Il avait l'impression d'être au paradis ; les muscles intimes de Selina l'étreignaient pendant que ses mains se glissaient dans ses cheveux et que ses doigts caressaient son cou et ses épaules.

Le plaisir enfla et il accéléra le rythme, basculant les hanches plus vite tandis qu'il s'enfonçait en elle. Le sexe de la jeune femme se resserra autour de lui quand elle jouit. Les testicules de Harry se contractèrent, il n'était pas loin de l'extase. Il devait se retirer, mais, *bon sang*, il n'en avait pas envie. Il se retint aussi longtemps qu'il le put, savourant la sensation d'avoir Selina autour de lui. Être si proche d'elle était un baume pour ses sens, une joie.

Passant ses bras autour de la taille de son amante, il la souleva juste avant de jouir. Il se répandit en la serrant fort contre lui, haletant son prénom.

Elle effleura sa tempe de ses lèvres, puis s'installa à côté de lui en ramenant sa jambe. Harry s'adossa au canapé, les yeux fermés, prenant de profondes inspirations pour apaiser son cœur qui s'était emballé.

Lorsqu'il revint à lui, son esprit retrouva des pensées cohérentes.

— Madame Sybila était une impostrice. Elle est partie. Le foyer pour enfants égarés a disparu. Elle a volé ma mère et ses amies, annonça-t-il, puis il ouvrit les yeux et tourna la tête pour la regarder. Et toi aussi.

Selina avait baissé sa jupe, et elle était en train d'essuyer son front avec sa main. Elle ne dit rien, et il ne pouvait pas lui en vouloir. Elle avait été escroquée comme tous les autres.

Harry se rendit compte qu'il n'était pas venu pour lui annoncer qu'ils avaient été dupés ; enfin, si, mais ce n'était pas la principale raison. Dans ce moment de défaite, il avait cherché du réconfort dans les bras de Selina.

Il n'y avait aucun autre endroit où il aurait préféré être.

*S*elina espérait que Harry ne voyait pas ses mains trembler. Se levant, elle chercha à mettre de la distance entre eux.

À quoi cela servirait-il ? Se sentirait-elle moins horrible de l'autre côté de la pièce ? Et dans deux jours ? Bien sûr que non. Elle se doutait que la douleur et les regrets resteraient présents pendant un certain temps, voire pour toujours.

Le froid qui avait pénétré ses os le jour où Rafe l'avait éloignée de Londres, et qui ne l'avait jamais vraiment quittée, gagna tout son corps. Elle s'approcha de la fenêtre et enroula ses bras autour de son ventre, comme si cela pouvait l'aider à retrouver un peu de chaleur. Mais rien n'aurait pu y parvenir. Pas même lui dire la vérité.

Elle resta tournée vers l'extérieur pendant qu'il parlait.

— La commerçante de *La Rose ardente* a dit qu'elle avait quitté la ville pour aller s'occuper d'un membre de sa famille, et le propriétaire de la maison d'Ivy Lane a déclaré que les Winter avaient déménagé avec leurs enfants. Je ne crois rien de tout cela.

Selina se tourna et vit qu'il fixait le plafond. Il avait reboutonné son pantalon et s'était arrangé, du moins extérieurement. À l'intérieur, c'était une tout autre affaire. Il avait l'air en colère, et presque impuissant.

— Que vais-je dire à ma mère ?

La poitrine de Selina se serra. Elle ne pouvait rien dire. La culpabilité et la honte n'étaient pas loin de la submerger. Elle avait escroqué tant de gens, pour de bonnes raisons, avait-elle cru, mais à cet instant, tout cela lui semblait vraiment atroce.

— Je suis vraiment désolée, Harry.

Il se redressa et la regarda.

— Pourquoi serais-tu désolée ?

Elle s'était imaginée s'enfuir après avoir mis fin à ses

manigances, comme elle l'avait fait chaque fois auparavant. Mais c'était tout à fait différent. Elle ne pouvait pas s'en aller comme ça. Pas sans avouer la vérité à Harry.

Elle se lécha les lèvres, qui étaient devenues sèches comme en plein désert.

— Je dois te dire quelque chose. Il n'y a pas de bons moyens de le dire…

En manque d'air, elle inspira brusquement avant de souffler. Elle avait tant de mal à prononcer ces mots. Pas ceux qui concernaient ses crimes, mais ceux qui parlaient de ses origines. Lorsqu'il apprendrait qui elle avait été, il serait submergé de dégoût. Elle s'obligea à poursuivre.

— Je sais que tu t'es posé des questions sur mon passé. La vérité, c'est que j'étais très pauvre, à tel point que j'étais obligée de voler pour manger. J'ai dû faire des choses dont je ne suis pas fière.

Harry la fixait du regard, apparemment figé. Puis il se leva lentement.

— Tu as volé, dit-il.

Ce n'était pas une question. Mais elle voyait la confusion et l'émotion qui brouillaient ses traits.

— Le collier de ma mère a été volé. Il a disparu au cours de la soirée. Tu étais là, fit-il, la regardant droit dans les yeux. Mais elle l'a retrouvé. Après que tu es venue dîner.

Il s'interrompit, et Selina resta muette, incapable de parler.

— Cette femme à Spring Hollow. Beatrix et toi étiez présentes là aussi.

Le voir assembler les pièces du puzzle déchirait le cœur de Selina. Il aurait fallu qu'elle dise quelque chose. Mais rien ne lui venait. C'était comme si la glace avait tout figé en elle.

Il s'éloigna du canapé et se mit à faire les cent pas.

— D'autres bijoux ont disparu à Mayfair, volés aux amies de ma mère. Comme elle, elles voyaient Madame Sybila. Une broche a été volée chez Mme Mapleton-Lowther l'après-midi où ma mère et les autres ont visité le foyer pour enfants égarés. Avec Madame Sybila.

Il s'arrêta net et se tourna vers elle une nouvelle fois. Il la parcourut lentement du regard. Elle voyait les rouages de son esprit travailler, calculer tout ce qu'il savait. Tous les faits étaient là.

— Harry…

Il l'interrompit, la voix rauque.

— Ton parfum. Orange et chèvrefeuille. Madame Sybila sentait la même chose, tout comme son cabinet quand je l'ai fouillé tout à l'heure.

Les genoux de Selina vacillèrent et elle s'arrêta au milieu de la pièce.

— Je n'ai jamais voulu te faire de mal. J'ai fait ce que je devais faire.

Il leva une main.

— Selina, penses-tu que je suis un ermite ?

Elle porta une main à sa bouche, les larmes lui montant aux yeux.

— Tu as marché à côté de moi, murmura-t-il. Et tu as trébuché à côté de moi quand je t'ai parlé d'Anne Turner, la *diseuse de bonne aventure.* Tu m'as aidé. Tu as partagé ton corps avec moi.

La vérité écorcha la jeune femme aussi sûrement qu'un coup de fouet.

— J'ai menti sur qui j'étais, mais tout ce qu'il y a entre nous, tout ce que nous avons partagé était vrai.

— Ne fais pas ça ! lui intima-t-il, montrant les dents. Contente-toi de me raconter.

Le cœur de Selina, qu'elle avait longtemps cru brisé, vola en éclats.

— Je suis Madame Sybila.

CHAPITRE 18

C'était comme si le monde autour de lui avait ralenti, comme dans un rêve.

Ou un cauchemar.

Des pensées assaillaient son cerveau : Selina qui sortait du foyer pour enfants égarés quand il était allé surveiller. Les deux jeunes femmes, une grande et une petite, qui rendaient visite à Madame Sybila sur Finch Lane. Son père lui avait envoyé un message l'autre jour, pour lui raconter que Rachel avait été témoin d'un comportement bizarre entre Mme Winter et la voyante lors de sa visite à la maison d'Ivy Lane.

Le regret qu'il lisait dans les yeux de Selina lui disait tout ce qu'il avait besoin de savoir, sans jamais l'avoir voulu.

— Quand je t'ai dit que j'étais une enfant perdue, c'était la vérité. J'ai vécu dans les rues de l'est de Londres jusqu'à ce que mon frère m'envoie en pension. J'y ai rencontré Beatrix… elle n'est pas vraiment ma sœur, raconta Selina, tordant ses mains l'une contre l'autre. Pas par le sang. Nous ne pouvions compter que l'une sur l'autre, et depuis lors, j'ai fait tout ce que je devais faire pour prendre soin d'elle. Cela t'aiderait-il de savoir que je donne vraiment de l'argent à des associations caritatives, en particulier à celles qui aident les enfants ?

Les vérités dégringolaient de sa bouche comme une avalanche.

— Non, répliqua-t-il.

Le mot sortit brutalement, dur et froid, comme si l'un des rochers de l'avalanche frappait le sol et y laissait un cratère.

— Tu es une voleuse et un escroc. Tu as volé ma mère. Et ses amies.

Il voulait lui crier dessus. Mais plus encore, il voulait des détails.

— Parle-moi du foyer pour enfants égarés.

— C'était une escroquerie, comme tu le pensais. Winter est un vieil ami, et sa femme… je ne la connaissais pas du tout. Il l'a engagée pour l'aider.

Tout avait été soigneusement élaboré. Elle avait déjà fait cela auparavant.

— Les enfants ?

— Également engagés. Je leur ai donné de l'argent supplémentaire quand je les ai renvoyés chez eux.

Harry la regardait fixement.

— Ton absence de pitié n'a pas de limites.

— Ce n'était pas comme ça. Tu ne comprends pas. Tu ne peux pas comprendre. Tu es le fils d'un comte. Tu n'as jamais eu besoin de rien.

La douleur s'entendait dans la voix de Selina, mais Harry resta impassible.

— Cela n'excuse rien ! Tu es une menteuse et une voleuse ! Parle-moi des bijoux que tu as volés.

Selina se raidit.

— Madame Sybila ne gagne pas assez pour assurer le succès d'une saison. Beatrix a… elle a un problème, elle prend des choses. Et, quand les temps sont durs, cela s'avère utile.

— Donc, tu profites de son problème ?

Il se rendit compte qu'il avait crié sa question. Prenant une inspiration, il s'efforça d'apaiser sa colère.

— Où sont les bijoux maintenant ?

— Il n'y en a plus. J'ai tout revendu, expliqua-t-elle, cillant, le menton frémissant.

Il jura à mi-voix.

— Je veux que tu me dises où, et quand. Tu n'as plus qu'à espérer que je puisse les récupérer. Envoie-moi ces informations à Bow Street dès que possible.

— Tu devrais nous arrêter, murmura Selina.

Harry se passa une main sur le visage.

— Oui, je devrais.

Il y avait tant d'autres choses qu'il voulait demander, dire, mais il n'arrivait pas à penser à autre chose qu'à sa fureur et à son humiliation. Elle l'avait totalement berné. Il n'était qu'un sombre idiot. Le cœur battant à tout rompre, il la fixa d'un regard noir.

— Ne t'enfuis pas… je te retrouverai, dit-il alors même que l'angoisse le transperçait, comme un couteau fendant sa chair. Maudite sois-tu, Selina !

Et dire que, non seulement il l'avait crue, mais il avait été captivé par elle. Elle était la première femme avec laquelle il avait imaginé passer sa vie. Qu'est-ce que cela disait de lui ?

Pris de dégoût, il tourna les talons et sortit du salon à grands pas.

~

Selina resta figée, enfermée dans cette glace qui l'avait tenue en otage pendant si longtemps, incapable de bouger. Le bruit de la porte d'entrée qui claquait la fit tressaillir. La pièce se resserra autour d'elle, lui donnant l'impression d'être déjà en prison. Mais ne l'était-elle pas déjà depuis un moment ? Elle pensait avoir le contrôle, le choix, la capacité de forger son propre avenir.

Au lieu de cela, son passé la piégeait. Du moins dans son esprit.

Un sanglot monta dans sa gorge, ses yeux la brûlaient. *Non, non, non.* Après tout ce temps, toute cette douleur… *Maintenant,* elle allait pleurer ?

Selina retourna vers le canapé, où le souvenir des mains et de la bouche de Harry sur elle déclencha un sentiment de vide profond. Elle ne retrouverait jamais ce sentiment d'appartenance, cette joie profonde qu'elle avait partagée avec lui une nouvelle fois. Ses genoux se dérobèrent et elle se laissa tomber sur le coussin.

Des larmes brûlantes roulaient sur ses joues. Elle ne pouvait plus respirer.

— Selina ?

La douce voix de Beatrix atteignit la jeune femme à travers sa douleur. Son amie s'assit à côté d'elle sur le canapé, une main dans le dos de Selina, la caressant doucement tandis qu'elle posait la tête sur son épaule.

— Que s'est-il passé ?

Selina ne voulait pas le lui dire. Non, elle ne *pouvait pas.* C'était différent. Alors elle s'essuya le visage et tourna la tête pour regarder Beatrix.

— Où étais-tu ?

Elle avait raconté à Harry que Beatrix était à l'étage, mais c'était un mensonge, comme tant d'autres choses qu'elle lui avait racontées. L'amie de Selina haussa une épaule.

— Dehors.

— Étais-tu encore en train d'espionner ton père ?

Beatrix avait pris l'habitude de s'introduire dans le jardin à côté de la maison de son père pour voir son bureau.

— Non.

Selina la regarda avec une franche incrédulité.

— Tu portes un pantalon, et tes cheveux sont épinglés de façon à pouvoir les cacher sous un chapeau.

— Très bien, oui. Pourquoi me poses-tu cette question alors que tu es en train de pleurer ? Je ne t'ai jamais vu pleurer. Pas une seule fois.

Les yeux de Beatrix étaient écarquillés, empreints d'une profonde inquiétude.

— Raconte-moi ce qui s'est passé, insista-t-elle.

Selina se leva et s'approcha des fenêtres. Son corps lui faisait l'impression d'être sculpté dans du bois.

— J'ai avoué la vérité à Harry.

— Quelle vérité ? l'interrogea Beatrix d'un ton brusque et plein d'appréhension.

Se retournant, Selina vit que son amie s'était levée à son tour.

— Tout. Que je suis Madame Sybila. Que nous avons volé les bijoux.

— *J'ai* volé les bijoux, dit Beatrix d'une voix farouche.

— Je les ai revendus. Harry veut une liste des endroits et des dates où les ventes ont eu lieu.

— C'est facile.

— Je ne peux pas le faire, insista Selina, qui avait tout revendu au *Lion d'or*. Rafe est sans doute le propriétaire du magasin, et je ne veux pas l'impliquer.

— Tu préfères aller en prison ?

— Beatrix, nous risquons d'aller en prison de toute façon, répliqua Selina, posant une main sur sa tempe qui se mit à palpiter. Je lui ai dit que tu avais un problème qui te poussait à prendre des objets. J'arriverai à le convaincre de ne pas t'arrêter.

— Cesse d'essayer de me protéger ! s'exclama Beatrix, le regard noir. Je savais ce que je faisais. Comme je ne cesse de te le rappeler, nous sommes ensemble dans cette histoire. Nous l'avons toujours été. Tu m'as toujours protégée, même quand je me comporte comme une idiote et que je suis incapable de contrôler mes impulsions. *Surtout* dans ces moments-là.

L'amour qu'elle éprouvait pour Beatrix enfla dans le cœur de Selina.

— Je me rendrai au *Lion d'or* demain à la première heure pour récupérer les objets.

— Ils te feront payer plus que ce qu'ils t'ont donné quand tu les leur as vendus, répondit Beatrix.

— Je sais. Mais cela doit être fait.

Selina eut l'impression qu'on lui retirait un poids des épaules. Elle détestait avoir volé les femmes qui lui avaient fait confiance. En particulier la mère de Harry.

— Je dois aussi rendre les dons.

— Nous n'aurons plus rien, remarqua Beatrix d'un air abattu.

— Presque rien, c'est vrai. Je suis désolée.

Beatrix s'approcha de son amie.

— Peu importe. Je me fiche de la saison, en comparaison de ce que tu as perdu, dit-elle avant de s'interrompre.

Elle resta silencieuse un moment, et Selina craignit que sa gorge ne craque sous la pression des larmes non versées.

— Te pardonnera-t-il ?

Un rire presque hystérique enfla dans la poitrine de Selina, mais elle ne le laissa pas échapper.

— Pourquoi le ferait-il ? Je l'ai trahi de la plus horrible des manières.

— L'aimes-tu ? s'enquit Beatrix.

Aimer. Selina savait à peine ce que c'était, et ce n'était que de l'amour fraternel. L'amour romantique ? Elle n'en avait jamais fait l'expérience. Elle ne l'avait jamais espéré. Mais elle connaissait la douleur qu'elle ressentait à cet instant, sans le moindre doute. Pas pour elle, mais pour le mal qu'elle avait fait à Harry. Oh ! Comme elle aurait voulu pouvoir tout effacer, faire en sorte de ne jamais l'avoir trompé.

Selina déglutit, espérant que la boule d'émotions qui obstruait sa gorge disparaîtrait.

— Peu importe. Il n'y a pas d'espoir. Il n'y en a jamais eu.

Beatrix posa une main sur sa hanche.

— Pourquoi pas ? Tu es libre de choisir ce que tu fais, et une vie avec Harry serait confortable et, je n'ai pas peur de le dire, heureuse. D'autant plus qu'il t'aime aussi.

Se passant une main sur le front, Selina pinça les lèvres.

— Il ne m'aime pas. Il va sans doute m'arrêter.

— Si c'était vrai, il l'aurait déjà fait, remarqua Beatrix avec un sourire. Donc, il t'aime.

— Comment peut-il ? s'exclama Selina, haussant le ton, ce qu'elle ne faisait presque jamais. J'ai volé sa mère. Je leur ai menti, à elle comme à lui. Nous…

Elle ne supportait pas l'idée de dire ce qu'ils avaient fait ensemble. Ces moments qu'ils avaient partagés dans les bras l'un de l'autre étaient les plus heureux qu'elle ait jamais vécus. Et maintenant, elle éprouvait une telle culpabilité qu'elle en était presque réduite à néant.

Haletant, Selina plaqua une main sur sa bouche. Mais c'était inutile. Les larmes revinrent, roulant sur ses joues sans qu'elle puisse les retenir. Beatrix l'entoura de ses bras et la serra contre elle. Bien que Selina soit bien plus grande, elle appuya sa tête contre celle de sa sœur, car elle était sa sœur à tous les égards importants, et libéra le flot d'émotions qui l'habitait.

Au bout d'un moment, elle fit un pas en arrière. Elle s'essuya le visage avec les mains, mais elle avait vraiment besoin d'un mouchoir.

— Qui aurait cru que je serais capable de pleurer comme une fontaine ?

Elle essaya de sourire, mais sa tentative échoua.

— En fait, c'est adorable, remarqua Beatrix, bien plus positive qu'elle aurait dû l'être. Tu as besoin d'un bain et d'un thé avec du cognac. Peut-être pas dans cet ordre. Ensuite, tu dormiras. Nous allons rendre l'argent, récupérer les bijoux, et arranger les choses avec Harry.

Selina acquiesça, tout en sachant que la dernière chose sur cette liste ne serait pas possible. Rien ne s'arrangerait jamais avec Harry, et c'était sans doute pour le mieux. Pour la première fois de sa vie, elle avait entrevu ce qu'était la joie, et maintenant elle savait que ses soupçons étaient fondés : le bonheur n'était pas pour elle.

~

Les cinq derniers jours se confondaient dans l'esprit de Harry. Il n'arrivait toujours pas à croire que la femme dont il était tombé amoureux, car il était bel et bien amoureux, lui avait menti à ce point, et si facilement.

Lorsqu'il était entré dans la cour des magistrats le lendemain du jour où il avait appris la vérité, il avait été choqué de découvrir qu'on avait déposé un paquet à son nom contenant presque tous les bijoux qui avaient été volés, ainsi qu'une note disant que le dernier objet arriverait bientôt.

« Bientôt » avait fini par signifier trois jours, car le bracelet que Beatrix avait volé à la femme de Spring Hollow n'était arrivé que la veille. Harry l'avait rendu à la victime, qui lui en avait été très reconnaissante.

Il aurait déjà dû arrêter Beatrix et Selina. Pourquoi ne l'avait-il pas fait ? Bien que les objets volés aient été restitués, il n'en restait pas moins que les sœurs… non, elles n'étaient même pas sœurs ! Il n'en restait pas moins qu'elles avaient commis des crimes.

Parce que tu ne peux pas te résoudre à le faire.

Ce qui faisait de lui un très mauvais constable. Sans oublier qu'il n'était pas parvenu à trouver Frost. Harry s'était rendu à Saffron Hill presque tous les jours pour tenter de débusquer cet homme. Jusqu'à présent, il s'était montré aussi insaisissable que ce maudit Vicaire.

Malgré cela, il avait l'intention de poursuivre ses recherches. Il entra dans une cour de Saffron Hill et commença à poser des questions au sujet de Frost. Certaines personnes le connaissaient, d'autres non. Et les premiers ne pouvaient que lui suggérer des endroits que Remy et lui avaient déjà vérifiés et qu'ils surveillaient toujours.

Harry pénétra dans une petite taverne, *La Lanterne*, et il comprit aussitôt qu'il s'agissait d'un bordel. Plusieurs femmes remarquèrent son entrée et échangèrent des regards. Harry les observa tandis qu'elles décidaient en silence de qui en ferait sa proie.

C'est alors qu'il reconnut l'une d'entre elles. Traversant la salle commune, le constable s'arrêta devant une femme aux cheveux bruns et aux yeux sombres qui lui étaient familiers.

— N'est-ce pas là Mme Winter ? s'exclama-t-il. Vous voilà bien loin d'Ivy Lane.

Les lèvres de la femme s'entrouvrirent, et la panique se lut dans son regard.

Harry lui prit le bras.

— Venez vous asseoir avec moi.

Il la conduisit à une table et l'installa sur une chaise. Il prit place à côté d'elle. Une autre femme apparut à la table, portant un tablier ; Harry supposa que c'était une servante.

— Deux bières, s'il vous plaît, demanda-t-il. Bien que je soupçonne Mme Winter de préférer le gin.

Il le sentait sur elle.

— Qui est Mme Winter ? s'enquit la servante. C'est Theresa.

— Oui, qui est Mme Winter ? répéta Harry.

Il se tourna vers Theresa, qui sembla se recroqueviller sous son regard.

La servante s'en alla, et le constable ne dit plus rien, attendant que la femme prenne la parole.

— Que voulez-vous ? demanda-t-elle enfin.

— Qui êtes-vous, et pourquoi prétendiez-vous diriger une association caritative pour les enfants ?

— Vous savez qui je suis ou du moins ce que je suis, répondit-elle, la voix plus rauque que dans son souvenir au foyer pour enfants égarés.

Mais elle jouait un rôle à ce moment-là.

— Vous n'êtes absolument pas mariée, n'est-ce pas ? l'interrogea Harry, sans doute inutilement. Qui est M. Winter ?

— Luther est un ami. Il m'a payée pour faire semblant d'être sa femme.

— *Il* vous a payée ?

Quelle relation cet homme entretenait-il avec Madame Sybila ? Ou plutôt, avec Selina ? Harry se raidit alors que le sentiment de trahison, presque omniprésent, le traversait de nouveau.

— Ce n'est pas une voyante qui l'a fait ?

Theresa renifla.

— Cette diseuse de bonne aventure est une vraie catin.

En dépit de la colère que Harry éprouvait à l'égard de Selina, l'insulte de cette femme le hérissa. Il repoussa ce sentiment de côté pour faire son fichu travail. Cette femme connaissait Madame Sybila ou Selina ou probablement les deux.

— Pourquoi ?

— Elle s'est servie du pauvre Luther. Cet imbécile est amoureux d'elle. Il m'a payée pour ce travail, mais je ne suis même pas sûre qu'elle l'ait payé.

— Qu'en est-il des enfants ?

Harry était particulièrement inquiet pour eux et de l'endroit où ils se trouvaient maintenant. Certains d'entre eux étaient assez petits.

— Ceux qui avaient des parents sont retournés auprès d'eux. Je suppose qu'elle les a payés, du moins c'est ce que Luther a dit. Il serait bien capable de dire que le derrière de cette femme brille comme un soleil !

— Et les enfants sans parents ? insista Harry.

Theresa haussa les épaules.

— Je ne sais pas.

La servante déposa deux chopes sur la table, faisant couler de la bière sur les parois dans sa précipitation.

Theresa but une longue gorgée de la sienne.

— En fait, l'une des filles habite à quelques maisons d'ici. Elle loge chez une amie ou quelque chose comme ça.

— Vous avez dit que Luther, M. Winter, est amoureux de la diseuse de bonne aventure ?

Selina l'aimait-elle en retour ? Tout ce qui s'était passé entre Harry et elle n'était-il qu'un mensonge ? Il devait partir du principe que c'était le cas. Peut-être était-elle déjà avec cet autre homme. Pourquoi l'aurait-elle payé si elle avait l'intention de partager ses gains ?

— Ils se connaissent depuis qu'ils sont enfants. Il l'a toujours aimée, mais elle ne l'aime pas en retour, pour autant que je sache. Comme je l'ai dit, elle s'est servie de lui, ajouta Theresa avec un sourire avant de boire une nouvelle gorgée de bière.

— Où puis-je trouver M. Winter maintenant ?

Theresa reposa sa chope sur la table en riant. Elle s'essuya la bouche avec le dos de la main.

— Monsieur « Winter », ricana-t-elle. Ce n'est même pas son nom. Vous devez chercher Luther Frost.

Winter*... Frost... C'était comme si ces noms glaçaient les

____

* NdT : Jeu de mots pour expliquer le choix des noms. « Winter » signifie «

veines de Harry. Se pouvait-il qu'il soit ce même Frost que le constable recherchait ?

Harry se pencha légèrement vers Theresa.

— Où puis-je trouver Frost ? Il vit dans ce quartier, n'est-ce pas ?

— Parfois. Il vient ici de temps en temps. Nous nous sommes rencontrés de cette manière il y a quelques années. Je ne l'ai pas revu depuis que nous avons terminé ce travail.

— Et quand était-ce ?

Theresa fronça les sourcils.

— Je ne suis pas très douée avec les dates. Quel jour sommes-nous ?

— Mardi, dit patiemment Harry. Cela fait une semaine, peut-être ?

— C'est à peu près ça !

Cela faisait un peu plus d'une semaine que Harry avait appris que Bow Street enquêtait sur les cambriolages à Mayfair. Selina était-elle au courant de l'enquête et avait-elle décidé d'abandonner ses activités criminelles ?

Se voir rappeler qu'elle avait fait tout cela sous son nez lui nouait le ventre. Apparemment, elle ne s'était jamais inquiétée qu'il découvre la vérité. Pourquoi l'aurait-elle fait ? Il était complètement épris, entièrement sous son charme. Peut-être son rôle de femme mystique n'était-il pas tout à fait factice.

Non, Harry n'y croyait pas. Il était un imbécile, mais elle n'était qu'une femme. Une femme qui avait intrigué, et qui l'avait manipulé dès le début. Il repensa à leur rencontre. Avait-elle même trébuché sur lui par accident ? Quand il l'avait revue la fois suivante, elle marchait sur Mount Street, près de la maison des parents de Harry. Encore une coïnci-

---

hiver », et « Frost », « Givre ».

dence à laquelle il ne croyait pas. Tout ce qu'elle avait dit et fait n'était que mensonges.

Pourtant, il pensait à ces petites choses qu'elle lui avait révélées, en tant que Selina comme en tant que Madame Sybila. Elle avait été une enfant perdue, une orpheline, la victime d'un acte horrible perpétré par son employeur quand elle travaillait comme gouvernante. Il avait envisagé que tout cela ne soit que mensonges aussi, mais, d'une certaine manière, il n'y croyait pas. Cela le rendait peut-être encore plus idiot.

— Avez-vous besoin d'autre chose ? s'enquit Theresa, rapprochant sa chaise de celle de Harry. Nous pourrions monter à l'étage. Son haleine chargée de bière et de gin flotta vers lui.

Il lui donna quelques pièces.

— Non, merci. Si vous voyez Frost, ou si vous savez où je peux le trouver, envoyez un message à Bow Street. Je vous paierai davantage si vos informations me permettent de mettre la main sur lui.

Elle empocha rapidement les pièces.

— Demandez à la voyante. Elle saura probablement où le trouver.

Oui, sans doute. Et même si Harry ne voulait pas revoir Selina, il n'aurait pas le choix.

Il se leva et sortit de la taverne à grands pas. À l'extérieur, dans la cour, il observa les animaux et les gens, des adultes et des enfants, ainsi que la saleté et le délabrement. Était-ce dans ces conditions que Selina avait grandi ? L'imaginer dans un tel endroit lui oppressa la poitrine. Il avait toujours pensé que les criminels ne naissaient pas ainsi. Les circonstances jouaient un rôle majeur dans les choix que faisaient les gens… dans ce qu'ils étaient contraints de faire.

Il voulait savoir ce qui avait poussé Selina à devenir qui elle était aujourd'hui. Car, qu'il le veuille ou non, il était tombé amoureux d'elle, et, apparemment, il ne pouvait pas simplement faire taire ce sentiment.

Harry sortit du tribunal à grandes enjambées et quitta Saffron Hill. Était-elle toujours dans sa maison de Queen Anne Street ou bien avait-elle, comme Madame Sybila, fui Londres ? La seconde hypothèse semblait la plus probable, et il se rendit compte qu'en ne l'arrêtant pas, il lui avait offert l'occasion de s'enfuir. Peut-être parce qu'il avait espéré qu'elle le ferait.

Mais, à présent, il avait changé d'avis. Il n'en avait pas encore fini avec elle.

CHAPITRE 19

$\mathcal{B}$eatrix et Selina avaient feint d'être malades pour éviter les engagements qu'elles avaient pris depuis que cette dernière avait révélé la vérité à Harry. Jusqu'à aujourd'hui. Fatiguées d'attendre de voir ce que le constable allait faire, elles avaient participé à une réunion de la Société des femmes de tête, qui s'était avérée bénéfique. Elles s'étaient fait une nouvelle amie, lady Satterfield, qui serait une alliée utile de Beatrix dans sa quête pour impressionner son père.

Si tant était que cela puisse se produire. Selina craignait toujours que Harry les arrête, même si son amie persistait à dire qu'il l'aurait déjà fait si telle avait été son intention.

La réunion de la Société des femmes de tête avait également ouvert une autre voie. Ces dames avaient discuté des œuvres caritatives qu'elles pourraient soutenir, et Selina avait évoqué l'hôpital Magdalen. Lady Satterfield s'était montrée enthousiaste au point de suggérer qu'elles le visitent. Selina n'avait pas un sou à donner, mais peut-être pourrait-elle aider d'une autre manière. Pour la première fois, elle envisageait un avenir différent. Elle n'avait pas de frère à retrouver, pas de sœur à protéger... si le père de Beatrix l'accueillait et s'occupait d'elle. Elle pouvait faire quelque chose qui, peut-être, avec un peu de chance, lui apporterait *enfin* la paix.

Selina s'était retirée dans sa chambre après être rentrée chez elle, tout comme Beatrix. Un léger coup frappé à la porte la tira de sa rêverie.

Se levant de sa petite coiffeuse, Selina alla ouvrir. Mme Vining se tenait sur le seuil, arborant un air profondément renfrogné.

— M. Sheffield est ici.

Le cœur de Selina s'emballa et son corps fut secoué d'un frisson. Avec un signe de tête, elle passa devant l'intendante et descendit. Elle s'arrêta à mi-chemin dans l'escalier. Harry se tenait dans l'entrée.

Même si cela ne faisait que cinq jours qu'elle ne l'avait pas vu, elle avait l'impression que cela faisait beaucoup, beaucoup plus longtemps. Il tenait son chapeau à la main, de sorte qu'elle voyait distinctement ses beaux yeux fauves aux longs cils et aux sombres sourcils auburn. Il était impeccablement vêtu : un manteau gris foncé, un gilet gris clair et un pantalon noir, son costume de constable bien taillé, mais tout à fait pratique. Il lui avait dit un jour qu'il s'habillait pour se fondre dans la masse, et que ses vêtements étaient toujours gris, noirs ou bruns. À l'exception des fois où elle l'avait vu chez ses parents. Là, il portait des gilets aux couleurs plus vives.

Elle se rendit compte qu'elle le dévisageait. Clignant des yeux, elle déglutit en finissant de descendre les escaliers.

— Bonjour, dit-elle prudemment. Veux-tu venir dans le salon ou dois-je aller chercher mon chapeau et mes gants ?

— Le salon, répondit-il d'un ton laconique.

Il attendit qu'elle le précède. Elle se rendit de l'autre côté de la pièce, pour mettre autant de distance entre eux que

Harry le souhaitait. Se tournant vers lui, elle lui demanda s'il voulait s'asseoir.

— Non. Je suis venu ici avec une proposition. J'ai appris que tu connaissais Luther Frost et que tu avais travaillé en étroite collaboration avec lui. Je ne vous arrêterai pas, ni Mlle Whitford ni toi, si tu me dis comment le trouver.

— Je préférais ta proposition précédente, répondit-elle sans réfléchir, comme s'ils pouvaient encore fleureter l'un avec l'autre.

Harry soutint son regard, provoquant un désir dont elle savait qu'il ne serait jamais satisfait. Enfin, il prit la parole :

— Où puis-je trouver Luther Frost ?

Selina se redressa : elle voulait lui apporter toute l'aide possible.

— Il se déplace un peu, mais je lui ai rendu visite dans Peter Street, près de Saffron Hill.

— Il ne s'y est pas rendu depuis un moment, répliqua Harry d'une voix froide. Où d'autre ?

— Quelque part dans Cheapside, peut-être ?

— Nous l'avons cherché là-bas aussi, et nous avons des gens qui surveillent ces endroits. Il a disparu et je dois lui parler.

— Pourquoi, si tu n'as pas l'intention de m'arrêter ?

— Cela n'a rien à voir avec toi. À moins que tu n'aies été impliquée d'une manière ou d'une autre dans l'incendie de Saffron Hill il y a quatre ans. C'est peut-être une autre vérité que tu m'as cachée.

Évidemment. Selina se sentit stupide de n'avoir pas fait le rapprochement.

— Je n'ai rien à voir avec l'incendie. Je n'étais même pas à Londres. Je n'étais pas revenue ici depuis mes onze ans.

— Mais tu savais que je cherchais Frost, et tu ne m'as pas dit que tu avais une relation avec lui.

Elle aurait pu mentir à nouveau, et répondre qu'elle

n'avait pas compris qu'il s'agissait du même Frost, mais elle ne pouvait se résoudre à lui dire un autre mensonge.

— Comment aurais-je pu le faire sans divulguer qui j'étais vraiment ?

— Bien sûr ! Nous en revenons toujours à toi et à tes mensonges ! Es-tu encore en train de mentir ? s'enquit-il, faisant un pas vers elle. Je dois trouver Frost.

— Je ne mens pas, je ne sais pas où il est.

— J'ai cru comprendre qu'il était amoureux de toi. Tu ne l'aimes pas en retour ?

Selina eut l'impression qu'un tas de briques reposait sur sa poitrine.

— Non. C'est toi que j'aime.

Cette révélation ne la soulagea pas.

Harry semblait figé, son regard rivé sur celui de la jeune femme, les mains crispées sur le bord de son chapeau.

Selina parcourut la distance qui les séparait.

— Je n'en ai pas pris conscience avant qu'il ne soit trop tard, dit-elle d'une voix douce. Et il me fallait de l'aide pour m'en rendre compte. Je ne sais pas ce que c'est que d'aimer.

La mâchoire de Harry se crispa.

— J'ai essayé de comprendre comment tu avais pu me duper à ce point. Je ne sais pas quoi croire. Tu ne m'as donné aucune raison d'avoir confiance.

Son ton était égal, sans la moindre émotion.

Cela aurait été plus facile s'il avait été bouleversé ou en colère. Selina savait faire face à ce genre d'émotions. Mais sa réaction était terrifiante. À cause d'elle, il s'était senti… totalement désarçonné.

— Je ne suis pas sûre de pouvoir me faire confiance. Depuis que mon employeur…, commença-t-elle avant de s'interrompre, détournant le regard. Je t'ai dit ce qu'il a fait. Cela m'a changée. Je n'étais plus moi. Pas jusqu'à ce que je te rencontre.

Le doux contact du bout des doigts de Harry sous son menton l'obligea à lui faire face. Il laissa brusquement retomber sa main, comme si la chair de Selina l'avait brûlé.

— Je ne peux pas imaginer la vie que tu as menée, murmura-t-il. Ou peut-être que je le peux, et que c'est trop effroyable pour y penser.

— Le jour de notre rencontre, j'ai fait semblant de tomber, pour que tu ne poursuives pas l'enfant qui avait volé quelque chose. Je me suis vue il y a vingt ans.

— Je me suis demandé si ce n'était pas aussi un mensonge.

Selina tressaillit.

— Tout n'était pas faux entre nous. Tout ce que j'ai ressenti pour toi était réel, et j'espère que tu as ressenti la même chose.

Harry cligna des yeux, ses cils s'abaissant lentement avant qu'il ne la regarde avec incrédulité.

— Tu n'imagines quand même pas qu'il puisse y avoir un avenir pour nous ?

Elle déglutit.

— Non. Mais, peut-être que si tu comprenais mon passé, tu pourrais te pardonner de m'avoir fait confiance.

— Me pardonner, mais pas à toi ?

Elle secoua la tête.

— Je ne veux pas que tu me pardonnes. Je ne le mérite pas.

— Raconte-moi qui tu étais.

— Nos parents, à Rafe et moi, sont morts quand j'étais toute petite. Un homme, qui prétendait être notre oncle, mais qui a avoué plus tard qu'il ne l'était pas, nous a emmenés à Londres. Il s'est servi de nous. Il prétendait que j'étais malade, et les gens lui donnaient de l'argent. Puis il nous a vendus à Partridge pour travailler comme tire-laine.

Selina déglutit. Elle n'avait jamais raconté la suite à personne, pas même à Beatrix.

— Quand j'avais onze ans, l'un des hommes qui travaillaient pour Partridge a essayé de m'agresser. Il était ivre, et je me suis battue avec lui. Il est tombé par la fenêtre et il est mort. Après cela, Rafe m'a éloignée en m'envoyant à l'école. Il disait que je n'étais pas en sécurité à Londres.

— Il avait raison, répondit Harry, un soupçon de douleur dans la voix.

— Grâce à Rafe, j'ai eu la possibilité de devenir autre chose qu'une prostituée. Quand j'ai eu la chance de devenir gouvernante, j'étais tellement heureuse, tellement soulagée ! C'était plus que ce dont j'avais rêvé, raconta-t-elle.

Puis elle serra ses mains l'une contre l'autre, et tous ses muscles se crispèrent.

— Mais mon employeur a fait ce que l'autre homme n'avait pas pu commettre. Il a fait de moi une catin.

Le regard de Harry devint féroce, et son front se plissa.

— Non ! C'est faux.

— Je me suis enfuie, et j'ai récupéré Beatrix à l'école… Elle y était incroyablement malheureuse et n'avait nulle part où aller. Nous n'avions pas de moyens, pas de famille. Je n'avais plus de contact avec Rafe, et j'avais trop peur de revenir ici.

Il lui avait fallu des années pour reprendre confiance en elle et retrouver son estime d'elle-même. Ce n'était qu'ensuite qu'elle avait pu revenir.

— Nous avons vécu de la seule manière que je connaissais, et j'en remercie Dieu, car, sans ma capacité à voler et à monter des escroqueries, nous serions mortes de faim. Ou pire : nous aurions été à la merci des hommes, expliqua Selina, redressant les épaules. J'ai juré de ne plus jamais dépendre de personne.

— J'en déduis que tu n'as jamais été mariée.

Elle détestait qu'il doive, à juste titre, remettre en question tout ce qu'elle lui avait dit.

— Non.

Il la dévisagea, mais elle ne parvint pas à déchiffrer son regard. Elle aurait tant voulu pouvoir le toucher, le guérir.

— Je vais tâcher de trouver Luther, annonça-t-elle. Mais il essaie peut-être de m'éviter. Je n'ai cessé de refuser ses avances.

— Je t'en prie, ne te mets pas en danger. Tu me le promets ?

Elle lui aurait promis n'importe quoi.

— Oui. Luther ne me ferait pas de mal.

— Parce qu'il t'aime.

Elle haïssait le détachement dans la voix de Harry.

— Mais moi, je ne l'aime pas.

— Tiens-moi au courant de tes découvertes.

Selina ne put s'empêcher de se rapprocher de lui.

— Je le ferai. Il y a des gens à qui je peux parler. Des gens… de mon passé.

Harry hocha la tête. Elle leva la main et frôla sa mâchoire du bout des doigts.

— Je suis sincèrement désolée, Harry. J'aimerais que les choses soient différentes, mais je ne vois pas comment elles pourraient l'être.

Elle se hissa sur la pointe des pieds et effleura ses lèvres des siennes. Puis elle fit un pas en arrière. Harry paraissait complètement détaché. Bien. C'était mieux ainsi pour lui.

Sans un mot, Harry tourna les talons et s'en alla. Selina le suivit du regard tandis que ses genoux flanchaient. Après avoir entendu la porte d'entrée se refermer, elle vacilla jusqu'au fauteuil le plus proche, et s'y laissa tomber.

— Pourquoi l'as-tu laissé partir comme ça ? s'enquit Beatrix en entrant dans le salon, les mains sur les hanches.

Selina leva les yeux vers elle pendant que son corps luttait pour s'apaiser.

— Tu écoutais aux portes ?

— Oui. Pourquoi l'as-tu laissé partir ?

— Pourquoi resterait-il ?

— Parce que tu l'aimes et qu'il t'aime ! s'exclama Beatrix, dévisageant son amie comme si elle était folle. Vous êtes faits l'un pour l'autre.

— Il ne m'aime *pas*.

Beatrix laissa échapper un soupir de pure exaspération.

— Bien sûr que si ! Ne l'as-tu pas écouté ?

— Si, et je me tenais juste devant lui alors qu'il posait sur moi l'expression la plus froide que tu puisses imaginer, répliqua Selina en frissonnant.

Beatrix leva les yeux au ciel et laissa retomber ses mains de ses hanches.

— C'était évident pour moi, et je n'ai fait qu'écouter aux portes.

— Comment peux-tu en être sûre ?

— Il est clairement jaloux de Luther. Et quand il t'a empêché de dire que Boyer avait…, commença Beatrix avant de pincer brusquement les lèvres. Désolée. Je ne voulais pas prononcer son nom.

Cela faisait bien longtemps qu'elles s'étaient mises d'accord de ne plus jamais l'évoquer. Beatrix s'avança et s'accroupit devant Selina.

— Harry tient à toi. Je le vois. Tu oublies qu'à une époque, dont je me souviens parfaitement bien, j'avais deux parents qui s'aimaient. Même s'ils n'étaient pas mariés, ajouta-t-elle. Contrairement à toi, je sais à quoi cela ressemble.

Oui, Selina l'oubliait parfois. Beatrix avait des souvenirs qu'elle-même ne pouvait imaginer. Elle présentait tellement de lacunes à tous points de vue !

— Comment Harry pourrait-il tenir à moi ? Ou me vouloir ? Ou m'aimer ?

— Pourquoi doit-il y avoir une raison ? Tu es une femme incroyable, qui captiverait n'importe quel homme sain d'esprit et doué d'intelligence.

Selina secoua la tête.

— Ce n'est pas moi.

Beatrix se redressa et leva les mains au ciel.

— *Bien sûr* que c'est toi ! En tout cas, cela devrait l'être ! Tu es la personne la plus forte que je connaisse, et pourtant, trop souvent, tu n'arrives même pas à croire en toi. Tu ne te crois même pas capable d'aimer, mais tu le peux. *Tu le peux.*

C'était vrai. Elle aimait *tellement* Harry ! N'aurait-elle pas dû en être heureuse ? En tout cas, cela n'aurait pas dû lui donner l'impression d'être faible ou abattue.

Selina se leva de son fauteuil.

— Je devrais me battre pour lui ! affirma-t-elle, mais cela ressemblait un peu à une question.

— Oui, tu devrais, confirma Beatrix. Tu n'as jamais hésité à prendre des risques. Il est temps pour toi de prendre le plus gros de toute ta vie.

Beatrix avait raison. Selina voulait Harry. Elle voulait un avenir avec lui. D'abord, elle devait tout lui raconter, chaque horrible détail de son passé.

Elle devait aussi lui avouer que son frère et le Vicaire ne faisaient qu'un, mais elle ne voulait pas mettre en péril les projets de son frère. Pas après tout ce qu'ils avaient vécu depuis la mort de leurs parents.

Selina avait déjà fait l'expérience de la peur, mais pas de cette manière. Elle avait connu la joie et l'espoir, et l'amour, ce qui rendrait sa perte encore plus difficile à supporter.

～

*H*arry se laissa tomber sur une chaise dans l'un des bureaux de la cour des magistrats. La journée avait été éprouvante : il avait dû se rendre à un mariage dans le quartier de Mayfair et arrêter le marié pour extorsion. Hier, l'ami d'un ami, le vicomte Colton, était venu signaler cette extorsion.

L'histoire était assez compliquée, mais elle incluait le Vicaire, qui avait prêté de l'argent à Colton. Le futur marié, Chamberlain, que les constables avaient arrêté, était celui qui avait mis les deux hommes en relation. Malheureusement, tout ce que le marié pouvait dire, c'était que le Vicaire avait prêté de l'argent depuis St Dunstan-in-the-West, ce qui n'était d'aucune utilité à Harry puisqu'il le savait déjà.

De plus, Selina n'avait pas envoyé de message concernant Frost. Harry devait accepter le fait qu'elle lui avait sans doute encore menti. Mais il savait qu'elle était toujours à Londres. Il avait vérifié la nuit précédente, en se postant dans la rue, en face de sa maison, comme une sorte de rôdeur.

Il n'était peut-être qu'un idiot, mais il croyait tout ce qu'elle lui avait raconté l'autre jour. Chaque détail atroce et déchirant.

Un agent frappa à la porte avant de l'ouvrir.

— Monsieur Sheffield ? Il y a une… fille qui souhaite vous voir.

Las, Harry agita la main, puis il se redressa sur sa chaise.

— Faites-la entrer.

La fille entra lentement dans le bureau, tournant la tête dans tous les sens pour observer ce qui l'entourait. Elle s'agita nerveusement avant de regarder Harry.

Il reconnut aussitôt la tisseuse de paniers de Saffron Hill.

— Maggie ! Je suis ravi de te voir.

Elle replaça une mèche de cheveux noirs derrière son oreille. Elle aurait dû avoir une coiffe. Harry veillerait à ce qu'elle en reçoive une.

Il se leva et se rapprocha d'elle, puis il lui adressa un sourire encourageant.

— Comment puis-je t'aider ?

— Vous m'avez dit de venir vous voir si j'avais besoin de

quelque chose. J'ai besoin que mon frère arrête d'être un voleur. Il va finir par se faire prendre, et il va se retrouver sur un navire de bagnards.

Malheureusement, c'était une véritable possibilité.

— Que veux-tu que je fasse ?

— Vous vouliez des informations sur l'homme qui a déclenché l'incendie. Si je vous dis de qui il s'agit, aiderez-vous mon frère ?

— Je ferai de mon mieux, lui assura Harry, même s'il était conscient que cela ne fonctionnerait que si le garçon voulait être secouru. Je pourrais aussi t'aider à trouver un apprentissage. Voudrais-tu apprendre à faire des chapeaux ?

La petite haussa les épaules.

— Je sais déjà faire des paniers.

— Les chapeaux ne sont peut-être pas si différents, affirma-t-il, baissant la voix d'un air conspirateur. Parfois, je me dis que les chapeaux des femmes pourraient servir de paniers.

Sa remarque fit apparaître un sourire sur le visage de Maggie, mais qui s'évanouit trop tôt.

— L'homme qui nous a demandé de dire que c'était le Vicaire qui avait mis le feu… il était comme vous.

— Que veux-tu dire ?

— C'était un gentleman.

Harry se demandait si cela aurait pu être Frost, car cet homme avait démontré sa capacité à jouer un rôle.

— Était-ce Frost ?

Maggie arbora une expression consternée.

— Je ne crois pas, mais je ne peux pas être sûre.

— Ton frère saurait si c'est Frost, n'est-ce pas ?

Elle hocha la tête.

— Et où puis-je trouver ton frère ?

Elle était restée vague la dernière fois que Harry lui avait parlé, mais il était convaincu que son histoire pouvait changer. Car maintenant, elle était motivée.

— Pouvez le trouver à *La Lanterne* la plupart des soirs. Cela se trouve dans une cour près de Saffron Hill.

Bien sûr, Harry savait exactement où cela se trouvait. Il se rendit compte qu'il n'avait pas posé de questions à Maggie au sujet des allées et venues de Frost.

— Sais-tu où je peux trouver Frost ? J'ai cru comprendre qu'il vivait dans Peter Street, mais qu'on ne l'y avait pas vu ces derniers temps.

— Lui et les garçons, comme mon frère, ont un endroit où ils se cachent. Une ruelle près de Chick Lane.

Fantastique. Harry allait s'y rendre immédiatement.

— Merci, Maggie. Veux-tu que je te raccompagne ?

Elle hésita, mais finit par hocher timidement la tête. Harry lui sourit à nouveau. Il prit son chapeau et alla ouvrit la porte du bureau.

— Merveilleux. Comment s'appelle ton frère ?

Harry ferait ce qu'il pourrait pour aider ce garçon, du moins, s'il le voulait.

— Elias Dwight, répondit-elle alors que Harry lui faisait signe de le précéder.

Au rez-de-chaussée, il fut intercepté par un autre agent qui lui indiqua qu'il devait s'occuper de certains documents concernant Chamberlain, l'homme qu'il avait arrêté plus tôt.

— Zut ! s'exclama-t-il, se passant une main dans les cheveux.

Remington s'approcha, le front plissé par l'inquiétude.

— Quel est le problème ?

— J'étais sur le point de partir. Je dois ramener cette jeune fille à Saffron Hill.

Harry chercha Maggie du regard, mais ne la vit pas. Où était-elle passée ?

— Monsieur Sheffield ? insista l'agent.

— J'ai une piste pour Frost, expliqua Harry à Remy. Il est possible qu'il se cache dans Chick Lane. J'allais justement m'en aller, mais j'ai de la paperasse urgente à faire.

— Veux-tu que j'y aille à ta place ? proposa Remy.

— Vraiment ?

Harry était déçu de ne pas pouvoir y aller, mais il importait davantage de faire des progrès.

— Pas de problème. Tu as parlé d'une jeune fille ?

— Oui, j'allais la raccompagner chez elle... Elle vit à Saffron Hill. Mais elle semble avoir disparu. Vas-y.

Remy lui donna une tape sur l'épaule.

— On se retrouve plus tard, avec des nouvelles, j'espère.

Harry fut pris d'un sentiment d'impatience. Il se tourna vers l'agent et le suivit pour aller chercher les documents.

Celui qui avait conduit Maggie à l'étage s'approcha à nouveau de Harry.

— Monsieur Sheffield ?

Harry était content de le voir.

— Auriez-vous vu la fille que vous avez fait monter dans mon bureau ?

Secouant la tête, l'agent lui tendit une missive.

— Non, mais on vient de déposer un message pour vous.

Ouvrant le parchemin, Harry retint son souffle quand il reconnut l'écriture de Selina. Elle savait où trouver Frost, dans Chick Lane, et elle annonçait qu'elle l'y retrouverait ce soir-là. Le constable consulta sa montre à gousset. Elle y serait bientôt.

Bon sang ! Harry fronça les sourcils en regardant l'agent.

— Ces documents doivent-ils être traités tout de suite ?

— Oui, monsieur.

Se renfrognant, Harry prit les papiers des mains de l'employé, avec l'intention de les terminer le plus rapidement possible afin de pouvoir suivre Remington.

Pour pouvoir rejoindre Selina.

Elle ne lui avait pas menti. Pourtant, il n'était pas certain de pouvoir un jour lui faire confiance. Les confidences qu'elle lui avait faites l'autre fois lui pesaient lourdement. Peut-être avait-elle raison de dire qu'il ne pouvait pas se pardonner de lui avoir fait confiance, de s'être comporté comme un imbécile.

Un imbécile aveuglé par l'amour. Était-ce encore le cas ?

Non, il savait ce qu'elle était, tout comme il savait pourquoi elle était ainsi. Ce qu'il ignorait, c'était s'il pouvait l'accepter. Mais il en mourait d'envie.

CHAPITRE 20

Chick Lane était incroyablement étroite, avec des bâtiments en bois et en briques hauts de trois étages qui renforçaient encore cette impression. Le fossé de la Fleet* passait à proximité, dégageant une odeur nauséabonde d'abats et d'humidité.

Selina n'imaginait pas Luther vivant ici. Enfin, elle le pouvait. Ce qu'elle ne pouvait pas imaginer, c'était de vivre ici elle-même. Ce qui serait sûrement arrivé, ou quelque chose de similaire, si elle n'avait pas quitté Londres.

Ou peut-être Rafe aurait-il été en mesure de la protéger. Il s'en était très bien sorti. Mieux que ce qu'elle aurait pu rêver. Mais combien lui en avait-il coûté ? Elle n'en était pas certaine, et elle ne savait pas s'il lui révélerait un jour la vérité.

Cependant, il l'avait aidée à retrouver Luther, et elle lui en était très reconnaissante. C'était un petit geste à faire pour

---

* NdT : La rivière Fleet est rapidement devenue à cette époque un dépotoir, où les gens jetaient leurs déchets, des carcasses d'animaux, etc. D'où le nom de « *Fleet ditch* », pour évoquer l'odeur nauséabonde qui s'en dégageait.

Harry, mais elle était heureuse d'en avoir la possibilité. Elle savait que rien ne pourrait jamais effacer sa trahison. Avec un peu de chance, cela aiderait l'homme qu'elle aimait. C'était tout ce qu'elle désirait.

Rafe, qui avait retrouvé la cachette de Luther, lui avait proposé de l'accompagner ce soir-là, mais elle lui avait dit que Harry l'y rejoindrait. De plus, ce dernier découvrirait sans doute que son frère était le Vicaire s'il venait. Depuis que Rafe avait décidé d'abandonner définitivement son autre identité, ils avaient convenu qu'il valait mieux qu'il reste à Mayfair sous le nom de Raphael Bowles.

Le *Duck and Swan* était adossé au fossé de la Fleet. Un porche couvert s'avançait sur la rue, rendant l'espace devant encore plus étroit que le reste de la voie. Des prostituées traînaient devant l'établissement. L'une d'entre elles alpagua un client et l'attira à l'intérieur en posant sur elle un regard concupiscent.

Selina sentit le poids familier de son pistolet dans son réticule et prit une profonde inspiration. Elle n'avait pas peur, elle était juste un peu nerveuse. Malgré ses vêtements simples et pratiques, les habits noirs qu'elle portait en tant que Madame Sybila, elle avait l'impression de se démarquer.

Elle pénétra dans l'établissement, où des lanternes éclairaient la salle commune très animée. C'était à peine le crépuscule, mais il aurait fait bien sombre dans cet endroit sans elles. Le plafond était bas, et il n'y avait pas de fenêtres. Il y avait aussi beaucoup de monde. Des gens étaient assis en groupes, en train de rire ou de se disputer. D'autres étaient debout, des chopes à la main.

Selina se décala sur le côté afin de pouvoir observer la salle et voir si Luther était présent. Il était sans doute quelque part à l'étage s'il essayait de rester à l'abri des regards. Ce qui semblait être le cas, puisque Harry n'avait pas réussi à le trouver. Luther était-il au courant que Bow Street le recherchait ?

— Que fais-tu ici ?

Se retournant vivement, Selina vit Luther qui la dévisageait d'un air renfrogné, ses sourcils formant un profond V sur son grand front. Il était arrivé par une porte qui se trouvait juste derrière lui.

— Je te cherchais, répondit-elle.

Il lui sourit.

— C'est la meilleure chose que j'ai entendue de toute la journée. Pourtant, tu ne devrais pas être ici. Ce n'est pas un endroit très sûr. Éloignons-nous de la salle principale.

Il lui passa un bras autour de la taille et l'entraîna vers la porte par laquelle il était venu.

— Aurais-tu besoin d'un autre service ?

Selina se dégagea de son étreinte et entra dans la pièce.

— Non. Ce dont j'ai besoin, c'est de comprendre ce qui s'est passé il y a quatre ans, quand mon frère est censé avoir trouvé la mort.

Luther grimaça en la rejoignant à l'intérieur.

— Rafe m'a fait promettre de ne pas te le dire.

— C'est ce qu'il m'a dit, répliqua-t-elle, ne cherchant pas à cacher son agacement. As-tu déclenché l'incendie ?

Jetant un coup d'œil furtif dans la salle commune, Luther l'entraîna plus loin dans la petite salle à manger privée, de l'autre côté de la table. Comme l'autre salle, elle était dépourvue de fenêtres, mais éclairée par des lanternes, deux exactement.

— Prends garde à ce que tu dis ici, Lina.

Elle retira sa main de la sienne.

— S'il te plaît, ne m'appelle pas ainsi.

Désormais, elle était Selina. Ou lady Gresham, et seulement parce qu'elle devait l'être pour que Beatrix atteigne son but. Lina et Madame Sybila étaient mortes.

— Tes désirs sont des ordres.

Il tira une chaise devant la table rectangulaire. Elle ne voulait pas s'asseoir. Plus encore, elle ne voulait pas lui donner l'impression qu'elle allait rester. Où diable était Harry ?

Elle joignit les mains ; son réticule pendait de son poignet contre sa cuisse.

— Parle-moi de l'incendie.

Luther expira, puis lâcha la chaise.

— Oui, j'ai déclenché l'incendie. Partridge représentait une menace, Rafe n'était pas le seul à vouloir sa mort.

— Mais tu savais que mon frère allait le tuer.

Luther hocha lentement la tête.

— J'ai vu l'occasion d'améliorer mon sort, et je l'ai saisie. Un gentleman influent m'a demandé de tuer Partridge en mettant le feu.

Selina fit un pas vers la table et posa une main sur le dossier d'une chaise.

— Si tu savais que Partridge mourrait de toute façon, pourquoi allumer un incendie qui tuerait des innocents ?

Le garçon qu'elle avait connu n'aurait jamais volontairement blessé des innocents, des enfants. Mais peut-être n'était-il plus le garçon qu'elle avait connu. Aucun d'entre eux n'était plus vraiment le même, et comment aurait-il pu en être autrement ?

Le regard de Luther se fit plus dur.

— Le coureur m'a versé une grosse somme pour que je mette le feu

— Pourquoi ?

— Parce qu'il voulait que je reprenne le territoire de Partridge. Ce dernier refusait de lui verser de l'argent pour sa protection, ce qui ne me posait aucun problème. Le feu a aussi couvert les actes de Rafe, ce qui constitue un bon point supplémentaire ; j'aurais cru que tu apprécierais.

Selina s'agrippa à la chaise, le bois mordant dans sa paume.

— Comment pourrais-je être reconnaissante alors que des enfants sont morts ?

Luther posa sur elle un regard froid.

— Des enfants meurent tous les jours, et nous avons toujours été reconnaissants que ce ne soit pas nous, n'est-ce pas ? Tu as oublié ce que c'est de vivre ici, dit-il avant de ricaner. Ce qu'il faut faire pour survivre.

Il avait peut-être raison. Elle saisit finalement ce qu'il lui avait avoué quelques instants plus tôt.

— Tu as dit qu'un coureur t'avait payé pour allumer l'incendie ?

— Il a dit ça ?

La réponse était venue de derrière Selina. Celle-ci se retourna pour voir un homme qui se tenait à l'entrée de la pièce ; il referma la porte.

— Nous n'avons pas rendez-vous, remarqua Luther en plissant les yeux.

— Non, c'est vrai. Néanmoins, je suis ici pour un paiement. Et pour t'informer que l'un de mes camarades est impatient de mettre la main sur toi. Tu vas devoir trouver une meilleure cachette, affirma l'homme avant d'incliner la tête vers Selina. Qui est cette traînée ?

Luther grogna.

— Attention à ce que tu dis, Remington.

Remington ? Selina avait entendu ce nom… son ventre se noua. C'était un coureur. C'était également l'ami de Harry. C'était donc l'homme qui avait payé Luther ? Et maintenant, il venait collecter des paiements. Il était totalement corrompu.

— C'était vous ! fut tout ce que Selina put dire.

Mais Remington l'ignora, gardant les yeux rivés sur Luther. Il fit claquer sa langue.

— Je pense que c'est plutôt toi qui devrais faire attention à ce que tu dis. Tu ne peux parler de moi aux gens ni de l'incendie. C'est le Vicaire qui l'a déclenché, si tu te souviens.

Luther ricana.

— Seulement parce que tu l'as dit. Quelle différence cela fait-il maintenant ?

— Cela fait toute la différence si tu commences à raconter que je t'ai payé pour le faire. Maintenant, nous allons devoir tuer cette pauvre fille.

Remington fit le tour de la table et s'approcha de Selina. Elle ouvrit son réticule, mais Luther lui saisit le bras et la tira derrière lui. Il se tourna face au coureur.

— Elle ne parlera de toi à personne. Tu as ma parole.

— À moins que tu n'aies l'intention de lui couper la langue, je ne peux pas croire que cela n'arrivera pas, parole ou non, répliqua l'homme d'un ton doux comme s'il menaçait des gens tous les jours. Écarte-toi, Frost.

— Tu ne la toucheras pas.

Luther tira un pistolet de sa ceinture, mais avant qu'il ne puisse le brandir, le coureur s'élança, le projetant en arrière contre Selina. Tous s'écrasèrent au sol.

Il fallut un moment à la jeune femme pour reprendre son souffle et ses esprits. Elle roula sur le côté pendant que les hommes se battaient. Un grand halètement résonna dans la salle, et le vacarme s'arrêta.

— *Bon sang !*

Le coureur se releva, la respiration laborieuse. Il baissa les yeux sur le corps de Luther. Le sang s'accumulait sous lui.

— Je ne voulais vraiment pas le tuer. C'était un bon soldat, affirma-t-il avant de reporter son attention sur Selina qui se relevait. Jusqu'à toi. Tu es une bien jolie créature. Luther t'a-t-il déjà payée ? Ça ne me dérangerait pas de payer à nouveau, mais ça ne sert à rien, vu que tu ne verras pas le soleil se lever demain.

Enfin, Selina parvint à sortir son pistolet de son réticule. En tremblant, elle le brandit.

— Harry sera là d'un moment à l'autre.

Remington s'arrêta à quelques centimètres d'elle.

— Harry ? Tu connais Harry ?

Selina hocha la tête.

Le silence régna un instant, avant que Remington se mette à rire. Ses yeux se plissèrent, mais cela ne chassa pas pour autant l'hostilité dans son regard.

— Harry ne viendra pas, ma chère. Il m'a envoyé à sa place. Comme c'est triste pour toi ! s'exclama-t-il, puis il lui arracha l'arme des mains avant qu'elle puisse tirer et l'envoya glisser sur la table. Mais je suis heureux pour moi, car finalement, je vais pouvoir m'amuser. Maintenant, sois une bonne fille et reste tranquille.

Il fit un pas vers elle, et, soudain, Selina ne vit plus que le visage de l'homme qui lui avait dit presque exactement la même chose douze ans plus tôt.

~

Harry gravit les marches deux par deux jusqu'à son bureau afin de pouvoir remplir cette fichue paperasse. Il s'arrêta net sur le palier lorsque Maggie s'avança devant lui.

— Te voilà ! dit-il. Je croyais que tu étais partie.

La petite secoua la tête, et il vit la peur dans ses yeux.

— L'homme à qui vous parliez… Je l'ai reconnu.

Harry fronça les sourcils.

— L'agent ?

— Le grand homme avec les cheveux noirs.

L'agent était un homme de petite taille aux cheveux d'un blond éclatant. Elle devait parler de Remy.

— D'où le reconnais-tu ?

Elle l'avait sans doute vu dans les environs de Saffron Hill, surtout depuis qu'il aidait Harry à chercher Frost. Le constable tâcha de se montrer patient, car la petite avait l'air effrayée. Mais il était impatient de s'occuper des documents pour pouvoir rejoindre Selina.

— C'est lui qui nous a ordonné de dire que c'était le Vicaire qui avait mis le feu. Mon frère dit qu'il rend souvent visite à M. Frost.

Un bourdonnement emplit les oreilles de Harry, et son sang se glaça. Remington était allé parler à Frost. Et Selina aussi.

Le constable commença à descendre les escaliers, puis s'arrêta brusquement. Il se retourna et leva les yeux vers Maggie.

— Je dois me rendre à Chick Lane immédiatement. Je suis désolé ! s'excusa-t-il.

Il dévala le restant des marches et trouva l'agent le plus proche.

— Je m'occuperai des documents plus tard. Mettez cette fille dans mon bureau. Et donnez-lui du thé et des biscuits, demanda-t-il, posant les papiers dans les bras de son collègue.

Puis il sortit à la hâte du bâtiment et se mit à courir en direction de Saffron Hill, qui se trouvait à plus d'un kilomètre et demi de là.

Lorsque Harry arriva au *Duck and Swan* sur Chick Lane, il avait très chaud et il redoutait le pire. Il s'engouffra dans la pénombre de la taverne et regarda autour de lui. Personne ne lui semblait familier : il ne voyait ni Selina, ni Frost, ni Remy.

Une femme aux joues rosies et aux lèvres rouges s'approcha de lui en balançant les hanches.

— Bonsoir, monsieur. Une bière, ça vous tente ? Nous pourrions en partager une, proposa-t-elle en posant une main sur son torse.

— Je cherche Luther Frost ou une femme qui pourrait se trouver avec lui. Elle est grande, et ses cheveux sont d'un brun doré. Elle est magnifique.

Harry vit une lueur dans le regard de la femme et s'empressa de lui mettre une pièce dans la main. La prostituée fit la moue.

— Elle est arrivée il y a un petit bout de temps. Là-bas, dit-elle en inclinant la tête vers une porte située dans le coin avant de la salle commune.

— Merci.

Harry eut à peine le temps de finir de parler qu'il se retournait déjà et se ruait vers la porte. Il l'ouvrit et entra ; il vit Remington qui dominait Selina de toute sa hauteur, lui agrippant le bras.

— Remy ?

Ce dernier regarda Harry par-dessus la tête de Selina.

— Harry, que fais-tu ici ?

— Je suis venu la voir.

Selina se tourna et arracha son bras de l'emprise de Remington.

— Harry, il a tué Luther ! s'exclama-t-elle, baissant les yeux vers le sol.

Sheffield suivit son regard et vit le corps de Frost étendu. Il remarqua aussi le sang. Reportant son attention sur l'homme qu'il avait considéré comme son ami, Harry s'approcha d'eux d'un pas prudent.

— Que s'est-il passé, Remy ?

Selina répondit à sa place.

— Il a payé Luther pour qu'il déclenche l'incendie.

Remington frappa la jeune femme, qui tomba contre le mur avec un léger gémissement.

Harry sortit son pistolet de sa veste, mais l'autre homme plongea sous la table. Il enroula ses bras autour des jambes du constable avant que ce dernier puisse se déplacer et il le déséquilibra.

Dans sa chute, Harry garda son arme à la main, mais il ne trouvait pas de bon angle de tir. Remy referma sa main autour de la sienne, s'efforçant de lui arracher son pistolet.

— Lâchez-le ! s'écria Selina.

Harry leva les yeux et la vit qui se tenait à quelques mètres de là, une arme à la main. Sans doute la sienne. Heureusement, elle était armée. Pourtant, il aurait voulu qu'elle soit loin d'ici.

— Selina, va-t'en ! Je peux m'en occuper.

Remington profita de sa distraction. Il parvint à faire tomber le pistolet de Harry qu'il fit glisser au loin sur le sol. Sheffield repoussa l'autre constable, mais comme il ne se défendait pas, il se figea.

— Il a un couteau ! l'avertit Selina au moment où la lame scintillait à la lumière de la lanterne.

Harry agrippa le poignet de Remy juste avant que le couteau ne s'abatte sur lui. La lame était encore dangereusement proche de sa poitrine.

Quelque chose remua derrière la tête de l'autre homme, et un fracas s'ensuivit. Remington laissa échapper un faible son, puis s'affaissa sur Sheffield. Heureusement, la main de son adversaire devint molle, sans quoi il lui aurait transpercé la poitrine.

Harry le repoussa sur le côté, la respiration haletante. Il leva les yeux vers Selina.

— Qu'as-tu fait ?

— Je l'ai frappé avec un pichet.

Des morceaux de poterie jonchaient le sol. Remington gémit. Sheffield se releva.

— Peux-tu aller chercher de la corde ? Je dois lui lier les mains.

Elle hocha la tête et se précipita hors de la salle.

Harry retrouva rapidement le pistolet de Remington et le fouilla pour vérifier qu'il n'avait pas d'autres armes que le couteau. Il les rassembla au milieu de la table. Il posa les yeux sur Luther qui gisait sur le sol, le visage couleur de cendre, figé dans la mort.

Selina revint avec de la corde.

— Cela suffira-t-il ?

Sheffield le lui prit avec un signe de tête, puis il s'agenouilla pour lier les mains de Remy dans son dos. Il les attacha solidement avec le nœud le plus solide qu'il connaissait.

— J'avais peur de lui tirer dessus. Je ne voulais pas que tu sois blessé.

Harry leva le nez vers Selina, et il vit la peur dans ses yeux. Il se leva et s'approcha d'elle. Une trace rouge, laissée par la main de Remington, commençait à marquer sa joue. Harry avait envie de le tuer.

— Est-ce que tu vas bien ?

Elle acquiesça, mais une larme lui échappa. Il lui caressa le visage.

— Tu es en sécurité, maintenant.

Sheffield s'avança vers la porte, les yeux toujours rivés sur Remy, et il cria :

— J'ai besoin que quelqu'un coure jusqu'à Bow Street. Vite. Dix shillings.

Un garçon se précipita vers lui.

— Je peux le faire, monsieur !

Harry lui donna cinq shillings.

— Le reste quand tu reviendras avec au moins deux constables. Dis-leur que Harry Sheffield a besoin d'aide et d'une charrette. Et dépêche-toi.

Le garçon hocha la tête et s'en alla. Remington gémit plus fort, et Sheffield se pencha pour le retourner. Puis il le traîna jusqu'au mur et le soutint pour qu'il s'y adosse.

Harry regarda de nouveau Selina.

— Que s'est-il passé ?

— Je suis arrivée, et j'ai rencontré Luther ici. Il m'a dit qu'un coureur l'avait payé pour déclencher l'incendie. Ensuite, Remington s'est présenté et il a exigé un paiement.

Harry posa un regard furieux sur son ami... son ancien ami.

— À quoi correspondait le paiement ?

Du sang dégoulinait de la tête de Remy à cause de la blessure que Selina lui avait infligée avec la poterie.

— Tout ce qu'elle dit n'est que mensonge.

Elle racontait des mensonges, mais pas seulement, Harry le savait.

— Tu veux me faire croire qu'*elle* a tué Frost ?

Remington grimaça, puis baissa les yeux, mais il ne répondit pas.

— Pourquoi la tenais-tu quand je suis arrivé ? l'interrogea Harry.

— Parce qu'il avait l'intention de me violer.

Selina ne mentirait pas à ce sujet. De toute façon, Harry ne pensait pas qu'elle ait menti au sujet de toute cette situation. À présent, il avait *vraiment* envie de tuer Remy.

Sheffield s'accroupit et saisit le haut des cheveux de son ancien ami. Il tira sa tête en arrière, l'obligeant à lever les yeux.

— Ne me mens pas, espèce d'ordure !

Remy ricana.

— J'ai proposé de la payer.

— Avant de me promettre de me tuer ! s'exclama Selina.

Harry cogna la tête de son collègue contre le mur, et Remington poussa un cri de douleur.

— Ose encore une fois parler d'elle, et je finirai ce qu'elle a commencé, gronda-t-il, empoignant toujours les cheveux de Remy. Pourquoi as-tu payé Frost pour déclencher l'incendie ?

Selina répondit une nouvelle fois à sa place.

— Parce que Luther avait accepté de payer Remington pour sa protection quand il a repris la clique de Partridge.

Sheffield dévisagea d'un regard noir cet homme qu'il avait cru connaître.

— Tu as encaissé de l'argent ?

— Tu n'aurais pas dû te préoccuper de ce maudit incendie. Ni de tout ça, d'ailleurs, remarqua Remy avec un rictus. Mais tu as le cœur bien trop tendre. Qu'est-ce que cela peut bien faire qu'il y ait un peu moins de prostituées et de gamins voleurs ? C'était une bonne chose. Partridge refusait de me payer. Ce n'était pas le cas de Frost. Nous tournons la tête, et nous les laissons régner sur leurs petits royaumes. Ils devraient payer pour que nous les ignorions, et que nous les protégions.

Harry éprouvait le plus grand mépris pour la corruption. Il tira à nouveau les cheveux de Remington, qui tressaillit en croisant le regard de Harry.

— As-tu vraiment menacé de la tuer ?

Remy cracha sur la droite en direction de Selina et leva les yeux vers elle.

— Maudite catin !

La fureur de Sheffield explosa soudain et il frappa une nouvelle fois la tête de Remy contre le mur. Cette fois, celui-ci s'affaissa sur le côté, inconscient.

— Harry ! s'écria Selina qui s'approcha de lui et lui toucha l'épaule.

Se relevant, le constable jura.

— Il va bien. Pour l'instant.

Il se tourna ensuite vers elle.

— Je voudrais te raccompagner, mais tu devrais partir

avant que les constables arrivent. Je ne veux pas t'impliquer là-dedans.

— Mais je suis un témoin. Je peux raconter ce qui s'est passé.

— Tu devras alors expliquer pourquoi tu étais ici. Ce ne serait pas bon pour la réputation de lady Gresham. Ou celle de Mlle Whitford. J'ai son couteau, et je peux prouver qu'il s'en est servi pour tuer Frost. N'oublie pas que j'ai été avocat. Remy ne s'en tirera pas.

— Tu es plutôt brillant, remarqua Selina en lui adressant un petit sourire qui fit chavirer le cœur de Harry. Je peux rentrer chez moi.

— As-tu ton pistolet ?

Elle alla le chercher de l'autre côté de la table, et elle se figea un instant en voyant Luther. Un sanglot s'échappa de ses lèvres avant qu'elle ne plaque une main sur sa bouche.

Sans réfléchir, Harry s'approcha, puis il l'attira contre lui et posa les lèvres contre sa tempe, sous le bord de sa coiffe.

— Je suis sincèrement désolé. Je sais qu'il était ton ami.

Elle s'accrocha fort à lui, enfouissant son visage contre son torse. Harry effleura de ses lèvres le bord de l'oreille de Selina.

— Tu dois partir. Je viendrai te voir plus tard.

Elle se recula et le regarda, surprise.

— Vraiment ?

— Il y a des choses à dire, n'est-ce pas ?

Elle essuya ses joues baignées de larmes.

— J'ai dit tout ce qui était important. Je t'aime.

Comme par miracle, un sourire se dessina sur ses lèvres.

— Je sais.

Selina lui sourit à son tour, et il en eut le souffle coupé.

— *J'ai* des choses à dire, précisa-t-il. Maintenant, pars. À tout à l'heure.

Elle rangea le pistolet dans son réticule.

— Vas-tu t'occuper de Luther ?

— Je le ferai, la rassura-t-il, puis il s'écarta pour qu'elle puisse passer.

Elle dut enjamber les jambes étalées de Remington pour atteindre la porte. S'arrêtant sur le seuil, elle tourna la tête.

— Merci.

Et elle disparut.

Sheffield baissa les yeux sur cet homme qu'il avait considéré comme son ami. Les apparences étaient trompeuses. Les gentils étaient méchants, et les méchants étaient de bonnes personnes. Ou quelque chose comme ça. Il se passa une main sur le visage et réfléchit aux choses qu'il allait dire à Selina.

CHAPITRE 21

L'horloge sonna une fois, ce qui poussa Selina à se lever à nouveau et à arpenter le salon. Beatrix leva les yeux de son livre.

— Si tu continues à faire cela tous les quarts d'heure, tu vas faire un trou dans ce tapis.

— Il devrait être là maintenant, remarqua-t-elle.

Un millier d'hypothèses lui avaient traversé l'esprit. Elle s'arrêtait toujours sur la pire.

— Et si Remington s'était débarrassé de ses entraves et avait attaqué Harry ? Et s'il l'avait tué ? Je n'aurais pas dû partir.

— C'est ridicule.

— Je vais à Bow Street !

Selina sortit du salon et s'arrêta net en entendant frapper à la porte d'entrée. Elle s'y précipita pour l'ouvrir. Harry se tenait sur le perron, ses beaux traits épuisés.

— Tu es là, parvint-elle à dire.

— Je suis là, confirma-t-il, jetant un regard derrière elle. Puis-je entrer ?

Selina secoua vivement la tête pour se débarrasser de sa torpeur.

— Je t'en prie.

Elle lui tint la porte pendant qu'il pénétrait dans le vestibule, puis elle la referma soigneusement.

Beatrix sortit du salon.

— Bonsoir, monsieur Sheffield.

— Bonsoir, mademoiselle Whitford.

— Tu as l'air d'avoir besoin d'un cognac, remarqua Selina. Il acquiesça.

— Oui, s'il te plaît.

Elle le précéda dans le salon et alla directement lui servir un verre. Se retournant, elle vit qu'il était entré, et que Beatrix l'avait suivi.

Selina lui tendit le verre et ignora l'attirance qu'elle éprouva quand leurs doigts se frôlèrent. Elle avait envie de le prendre dans ses bras et d'apaiser ses traits angoissés.

— Je suis désolée, dit soudain Beatrix. D'avoir volé des choses. Je ne peux pas m'en empêcher, mais j'essaie vraiment.

Harry avala une gorgée de cognac, puis haussa un sourcil en direction de Beatrix.

— Êtes-vous en train de me dire que la seule raison pour laquelle vous avez volé ces bijoux, c'était parce que vous ne pouviez pas vous en empêcher ?

Son ton ironique insuffla une bouffée d'espoir à Selina. Beatrix grimaça.

— Non. Nous avions besoin d'argent. Désolée.

— Beatrix, je ne crois pas que cela aide, remarqua Selina d'une voix douce.

— Elle n'aggrave pas les choses. Vous êtes toutes les deux des voleuses. Mais vous avez rendu les bijoux. Et l'argent, apparemment. Ma mère m'a fait parvenir un message m'informant qu'elle avait reçu une lettre de Madame Sybila. Celle-ci lui a renvoyé l'argent dont elle avait fait don au foyer pour enfants égarés après avoir appris qu'il s'agissait d'une fraude.

Selina se tordit les mains.

— J'ai envisagé de lui raconter toute la vérité, de lui dire que je suis Madame Sybila, mais si je le faisais…

Harry termina pour elle.

— Si tu faisais cela, il n'y aurait aucune possibilité d'avenir entre nous.

— Et c'est ici que je prends congé, annonça Beatrix, les regardant l'un après l'autre. Je sais que vous vous aimez. Je sais aussi que tout n'a pas commencé comme cela aurait dû se passer. S'il vous plaît, faites que cela se termine de la bonne manière.

Elle pinça les lèvres avant de tourner les talons puis de quitter le salon, fermant la porte au passage.

— Ta « sœur » est impertinente.

Selina n'arrivait pas à respirer profondément. C'était peut-être stupide, mais l'espoir gonflait dans sa poitrine.

— Extrêmement.

— Elle a également raison. Je sais que tu m'aimes, affirma-t-il.

Il baissa ensuite les yeux sur le verre de cognac qu'il tenait à la main.

— Et il se trouve que je t'aime aussi.

Selina plaqua une main sur sa bouche avant qu'un sanglot ne lui échappe. Mais Harry le remarqua quand même. Posant son verre sur une table, il s'avança vers elle.

— Est-ce que tu vas bien ?

Elle hocha la tête.

— Cette semaine a été horrible.

Il pinça les lèvres, et elle se prépara à ce qu'il allait dire.

— Oui, c'est vrai. Je voulais te mépriser. Et puis, c'est moi que j'ai méprisé, parce que je n'y arrivais pas. Et je ne pouvais même pas t'arrêter comme j'aurais dû le faire. Quel genre de constable ferait cela ?

Oh ! Elle l'avait détruit ! Le cœur de Selina se fendit en deux.

— Je suis sincèrement désolée, Harry. S'il te plaît, arrête-moi. Je dois payer pour mes crimes.

— Je crois que tu l'as déjà fait, répondit-il d'une voix douce, réduisant à néant l'espace qui les séparait pour lui prendre la main. Quand je pense à ton enfance, aux dangers et aux épreuves que tu as affrontés, je suis partagé entre une colère noire et un profond désespoir.

Il s'interrompit et lui adressa un mince sourire.

— Je ne sais pas comment tu as fait pour ne pas sombrer sous le poids de ta situation. Mais, je suppose que tu l'as fait. Tu es devenue qui tu devais être pour survivre.

Il comprenait. Bonté divine, il comprenait ! Selina commença à s'écrouler, mais il la rattrapa et passa les bras autour de sa taille.

— Je te tiens, mon amour.

Harry la serra contre lui, et la chaleur puissante de son torse apaisa la jeune femme comme rien d'autre n'aurait pu le faire.

— Qu'est-il arrivé à Remington ? s'enquit-elle.

Il lui caressa le dos.

— Il sera accusé du meurtre de Frost demain.

Elle bascula la tête en arrière pour le regarder.

— T'es-tu occupé de Luther ?

— Oui. A-t-il de la famille à prévenir ?

— Non, mais j'informerai ceux qui ont besoin de le savoir, répondit-elle avant d'inspirer brusquement. Rafe.

— Ah ! oui. Je suppose que ton frère le connaissait, puisque vous avez grandi ensemble.

Selina s'éloigna de Harry.

— Je devrais te dire autre chose… la dernière révélation. Je crois.

Sa vie avait été si émaillée de mensonges qu'elle n'était pas certaine de les avoir tous dévoilés, y compris ceux qu'elle se racontait à elle-même.

L'œil de Harry tressauta.

— Je ne sais pas si je pourrai supporter autre chose.

— Ce n'est pas à propos de moi. Mon frère… *oh, bon sang !* Tu ne vas pas aimer ça, lui avoua-t-elle avant d'inspirer profondément. Rafe est le Vicaire.

Les yeux de Harry s'écarquillèrent, et il resta bouche bée.

— *Quoi ?*

— Je ne le savais pas. Du moins, pas au début. À mon retour à Londres, il y a deux mois, j'ai appris que mon frère était mort dans l'incendie de Saffron Hill que le Vicaire avait soi-disant déclenché. Quand je t'ai rencontré, tu étais à sa recherche, et je me suis dit que tu pourrais m'aider à le retrouver. Je suis horrifiée d'admettre que je voulais me venger. C'était peut-être à propos de moi, finalement, dit-elle en se passant une main sur le front.

La douleur assombrit les yeux fauves de Harry.

— C'est pour cela que tu t'es liée d'amitié avec moi ?

Selina posa les mains sur ses avant-bras.

— Pas entièrement. J'avais aussi besoin de te garder près de moi… à cause de ton intérêt pour Madame Sybila. Mais ce n'est pas toute la vérité non plus, insista-t-elle.

Elle ferma brièvement les yeux.

— J'apprends à me montrer honnête avec moi-même comme avec les autres. La vérité, c'est que je t'ai apprécié dès le début. Et que j'étais attirée par toi. Depuis cet instant où tu m'as empêchée de tomber la tête la première sur le trottoir.

Harry la regarda en plissant les yeux.

— Pourquoi devrais-je te croire ?

— Tu ne devrais pas. Pas du tout. Mais j'espère, et je prie pour que tu le fasses.

— Tu es une actrice accomplie, dit-il avec prudence. Un fantastique escroc. Pourtant, je ne peux pas croire que tu aies simulé tout ce qui s'est passé entre nous.

Elle se rapprocha de lui jusqu'à ce que leurs poitrines se touchent, et elle posa la main sur la joue de Harry.

— Ce n'était pas le cas. Je ne pouvais pas simuler. Je n'avais jamais été avec quelqu'un avant, pas comme toi. Je savais que je n'aurais pas dû, à la fois parce que c'était dangereux et parce que ce n'était pas bien. Mais je ne pouvais pas m'en empêcher. Je tombais irrémédiablement amoureuse de toi.

Harry saisit la main qu'elle avait posée sur sa joue et en embrassa la paume.

— J'aurais aimé que tu me fasses confiance.

— Je ne fais… je ne faisais confiance à personne en dehors de Beatrix. Pas même à Rafe, avoua-t-elle, baissant brièvement le regard. Mais, le jour où tu m'as donné une leçon d'équitation, je t'ai dit que je te faisais confiance. Je le pensais.

Harry fronça les sourcils.

— Pour reparler de ton frère, qu'en est-il du Vicaire ?

— Il s'est retiré. Rafe est désormais entièrement Raphael Bowles, le dernier résident d'Upper Brook Street. Toutes ses transactions commerciales sont tout à fait légitimes.

Il lui avait annoncé qu'il cessait l'activité de la dernière de ses boutiques de recel la semaine suivante.

— Je comprends que tu veuilles encore l'arrêter, mais je te demande de ne pas le faire. Nous avons beaucoup d'années à rattraper et j'espère que nous en aurons l'occasion.

Harry lui lança un regard appuyé.

— Upper Brook Street ? Il me semble que Bowles aurait dû te proposer de t'aider.

— Il l'a fait, mais j'ai refusé. Je n'aime pas compter sur les autres, expliqua-t-elle, s'accrochant à sa main. Cependant, je m'appuierai sur toi.

— Comment pourrais-je te priver de la seule famille de sang que tu as ? lui demanda-t-il d'une voix douce.

Selina avait du mal à croire à sa gentillesse.

— Du moment qu'il reste dans la légalité…

— Il le fera. Nous le ferons *tous les deux*. Et Beatrix aussi.

— Eh bien, c'est un soulagement. Il serait très embarrassant que ma belle-sœur soit surprise en train de voler.

Selina se figea, les yeux rivés sur ceux de Harry.

— Ta quoi ?

— Ma belle-sœur. Ce que Beatrix sera, si tu acceptes d'être ma femme.

— Tu n'es pas sérieux !

Selina tenta de reculer, tout en luttant pour faire entrer de l'air dans ses poumons soudain ralentis.

Il la tint fermement, la serrant contre lui.

— Je ne te lâcherai pas, à moins que tu ne le veuilles vraiment. Oui, je suis sérieux. Selina, Sybila, lady Gresham, qui que tu sois, épouse-moi.

La jeune femme le regarda droit dans les yeux, et elle y vit une chose qu'elle n'aurait jamais imaginée : un avenir, et le bonheur. Les larmes qu'elle avait versées l'autre jour revinrent, mais elles étaient l'expression de sa joie.

— Oui. Et je sais enfin exactement qui je suis. Qui je *veux être*, dit-elle avec un sourire. Je veux être tienne.

Harry l'embrassa, lui communiquant une force et un émerveillement qui la remplirent d'émotion au point de la submerger. Elle enroula les bras autour de son cou et s'accrocha farouchement à lui.

Après plusieurs minutes, Harry rompit leur baiser et posa son front contre celui de Selina.

— Ma famille va se montrer vraiment insupportable quand je le leur dirai.

— Ils seront fous de joie.

— *Insupportablement* fous de joie, oui, confirma-t-il avant de déposer un baiser sur sa joue. Peux-tu me promettre de me protéger d'eux ?

— Je ferai tout ce que tu me demanderas pour le reste de notre vie. Tu m'as offert un cadeau auquel je ne m'attendais pas et que je ne suis toujours pas sûre de mériter.

Harry prit le visage de Selina entre ses mains, et plongea dans son regard.

— Ne dis pas ça. Jamais. Tu le mérites. Nous nous méritons l'un l'autre, affirma-t-il, puis il l'embrassa vite et fort. Maintenant, si cela ne te dérange pas, je suis épuisé, et j'ai besoin d'aller me coucher.

Selina retira ses mains du cou de Harry.

— Bien sûr ! Je vais te raccompagner.

— Me raccompagner à la porte ou m'accompagner dans ta chambre ? lui demanda-t-il, haussant un sourcil en la regardant.

— Oh ! Tu veux rester ?

— Je n'ai absolument aucune envie de m'en aller.

Elle se mit sur la pointe des pieds et l'embrassa, ses lèvres s'attardant sur les siennes.

— Alors, reste. Pour toujours.

Harry la souleva dans ses bras et la porta à l'étage.

ÉPILOGUE

À peine deux jours plus tard, Harry escorta sa fiancée dans la bibliothèque de la maison de ses parents. Il ne leur avait pas dit pourquoi il avait voulu un dîner en famille, et sa mère n'avait pas insisté. Elle était simplement ravie qu'il vienne puisqu'il avait manqué le repas du jeudi. Puis il lui avait demandé de veiller à ce que *tout le monde* soit là, et elle n'avait cessé de lui demander pourquoi.

Il ne le lui avait toujours pas dit.

Aussi, quand il entra dans la bibliothèque avec Selina à son bras, suivi de Rafe et de Beatrix, sa mère manqua de se décrocher la mâchoire, puis elle fondit en larmes.

— Bonté divine ! s'exclama son père, lui tapotant le dos. Ressaisis-toi.

— Cela signifie-t-il ce que je crois ? parvint à articuler sa mère entre deux sanglots.

Rachel alla se placer à côté d'elle et lui frotta le bras. Elle plissa les yeux en regardant Harry.

— Il vaudrait mieux, sinon ce serait une plaisanterie vraiment horrible.

— Même moi, je ne ferais pas une telle chose, répliqua

Harry, l'air offensé. Que tu penses une telle chose de moi en dit plus long sur toi que sur moi.

Il agita les sourcils en regardant sa sœur. Rachel ricana.

— Tu as raison.

La mère de Harry renifla, et son père lui donna un mouchoir pour qu'elle se tamponne les yeux.

— S'il te plaît, ne me tiens pas en haleine !

Harry conduisit Selina sur le côté de la pièce et fit un geste vers son frère et sa sœur. Enfin, son frère et sa non-sœur, mais personne ne saurait que Beatrix n'était pas vraiment de sa famille. À moins que son père, le maudit duc de Ramsgate, ne l'identifie comme étant sa fille bâtarde. Dans ce cas, tous les secrets seraient dévoilés. Au cours des deux derniers jours, Harry avait beaucoup appris sur son étonnante nouvelle famille.

— Père, mère, tout le monde, permettez-moi de vous présenter le frère de Selina, M. Raphael Bowles. Vous connaissez déjà leur demi-sœur, Mlle Whitford. Et bien sûr, Rachel, Nathaniel et toi avez déjà rencontré M. Bowles.

Ils s'étaient décidés pour cette précision puisque le nom de famille de Rafe était différent de celui de Beatrix. Harry se sentait un peu mal à l'aise à l'idée de participer à leur mensonge, mais il comprenait aussi pourquoi c'était nécessaire. Ils ne souhaitaient qu'une chose, laisser le passé derrière eux et prendre un nouveau départ. En fin de compte, il se disait que c'était la meilleure solution et il s'était engagé à les soutenir.

Le regard d'Imogen passa de Harry à Selina, avant de se poser à nouveau sur son frère.

— Est-ce que tu viens de l'appeler Selina ?

— Oui. Il n'est pas rare d'appeler sa *fiancée* par son prénom.

Les sanglots de sa mère reprirent de plus belle, et ses trois sœurs haletèrent à l'unisson. Et Rachel s'écria :

— Je le savais !

Jeremy, en retard comme à son habitude, entra dans la bibliothèque.

— Tu savais quoi ?

— Harry va épouser lady Gresham, annonça Delia, assise sur le canapé, rayonnante.

— *Saleté !*

La mère de Harry jeta un regard noir à son fils aîné.

— Ce n'est pas une réponse appropriée !

— Ça l'est, si je dois rester le seul à ne pas être marié ! Maintenant, c'est moi qui vais devoir subir toutes vos machinations ! s'exclama-t-il avant de regarder son frère. Félicitations… Je suppose.

Harry ne put s'empêcher de rire, et il fut heureux que Selina en fasse autant. Bientôt, tout le monde se joignit à eux, à l'exception de Rafe. Il souriait, mais ne riait pas. Harry n'avait pas passé beaucoup de temps avec lui, mais il avait déjà compris que cet homme avait une noirceur au fond de l'âme. Si l'on se plongeait trop longtemps ou trop attentivement dans son regard, on sentait le vide, et il fallait s'en détourner.

Harry se sentait exceptionnellement heureux que Selina ait quitté Londres quand elle l'avait fait. Il comprenait aussi ce qui les avait tous deux poussés à agir ainsi. Ni l'un ni l'autre n'était fier de son passé. En réalité, ils cherchaient même à se racheter.

Tout le monde s'approcha pour étreindre Harry et Selina, l'accueillant, ainsi que son frère et sa sœur, dans la famille. Au bout d'un moment, la mère de famille réclama l'attention de tous.

— Quand les bans seront-ils lus ?

— Demain, l'informa Harry. Est-ce assez tôt ?

— Bien sûr ! Avez-vous déjà choisi le jour de votre mariage ? Il y a tant de choses à prévoir ! Pourrions-nous organiser le petit déjeuner de mariage ici ? Harry, je suis désolée, mais ta maison n'est pas assez grande !

Elle avait raison, et il devrait bientôt déménager, car ladite maison ne pourrait pas héberger une famille.

— Oui, tu pourras l'organiser ici, si cela convient à Selina.

Il regarda la femme à côté de lui, et l'amour qu'il éprouvait pour elle gonfla sa poitrine. Selina hocha la tête.

— J'en serais honorée, merci. Mon frère aimerait organiser un bal avant la fin de la saison, à la fois pour célébrer notre mariage et pour Beatrix. Il a acquis une maison sur Upper Brook Street.

Le père de Harry haussa brusquement les sourcils.

— Vraiment ?

— J'ai hâte de montrer mon soutien à mes sœurs, déclara Rafe d'un ton égal, répondant avec sagesse à la question comme si l'homme s'enquérait de ses intentions et ne parlait pas du fait qu'il avait acheté une maison sur Upper Brook Street.

Jeremy offrit un verre de cognac à Rafe.

— Soyez prudent. Vous serez la coqueluche de votre propre bal quand les jeunes ladies et leurs mères auront posé les yeux sur vous.

— Mais il n'a même pas de titre ! intervint Beatrix.

— Il a de l'argent, et il sera bientôt apparenté à un comte par mariage, répondit Rachel avec ironie. Cela suffira.

Ce fut une soirée joyeuse, animée, que certains, notamment ses sœurs, auraient même pu qualifier de tapageuse. Quand Rafe déposa ses sœurs et Harry dans la Queen Anne Street, ce dernier bâillait.

— Es-tu sûr de vouloir entrer pour un dernier verre ? s'enquit Selina alors qu'ils s'avançaient vers la porte.

Il posa sur elle un regard intense, pendant que Beatrix les précédait dans la maison.

— Oui. À moins que tu ne veuilles que je rentre chez moi, pour une fois, murmura-t-il.

Il avait passé les deux dernières nuits ici, se réveillant avec le soleil pour rentrer chez lui à la hâte. Il lut les promesses dans les yeux de Selina.

— Je pense que tu ne devrais jamais rentrer chez toi.

— Chipie.

Il résista à l'envie de la porter dans la maison, et directement à l'étage.

— Je vais me coucher, annonça Beatrix quand Harry suivit sa fiancée à l'intérieur. Vous pouvez aller dans le salon et faire semblant de boire un dernier verre avant de vous faufiler à l'étage, ou vous contenter d'être efficace et monter tout de suite.

Elle haussa les épaules.

— Je ne le dirai à personne. Bonne nuit ! les salua-t-elle avec un geste de la main, puis elle gravit les escaliers en sautillant.

Harry se mit à rire, et attira sa fiancée dans ses bras.

— Je n'ai pas besoin d'un dernier verre, et toi ?

Selina secoua la tête, puis elle aspira sa lèvre inférieure entre ses dents pendant qu'elle dénouait sa cravate.

— Je n'ai besoin que de toi.

— J'aimerais que ce soit aussi simple. Ce soir, tu as vu qu'en plus de moi, tu auras une famille entière, nombreuse et tapageuse. Es-tu sûre que c'est ce que tu souhaites ?

La jeune femme s'accrocha à sa cravate et renversa la tête en arrière.

— Je dois admettre que lorsque je les ai rencontrés, j'ai été intimidée. Je les ai trouvés tout à fait captivants, autant que terrifiants. Je n'ai jamais eu de famille, pas comme ça.

— Eh bien ! Tu en as une, maintenant, et je ne peux pas te promettre qu'ils ne continueront pas à être terrifiants.

Cependant, je peux te jurer qu'ils t'aimeront. Mais pas autant que moi.

— Je n'arrive toujours pas à croire que tu m'aimes. Juste pour que tu le saches, il est possible que je ne le croie jamais.

— Alors, je n'aurai qu'à te le répéter, encore, et encore. Je t'aime. Je t'aime. J'aime…

Selina posa un doigt sur ses lèvres.

— Arrête ! C'est trop. Je suis comblée.

— Je pourrais faire une remarque très obscène sur le fait que ce n'est absolument pas vrai, mais je m'abstiendrai, ironisa-t-il en lui caressant la nuque.

Selina se pencha vers Harry et tira sur le lobe de son oreille avec ses dents.

— S'il te plaît, ne t'abstiens pas… Ça, je ne m'en lasserai jamais, dit-elle d'une voix aguicheuse.

Il la souleva dans ses bras.

— Pas de dernier verre, alors.

— Harry, tu m'as portée à l'étage tous les soirs.

Il commença à gravir les escaliers.

— Et il se pourrait que je te porte demain soir, et la nuit suivante. Et celle d'après. C'est ce que tu acceptes en m'épousant. Si tu veux changer d'avis, mieux vaudrait que ce soit avant l'église demain, dit-il avec une grimace. Mais alors il faudra que tu affrontes ma mère et mes sœurs.

Selina frémit dans ses bras.

— Je préférerais éviter. Ce sera donc le mariage, je suppose, répliqua-t-elle avec un air résigné.

— Bon sang ! Tu es encore bien trop douée pour faire semblant, remarqua-t-il, puis il s'avança vers sa chambre, dont elle ouvrit la porte. Je n'arrive pas à savoir si tu plaisantes.

Elle glissa contre lui, posa les pieds par terre, tout en gardant ses bras autour de son cou.

— Alors je vais devoir te le montrer. Abandonnez-vous à

moi, monsieur Sheffield, et je vous montrerai la vérité de mon amour éternel.

Harry posa ses lèvres sur celles de Selina.

— Je suis à toi.

FIN

Ne manquez pas *Une scandaleuse aubaine* : Beatrix est témoin de quelque chose qu'elle n'aurait pas dû voir et se retrouve à passer un marché pour aider Lord Rockbourne après la mort choquante de sa femme. Une femme qui ne peut s'empêcher de voler et un veuf en quête de rédemption peuvent-ils trouver l'amour, ou leurs secrets les détruiront-ils tous les deux ?

Merci beaucoup d'avoir lu *Une capitulation secrète* ! Il s'agit du premier livre de la trilogie *Les Insaisissables : Les Imposteurs*. J'espère que vous l'avez aimé !

Si vous voulez savoir quand mon prochain livre sera disponible et être averti des ventes spéciales, inscrivez-vous à ma newsletter en anglais sur https://www.darcyburke.com/join ou en français https://darcyburkefrancais.com/newsletter/ et suivez-moi sur les réseaux sociaux :

Facebook: https://facebook.com/DarcyBurkeFans
Instagram darcyburkeauthor

Vous aimez les romans Régence ? Découvrez mes autres séries historiques :

Les Insaisissables

Laissez-vous charmer par les douze célibataires les plus séduisants et les plus insaisissables de la société, ainsi que par les jeunes filles discrètes et marginales qui les font chavirer !

Il y a de l'amour dans l'air

Des contes de Noël classiques réconfortants (écrits après la Régence !) revisités au temps de la Régence, mettant en scène un village chaleureux, une fratrie de trois enfants, et le plus beau des cadeaux : l'amour.

Le Club des ducs fringants

Six livres écrits avec ma meilleure amie, Erica Ridley, auteure de best-sellers du New York Times. Rencontrez les hommes inoubliables de la taverne la plus célèbre de Londres, *Le Duc fringant*. Beaux, attirants, charmants et pleins d'esprit, une nuit avec ces séducteurs et voyous ne sera jamais suffisante…

J'espère que vous accepterez de laisser un avis sur le site de votre boutique en ligne ou de votre réseau préféré ! J'aime tellement mes lecteurs. Merci beaucoup!

xo,

Darcy

J'aime le travail de recherche qu'implique l'écriture d'une fiction historique. L'une de mes références favorites est la carte de Londres de 1817 de W. Darton. C'est là que je consulte les quartiers et les rues spécifiques de Londres à cette époque. Cette carte montre une Queen Ann Street croisant Portland Street (qui est aujourd'hui Great Portland Street). Si l'on compare cette carte de 1817 à une carte moderne de Londres, on constate que la zone a beaucoup changé ! Il est étonnant de voir combien de rues de la capitale britannique ont disparu avec le temps. J'ai décidé d'orthographier Queen Anne Street avec un « e » dans ce livre, car la majorité des premiers lecteurs (mon éditeur et mes bêta-lecteurs) estimaient que la graphie Ann les obligeait à s'interrompre pour vérifier si l'orthographe était correcte. En effet, Queen Anne est la forme moderne la plus répandue.

Autres anecdotes historiques : l'asile de Lambeth pour filles orphelines existait bel et bien, mais il portait plusieurs noms différents, dont celui d'asile pour orphelines. J'ai choisi un nom, et je m'y suis tenue. Le pub *The Brown Bear* se trouvait au 34 Bow Street, en face de la cour des magistrats, située au 33. J'ai récemment regardé « Ripper Street », une émission de la BBC dont l'action se déroule dans les années 1890 et qui est consacrée à la police de Whitechapel à Lambeth Street, où se trouve un pub *Brown Bear* près du poste de police. J'ai trouvé cela intéressant, car je savais qu'il y avait aussi un *Brown Bear* sur Bow Street. Je me demande si le *Brown Bear* de Whitechapel (qui, je crois, a ouvert peu après celui de Covent Garden) n'a pas emprunté son nom au pub situé en face de la cour des magistrats de Bow Street.

Les recherches sur *UNE CAPITULATION SECRÈTE* ont été très amusantes ! J'espère que vous me contacterez si vous avez des questions ou des informations supplémentaires à partager.

DU MÊME AUTEUR

Les Insaisissables

Le Comte sans héritier

L'inaccessible Duc

Le Duc Audacieux

Le Duc Malhonnête

Le Duc des Désirs

Le Duc Provocateur

Le Duc Dangereux

Le Duc Solitaire

Le Duc Ravageur

Le Duc Menteur

Le Duc Galant

Le Duc des Baisers

Le Duc Boute-en-train

Le Duc inattendu

Le Marquis charmeur

Le Vicomte blessé

Les Insaisissables : Les Imposteurs

Une capitulation secrète

Une scandaleuse aubaine

Un voyou à briser

Il y a de l'amour dans l'air

Le Comte flamboyant

Le Cadeau du marquis

La Joie du duc

Le Club des Ducs Fringants

Une nuit de séduction par Erica Ridley

Une nuit d'abandon par Darcy Burke

Une nuit de passion par Erica Ridley

Une nuit de scandale par Darcy Burke

Une nuit d'adieu par Erica Ridley

Une nuit de tentation par Darcy Burke

À PROPOS DE L'AUTEUR

Darcy Burke est l'auteure à succès USA Today de romance sexy, sentimentale historique et contemporaine. Darcy a écrit son premier livre à 11 ans, une fin heureuse entre un cygne accro à la magie et une femelle cygne qui l'aimait, avec des illustrations extrêmement pauvres.

Native de l'Oregon, Darcy vit en bordure des vignes avec son mari guitariste, une fille artiste d'un incroyable talent, et un fils débordant d'imagination qui écrira sans doute un jour mieux qu'elle (et peut-être dès demain). Ils forment une famille-à-chats un peu folle, avec deux bengals, un petit chat en quête de notoriété qui porte le nom d'un fruit, un vieux maine-coon rescapé plutôt arrogant, et une collection de chats du voisinage qui trainent sur la terrasse et entrent quelquefois. Vous trouverez Darcy au chai, dans son confortable fauteuil d'écrivain avec son portable et un ou trois chats sur les genoux, en train de plier son linge (ce qu'elle adore), ou encore devant le télévision avec sa famille. Ses havres de bonheur sont Disneyland, le week-end du Labor Day au Gorge, Le Danemark et partout au Royaume-Uni – tant que sa famille y est aussi. Retrouvez Darcy en ligne à https:// www.darcyburkefrancais.com et suivez-la sur ses réseaux sociaux.